GOLDMANN

Buch

»Stern der Brüder« ist ein fesselnder, handlungsreicher Roman, voller Verständnis für die Fehler und Irrwege der Menschen. Er erzählt die Geschichte zweier Brüder, Bert und Fred, die völlig verschiedene Lebenswege eingeschlagen haben, obwohl beide als Kinder das Gleiche suchten: die Schönheit. Nach vielen wechselvollen Erfahrungen gelangen sie auf ihrer Suche zu diametral entgegengesetzten Anschauungen, die ihre Lebensart prägen.

Ausschließlich auf die Verwirklichung ihrer Vorstellungen konzentriert und mit sich selbst beschäftigt, isolieren sich Bert, der Musiker, und Fred, der Mineraloge, jeder auf seine Weise von der übrigen Welt und erkennen nicht die sich unmerklich anbahnende politische Umwälzung, die für den einen der Brüder eher abenteuerliche, für den anderen tragische Konsequenzen hat.

In der sich anbahnenden Katastrophe ist es eine Frau, die es beiden ermöglicht, den Weg zum Leben zurückzufinden, und eine Brücke schlägt zwischen Bert und Fred: Stella, der »Stern der Brüder«.

Hans Bemmann, Jahrgang 1922, lebt in Bonn, wo er Lehraufträge für Musikgeschichte und Jugendliteratur hat. Er veröffentlichte u. a. die Romane »Stein und Flöte, und das ist noch nicht alles« (1983), »Erwins Badezimmer oder die Gefährlichkeit der Sprache« (1984), »Stern der Brüder« (1986), »Die beschädigte Göttin« (1990). Er begreift Kunst als ein wichtiges und ernstes Spiel, das dem Menschen hilft, sich selbst und die Welt besser zu verstehen.

Im Goldmann Verlag liegt bereits vor:

Stein und Flöte, und das ist noch nicht alles. Roman (41088)
Erwins Badezimmer. Roman (8998)

HANS BEMMANN

STERN DER BRÜDER

Roman

GOLDMANN VERLAG

Der Goldmann Verlag
ist ein Unternehmen der Verlagsgruppe Bertelsmann

Made in Germany · 1. Auflage · 2/92
Genehmigte Taschenbuchausgabe

Umschlaggestaltung: Design Team München
Bildmotiv: Archiv Professor Lessing, Wien
Druck: Elsnerdruck, Berlin
Verlagsnummer: 41093
UK · Herstellung: Heidrun Nawrot
ISBN 3-442-41093-2

So etwa könnte man die Geschichte beginnen, um einen festen Punkt zu haben, auf den man zusteuert, ein verläßliches Fundament, auf dem sich die Geschichte aufbauen läßt: Der Tod ist verläßlich, auch wenn er sich zunächst nur ankündigt. Alles andere bleibt vieldeutig, ungreifbar, löst sich auf in winzige Splitter, in Myriaden von Atomen, je näher man es betrachtet, und läßt sich nur erzählen mit dem süßen Geschmack des Todes auf der Zunge, der einzig Gewißheit verleiht.

Jeder andere Anfang wäre ungenau und zufällig, gleichviel, wo er ansetzte, beispielsweise bei Berts erstem Kompositionsversuch. Dann würde sich doch sogleich die Frage erheben: Wie kommt er dazu, so etwas zu machen? Weil sein Großvater ihm mit acht Jahren die Anfangsgründe des Klavierspiels beigebracht hat? Oder weil er schon früher seiner Mutter zugehört hatte, wenn sie abends eine jener klassischen Sonaten spielte, die sie so liebte? Oder liegt es an der Art, auf die der Großvater ihn – und zuvor auch seine Mutter – in die Musik eingeführt hat, auf eine Art, die vielleicht davon beeinflußt war, daß er in seiner Jugend irgendwann einmal den großen Symphoniker Abrams getroffen hat? So weit sich das noch klären läßt, entstünde jedoch wiederum die Frage, woraus sich all diese Voraussetzungen bei Abrams selbst herleiten, und man wäre keinen Schritt weitergekommen, ganz davon abgesehen, daß es sich hier nur um ein Detail handelt aus der Summe all dessen, was Bert bis zum Zeitpunkt seiner ersten Komposition gehört, gedacht, empfunden, gelernt hat, zum Beispiel bald nach seinen ersten Übungen auf dem Klavier auch noch das Spiel auf der Blockflöte. Vielleicht liegt das alles auch nur an einer besonderen Empfindlichkeit seines Gehörs, einer Überentwicklung womöglich, hervorgerufen durch einen unachtsamen Griff der Hebamme bei seiner Geburt oder durch die Einwirkung kosmischer Strahlen während der Schwangerschaft seiner Mutter.

Sein Bruder hatte jedenfalls keinerlei musikalische Neigungen entwickelt, obwohl er doch den gleichen – oder doch wenigstens ähnlichen – Umwelteinflüssen ausgesetzt war. Im Gegenteil: Wenn Bert auf seiner Flöte zu spielen begann, hatte Fred verstört aufgeblickt, als wäre ihm durch diesen lebendig schwingenden Klang ein subtiles Spiel in Verwirrung geraten, und hatte das gemeinsame Zimmer verlassen, um andernorts seinen schwer zugänglichen Gedanken nachzuhängen. Dafür hatte Fred von Kindheit an Steine gesammelt. Rucksackweise hatte er angesplitterte Bergkristalle, bunt gesprenkelte Bachkiesel oder kantige Erzbrocken von beträchtlichem Gewicht aus den Sommerferien nach Hause geschleppt, um dann später stundenlang über seine Schätze gebeugt am Tisch zu sitzen, jedes Bröckchen mit der Lupe von allen Seiten zu betrachten und anhand eines Bestimmungsbuches zu klassifizieren. Fred wird einmal ein tüchtiger Mineraloge, hatte der Vater, halb im Spott, gesagt. Fred war tatsächlich einer geworden, Dozent und in absehbarer Zeit wohl ordentlicher Professor für Mineralogie und Petrographie. Aber warum? Wodurch? Wo liegen die Anfänge? Was hat ihn dazu gebracht? Der durchscheinende Kiesel vielleicht, den er als Kind beim Spielen gefunden und jahrelang bei sich getragen hat, festen Glaubens, er besitze einen echten Diamanten? Doch was hat sein Interesse auf diesen Kiesel gelenkt, der vielleicht schon abgegriffen war von zahllosen sandverschmierten Kinderhänden? Fragen über Fragen und kein Anfang. Fragen nach dem Beginn irgendwelcher Ereignisse führen vom Hundertsten ins Tausendste, und je mehr man herauszufinden versucht, desto weniger überblickt man das Ganze.

Ein handfester Blutsturz ist da schon eine verläßlichere Angelegenheit. Der hat zwar auch seine tausend Ursachen, aber man weiß wenigstens, wohin es führt, wenn man den süßen Geschmack des Todes zu kosten bekommt. Und dieser Geschmack verleiht einem einen gewissen Gleichmut bei der Auswahl dessen, was sich zum Erzählen anbietet; denn er läßt einen nicht vergessen, zu welchem Punkt jeder der Fäden hinführt, die man aus dem unentwirrbaren Knäuel der Geschehnisse herauszupft.

Seit Bert diesen Geschmack kannte, gab es wenige Dinge, die er wichtig nahm. Es hatte ihm kaum etwas ausgemacht, Jahr für Jahr im Sanatorium zu verbringen. Er hatte dort ein Zimmer für sich allein mit einem Bett, einem Schrank für seine wenigen Habseligkeiten, einem Stuhl, auf dem er sitzen, und einem Tisch, auf dem er Noten schreiben konnte, bekam regelmäßig sein Essen, und die tägliche Visite des Arztes störte ihn nur wenig.

Gelegentlich nahm man medizinische Verrichtungen an ihm vor, schob ihn etwa mit entblößtem Oberkörper hinter einen kühlen Röntgenschirm und betrachtete seinen grünlich schimmernden Brustkorb; man ließ ihn tief einatmen und den Atem anhalten, um den Zustand seines linken Lungenflügels im Bild festzuhalten, während er dem merkwürdigen Intervall zwischen dem weichen Summton des Gerätes und dem harten Klicken der Auslösevorrichtung nachlauschte – Kontrabässe im

Pianissimo und Xylophon, so ließe sich das instrumentieren. Ein Finger glitt seine Rippenbögen entlang und wurde in dumpfem Pizzicato beklopft, wobei Tonhöhe und Klangfarbe gelegentlich unvermittelt wechselten. Das ergab fast so etwas wie eine Melodie, die er sich einprägte. Während er sein Hemd anzog, summte er sie vor sich hin und verwendete sie am Nachmittag als ostinate Baßfigur im Mittelsatz des Streichquartetts, an dem er arbeitete.

Er lebte damals fast ohne Zeitgefühl. Seine Kompositionen waren es übrigens, die ihm in diesen Jahren eine Vorstellung von Zeitabläufen nicht gänzlich verloren gehen ließen. Sie waren das einzig Voranschreitende, während Tag für Tag sich mit solcher Gleichförmigkeit abspulte, daß sie ihm als unendliche Wiederholungen ein und desselben Tages erschienen und zum Stillstand der Zeit verschmolzen. Selbst geringe Abweichungen vom normalen Tagesablauf, die monatlichen Untersuchungen etwa oder die seltenen Briefe seiner Geschwister, wiederholten sich mit solcher Regelmäßigkeit, daß sie auf längere Sicht kaum auseinanderzuhalten waren. Und was ihn auf diese Weise an Nachrichten aus der Welt außerhalb des Sanatoriums erreichte, war ihm so ferngerückt, lag so weit jenseits des Horizontes seiner derzeitigen Existenz, daß es seine Gedanken nur oberflächlich beschäftigte.

Illa schrieb jedes Vierteljahr einmal einen kurzen Bericht aus jener Stadt im Norden, in der sie in einer Klinik als Assistenzärztin arbeitete. Er las ihre Briefe gern, obwohl sie kaum etwas enthielten, das ihn persönlich berührte; ein bißchen Klatsch über ihre Kollegen, die er nicht kannte, ein paar sarkastische Bemerkungen über die zunehmende Konformität der öffentlichen Meinung. Jedermann, schrieb sie, glaube über alles informiert zu sein und wisse deshalb von Tag zu Tag weniger. Er fand ihre paradoxen Äußerungen amüsant und brauchte nicht zu fürchten, daß sie ihn mit mitleidigen Phrasen belästigte.

Selbst ihre sachlichen Erkundigungen nach seinem Gesundheitszustand wußte sie von Gefühlsausbrüchen freizuhalten und fragte lieber nach den Behandlungsmethoden als nach dem Erfolg, der damit erzielt wurde.

Fred stellte sich da weitaus ungeschickter an. Es war einfach peinlich, welch außerordentliche Mühe er sich in seinen Briefen gab, aufmunternd zu wirken mit Phrasen wie *es wird schon wieder werden* oder *Kopf hoch, mein Alter!* Diese Unbeholfenheit hatte schon etwas Rührendes, und Rührung ging Bert auf die Nerven, besonders, wenn er sie bei sich selbst verspürte. Mit Widerwillen erinnerte er sich an den Brief, in dem ihm Fred vor zwei Jahren seine bevorstehende Hochzeit angekündigt hatte. Die Zeilen stanken geradezu vor Angst, daß er den armen kranken Bruder verletzen könnte, dem bis auf weiteres solches Glück versagt war, *doch auch Du wirst eines Tages eine Frau finden, die ihr Leben mit dir teilen will* – Bert hatte den Brief noch am gleichen Tag zerrissen und weggeworfen.

Dabei hatte er sich vorzustellen versucht, was für eine Frau das sein mochte, die sein Bruder zu ehelichen gedachte. Dem Brief war darüber wenig zu entnehmen gewesen, lediglich die Auskünfte, daß *meine liebe Stella,* wie Fred sich ausdrückte, Germanistik studiert habe, seinen petrographischen Neigungen spürbares Interesse entgegenbringe und recht passabel Klavier spiele, *was Dich besonders freuen wird.* Du lieber Himmel! Eine klavierspielende Germanistin mit petrographischen Neigungen. Irgend so ein blaustrumpfiges, flachbusiges Mädchen wahrscheinlich, das sich einen ordentlichen Professor in den Kopf gesetzt hatte.

Als Fred ihn ein halbes Jahr später anläßlich einer mineralogischen Exkursion in ein benachbartes Gebirgstal besuchte, war auch nicht viel mehr aus ihm herauszubringen gewesen. Stella war zu Hause geblieben, da ihr *Zustand* eine Teilnahme an Hochgebirgstouren nicht erlaubte. »Ja, du wirst bald Onkel werden«, sagte Fred, als habe er diesen Zustand Stellas nur deshalb herbeigeführt, um Bert ein Vergnügen zu bereiten. Als Bert ihn jedoch aufforderte, mehr von seiner Frau zu erzählen, geriet Fred alsbald in einen Zustand stammelnder Ratlosigkeit. »Sie ist so – so interessiert«, sagte er, und als er merkte, daß Bert erstaunt die Augenbrauen hob, versuchte er, diese Bemerkung mit einer hilflosen Handbewegung wegzuwischen, und sagte: »Ich meine, sie ist bei jeder Sache, mit der sie sich befaßt, ganz dabei. Nichts Halbes, weißt du.«

»Also ein ernster Mensch«, warf Bert mit einer Andeutung von Ironie ein, doch Fred schüttelte sogleich den Kopf. »Keine Spur! Es macht ihr einfach Spaß, sich zu engagieren. Ich glaube, es macht ihr Spaß«, wiederholte er zögernd und sagte dann abrupt, mit einer abschließenden Handbewegung: »Du wirst sie mögen.«

Dessen war sich Bert nicht so sicher. Zumindest hätte er bei Frauen, die er mochte, auf die Beschreibung anderer Details Wert gelegt. In dieser Hinsicht stand ihm ein reich nuanciertes Vokabular zu Gebote, das ihm schon vor Jahren bei seinem Bruder den Ruf eines frivolen Menschen eingetragen hatte.

Damals, in der Zeit vor seiner Erkrankung, hatte ihm Fred dergleichen noch ins Gesicht gesagt und damit wenigstens interessante Dispute heraufbeschworen. »Du mit deinen Frivolitäten!«

»Wieso bin ich frivol?« hatte Bert erstaunt geantwortet. »Warum soll ich nicht sagen, was ich schön finde?«

»Weil es Dinge gibt, über die man nicht so... so nackt spricht. Deine Deutlichkeit ist einfach schamlos.« Fred war damals tatsächlich die Röte ins Gesicht gestiegen.

»Schönheit kann man nicht deutlich genug zu beschreiben versuchen«, hatte Bert geantwortet. »Ich schäme mich höchstens dafür, daß mein Wortschatz nicht ausreicht, ihre Wirklichkeit treffend zu kennzeichnen. Du beschreibst ja auch deine

Kristalle mit mathematischer Präzision und bist nicht eher zufrieden, als bis du den genauen Neigungswinkel der Flächen, die Symmetrieachsen, den Lichtbrechungskoeffizienten und was weiß ich alles festgestellt hast.«

Fred hatte verständnislos den Kopf geschüttelt. »Ich möchte wissen, was das mit deinem chaotischen Liebesleben zu tun hat. Bei mir handelt es sich schließlich um objektive wissenschaftliche Feststellungen von Naturgesetzen.«

Fred wich aus, doch Bert hatte weitergebohrt. »Sag mal, findest du so einen Kristall eigentlich schön?«

»Sicher. Aber mich interessiert vor allem, wie er aufgebaut ist und wodurch er sich so gebildet hat. Das hat nichts mit irgendwelchen unkontrollierbaren Empfindungen zu tun. Schön – was heißt das schon?«

»Eben. Was heißt das schon. Ich sehe, wir sind uns in der Methode nicht uneinig. Nur hast du es wesentlich leichter; denn deinen Fragen ist mit physikalischen Messungen beizukommen. Jetzt stell dir erst einmal vor, welch eines Studiums es bedarf, um die Schönheit eines Menschen zu ergründen. Das wächst einem glatt über den Kopf! Natürlich gibt es klassische Kriterien, Gesichtsproportionen etwa oder das Verhältnis von Brustumfang, Taille und Hüftweite, aber die sind so viel wert wie ein Opernglas für das Studium von Spiralnebeln. Die Variationsmöglichkeiten sind unendlich, und selbst wenn es in der Theorie so etwas gäbe wie ein in Maßeinheiten erfaßbares Schönheitsideal – was ein ausgemachter Blödsinn wäre! –, dann wirst du praktisch nur auf Ausnahmen von dieser Regel stoßen. Keine Proportion scheint zu stimmen, und trotzdem ist das Resultat aller Unstimmigkeiten Schönheit, der Himmel weiß, wie sie zustande kommt. Eine bestimmte Art, die Schulter zu bewegen, eine kaum feststellbare Asymmetrie der Lippen beim Sprechen – und es verschlägt dir die Sprache. Zum Beispiel Gitta – du kennst doch Gitta?«

»Ich kann mich nicht erinnern.«

»Aber ja! Vergangene Woche, als du mit diesem dürren Kollegen, dem mit der randlosen Brille, du weißt schon –«

»Pfizer?«

»Pfizer. So heißt er. Wie du also mit diesem Pfizer auf einen Kaffee zum Randinger gekommen bist, bin ich mit ihr in der Nische beim Fenster gesessen. Du hast mir so vorwurfsvoll zugenickt, daß Gitta beinahe herausgeplatzt wäre vor unterdrücktem Lachen.«

»Ach, die Dicke meinst du?«

»Du sagst es. Sie ist ein bißchen stark um die Hüften. Aber ...«

* * *

Nein, so geht das nicht. Wie soll ich Fred gerecht werden, wenn ich weiter so erzähle, als habe Bert trotz Blutsturz und aller nachfolgenden Komplikationen das Leben für sich gepachtet, während Fred, je weiter ich schreibe, unter meinen Händen zusehends zu einer Mumie vertrocknet. So war es eben nicht.

Befassen wir uns also mit Fred. Die Geschichte von dem durchscheinenden Kiesel, den er damals – vielleicht im Alter von fünf oder sechs Jahren – beim Spielen in einer Sandkiste entdeckte (oder war er ihm zufällig zwischen die Finger geraten, als er auf einem frisch angestreuten Parkweg stolperte und hinfiel? Wer soll das noch klären?), dieser Kiesel war ungeheuer wichtig für ihn. Wie wichtig er war, kann Bert überhaupt nicht ermessen. Da besaß Fred auf einmal ein geheimnisvolles Gebilde, das sein volles Interesse beanspruchte. Unter der vom Wasser und durch die Reibung anderer Steine oder durch dreckige Kinderhände bis zu speckiger Glätte abgeschliffenen Oberfläche wurde sein Blick in eine milchig durchscheinende Tiefe gelockt, immer weiter nach innen in einen Bereich flirrend gebrochenen Lichts, dessen Zentrum unzugänglich blieb, nicht zu durchdringen, und je länger er in dieses kaum fingerkuppengroße Stück Silikatgestein starrte, um so stärker spürte er, wie er eingesogen wurde in diesen winzigen Brocken Materie, der in sich einen Kosmos von unendlicher Ausdehnung umschloß.

Später, als Fred schon gründlichere Kenntnisse der Kristallographie erworben hatte, meinte er sich zu erinnern, daß er schon damals auf die intuitive Weise des Kindes die geordneten Strukturen des Kristallgitters erspürt und eine Ahnung gewonnen haben mußte vom streng geregelten Aufbau der Moleküle, nach deren Muster sich das einfallende Licht im Inneren des ihm so kostbaren Steins brach, und er entsann sich eines Traumes, den er zu dieser Zeit mehrmals und in unterschiedlichen Variationen geträumt hatte. Zumeist hatte dieser Traum damit begonnen, daß er – wie schon vorher bei Tage – den Kiesel zwischen Daumen und Zeigefinger hielt und langsam immer näher an sein rechtes Auge heranführte, dessen starke Kurzsichtigkeit ein solches Vorgehen bis zu einem gewissen Punkt ohne Beeinträchtigung der Sehschärfe erlaubte. Zunächst sah er, in ihrer Ausdehnung das Blickfeld immer weiter ausfüllend, die glatte, fein genarbte Oberfläche grausilbern schimmern, bis es ihm gelang, diese Außenbegrenzung zu durchbrechen und einzudringen in eine andere, nur scheinbar eng begrenzte, doch grenzenlose Welt, aufgebaut aus Strukturen des in allen Spektralfarben bebenden Lichts, und er bewegte sich durch perlmuttene Vorräume immer tiefer hinein durch eine Folge von Sälen zunehmend größerer Ausdehnung, deren Wände sich zuletzt auflösten in lebendig pulsierenden Lichtbrechungen, bis er selbst inmitten eines grenzenlosen Bereichs schwebte, einzig gehalten von dem imaginären Gitter der Lichtbahnen, die bis in die Unendlichkeit hinaus ihre Muster wiederholten. Diese nach allen Seiten hinauslaufenden perspektivischen Empfindungen rhythmisch gegliederten Raums waren ihm beim Aufwachen stets im Bewußtsein geblieben, und jedesmal hatte er sich danach gesehnt, in diese Ordnungen zurückzukehren angesichts jener Welt, in der er aufgewacht war. Sie erschien ihm konfus, unfertig, machte ihn unsicher mit jedem Schritt, den er in sie hinaus- oder auch hineingehen mußte.

Besonders schlimm war es, wenn Fred aus einem solchen Wachtraum plötzlich herausgerissen wurde, etwa durch die schrillen Flötenphantasien seines Bruders. Da brach etwas Fremdes, Unvereinbares in seine kristalline Traumwelt ein, wucherte empor und zerstörte sein Ordnungsgefüge, in dem er sich geborgen geglaubt hatte. Ratlos blickte er dann den Scherben nach, die in Berts Tonkaskaden davongeschwemmt wurden. »Kannst du nicht ein bißchen mehr Ordnung in dein Spiel bringen?«

Bert, dieser Chaotiker, hatte ihn einfach ausgelacht. »Ordentliche Musik? Wie stellst du dir das vor, du steinerner Pedant?«

Fred konnte sich später dieser Szene noch genau entsinnen, obwohl er damals vielleicht vierzehn Jahre alt gewesen war und Bert gerade erst zwölf. Solcher Spott, obendrein aus dem Munde eines Menschen, der ständig seine sieben Sachen wahllos um sich her zu verstreuen pflegte, war kaum geeignet gewesen, seinen Zorn zu besänftigen. Aber er hatte sich, stets auf geordnete Verhältnisse bedacht, mit einiger Mühe bezähmt und einen Vorschlag zu formulieren versucht, wenn auch mit dem schwankenden Unterton dessen, der sich auf unvertrautes Terrain begibt. »Wie ich mir das vorstelle?« wiederholte er zögernd. »Nun, zum Beispiel mit festem Taktmaß und gleichmäßigem Rhythmus oder so ähnlich.«

Bert grinste. »Kannst du haben. Vielleicht ist ein klassisches Menuettchen genehm?« Und schon setzte er wieder seine Flöte an die Lippen und blies eine ebenmäßige, in Dreierschritte gegliederte Melodie, die in acht Takten zu einem Halbschluß anstieg und in weiteren acht Takten zu ihrem Grundton zurückkehrte. Fred fand das ganz passabel, konnte sich bei dieser Tonfolge annähernd eine geometrische Figur vorstellen und wollte eben ein vorsichtig bemessenes Lob aussprechen, als Bert schon wieder von vorn begann und die gleiche Melodie in ausschweifenden Passagen über die zwingenden Takteinschnitte hinweg zu einer spottenden Variation veränderte und den Rhythmus auf diese Weise dermaßen gegen den Strich verschob, daß Freds mühsam gewonnene Strukturvorstellung in sich zusammenstürzte zu klirrendem Spottgelächter. Er spürte nur noch, daß hier etwas emporwuchs, dem seine Vorstellungskraft nicht gewachsen war, einer tropisch aufschießenden Pflanze gleich, deren unvorhersehbare Ausblühungen sich jeder Kalkulation entzogen. Er hätte nie zugegeben, daß ihm dieses tönende Schlinggewächs Angst einjagte, aber die Art, wie er aus dem Zimmer floh und die Tür hinter sich ins Schloß warf, ließ daran keinen Zweifel.

Angst vor dem Unvorhersehbaren, vor dem scheinbar Ungeordneten, dem Chaos – war das Freds Triebfeder? War das der tiefere Grund für seine Manie, alles zu klassifizieren und in eine überschaubare Ordnung zu bringen? Das wäre schon möglich. Schon die eng bemessene Platte seines Arbeitstisches spiegelte diesen Hang zum Peniblen wider: Bleistifte, Federhalter, Spitzer und Radiergummi lagen da säuberlich nebeneinander aufgereiht, Hefte und sonstiges Papier Kante auf Kante in schnurgeraden Stapeln – zur Freude der Mutter, die darin eine Art Außenprojektion seiner bemerkenswerten schulischen Erfolge zu erkennen wähnte, während der Vater ihn zwar gleichfalls dafür lobte, jedoch nicht ohne einen Unterton von Befremdung; denn für sich selber achtete er wenig auf solche Äußerlichkeiten. Sein gewaltiger Schreibtisch bot eher das Bild einer phantastischen Landschaft, begrenzt von wild aufgetürmten Büchergebirgen, von denen, der Schreibfläche zu, in sanft abfallenden Hängen allerlei Briefschaften und Papiere herabglitten bis zum zentralen Talkessel, in dem Schreibgeräte kreuz und quer verstreut lagen, als habe ein Unwetter sie von den Bergflanken herabgespült, ein Anblick, der die Mutter immer aufs neue zu dem Ausruf veranlaßte: »Wie kommst du nur zu diesem ordentlichen Sohn!«

Fred selber sah in seinem Drang zum Regelhaften durchaus kein Verdienst, sondern gab sich der Lust des Sortierens auf geradezu exzessive Weise hin, entwarf zunehmend kompliziertere Systeme zur Klassifizierung seiner Mineralien, stieß diese wieder um, wenn sie sich zur Erfassung neu entdeckter Eigenschaften als unzureichend erwiesen, und machte sich mit zäher Geduld daran, seine Gliederungsprinzipien weiter zu verfeinern. Es schien ihm undenkbar, daß es nicht möglich sein sollte, seine Fundstücke nach allen ihnen zukommenden Eigenschaften in einen vorgegebenen Raster einzureihen. Was ihn eigentlich dazu trieb, war wohl eher auf eine Erfassung des gesamten Weltgefüges gerichtet: Er mochte nicht in einer Welt leben, die sich seinem ordnenden Zugriff entzog.

Als Illa damals anfing, Medizin zu studieren, hoffte Fred, in ihr eine Bundesgenossin in seinen naturwissenschaftlichen Ambitionen zu finden. Sobald er ihrer habhaft werden konnte, verstrickte er sie in Diskussionen über Probleme seiner Arbeitsmethodik, mußte aber bald ernüchtert feststellen, daß Illa keineswegs einem Perfektionismus huldigte, wie er selbst ihn als unerläßlich erachtete. Er konnte das überhaupt nicht begreifen. »Wie willst du einen verläßlichen Überblick über dein Wissen gewinnen, wenn du nicht zunächst ein System entwirfst, in das du alles einordnen kannst?«

Illa lachte. »Ein System zur kompletten Erfassung von Menschen? Ach Fred, so was kann's doch gar nicht geben! Bei deinen toten Mineralien mag das noch angehen, doch das Leben ist nicht im voraus berechenbar. Nichts als Ausnahmen von der Regel.«

Fred fand das gräßlich. »Wie willst du je eine sichere Diagnose stellen, wenn das wirklich so ist? Da mußt du ja möglicherweise Entscheidungen fällen, deren Folgen du gar nicht bis ins letzte überblicken kannst!«

»Ich weiß«, sagte Illa ohne zu zögern. »Das ist ja gerade, was mich reizt. Wenn du mit Menschen umgehen willst, mußt du bereit sein, dich auf solche Unwägbarkeiten einzulassen.«

Fred blickte sie fassungslos an. In diesem Augenblick beschloß er, solchen Problemen aus dem Weg zu gehen, indem er sich möglichst wenig auf Menschen einließ. Ein Grund mehr, wieder in seinen mineralogischen Studien unterzutauchen und im kristallenen Gehege seiner Träume.

Der Kiesel, mit dem das alles angefangen und den er stets wie ein Amulett bei sich getragen hatte, war ihm irgendwann verlorengegangen, vielleicht aus der Hosentasche gefallen, und jemand hatte ihn achtlos zum Abfall geworfen. Aber der Traum war geblieben, abgelöst von diesem Stück Silikat, und war nach und nach zu einem faszinierenden Spiel geworden, auch als Fred längst selbst die Universität besuchte und schon erste akademische Grade erworben hatte. Dieses Eintauchen in die Struktur der Materie – er hatte gelernt, es bewußt herbeizuführen, und flüchtete sich in dieses Spiel immer dann, wenn seine Umgebung ihn zu langweilen begann, also ziemlich oft und auch mitten unter Leuten, ja eigentlich vor allem unter Leuten, zum Beispiel während fruchtloser Fachdiskussionen oder auch auf Parties, zu denen er sich widerwillig hatte schleppen lassen. *Der Großmagier meditiert,* raunten dann seine Kollegen und stießen einander mit dem Ellenbogen an. Großmagier – in diesem Spitznamen, den man ihm schon in niederen Semestern verliehen hatte, mischten sich Anerkennung, ja

Bewunderung seiner geradezu schlafwandlerischen Sicherheit im Bestimmen selbst der ausgefallensten Gesteinsproben und Mineralien mit einem nicht geringen Teil Spott über die Unnahbarkeit, mit der er sich auch aus den politischen Diskussionen heraushielt, die damals während des raschen Aufstiegs der Info-Partei gerade unter Studenten mit zunehmender Heftigkeit geführt wurden.

Unnahbar blieb er für jedermann bis zu jener Party, auf der ein bislang von ihm kaum bemerkter Studienkollege seine Promotion feierte. Pfizer hatte ihn damals nach einer Serie mißglückter Experimente im Labor dazu überredet, sich auf diese zweifelhafte Vergnügung einzulassen.

Pfizer. Ein merkwürdiger Mensch. Fred arbeitete viel mit ihm zusammen; man könnte auch sagen: Er benützte Pfizers routinierte Labortechnik. Aber er verstand ihn nicht. Vielleicht wäre es ohnehin für ihre gemeinsame wissenschaftliche Tätigkeit hinderlich gewesen, wenn sie einander persönlich nähergekommen wären. So jedenfalls sah Fred sein Verhältnis zu seinem Mitarbeiter. Nur kein außerdienstliches Wort. Zu viel Gequatsche. Oder gar Bekenntnisse. Seelenergüsse! Nicht auszudenken. Nein, es war schon richtig so, wie sie zueinander standen: Hand in Hand am Labortisch, kühles Exerzitium in Fachterminologie. Keine seelischen Ausschweifungen ins Unkontrollierbare. Fred wollte gar nicht erst wissen, was sich im Blick der grauen Augen hinter der randlosen Brille verbarg; wollte die Worte nicht hören, die über diese vollen, ein wenig zu weichen Lippen flossen, wenn Pfizer *ins konkrete Leben hinüberwechselte*, wie dieser zwiespältige Mensch das nannte. Gelegentlich war dann sein Gesicht, gerötet und schon ein wenig aus den Fugen geraten, vage hinter der Fensterscheibe eines schummrig beleuchteten Nachtcafés zu erkennen, wenn Fred im Dunkel vom Institut kam und durch die Altstadtgassen nach Hause ging. Einmal war ihm Pfizer auf dem Trottoir begegnet, rechts und links eingehängt in zwei kichernde Damen. Er hatte sich losgemacht, war schwankend ein paar Schritte auf Fred zugetorkelt und hatte ihn mit einer fahrigen Armbewegung eingeladen, sich eines dieser weiblichen Wesen anzunehmen. Fred war rasch durch die leere Straße davongegangen, gejagt vom hallenden Echo seiner eigenen Schritte. Fast schon eine Flucht.

Am nächsten Morgen hatte Pfizer diese peinliche Szene mit keinem Wort erwähnt. Vielleicht konnte er sich nicht einmal daran erinnern, besoffen wie er gewesen war. Aber sein Denken funktionierte präzise wie immer, kein Zittern in den Händen, wenn er ein Reagenzglas über die Flamme hielt. Ein brauchbarer Handlanger für wissenschaftliche Forschung, daran gab es keinen Zweifel. Aber ein unbegreiflicher Mensch.

Fred hätte später nicht genau sagen können, warum er sich an eben jenem Abend ganz gegen seine Gewohnheit zur Teilnahme an jener Promotionsparty hatte überreden lassen. Den ganzen Tag über hatten sie im Labor an einer neuen Methode zur Bestimmung von Spurenelementen gearbeitet, ohne einen Schritt voranzukommen. Selbst Fred litt immer stärker unter der Vorstellung, daß sie sich im Kreise drehten, während Pfizer seinen Anweisungen längst nur noch mechanisch folgte.

»Heute wird das nichts mehr«, hatte Fred schließlich gesagt, als es draußen schon dunkel zu werden begann. Pfizer schien diesen Mißerfolg nicht weiter zu bedauern. Er legte seine Aufzeichnungen beiseite, schaute auf die Uhr und sagte: »Da kommen wir ja gerade noch zurecht zu Wilprechts Party.«

Fred fühlte sich wie ausgehöhlt von all den fruchtlosen Bemühungen des Tages und brachte kaum noch die Kraft zum Widerspruch auf. Er entsann sich vage, auf seinem Schreibtisch eine Einladung vorgefunden und achtlos beiseite geschoben zu haben, kramte mühsam nach Ausreden, doch als Pfizer ihn vorwurfsvoll anblickte und meinte, daß er Wilprecht nicht enttäuschen dürfe – »Er verehrt Sie doch wie einen Halbgott!«, dieser Worte konnte er sich später noch entsinnen –, brach sein Widerstand endgültig zusammen.

An die Party selbst hatte er bis zu einem bestimmten Zeitpunkt nur verschwommene Erinnerungen: das bis zum Bersten überfüllte Zimmer, den unerträglich lauten Geräuschpegel, aus dem Begrüßungsschreie oder Lachsalven herausstachen, irgendwann Wilprechts aufgeweichtes, vor Freude über Freds Gratulation überfließendes Gesicht, während er die schweißfeuchte Hand des frischgebackenen Doktors drückte – peinlich, diese offen zur Schau getragene Ergebenheit. Kurz danach hatte Fred einen weniger belebten Winkel erspäht und dort einen unbesetzten Stuhl angesteuert, auf dem er sich alsbald in seinen Traum versenkte.

Sogleich glitt er durch die Oberfläche seines imaginären Steins; die Mühe des Eindringens war für ihn eine längst überwundene Phase. Diesmal hatte vielleicht auch die mißliche Erfahrung, einen ganzen Tag gegen Mauern gerannt zu sein, seine Sehnsucht nach klaren Strukturen gesteigert. Jedenfalls schwebte er schon nach wenigen Sekunden – unerreichbar für das hektische Stimmengewirr – inmitten hexagonal begrenzter und doch bis ins Unendliche hinaus durchschaubarer Raumglieder, empfand sich selbst als einen Teil dieser Struktur und spürte, wie tausendfach gebrochenes Licht heran- und durch seinen Leib flutete und seine Seele mit unbeschreiblichem Entzücken erfüllte. Eine unbemessene Zeit blieb er in diesem Zustand, bis aus den endlos gestaffelten Tiefen ein Doppelgestirn aufstieg und ihn anblickte.

Er fühlte sich irritiert und zugleich angezogen durch diese bisher noch nie erlebte Erscheinung und spürte im jäh zurückkehrenden Körpergefühl sein Herz für einen Schlag aussetzen. War es ihm gelungen, eine noch nie berührte Grenze zu überschreiten, eine Art Transzendenz ins Jenseitige der Materie?

Während er noch verwirrt über die unfaßbare Erfahrung nachsann, drang der Klang einer Stimme in sein Bewußtsein; ohne die Worte zu verstehen, fühlte er sich getroffen. Sein Blick kehrte von innen nach außen und nahm über einer Tischplatte voll halbgeleerter Gläser ein Gesicht wahr. Das Gesicht einer jungen Frau, die ihn besorgt und nun auch schon ein wenig amüsiert anschaute.

»Ist Ihnen schlecht?« Da Fred noch keiner Antwort fähig war, fügte sie nach einer Pause hinzu: »Oder haben Sie geträumt?«

Auf diese Weise hatte er Stella kennengelernt, und da sie geradewegs aus seinem kristallenen Traum aufgestiegen war und sich gleichsam vor ihm materialisiert hatte, akzeptierte er sie vom ersten Augenblick an als einen Bestandteil seiner Welt – genauer: jener Welt, in die immer tiefer einzudringen seine einzige Sehnsucht war. Er hatte den Blick kaum von diesen Augen lösen können, diesem wie eine Verheißung aufgegangenen Gestirn im Zentrum seines Kristalls, und das hatte ihn vergessen lassen, für wie hoffnungslos gehemmt er sich bisher Frauen gegenüber gehalten hatte.

Das Übrige versteht sich fast von selbst: der gemeinsame Heimweg durch die dunklen Gassen, absichtsvoll vorüberstreifende Berührung der Hände, bis ihre Finger seine annahmen, ein den Abschied hinauszögerndes pausenreiches Gespräch vor ihrer Haustür und schließlich der sein eigenes Begreifen übersteigende Entschluß, Stella zu küssen. Sie hatte sich nicht gesträubt. Während ihre Lippen sich weich öffneten, verlor er, wie er einen Herzschlag lang befürchtet hatte, durchaus nicht das Bewußtsein, sondern mußte merkwürdigerweise an Bert denken.

* * *

Bert wären derartige Befürchtungen völlig ferngelegen, und es hätte ihn ohne Zweifel amüsiert, wenn er dieser amourösen Szene, in die sein Bruder vor Stellas Haustür geraten war, hätte beiwohnen können. Aber zu dieser Zeit befand er sich längst in jenem Sanatorium, in dessen Abgeschiedenheit wir ihm anfangs begegnet sind, einsiedlerisch in seine Kompositionen vertieft und durch das Erlebnis seines Blutsturzes fern von vergleichbaren Erfahrungen, die für ihn nur noch einen – wenn auch nicht unwesentlichen – Erinnerungswert besaßen.

Zu erinnern gab es da einiges. Bert hatte sich in der Zeit vor seiner Erkrankung nie gescheut, sich mit Menschen einzulassen, insbesondere mit Mädchen. Es wäre ihm auch nicht in den Sinn gekommen, seiner unbändigen Neugier angesichts der Eigenart des anderen Geschlechts nicht nachzugehen; denn er empfand sie als eine Neugier auf das Leben schlechthin.

Er entdeckte früh, daß er sich in Gesellschaft von Mädchen wohler fühlte als in den fast stets von irgendwelchen hierarchischen Zwängen bestimmten Gruppierungen seiner männlichen Altersgenossen. Was dort über Mädchen geredet wurde, entsprach nicht seinen Ansichten, und es widerte ihn an, wie jene Knaben, denen es beim Anblick einer weiblichen Person die Sprache verschlug, sich dann, wenn sie unter ihresgleichen waren, intimer Kenntnisse und Praktiken brüsteten, über die sie mit Sicherheit nicht verfügten. Es mag dabei durchaus eine Rolle gespielt haben, daß seine musikalischen Interessen und Fähigkeiten ihm bei seinen Klassenkameraden eher Spott als Achtung einbrachten, was offenbar im Rahmen der üblichen, auf Männlichkeit ausgerichteten Erziehungsmaximen zu erklären war, während mit Mädchen sich viel ungehemmter über Musik reden ließ. Als Zuhörerinnen bildeten sie jedenfalls ein wesentlich dankbareres Publikum, und es war wohl das erregendste Erlebnis seiner Jugendjahre, als er zum ersten Mal zusammen mit einer jungen Geigerin musizierte.

Dazu kam es, nachdem er mit fünfzehn Jahren wegen eklatanten Versagens in einigen Fächern die Schule hatte wechseln müssen. Er war durchaus nicht betrübt über diese radikale Lösung seiner Probleme, vor allem nicht, als er am ersten Tag entdeckte, daß in der neuen Klasse unter einer zwar überwiegenden Anzahl von Jungen auch ein paar Mädchen in den Bänken saßen und ihm obendrein ein Platz unmittelbar hinter ihnen zugewiesen wurde.

Es fiel ihm leicht, rasch Kontakt zu knüpfen, zumal dieser schwarzäugige Ausbund von Lebensfreude namens Irene, die unmittelbar vor ihm saß, sich von Anfang an als sehr hilfreich erwies, wenn ihn seine ohnehin recht lückenhaften Kenntnisse im Stich ließen. Ihre Methode bei schriftlichen Arbeiten war delikat: Sie pflegte Zettel mit entscheidenden Auskünften unter ihrem Rocksaum zu befestigen und auf entsprechende Hilferufe ohne Zögern preiszugeben, was zugleich einen Blick auf ihre wohlgeformten Knie gestattete und – je nach Umfang des Kassibers – auch noch weiter nach oben. Für die durchweg männlichen Lehrer war diese Zone tabu und konnte keiner Kontrolle unterworfen werden. Kurzum: Die neue Schule ließ sich angenehm an, zumal Irene nicht nur in ihren Leistungen zur Klassenspitze zählte, in ihren Informationen also verläßlich war, sondern sich auch noch als eine passable Violinistin erwies. Nach wenigen Wochen begann Bert aus eigenem Entschluß, bei ihr Nachhilfestunden zu nehmen, was seine Eltern in nicht geringes Erstaunen versetzte.

»Der Junge hat endlich begriffen, worum es geht«, sagte die Mutter, und damit mochte sie durchaus recht haben, wenn auch nicht ganz in dem Sinne, wie sie es gemeint hatte. Das soll nicht heißen, daß unter solchem Vorwand Schäferstündchen veranstaltet worden wären. Davon konnte überhaupt nicht die Rede sein. Irene nahm Bert mit liebevoller Bestimmtheit in ihre Schule und brachte es dahin, daß er – zumindest für die

Zeit, in der er solche Kenntnisse benötigte – mit der Logarithmentafel umzugehen und Ciceronische Reden in eine annähernd zutreffende Übersetzung zu bringen lernte. Was ihn jedoch anfeuerte, seinen Verstand auf solche Weise zu strapazieren, waren der Blick dieser lebenssprühenden schwarzen Augen, durch den er auf diesen Weg gelockt wurde, oder auch ihre zwischendurch geführten Gespräche, in denen er stets eine unterschwellige Spannung zu spüren meinte, als würde mit diesen Worten zugleich sehr viel mehr gesagt, als ihre Bedeutung eigentlich erlaubte.

Wenn das Pensum erledigt war, setzte er sich aufatmend an den Flügel und schlug das *a* an, damit Irene ihre Geige stimmen konnte. Die erste Sonate, die sie zusammen spielten, würde er nie vergessen. Das Stück war ihm vom Hören schon lange vertraut, aber das war bald ohne jede Bedeutung angesichts des Zwiegesprächs, das sich – nun in seiner ureigensten Sprache – zwischen ihnen entspann, ein zögerndes Vorantasten und Aufeinanderzugehen, bis sie einander die Motive zuwarfen und zurückspielten wie Federbälle und zu einer Einheit zusammenfanden, wie sie zwischen Menschen kaum möglich zu sein scheint.

Diese Erfahrung prägte sich ihm tiefer ein als das Erlebnis, zum ersten Mal mit einem Mädchen zu schlafen. Diese Initiation wurde ihm jedoch erst einige Zeit später zuteil, als er Irene schon verloren hatte. Seine gemeinsamen Exerzitien mit diesem Mädchen faszinierten ihn auf eine Weise, die Körperliches zunächst nicht bewußt werden ließ, auch wenn er mit Irene nach solchen musikalischen Vereinigungen zuweilen noch einen Spaziergang unternahm, der stets die Fährgasse, an der das Haus ihrer Eltern stand, hinunterführte zum Ufer des Stroms, an dem sie dann langsam entlangschlenderten oder zuschauten, wie Möwen blitzschnell nach Brotkrumen stießen, die ihnen jemand von der Brücke aus zuwarf. Was die beiden dabei miteinander sprachen, ist vom Sujet her ohne Belang; das Wesentliche ließe sich ohnehin nicht wiedergeben, jene ständig spürbare Spannung jenseits alles Sagbaren, die selbst banalen Äußerungen unversehens eine tieferliegende Bedeutung verlieh, ohne daß ein Außenstehender etwas davon hätte bemerken können.

Zuweilen blickte Bert auf solchen abendlichen Wegen zur Seite und betrachtete Irenes Profil, ihre kühn geschwungene, etwas zu große Nase, die kräftigen, fast männlich wirkenden Augenbrauen, die vollen, stets zum Lachen bereiten und dann übergangslos wieder ernst geschlossenen Lippen – hübsch im landläufigen Sinn war das nicht zu nennen, aber hinter diesen Konturen ahnte Bert eine verborgene Kraft, die all diese Einzelheiten zu einer Schönheit zusammenschloß, deren Erkennen ihm zuweilen den Atem raubte.

Es war etwa ein Jahr vor seiner Matura, als Bert am frühen Nachmittag wie gewohnt an Irenes Wohnungstür schellte. Zu seiner Überraschung öffnete ihm nicht die Freundin, sondern deren Vater, bat ihn herein und sagte, Irene sei wegen einer dringenden Besorgung noch außer Haus, aber das treffe sich gut, denn er würde gern ein paar Worte mit ihm reden. Etwas betreten folgte ihm Bert ins Studierzimmer und fragte sich, ob er eine moralische Belehrung oder dergleichen Peinlichkeiten zu erwarten habe. Er war Irenes Vater wohl ein paarmal in der Wohnung begegnet, hatte bisher aber nur wenige belanglose Worte mit ihm gewechselt und wußte lediglich, daß er Professor war und neuere Geschichte lehrte.

Irenes Vater bot ihm einen Sessel an und setzte sich selbst, wie um den privaten Charakter des Gesprächs zu betonen, nicht hinter den Schreibtisch, sondern seinem Besucher schräg gegenüber an ein niedriges Rauchtaburett. Er nahm seine Pfeife, die er offenbar eben erst dort abgelegt hatte, aus dem Aschenbecher, brachte sie durch ein paar heftige Züge wieder in Gang und sagte dann: »Ich habe schon mehrmals zugehört, wie Sie mit meiner Tochter musiziert haben. Es hat mir gefallen.«

Bert war überrascht und erleichtert, daß der Professor ein so unverfängliches Thema anschlug, und antwortete etwas der Art, daß es ein Vergnügen sei, mit einer so perfekten Geigerin wie Irene zu spielen.

»Dieses Kompliment könnte ich Ihnen zurückgeben«, sagte der Professor lächelnd. »Aber ich habe Sie nicht hier hereingebeten, um mit Ihnen über spieltechnische Perfektion zu diskutieren. Was mir gefallen hat, liegt auf einer anderen Ebene: Ich meine die Art, wie Irene und Sie dabei einander nähergekommen sind. Das war mit zunehmender Intensität herauszuhören.« Als Bert ihn mit einer Einwendung oder Rechtfertigung unterbrechen wollte, hob er abwehrend die Hand und fuhr fort: »Keine Angst, ich habe keine Moralpredigt vorbereitet. Ich habe ja gesagt: Es hat mir gefallen. Aber jetzt sind Umstände eingetreten, unter denen es mir zugleich Sorge zu machen beginnt.«

»Umstände? Ich verstehe nicht...«

»Das können Sie auch nicht. Diese Umstände liegen nicht auf Ihrer, sondern auf meiner Seite. Aber sie bilden die Ursache dafür, daß ich Sie bitten muß, Ihr Verhältnis zu Irene nicht auf eine Weise zu vertiefen, die ihr Kummer bereiten könnte.«

»Wieso Kummer?« Bert wußte nun überhaupt nicht mehr, wovon hier eigentlich die Rede war, aber irgendwo in seiner Brust spürte er, wie sich ein Schmerz vorbereitete und unaufhaltsam näherkam.

»Ich sehe schon, daß ich mich um eine konkrete Erklärung nicht herumdrücken kann. Die bin ich Ihnen wohl schuldig. Aber ich muß Sie bitten, alles, was ich Ihnen jetzt mitteile, vertraulich zu behandeln, einstweilen auch Irene gegenüber. Wollen Sie mir das versprechen?«

Als Bert nickte und »Selbstverständlich« murmelte, stellte der Professor ihm unvermittelt die Frage: »Was halten Sie von der Info-Partei?«

Bert zuckte mit den Schultern. »Um sowas habe ich mich bisher kaum gekümmert. Ich hab genug am Hals mit meinen Schularbeiten, und die übrige Zeit brauche ich zum Üben und Musizieren. Man hört nur immer wieder, das sei die Partei der Zukunft.«

»Genau das ist zu befürchten. Ich sehe für dieses Land eine Entwicklung heraufkommen, die es mir zunehmend erschweren wird und schon jetzt zuweilen erschwert, so zu leben und zu lehren, wie ich es für richtig halte. Natürlich habe ich versucht, etwas dagegen zu unternehmen, aber das hat lediglich dazu geführt, meine Position in der Fakultät ins Wanken zu bringen. Der Einfluß dieser Leute ist schon zu mächtig. Deshalb habe ich mich gestern entschlossen, eine Berufung anzunehmen, die mich und meine Familie in absehbarer Zeit außer Landes führen wird.«

Bert spürte einen Stich im Herzen. »Weit außer Landes?«

»Sehr weit.«

»Wann werden Sie es Irene sagen?«

»Wenn der Tag gekommen ist. Verstehen Sie nun meine Bitte?«

Ehe Bert noch antworten konnte, kam Irene ins Zimmer und blieb erstaunt stehen, als sie ihren Vater mit Bert in ein Gespräch vertieft beieinandersitzen sah. »Hier bist du also! Ich dachte schon, du wolltest heute deine Nachhilfestunde schwänzen.« Und als sie Bert in ihre Stube gelotst hatte, fragte sie mit einer Spur von Mißtrauen in der Stimme: »Was hattet ihr denn so Ernsthaftes zu bereden?«

»Dein Vater hat mir Komplimente über unser Zusammenspiel gemacht«, sagte Bert, um wenigstens annähernd bei der Wahrheit zu bleiben.

Sie kamen weder an diesem Tag noch später auf dieses Thema zurück, aber Bert spürte seither eine Wandlung in seiner Beziehung zu Irene. Wenn sie ihm gegenübersaß und ihm etwas zu erläutern versuchte, starrte er zuweilen auf ihren Mund und wurde von der Vorstellung, diese bewegten Lippen zu küssen, dermaßen überwältigt, daß Irene ihre Erklärung abbrach und fragte: »Hörst du überhaupt zu? Woran denkst du eigentlich?«

Meist gelang es ihm, den Faden des Schulstoffs wieder aufzugreifen, doch einmal antwortete er unwillkürlich: »An dich.«

Als sie das hörte, blickte ihn Irene ziemlich lange an, und er meinte in ihren Augen zu lesen, daß sie ahnte, was er dachte. Dann faßte sie sich unvermittelt und sagte leichthin: »Erst die Arbeit, dann ...« An seiner Reaktion merkte sie wohl, was sie zu sagen im Begriff war, und zog die Augenbrauen zusammen. »Was du schon wieder denkst!« Aber während des weiteren Verlaufs dieser Stunde verhaspelte sie sich mehrmals in ihren Ableitungen mathematischer Formeln und hatte es danach merkwürdig eilig, ihre Geige zu stimmen.

Zu mehr kam es nicht, bis Bert nach wenigen Wochen, sobald Irene ihm die Tür geöffnet hatte, schon auf der Schwelle an ihren Augen erkannte, was dies für ein Tag war. Sie hatte geweint. Er wußte weniger als je zuvor, wie er sich verhalten sollte, und so begannen sie wie üblich ihre Nachhilfestunde, doch Bert spürte bald, daß es ihm unmöglich war, sich auf den Lernstoff zu konzentrieren. Er blickte auf von seinem Cicero und schaute Irene in die Augen: »Es ist so weit, nicht wahr?«

»Ja. Und du hast es schon lange gewußt.«

Es blieb ihm unklar, ob das ein Vorwurf sein sollte oder eine Art Dank für seine Diskretion, die ihr noch eine Zeit unbeschwerten Zusammenseins ermöglicht hatte. Sie war schon wieder den Tränen nahe, doch dann warf sie ihre Bücher zusammen und stand auf. »Was soll das heute noch. Komm, laß uns noch einmal Musik machen.«

»Noch *einmal?* Wann ist es soweit?«

»Morgen. Komm schnell, ehe ich wieder losheule!«

Und dann spielten sie, wie sie noch nie gespielt hatten, eine ihrer Lieblingssonaten nach der anderen, eingesponnen und einsgeworden im Gehäuse ihrer Musik, vergaßen sie darüber Zeit und Stunde, bis Irene nach einem Finalsatz ihre Geige weglegte und Bert vom Flügel aufstand. Im nächsten Augenblick lagen sie einander in den Armen, und nun endlich erfuhr Bert, wie es war, ihre Lippen zu küssen und ihren warmen Körper zu spüren, der ihm schon morgen ins Ungreifbare entzogen sein würde. Immerhin gelang es ihm noch, von Irenes Vater den Namen des Ortes zu erfahren, an dem er künftig wirken würde.

In den folgenden Monaten stürzte sich Bert mit solcher Heftigkeit in die Vorbereitungen seiner Maturaprüfung, daß selbst seine Eltern seinen Eifer zu mäßigen versuchten. Doch er ließ sich nicht bremsen, denn in jeder Minute ungezielten Nachdenkens überfiel ihn der Schmerz der Trennung mit solcher Macht, daß er alsbald wieder in seiner Arbeit untertauchte, und sei es nur, um zu vergessen, was ihm widerfahren war. Auf diese Weise brachte er einen Schulabschluß zustande, dessen beachtliches Ergebnis ihn selbst überraschte.

Er hatte sich entschlossen, die Musikhochschule der Hauptstadt des Landes zu besuchen, jener kunstfreundlichen Metropole im Süden, an deren Universität sein Bruder inzwischen auf sein erstes Diplom hinarbeitete. In den Wochen vor Semesterbeginn schrieb er eine an schmerzlich-dissonanten Doppelgriff-Akkorden reiche Phantasie für Violine allein und schickte sie in einer sauberen Abschrift mit einer entsprechenden Widmung für Irene unter dem Namen ihres Vaters an die Anschrift jener fremdländischen Universität und legte ein Gedicht dazu, in dem die Rede war vom sanften Schlagen der Wellen am Ufer des Stroms, vom schwerelosen Flug der Möwen bei der Brücke und von den Vorstellungen, die solche Bilder in ihm auslösten.

Eine Antwort erhielt er nie. Die Post arbeitete schon damals ziemlich unzuverlässig, vor allem, wenn es um Auslandsbriefe ging. Aber er bekam die Sendung wenigstens nicht zurück, und dieser Umstand nährte für einige Zeit seine Hoffnung, bis sie allmählich zurücktrat.

Dafür sorgten einschneidende Erlebnisse, die bald nach der Ankunft an dem Studienort seine Erfahrungen mit dem weiblichen Geschlecht um neue Nuancen bereicherten. Damals begann er sich Gedanken darüber zu machen, woran es liegen mochte, daß er bestimmte Mädchen oder auch Frauen auf den ersten Blick anziehend fand, während andere, die als umschwärmte Schönheiten galten, ihn völlig kalt ließen. Es mag sein, daß es ihm eher unbewußt darum ging, die Zusammenhänge zu erforschen, in deren Folge ihm dieser Schmerz zugefügt worden war. Was du begriffen hast, hast du im Griff – solch praktikablem Irrtum hing er damals noch an wie viele. Er ließ sich mit Mädchen ein, um seine verwundete Seele vor weiteren Verletzungen eben dieser Art schützen zu lernen, eine selbstgewählte Therapie, die sich dahingehend auswirkte, daß er nun in unbefangener Neugier die äußeren Landschaften weiblicher Körper zu erforschen begann und sich dabei hütete, seine eigene Seele allzusehr zu entblößen oder gar schutzlos preiszugeben.

Auf solchen Pfaden wandelnd, lernte er Gitta kennen, und es wurde ja schon erwähnt, daß die Landschaften, die sie darbot, durchaus des Entdeckens wert waren. Er traf sie auf einem Faschingsfest, das gemeinsam von den Studenten der Musikhochschule und der Kunstakademie veranstaltet worden war. In einen engen Bratenrock gezwängt, den ihm sein Quartiergeber, ein biederer Schneidermeister, geliehen hatte, ein Spitzenjabot am Halse, das einst wohl die Sonntagsbluse dessen Ehefrau geziert hatte, und einer prächtig herabwallenden Allongeperücke, deren Herkunft gleich noch geklärt werden soll, betrat er als barocker Musikmeister den Saal ohne Begleitung und machte sich gleich daran, diesem Übelstand abzuhelfen.

Als er suchend in das Gewühl tanzender Paare blickte, schwang eben ein schnurrbärtiger Torero eine in knallrotes Flitterzeug gehüllte, überaus plastische Gestalt vor ihn hin wie die Muleta vor den angriffsbereiten Stier. Bert nahm die Herausforderung sofort an, zumal er im Vorübergleiten einen Blick auf das Gesicht der Tänzerin erhascht hatte, im Lachen etwas asymmetrisch geöffnete Lippen, zwischen denen die Zunge spielte, ein Aufblitzen in den graugrünen Augen, und schon war er auf der Spur, folgte dem Paar mit den Blicken und traf fast gleichzeitig mit den atemlos lachenden Tänzern bei dem Tisch ein, zu dem der Torero seine Partnerin führte. Inzwischen war Bert klar geworden, daß er dieses Mädchen schon gesehen hatte, wenn auch entstellt durch die groben Farbakzente von Theaterschminke. Um seinen ziemlich karg bemessenen Monatswechsel aufzubessern, sang er wie andere seiner Kollegen zur Aushilfe im Chor der städtischen Oper, und dort war sie ihm wiederholt als Edelfräulein, Zigeunerin oder Frau aus dem Volk begegnet. Um auch das noch zu klären: Bei dem Requisiteur dieses Theaters hatte sich Bert gegen ein eher bescheidenes Bestechungsgeld die Perücke ausgeliehen.

»Habt ihr noch Platz für mich?« fragte er, während sie schon wieder zwischen ihren Freunden saß, die, nach ihrer malerischen Kostümierung zu schließen, Studenten der Kunstakademie sein mußten.

»Für arme Opernchoristen immer«, sagte sie, und dann, mit einem spöttischen Blick auf seine Ausstaffierung: »Wir sind zwar mehr fürs Moderne, aber das Studium der alten Meister soll ja ganz nützlich sein. Rückt ein bißchen beiseite! Barockes paßt zu mir.« Unter Gelächter machten ihre Kollegen Platz, so daß Bert einen freien Stuhl neben Gitta schieben konnte. Daß sie so hieß, erfuhr er allerdings erst jetzt und ebenfalls, daß sie Gebrauchsgraphik studierte.

Der Torero kam an diesem Abend nicht mehr zum Zuge. Bert tanzte unentwegt mit Gitta; bei der Art ihrer Kostümierung lag so manch Barockes sanft in seinen Händen, und er empfand dieses Gefühl von Haut auf Haut als durchaus angenehm. Sicher, sie war ein bißchen stark um die Hüften und auch anderswo, aber die Art, wie sie sich beim Tanzen völlig unbeschwert bewegte, machte das wett: ein Mensch, der seinen Körper akzeptiert, wie er ihm geschenkt worden ist, und der gelernt hat, souverän mit ihm umzugehen – so erklärte sich Bert den Charme, der von diesem Mädchen ausging. Vor solcher Selbstsicherheit verblaßte jedes abgezirkelte Schönheitsideal.

Gegen Morgen brachte er sie durch leere Vorstadtstraßen nach Hause. Der Wind pfiff unangenehm kalt um die Ecken, ein Grund mehr, den Arm um Gittas starke Hüften zu legen, obgleich sie jetzt einen warmen Mantel über ihrem Flitter trug. Unter der Haustür wurde er mit einem langen Kuß belohnt, der seine auf diesem Gebiet bislang eher kümmerliche Erfahrung beträchtlich bereicherte. Doch als er zudringlicher werden wollte, befreite sie sich aus seinen Armen und sagte unvermittelt sachlich: »Nicht heute. Es wird ja bald Tag.« Und als er sie fragte, wann er sie treffen könne, antwortete sie: »Übermorgen im Theater.« Richtig, sie hatten ja beide zu singen, das fiel ihm erst jetzt ein und enthob ihn auch künftig zumeist der Schwierigkeit, Termin und Ort für ein Rendezvous absprechen zu müssen.

Noch nie hatte er einer Opernaufführung so entgegengefiebert wie dieser, allerdings nicht wegen der eher pompösen

Musik dieses ständig von Trompetengeschmetter begleiteten Musikdramas, sondern aus Gründen, die nicht weiter erläutert zu werden brauchen. Auch diesmal begleitete er Gitta nach Hause. Der Aufenthalt vor ihrer Haustür dauerte nur so lange, wie sie brauchte, um den Schlüssel hervorzukramen und aufzusperren. Dann folgte er ihr über endlose Treppen bis hinauf zum Mansardengeschoß, wo sie eine schmale Tür aufschloß, auf der mit Reißnägeln ein Zettel mit ihrem Namen befestigt war. Sie ging ihm voran in die zum Fenster hin von einer zur Hälfte schrägen Wand begrenzte Kammer und fragte: »Ist dir auch so kalt? Ich mach' uns erst einmal Tee.«

Da saßen sie nun nebeneinander auf der Bettkante, wärmten ihre Finger abwechselnd an den heißen Tassen und der schon nicht mehr so abgekühlten Haut des anderen, bis der Tee ausgetrunken war und die Hände sich auf Wanderschaft in fremde, noch unvertraute Landschaften begeben konnten.

Als Bert später neben Gitta lag und seine Finger nur noch sanft den Wegen nachgingen, die er zuvor in steigender Erregung erkundet hatte, mußte er plötzlich an Irene denken. Die Art des Einswerdens, die er während ihrer gemeinsamen Musikstunden immer wieder erlebt hatte, war ihm hier in Gittas Bett unerreichbar geblieben, obwohl er es durchaus nicht bedauerte, sich völlig selbstvergessen den Armen dieses Mädchens überlassen zu haben, das, wie er dankbar feststellte, ihm liebevoll und kundig diesen Schritt erleichtert hatte.

Er wurde noch oft und über längere Zeit hinweg so gastlich in dieser Dachkammer aufgenommen. Damit soll jedoch nicht angedeutet werden, daß sein Aufenthalt in der Universitätsstadt sich mehr oder minder zwischen Opernbühne und Gittas Bett abgespielt hätte. Tatsächlich hatte er sich mit nicht weniger Lust auch auf sein Studium geworfen. Hier gab es endlich etwas zu lernen, das ihn wirklich interessierte und ihn weiterbrachte auf dem Weg, für den er sich schon lange entschieden hatte. Harmonielehre, Kontrapunkt, diese Theoriegerüste der Komposition saugte er geradezu in sich ein und entdeckte, daß dabei lediglich Zusammenhänge beschrieben wurden, die ihm schon längst, wenn auch eher intuitiv, vertraut waren. Besonders faszinierte es ihn, daß der entscheidende Reiz von Meisterwerken der Musikliteratur oft gerade aus deren souveränen Verstößen gegen solche Regeln erklärbar war, und diese Erfahrung bestärkte ihn zugleich in seinen Erkenntnissen hinsichtlich der Attraktivität von Frauen, die er, wenn ihm – selten genug – sein Bruder über den Weg lief, mit ihm zu diskutieren versuchte, ohne dabei allerdings in ihm einen auf gleiche Weise engagierten Gesprächspartner zu finden, wie man schon weiß.

Bert besuchte auch die Instrumentalklassen für Flöte und Klavier, um seine Spieltechnik weiter zu vervollkommnen. Hier stieß er allerdings auf Schwierigkeiten, insbesondere bei seinem Klavierprofessor. Bert hatte sich in den vorangegangenen Jahren eine sehr persönlich gefärbte Art zu spielen angewöhnt, die in keiner Weise den Vorstellungen dieses nicht unbedeutenden Pianisten entsprach, und statt sich die Spielweise seines Lehrers anzueignen, was er ohne weiteres gekonnt hätte, ließ er sich immer wieder auf Diskussionen mit ihm ein, die um so fruchtloser verliefen, als jener – ziemlich eitel und auf seinen eigenen, von der Kritik anerkannten Stil bedacht – keineswegs zu Konzessionen bereit war oder gar imstande, eine abweichende Auffassung zu tolerieren. Bert fand die Spielweise seines Lehrers zu mechanisch, zu kühl, zu unbeteiligt, perfektionistisch, aber ohne Seele oder wie immer man das nennen soll. Offenbar entsprach eine solch distanzierte Einstellung zur künstlerischen Darbietung der gegenwärtigen Anschauung oder der Rolle, die der Musik in der Öffentlichkeit zugewiesen wurde. Aber Bert wollte nicht so spielen.

Als er an einem warmen Sommertag gegen Abend ziellos

durch ein Villenviertel im Vorfeld der Stadt schlenderte, hörte er aus dem offenen Fenster eines schon etwas desolaten Gebäudes der Jahrhundertwende Klavierspiel und erkannte sofort, daß hier ein Meister am Flügel saß, wie er ihn sich wünschte. Er blieb stehen und lauschte, an das rostige Gitter des Vorgartens gelehnt, der Musik, gefesselt vom Ausdruck dieser bis in die subtilste Artikulation ausgefeilten Darbietung einer Sonate, über deren Interpretation er sich mit seinem Professor schon mehrfach in die Haare geraten war. Wie sie hier vorgetragen wurde, entsprach durchaus nicht seiner bisherigen Vorstellung, überzeugte ihn aber auf Anhieb. Ihm war zumute, als begreife er das Stück zum ersten Mal wirklich. Hier gab es etwas zu lernen, das war ihm sofort klar. Auf dem Türschild stand in einfachen Antiqua-Buchstaben LUCACCI. Der Name sagte ihm nichts. Bert wartete, bis die Sonate zu Ende gespielt war, und drückte ohne zu zögern auf den Klingelknopf.

Eine Zeitlang geschah nichts. Dann erschien am Fenster eine alte Dame mit schneeweißem Haar und fragte ihn mit überraschend klarer, hell getönter Stimme, zu wem er wolle. Ein kaum spürbarer fremdländischer Akzent in ihrer Sprechweise mischte sich reizvoll mit leichten Anklängen an den in dieser Stadt fast von jedermann gesprochenen Dialekt.

»Zu dem Menschen, wer auch immer das sein mag, der hier eben Klavier gespielt hat«, rief Bert.

»Da müssen Sie schon mit mir vorliebnehmen, junger Mann. Wollen Sie noch immer hereinkommen?«

»Ich kann es kaum erwarten!«

»Einen Augenblick«, sagte die Dame lachend. »Ich komme gleich. Die Gartentür ist offen.«

Bert ging durch den verwilderten Vorgarten, in dem einige Rosensträucher zwischen wuchernden Efeu- und Windenranken um ihre Existenz kämpften, und stieg eben die drei Stufen zur Haustür hinauf, als diese schon geöffnet wurde. Mag sein, daß die Dame, die ihn so freundlich hereingebeten hatte, ihm aus dieser Perspektive größer und respektgebietender erschien, als sie bei einer Begegnung auf gleichem Niveau gewirkt hätte. Bert blieb unwillkürlich stehen und blickte voll Bewunderung zu ihr auf. Die weißen Haare umrahmten wie eine knapp bemessene Rokoko-Perücke eine breite Stirn, unter der ihm zwei dunkelblaue, fast ins Violette spielende Augen entgegenblickten. In den Winkeln der noch immer straffen Lippen lag eine Spur ihres Lachens. Diese Frau mochte alt sein, aber eine Greisin war sie nicht. Bert fand sie umwerfend schön.

»Signora Lucacci?« Er gebrauchte spontan diese eher feierliche Anrede. Als sie nickte, nannte er seinen Namen.

»Kommen Sie herein«, sagte die Signora. »In meinem Alter freut man sich über jeden Besuch.«

Sie führte ihn in ein geräumiges Wohnzimmer, das mit alten Kirschholzmöbeln ausgestattet war. Im Mittelpunkt des Raums stand, noch aufgeschlagen und spielbereit, der Konzertflügel, dessen Klang Bert draußen auf der Straße gehört hatte.

»Sie machen mir doch die Freude, Tee mit mir zu trinken?« sagte die Signora, und als Bert dankend annahm, fügte sie hinzu: »Es wird nicht lange dauern. Sie können sich einstweilen mit dem Instrument bekanntmachen, dem ich Ihren Besuch verdanke.«

Sobald sie den Raum verlassen hatte, setzte sich Bert an den Flügel. Zunächst schlug er einige Tasten an, um die Reaktion der Mechanik zu erproben, fand sie vorzüglich und begann, ohne lange nachzudenken, sogleich mit dem ersten Satz jener Sonate, deren Noten noch aufgeschlagen auf dem Pult lagen. Er hatte sie schon oft auf seine Weise gespielt, aber jetzt versuchte er, sich von der eben gehörten Interpretation anregen zu lassen, ohne dabei seine eigene Vorstellung ganz aufzugeben. Nach wenigen Takten war er so in sein Spiel vertieft, daß er nichts anderes mehr wahrnahm. Erst als er den Satz beendet hatte und aufblickte, sah er, daß seine Gastgeberin inzwischen zurückgekehrt war, Tassen und Gebäckschale aufgedeckt und den Tee auf einem Stövchen warmgestellt hatte.

»Entschuldigen Sie. Ich hatte Sie nicht gehört.«

»Aber ich Sie«, sagte die Signora, »und ich fand es sehr bemerkenswert. Doch davon können wir später reden. Kommen Sie, es steht alles bereit.«

Während sie miteinander Tee tranken, fragte sie ihn nach seinem musikalischen Werdegang und dem Ziel seines Studiums, und Bert erzählte ihr in aller Offenheit von seinen Schwierigkeiten. Erleichtert wurde ihm das durch die Art, in der sie zuzuhören verstand und gelegentlich, wenn er zögerte, sich allzu kritisch zum Unterrichtsstil seines Klavierprofessors zu äußern, seine begonnenen Sätze durch eigene Einwürfe ergänzte, die Berts Gedanken treffender ausdrückten, als er sie selbst hätte formulieren können. Noch nie, so erschien es Bert, hatte er mit einem Menschen gesprochen, der so von Grund aus wußte, worum es ihm eigentlich ging. Nebenbei erfuhr er auch, daß Signora Lucacci (dies war übrigens ihr Mädchenname) vor langer Zeit in ihrer Heimat an einem Konservatorium unterrichtet hatte, später durch ihre Heirat mit einem Chirurgen in diese Universitätsstadt eines ihr fremden Landes verschlagen worden war und nun, schon seit mehr als einem Jahrzehnt verwitwet, allein in diesem Haus lebte. Ihre Freunde waren nach und nach weggezogen oder gestorben, und außer einer Zugehfrau, die dreimal in der Woche die grobe Hausarbeit erledigte, gab es in der Stadt kaum einen Menschen, der ihr nahestand.

Inzwischen war der Tee ausgetrunken, die Gebäckschale nahezu geleert. Die Signora räumte das Geschirr weg und sagte, als sie ins Zimmer zurückkam: »Haben Sie Lust, mir diese Sonate noch einmal und jetzt mit allen vier Sätzen vorzuspielen?«

Auch damit hatte sie wieder erraten, was Bert sich schon während der Teestunde gewünscht, aber nicht zu äußern gewagt hatte. Er setzte sich an den Flügel, und sie blieb neben ihm stehen, um die Seiten umzublättern. Diesmal griff er wiederum Nuancen ihrer Spielweise auf, wenn es ihm auch nicht immer gelang, diese mit seiner eingeübten Interpretation in Einklang zu bringen. Nach dem Schlußakkord nahm er die Hände von den Tasten und blickte die Signora erwartungsvoll an. Eine Zeitlang schwieg sie nachdenklich und sagte dann:

»Sie haben vorhin gut zugehört, Bert. – Ich darf Sie doch so nennen? – Also, wie gesagt, im einzelnen haben Sie begriffen, worauf ich bei dieser Sonate hinauswill, und das hat mich schon vorhin beeindruckt.«

»Aber ich bringe das noch nicht recht zusammen mit meinen eigenen Vorstellungen.«

»Es spricht für Sie, daß Sie auch das gemerkt haben. Es genügt nicht, im Detail etwas nachzuahmen, das dann nicht in den Rahmen des Ganzen paßt. Sie müssen Ihre eigene Auffassung finden, und wenn Ihnen mein Verständnis bestimmter Passagen jetzt plausibler erscheint, müssen Sie Ihr gesamtes Konzept ändern, damit keine Diskrepanz entsteht. Nehmen Sie zum Beispiel diese Phrase hier im sechsten Takt des Adagios ...«

Man hört, hier begann gleich eine erste Unterrichtsstunde, doch soll niemand mit interpretatorischen Details oder gar Angaben über Fingersätze gelangweilt werden. Jedenfalls war es draußen schon dunkel, als die Signora sagte: »Ich glaube, das reicht für heute.«

Bert blickte überrascht zu ihr auf. »Wollen Sie damit sagen, daß Sie bereit wären, mir weiter Unterricht zu geben? Ich werde Sie nicht bezahlen können.«

Er brachte sie damit zum Lachen. »Bezahlen? Sie machen mir eine Freude, wenn Sie mich wieder besuchen. Es gibt nichts

Trostloseres als diese einsamen Teestunden, bei denen mir all die Menschen in den Sinn kommen, die hier zusammen mit mir gesessen sind und nie mehr sitzen werden. Kommen Sie, so oft Sie wollen. Ich bin fast immer zu Hause.«

Auf diese Weise fand Bert eine Lehrerin, wie er sie sich gewünscht hatte. Die Fortschritte, die er dabei machte, räumten zwar die Meinungsverschiedenheiten zwischen ihm und seinem Professor nicht aus dem Weg, aber es kam immerhin vor, daß dieser aufhorchte. »Ungewöhnlich, wie Sie das spielen. Höchst ungewöhnlich! Aber nicht ohne Überzeugungskraft, wenn auch sehr eigenwillig. Ob man das so spielen darf?« Er ließ diese an sich selbst gerichtete Frage offen, aber er verneinte sie nicht.

Der häufige Umgang mit Signora Lucacci bereicherte auch Berts Erkenntnisse über Frauen um eine völlig neue Dimension, einen weniger an Äußerlichkeiten gebundenen, sondern eher von innen heraus wirkenden Zauber, den nur eine voll zur Entfaltung gekommene Persönlichkeit in der letzten Reife ihres Menschseins auszustrahlen vermag. So ließe sich etwa Berts Vorstellung zu diesem Thema zusammenfassen.

Wenn man ihn gefragt hätte, ob er die Signora liebe – er hätte das ohne Zögern bejaht, auch wenn dies auf einer anderen Ebene anzusiedeln war als sein Verhältnis zu Gitta. Das ist nicht so zu verstehen, als sei Gitta nicht mehr gewesen als eine nur die Sinne befriedigende Bettgenossin. Er konnte mit ihr durchaus über vieles sprechen, das ihn beschäftigte, und interessierte sich für ihre originellen graphischen Blätter auf ähnliche Weise wie sie für seine Musik. Aber es gab auch Themen, über die er mit ihr nicht sprach, und dies betraf nicht nur subtile Detailfragen musikalischer Gestaltung, wie er sie mit Signora Lucacci erörterte.

Nachdem er mit der Signora – damals kannte er sie schon über ein Jahr – ein Klavierstück für vier Hände gespielt und dabei, fast zu seiner Bestürzung, jene seit Irenes Abreise nie wieder erlebte Verschmelzung mit einem anderen Menschen gespürt hatte, erzählte er ihr von diesem Mädchen. Es war das erste Mal, daß er überhaupt imstande war, über diesen noch immer in der Tiefe eingekapselten Schmerz zu sprechen, ja man kann sagen: Er schüttete sein Herz aus und empfand dies als eine seit langem ersehnte Wohltat. Nach einer Weile des Schweigens sagte er noch: »Warum mußte das so enden, ehe es richtig angefangen hatte?«

Die Signora, die bisher mit abgewandtem Gesicht zugehört hatte, hob den Kopf und blickte Bert auf eine Weise an, als habe er gerade bodenlosen Unsinn gefaselt. »Ich habe nie eigene Kinder gehabt, aber jetzt muß ich dich anreden wie einen eigenen Sohn. Diese Frage läßt sich nicht aus förmlicher Distanz beantworten. Noch nicht angefangen! Spürst du nicht, was dir damals geschenkt worden ist? Du hast geliebt und bist geliebt worden – ist das nichts? Statt diese Erfahrung anzunehmen, hast du sie aus deinem Bewußtsein verdrängt und in dein Selbstmitleid eingemauert, als sei dir etwas Entsetzliches angetan worden. Was meinst du wohl, woher ich die Kraft nähme, allein in diesem Haus weiterzuleben, wenn ich nicht geliebt hätte und geliebt worden wäre? Oder haben diese Infos mit ihrer heimtückischen Propaganda auch dich schon so weit gebracht, daß du deinen Gefühlen nicht mehr vertraust und nur noch von dem leben willst, was du weißt und besitzt?«

Bert fand diese Abschweifung befremdlich. »Was wissen Sie von der Info-Partei, so wie Sie leben?« Damit brachte er die Signora wahrhaftig zum Lachen.

»Ach Bert«, sagte sie, »was meinst du denn, womit ich mich beschäftige, während du nicht da bist? Ich lese Zeitung, höre Radio und nicht nur Musiksendungen, schalte sogar gelegentlich den Fernseher ein. Und ich unterhalte mich mit meiner Zugehfrau oder dem Mann im Milchladen an der Ecke. Ich weiß ganz gut, was sich außerhalb dieses Hauses abspielt, und mir graut vor der Entwicklung, die sich anbahnt. Da geht es fast nur noch um Nutzen und Kosten, um Besitz und Macht, um Ordnung um der Ordnung willen, alles erscheint machbar und wird ausprobiert ohne Rücksicht darauf, ob es den Menschen wirklich dient. Merkst du denn nicht, wie diese Polit-Manager systematisch daran arbeiten, jedes menschliche Gefühl abzustumpfen oder auf längere Sicht sogar auszurotten? Meine einzige Hoffnung sind Menschen, die lieben können, auch wenn man sie heute vorzugsweise als lebensuntüchtige Idioten hinstellt. Du kannst lieben, Bert, du hast es erfahren, wie das ist, einem anderen so nahe zu kommen, daß Begrenzungen aufgehoben zu sein scheinen. Also lebe jetzt aus dieser Erfahrung und verkrieche dich nicht vor dir selbst! Schmerzen gehören dazu, weil diese Welt so ist wie sie ist. Aber diese Schmerzen sind zugleich der Beweis, daß du wirklich lebst. Ich glaube, von Menschen, die das wissen, hängt die Zukunft der Erde ab.«

Während sie das alles sagte, schien sie zu wachsen, aus ihren Augen strömte eine beschwörende Kraft, und das Haar stand um ihre Stirn wie eine silberne Krone – eine weiße Magierin, die ihren Adepten in das große Geheimnis einweiht. Auf Bert wirkte sie jedenfalls so, und ihm war zumute, als ahne er zum ersten Mal etwas vom Sinn dessen, was ihn in den vergangenen Jahren gequält und in scheinbarer Leichtlebigkeit umgetrieben hatte. »Wer sind Sie?« stammelte er und es hätte ihn nicht gewundert, wenn sie geantwortet hätte: Die große Mutter oder Der Erzengel Gabriel. Aber sie sagte nur: »Clara Lucacci, Klavierlehrerin und Witwe. Und jetzt gieß ich uns Tee auf.«

Am nächsten Tag erreichte Bert die Nachricht, daß am Abend zuvor seine Mutter gestorben war. An Herzversagen, telegraphierte sein Vater. Hatte die Signora das geahnt oder gar davon gewußt, als sie ihn zur gleichen Stunde angesprochen hatte wie seine Mutter? Nein, das war nicht möglich. Und doch schien es ihm, daß im Klavierzimmer der Signora eine Art von Stellvertretung geschehen war. Er fand Trost in dieser geheimnisvollen Verknüpfung beider Ereignisse, und der Eindruck blieb, daß seine Mutter durch den Mund der Signora noch einmal mit ihm habe sprechen wollen.

Fred, der inzwischen als Assistent an seinem Institut über eigene Mittel verfügte, nahm Bert in seinem neu erworbenen Kleinwagen auf die Heimreise zum Begräbnis mit. Auf dieser Fahrt von etwa drei Stunden wurde Fred nicht müde zu beteuern, daß jeder Mensch einmal sterben müsse, das sei der Lauf der Dinge, doch das Leben gehe weiter, man müsse sich den Aufgaben der Zukunft stellen und nicht mehr nach rückwärts blicken, sondern an einer neuen Gesellschaft mitbauen, deren erste Ansätze schon so verheißungsvoll sichtbar geworden seien und noch mehr dergleichen abgedroschene Phrasen, mit todernster Miene vorgebracht, Äußerungen, die ihm schließlich einen plausiblen Übergang dazu lieferten, in aller Ausführlichkeit die ersten erfolgreichen Klimmzüge an der Stufenleiter seiner wissenschaftlichen Karriere zu schildern. Bert hörte bald nicht mehr hin. Er blickte hinaus auf die jenseits der Leitplanken längs der Autobahn vorübergleitende Landschaft und dachte an seinen Vater, der allein in der leeren Wohnung zurückbleiben würde. Wie würde er sich fühlen, wenn er abends aus der Redaktion der Zeitung in die Räume zurückkehrte, in denen ihn jedes Bild, jedes Möbelstück an seine Frau erinnern mußte? Ob er sein künftiges Witwerdasein ähnlich empfinden würde wie die Signora? Bert hatte keine Vorstellung davon, wie stark die Liebe seiner Eltern zueinander gewesen sein mochte. Oder sollte er besser sagen: Wie stark sie ist?

Er fand den Vater noch hilfloser vor, als er befürchtet hatte. Bald darauf traf auch Illa mit dem Zug aus dem Norden ein. Bert bewunderte sie dafür, wie sie ohne viele Worte auf den

Vater zuging und ihn in die Arme nahm, eine Geste, vor der er sich selbst gescheut und die er bei Fred gar nicht erst erwartet hatte. So war Illa: mit Selbstverständlichkeit das Nächstliegende tun. Er war froh, daß es sie gab.

Am Abend nach der Beerdigung holte der Vater ihn in sein Arbeitszimmer. Er müsse etwas mit ihm besprechen. Schon beim Eintreten entdeckte Bert, daß Vaters Schreibtisch säuberlich aufgeräumt war, keine Spur von dem vertrauten Chaos. Dieser Anblick erschreckte Bert mehr als die tiefe Niedergeschlagenheit seines Besitzers.

»Es ist nicht nur Mutters Tod«, sagte der Vater zögernd, als sie sich gesetzt hatten. »Vielleicht ist ihr Tod sogar eine Folge dessen, was ich dir jetzt eröffnen muß. Ich habe meine Stellung verloren. Die Zeitung war schon seit längerer Zeit in Schwierigkeiten und ist nun vor ein paar Wochen von den Infos aufgekauft worden. Nachdem ich in den letzten Jahren eine ganze Reihe kritischer Kommentare über diese Leute geschrieben habe, war ich als Redakteur natürlich untragbar geworden. Was dich betrifft: Mit der Rente, die mir jetzt noch verbleibt, kann ich dir nicht mehr so viel Geld schicken wie bisher, genauer gesagt: allenfalls die Hälfte. Ein Glück, daß Fred schon verdient. Illa kann mit dem Taschengeld, das sie als Turnusärztin bekommt, wenigstens die Wohnung halten. Essen bekommt sie ja in der Klinik. So ist die Lage, und ich überlege schon, ob ich mir nicht eine kleinere Wohnung nehmen soll.«

»Das wäre vielleicht das beste.« Bert dachte dabei weniger an die Ersparnis als an die Qual der Erinnerung, die für den Vater möglicherweise von diesen alten Räumen ausging. Im übrigen versuchte er, ihn zu beruhigen, erwähnte seinen Nebenverdienst an der Oper und sagte, daß er auch noch anderweitig mit seiner Musik hinzuverdienen könne.

»Stunden geben?«

»Auch das.« Bert kam vor allem das Studentencafé Randinger in den Sinn, dessen Besitzer ihn kürzlich gefragt hatte, ob er sich seine Finanzen mit Klavierspielen in diesem Etablissement ein bißchen aufbessern wolle. Bert hatte damals abgelehnt, aber noch konnte er auf den Vorschlag zurückkommen. Diese Angelegenheit war damit abgeschlossen, aber Bert interessierte noch etwas anderes. »Warum«, fragte er, »hast du mit uns eigentlich nie über diese Infos gesprochen?«

»Ja, warum? Vielleicht hätte ich das tun sollen, euch vorbereiten auf das, was sich anbahnt. Wahrscheinlich war es ein Fehler, daß ich euch nicht hineinziehen wollte. Meine Artikel habt ihr beide ohnehin nicht gelesen. Ihr wart immer so beschäftigt, Fred mit seinen Steinen und du mit deiner Musik. Nur Illa hat mich hie und da nach meiner Meinung gefragt. Als sie anfing, Medizin zu studieren, hat sie einmal gesagt, als Ärztin könne sie unter jedem politischen System Menschen helfen. Hoffentlich täuscht sie sich da nicht. Mit deiner Mutter habe ich allerdings von Anfang an über diese Vorgänge gesprochen, und sie hat mich darin bestärkt, diese Artikel zu schreiben. Sie war eine mutige Frau, auch wenn ihr das wohl nicht bemerkt habt. Jetzt hat alles keinen Sinn mehr. Zu spät.«

Nichts hatte Bert in diesen Tagen so erschüttert wie diese letzten zwei Worte seines Vaters, in die all seine Verzweiflung und Resignation zusammengezogen waren. Fred schien sich darüber weniger Gedanken zu machen. »Der Alte hätte sich eben beizeiten arrangieren müssen«, sagte er auf der Rückfahrt. »Es hat keinen Zweck, sich gegen unaufhaltsame Entwicklungen anzustemmen, noch dazu, wenn sie sich als nötig erweisen, was auch immer man im einzelnen davon halten mag. Auch chemische Reaktionen sind nicht mehr zu verhindern, wenn sie einmal in Gang gekommen sind. Ich habe Vater schon immer für eine Art Don Quijote gehalten. Über solche Leute geht die Zeit hinweg. Als Journalist hätte er das wissen müssen.«

»Du hast das natürlich gewußt«, sagte Bert mit spürbarem Spott, worauf Fred für den Rest der Fahrt beleidigt verstummte.

Berts Finanzen regelten sich noch günstiger, als er zu hoffen gewagt hatte. Nicht nur, daß er seither nachmittags zwei Stunden im Randinger am Klavier saß und – eher improvisierend – vor sich hin klimperte, manchmal, wenn er nicht in der Oper beschäftigt war, noch zusätzlich am Abend. Außerdem bekam er auch eine mietfreie Wohnung. Nachdem er der Signora von den Schwierigkeiten seines Vaters mit dieser Info-Bande – so nannte er diese Leute jetzt – erzählt hatte, war es für sie nicht schwer gewesen, Schlüsse zu ziehen im Hinblick auf seinen dezimierten Monatswechsel. Da hatte sie ihn eingeladen, in ihr Haus zu übersiedeln. »Sie können sich ein Zimmer aussuchen, und außerdem haben Sie hier einen Flügel zum Üben.« Sie sprach ihn jetzt wieder mit *Sie* an; das *Du* wollte sie offenbar Situationen vorbehalten, in denen sie eine mütterliche Zuwendung für angebracht hielt.

Also zog Bert bei ihr ein, wählte sich einen Raum im ersten Stock, aus dessen Fenster er über die Hausgärten der Nachbarn hinweg auf eine englische Parkanlage mit hohen alten Bäumen hinausblicken konnte, und richtete sich mit seinen Habseligkeiten ein. Zu den Möbeln dieses Zimmers gehörte ein aufklappbarer Sekretär mit zahllosen kleinen Schubladen, auf dessen Schreibplatte er in der nachfolgenden Zeit Kompositionen entwarf, die seinen Professor in Erstaunen versetzten. »Sie haben Ihren eigenen Stil gefunden. Was ist mit Ihnen passiert?«

Bert hätte diese vom Professor eher rhetorisch gemeinte Frage, die er sich selbst schon mehrfach gestellt hatte, kaum beantworten können. War er durch den Tod seiner Mutter in ein neues Stadium von Selbständigkeit entlassen worden?

Oder war diese fast von einem auf den anderen Tag gewonnene Souveränität in der Gestaltung musikalischen Materials eine Frucht seines Unterrichts bei der Signora oder überhaupt seines täglichen Umgangs mit dieser Frau? Seit jenem mütterlichen Abendgespräch hätte er ihr selbst unfaßbare Fähigkeiten zugetraut; er achtete jetzt viel genauer auf die Zwischenbemerkungen, die sie während des Unterrichts oder auch sonst eher beiläufig einwarf. »Sehen Sie«, sagte sie einmal, »dieses Stück hat der Komponist zu der Zeit geschrieben, als seine Geliebte starb. Moll, versteht sich. Aber kein formloser Aufschrei. Struktur, vollkommene Struktur, in der sein Schmerz eine Gestalt gewinnt. Sie spielen das viel zu emphatisch.«

Bert hatte noch am gleichen Abend seine Irene gewidmete Violin-Phantasie hervorgesucht und schon auf den ersten Blick ihre emotionsgeladenen Auswucherungen erkannt. Er korrigierte sie nicht, sondern schrieb das Stück von Anfang bis Ende neu. Das Bedürfnis, es auf den ohnehin unsicheren Postweg zu bringen, verspürte er diesmal nicht. Um die Vorläufigkeit des nun überholten ersten Versuchs ein für allemal deutlich zu machen, schrieb er über die Reinschrift der neuen Fassung *Opus 1* und schickte sie an einen Musikverlag, der binnen weniger Tage den Empfang bestätigte, dann aber nichts mehr von sich hören ließ.

Das einzige, worunter er in dem Jahr nach dem Tode seiner Mutter litt, war ein permanenter Mangel an Zeit. Zu seinem Studium an der Hochschule kamen der Unterricht bei Signora Lucacci, weiterhin seine Verpflichtungen an der Oper einschließlich der dazu erforderlichen Proben und nun auch noch der Job als Caféhausmusiker. An seinen Kompositionen konnte er meist nur in den Nachtstunden arbeiten, und sein Verbrauch an Kaffee, den er sich in der Küche der Signora zubereitete, stieg beträchtlich. Manchmal versuchte er, neue Ideen während seiner Improvisationen im Randinger auszuprobieren, aber das Publikum fand sich nur bis zu einem gewissen Grad bereit, ihm bei seinen musikalischen Höhenflügen zu folgen, und so mußte er zumeist zu irgendwelchen populären Chansons zurückkehren, die er dann allerdings gern parodistisch verfremdete, um nicht völlig im Banalen unterzutauchen.

Es ist verständlich, daß über all diesen kräftezehrenden Tätigkeiten seine Besuche bei Gitta seltener wurden. Wenn sie nach einem Opernabend zusammen durch den nur für Befugte benützbaren Hintereingang auf die nächtliche Straße hinaustraten und sie ihn fragte, ob er noch zu ihr kommen wolle, schützte er immer öfter Müdigkeit vor, brauchte diese schließlich nicht einmal mehr vorzuschützen, gab ihr einen eher beruhigenden als die Sinne erregenden Kuß und fuhr mit der Straßenbahn nach Hause, um sich dort mit Hilfe starken Kaffees für schöpferische Arbeit zu ermuntern.

Gitta hatte zu dieser Zeit ihre Ausbildung nahezu abgeschlossen und fand nach ihrer letzten Prüfung eine Anstellung als Werbegraphikerin in einer Stadt unweit von Berts Heimatort. Sie schrieben einander gelegentlich noch Briefe, doch auch diese Korrespondenz versiegte allmählich und beschränkte sich schließlich auf knapp formulierte Kartengrüße. Ihre Beziehung war wohl doch von einer Art gewesen, die, um lebendig zu bleiben, der körperlichen Anwesenheit des anderen bedarf, und Bert stellte eines Tages mit Erstaunen fest, daß Irene, von der er seit Jahren nichts gehört hatte, seine Gedanken weit mehr beschäftigte als dieses Mädchen, dessen barocke Gefilde ihm so vertraut gewesen waren.

Um diese Zeit stellten sich die ersten, von allerdings noch recht bescheidenen Honoraren begleiteten Erfolge ein: Auf Anregung seines Kompositionslehrers unternahm ein ortsansässiges Kammerorchester die Uraufführung seines *Opus 2*, einer Suite, der er den abstrakt klingenden, für ihn selbst jedoch mit konkreter Erfahrung gefüllten Titel *Transformatio-*

nen einer Beziehung gegeben hatte. Das Werk erhielt freundlich anerkennende, wenn auch keine besondere Sachkunde verratende Kritiken, deren hermetischer Wortgebrauch ihn in Erstaunen versetzte. Außerdem druckte der bislang so schweigsame Musikverlag als *Opus 3* eine Folge kleiner, spieltechnisch für fortgeschrittene Klavierschüler schon zugänglicher Klavierstücke unter dem sehr viel besser faßbaren Titel *Einfälle beim Randinger.* Zumindest dort, wo man wußte, wer oder was der Randinger ist, wurde das Heft fast zu einem Verkaufserfolg. Zugleich mit dem Vertrag für dieses bescheidene Werk hatte ihm der Verlag sein *Opus 1* mit der Bemerkung zurückgeschickt, daß es zwar sehr interessant, aber zu schwierig sei, um einem jungen, noch unbekannten Komponisten zur Publizität zu verhelfen.

Über alledem verging etwa ein Jahr. Bert begann sich bereits auf seine ersten Abschlußprüfungen vorzubereiten, als Signora Lucacci eines Tages während des Unterrichts unvermittelt einen Schwächeanfall erlitt und zusammengebrochen wäre, hätte Bert sie nicht, rasch vom Klavierhocker aufspringend, noch rechtzeitig auffangen und zum Sofa tragen können, auf dem sie für Minuten nahezu bewußtlos liegenblieb und erst wieder zu sich kam, als er schon den Telefonhörer in der Hand hielt, um einen Arzt zu rufen. Mit schwacher Stimme, jedoch in striktem Tonfall, befahl sie ihm, den Hörer wieder aufzulegen und sich neben sie zu setzen.

Als er die Signora aufhob, hatte Bert mit Verwunderung bemerkt, wie leicht sie war, doch als er ihr jetzt ins Gesicht blickte, wandelte sich seine Verwunderung in Erschrecken. Ihre leicht gebogene Nase, deren charaktervolle Form er oft bewundert hatte, ragte wie ein Vogelschnabel aus dem weißen, tief eingefallenen Gesicht, in dem die Augen übergroß wirkten - hatte sie schon immer so ausgesehen? Oder hatte er, da er ihr täglich begegnete und vielbeschäftigt wie er war, eine allmähliche Verwandlung ihrer Züge nur nicht bemerkt?

Während er schon anfing, sich Vorwürfe zu machen, legte sie ihre Hand auf seinen Arm. »Bert, jetzt muß ich wieder einmal *du* zu dir sagen; denn wir müssen über eine sehr persönliche Angelegenheit reden. Auf das, was mir heute passiert ist, bin ich schon seit einiger Zeit vorbereitet. Ich wollte es zunächst mit mir selber abmachen, aber jetzt ist es so weit, daß du es erfahren mußt.«

»Sie sind krank und brauchen Ruhe«, sagte Bert hilflos.

Die Signora lächelte, und dabei kam eine Andeutung ihres lebensvollen Gesichtes wieder zum Vorschein. »Ruhe werde ich bald haben. Es ist eine Krankheit zum Tode.« Und dann erfuhr er nach und nach, daß sie an Krebs erkrankt war, einer inoperablen Form, wie ihr ein ehemaliger Schüler ihres Mannes bestätigt hatte. Sie wußte das schon seit einigen Wochen, hatte sich aber in den Kopf gesetzt, eine Änderung ihrer Lebensart so lange wie nur möglich hinauszuzögern. »Weißt du, Bert«, sagte sie, »mir graut vorm Krankenhaus, vor den sterilen Betten, vor der routinierten Freundlichkeit des Pflegepersonals, besonders vor diesen Apparaten, mit denen sie oft nur hinauszuschieben versuchen, was dann doch eintreten muß. Davor fürchte ich mich – nicht vor dem Tod, diesem Hinübergehen in das ganz Andere. Und jetzt kannst du meinetwegen den Arzt anrufen und mich in die Klinik einweisen lassen.«

Sie gab ihm die Nummer des Arztes, mit dem sie sich beraten hatte, Bert rief ihn an, doch während noch die sachlich-kühlen Fragen des Mediziners, verflacht durch die mechanische Tonwiedergabe, an sein Ohr drangen und er selbst die Symptome des Zusammenbruchs zu schildern versuchte, quälte ihn die Vorstellung, daß er eben dabei sei, die Signora einer Institution auszuliefern, in deren System ihr Sterben nur noch ein Problem perfektionierter klinischer Technik sein würde. Er sah diese von ihm verehrte, ja geliebte Frau als wehrloses Bündel organischer Materie an chromblitzenden Geräten und pulsierenden Schläuchen hängen, ihrer menschlichen Würde beraubt und ausgeliefert der Mechanik computergesteuerter Apparate und erkannte, daß dieses nicht geschehen durfte.

Als kurz danach die Türglocke schellte und Bert den Arzt einließ, wußte er, was er tun wollte. Er bat den Besucher in ein durch den Hausflur vom Musikzimmer getrenntes Kabinett und sagte, kaum daß sie sich gesetzt hatten: »Signora Lucacci soll hier in ihrem Haus sterben.«

»Wie stellen Sie sich das vor, junger Mann?« Der Arzt wirkte durchaus nicht so distanziert und kühl, wie seine Stimme am Telefon geklungen hatte. Dieser Fall schien ihn persönlich sehr stark zu berühren, und er sagte, er könne Berts Befürchtungen gut verstehen, obwohl heutzutage eher die Tendenz bestünde, Patientinnen wie Frau Lucacci allzu früh von lebenserhaltenden Systemen abzukappen. Die Arbeitsbedingungen in der Klinik erlaubten nun einmal kaum eine persönliche Zuwendung bei der Betreuung aussichtsloser Fälle. »Aber Sie haben wohl keine Vorstellung davon, was die Pflege einer sterbenden Krebspatientin bedeutet. Sie wird bald rund um die Uhr Beistand benötigen.«

»Würden Sie mir dabei helfen?«

Der Arzt blickte ihn erstaunt an. Nach einer Weile sagte er nicht ohne Bewunderung: »Trauen Sie sich das zu? Ich könnte allenfalls einmal am Tag vorbeikommen, die Patientin untersuchen und Ihnen sagen, was zu tun ist. Sind Sie ein Verwandter von Frau Lucacci?«

»Nein. Aber ich habe ihr viel zu verdanken«, und als Bert diese Phrase sein Verhältnis zur Signora zu oberflächlich zu umschreiben schien, setzte er hinzu: »Ich liebe sie wie eine Mutter.«

»Sie werden viel Kraft brauchen«, sagte der Arzt, und das bedeutete wohl, daß er mit Berts Vorschlag einverstanden war. Während sie schon standen, sagte er noch: »Später, wenn es nicht mehr anders geht, kann ich Ihnen vielleicht für ein paar Stunden am Tag eine Pflegerin schicken. Die muß allerdings bezahlt werden.«

»Das wird sich regeln lassen«, sagte Bert. Dann führte er den Arzt zur Signora und ließ ihn mit ihr allein.

In den folgenden Wochen änderte sich zunächst noch nicht allzu viel an Berts Tageslauf, außer daß er sein Engagement im Opernchor kündigte und abends nicht mehr im Randinger spielte. Die Signora schien zeitweise ihre früher stets spürbare Energie zurückzugewinnen, vielleicht auch unter der Wirkung der Medikamente, die der Arzt ihr verordnet hatte, gab Bert sogar, wenn auch nicht mehr regelmäßig, Unterricht und bedurfte nur zeitweise seiner Hilfe, etwa wenn es darum ging, Einkäufe zu erledigen, ihr Bett aufzuschütteln oder irgendwelche Küchenarbeiten zu verrichten. Bei dieser Gelegenheit machte sie ihn mit allerlei Rezepten ihrer heimatlichen Küche bekannt, und Bert war bald imstande, diesen Teil der Hausarbeit zu ihrer Zufriedenheit zu erledigen. Obendrein sparte er Geld, da er jetzt mit ihr zusammen im Hause aß.

Als er einmal den nachmittäglichen Tee aufgetragen und ihr eingeschenkt hatte, sagte sie: »So hat es mit uns beiden angefangen, Bert, nur haben wir inzwischen die Rollen getauscht. Warum tust du das eigentlich für mich? Aus Dankbarkeit?«

Bert setzte sich zu ihr und dachte eine Weile nach. »Sicher auch aus Dankbarkeit. Erst durch Sie habe ich gelernt, was es bedeutet, Musik zu machen. Aber das ist nicht das Wesentliche. Ich hätte nicht tatenlos zuschauen können, wie ein Mensch, den ich liebe, Stück für Stück seiner Würde entkleidet wird.«

»Danke, Bert. Jetzt fürchte ich mich vor nichts mehr. Auch nicht davor, daß diese Info-Bande dich eines Tages auf ihre Seite ziehen könnte. Dich nicht. Das weiß ich jetzt. Bloße Dankbarkeit wäre nicht viel mehr als ein Tauschgeschäft gewesen oder gar eine Verpflichtung, zu der du dich selbst zwingst. Das hätte ich nicht angenommen.«

»Was hat das mit dem Info-Spuk zu tun?«

»Eines Tages, ich fürchte bald, wirst du's begreifen. Es wird nicht mehr sehr lange dauern, bis man hierzulande Leute wie uns zu Außenseitern der Gesellschaft abstempelt, wenn nicht zu Schlimmerem, einer Art anderer Rasse, deren Individuen sich nicht einfügen lassen in das, was diese Leute die Entwicklung der Gesellschaft nennen. Aber es wird immer auch ein paar Menschen unserer Art geben. Du wirst sie beizeiten erkennen, an ihrem Verhalten, vor allem an ihren Augen. Nicht kalt und verschlossen, weißt du, sondern einlassend bis auf den Grund. Auch wir können uns zum Glück vermehren, zwar nicht biologisch, aber auf andere Weise«, und als Bert sie fragend anblickte, fügte sie hinzu: »Durch das, was du gerade tust.« Eine Weile später sagte sie dann noch: »Du kannst übrigens hier weiter im Haus wohnen, wenn alles vorbei ist. Das habe ich geregelt.«

Zu Beginn des November war der körperliche Verfall der Signora nicht mehr zu übersehen. Anfangs kam sie vormittags noch aus ihrem Schlafzimmer, legte sich auf das Sofa und ließ sich von Bert vorspielen, all die Stücke, die Sonaten, die sie gemeinsam erarbeitet hatten, und sogar jetzt noch machte sie ihre kritischen Anmerkungen dazu. Später bedurfte sie seiner Stütze auf diesem kurzen Weg. Als es so weit gekommen war, gab Bert seine sämtlichen Verpflichtungen außer Haus auf und hielt sich ständig zu ihrer Verfügung, und das war spätestens von dem Tag an nötig, an dem sie nicht mehr imstande war, ihr Bett zu verlassen.

Durch diese Art des Zusammenlebens waren sie einander schon sehr nahe gekommen, jetzt jedoch war sie auch in ihren leiblichen Bedürfnissen auf ihn angewiesen. Mehrmals in der Nacht schaute er in ihr Zimmer und fragte, soweit sie nicht, flach und röchelnd atmend, im Schlaf lag, ob sie etwas brauche, schob ihr die Leibschüssel unter, brachte ihr am Morgen warmes Wasser und half ihr beim Waschen, wobei sie ohne Scheu duldete, daß er ihren abgezehrten Körper entblößte.

Als der Arzt bei einem seiner Besuche bemerkte, wie übernächtigt Bert aussah, schickte er die versprochene Pflegerin, die ihn zeitweise bei Tag oder auch einmal in der Nacht ablöste. Bert ging dann hinauf in sein Zimmer, legte sich erschöpft auf sein Bett und fiel in unruhigen Schlaf, fuhr jedoch schon beim geringsten Geräusch wieder hoch und sah nach, wie es um die Signora stand. Die Pflegerin legte das wohl als Mißtrauen aus und reagierte ärgerlich, wenn er unvermutet im Zimmer der Signora erschien. »Jetzt schlafen Sie doch endlich einmal ein paar Stunden! Sie richten sich ja zugrunde, wenn Sie so weitermachen. Ich hole Sie schon, wenn etwas passieren sollte.«

Was sollte hier noch passieren als das, worauf ein jeder in seiner Weise wartete, die Pflegerin wie auf einen seit langem vertrauten Vorgang, Bert auf das Verlöschen eines Menschen, ohne dessen Gegenwart er sich sein Leben kaum noch vorstellen konnte, und die Signora auf den Schritt hinüber in das ganz Andere. Als Bert wieder einmal neben ihrem Bett saß, dann und wann ein paar Worte mit ihr sprach, soweit sie dazu fähig war, oder ihr die Kissen aufschüttelte, griff sie plötzlich nach seiner Hand. »Es wird Zeit, daß du Pater Gregor rufst.«

Berts erstaunte, ja fast bestürzte Miene brachte sie selbst jetzt noch zum Lächeln. »Ja, ich weiß, ich bin hoffnungslos altmodisch. Dich hat man ja schon so erzogen, als seien religiöse Riten unzumutbar für einen vernünftigen Menschen. Aber in meiner Heimat sah man das anders, wenigstens damals, als ich noch dort gelebt habe. Tu mir die Liebe und ruf den Pater an.« Sie nannte ihm auswendig die Telefonnummer, und er schloß daraus, daß sie diese Zahlen schon oft gewählt haben mußte.

Eine Zeitlang hörte er den Ton der Leitung, dann fragte eine Stimme, wen er sprechen wolle.

»Pater Gregor«, sagte Bert und kam sich dabei vor wie einer, der unerlaubt in fremdes Terrain eindringt.

»Einen Augenblick.« Es knackte in der Leitung, und gleich darauf meldete sich der Pater. Bert sagte ihm, was zu sagen war, und war fast schockiert über den unbeschwerten Ton in der Stimme des Ordensmannes, als dieser erwiderte: »Ach, ist es so weit? Ich bin in etwa einer halben Stunde zur Stelle.«

Hatte er sich zunächst einen alten graubärtigen Asketen vorgestellt, so erwartete er jetzt, dem Tonfall der Stimme nach zu schließen, einen dieser pausbäckigen Weintrinker in brauner Kutte, wie sie als Werbung für Alcoholica ihr Dasein an den Wänden altmodischer Kneipen fristen. Als er die Tür öffnete, war er überrascht, einen eher sportlich wirkenden jungen Mann in unauffälligem Straßenanzug vor sich zu sehen, der einen kleinen Koffer in der Hand trug. Ein Handelsvertreter? »Was wünschen Sie?« fragte er.

»Wir haben vorhin miteinander gesprochen. Ich bin Pater Gregor. Die Signora erwartet mich doch?«

»Natürlich. Kommen Sie doch herein.« Es erstaunte Bert kaum, daß der Pater der Sterbenden den gleichen Titel gab wie er selbst. Er brachte ihn zu ihrem Zimmer, hörte noch, während er die Tür von außen schloß, die durchaus froh klingenden Begrüßungsworte des Paters und zog sich dann ins Klavierzimmer zurück, ließ aber die Tür offen, falls man seine Hilfe benötigte.

Es dauerte über eine Stunde, bis er draußen auf dem Gang Schritte hörte. Der Pater blieb vor der Tür stehen. »Darf ich noch auf ein paar Worte hereinkommen? Die Signora schläft jetzt.«

»Kommen Sie und setzen Sie sich irgendwo hin«, sagte Bert. »Soll ich uns Tee aufgießen?«

»Eine Tasse Tee würde mir guttun.« Der Pater setzte sich ohne weiteres in einen Sessel und zog ein kleines Buch aus der Tasche, in dem er zu lesen begann, während Bert hinaus in die Küche ging.

Als Bert wenig später den Tee in die Tassen füllte, sagte der Pater: »Nun ist unsere liebe Signora reisefertig.«

»Reisefertig? Sie sagen das, als wolle sie nur an einen anderen Ort fahren.«

»Tut sie das nicht? Sie selbst ist überzeugt, daß es so ist.«

Bert stellte die Kanne ab und setzte sich. »Und mir stirbt damit ein Teil meines Lebens weg.«

Der Pater blickte ihn beinahe ärgerlich an. »Was für ein Unsinn! Was hier stirbt, ist nur ein von Krebs zerfressener Körper, eine verbrauchte Hülle – nicht das, was den Menschen, was die Signora eigentlich ausmacht. Und diese Signora wird Sie Ihr Leben lang begleiten, wenn sie Ihnen so viel bedeutet hat, wie ich vermute. Eigentlich müßten Sie das wissen, falls Sie der Mensch sind, von dem sie mir vorhin erzählt hat.«

Bert hörte diese Worte, aber er fühlte sich leer und ausgeblutet. »Ich weiß nicht«, sagte er, »was für ein Mensch ich bin. Ich bin nur noch müde.«

»Soll ich hierbleiben?«

»Nein, nicht nötig. Das war nur so ein Gerede. Später koche ich mir einen Kaffee, und dann geht's schon wieder.«

Schweigend tranken sie die Neigen. Der Pater bat Bert noch, ihn zu benachrichtigen, wenn die Signora hinübergegangen sei, wie er sich ausdrückte. Dann standen sie in der Tür. »Ich werde an Sie denken«, was immer damit gemeint sein mochte.

Zwei Tage später starb die Signora. Bert war gerade bei ihr.

Sie schien zu schlafen. Doch dann öffnete sie plötzlich weit ihre Augen und blickte ihn an, nicht vage und leer, sondern schien ihn zu sehen. Bert empfand, daß dieses wie ein Brunnen bis in die Tiefe geöffnete dunkle Blau ihres Blicks das einzige war, was sich an ihr nicht verändert hatte. »Du wirst sehen –«, sagte sie zu ihm, und das war ihr letzter Atem.

Bert schloß ihr die Augen und blieb noch eine Weile neben ihr sitzen. Jetzt fiel ihm alles mögliche ein, was er der Signora noch sagen wollte, und während er es in Gedanken aussprach, überkam ihn das Gefühl, sie höre ihm zu. Dann verständigte er den Arzt und den Pater und erledigte fast mechanisch auch alle weiteren Formalitäten. Drei Tage später war die Beerdigung. Nur drei Menschen folgten dem Sarg: die alte Zugehfrau, der Arzt und Bert. Pater Gregor sprach die liturgischen Texte mit einer Heiterkeit, als handle es sich um eine Hochzeitsfeier. Danach ging Bert nach Hause und schlief zwei Tage und Nächte, ohne auch nur einmal aufzuwachen.

Spät am Vormittag weckte ihn ein Schneesturm, der sirrend ans Fenster fegte. Bert fühlte sich zerschlagen und hungrig. In Hose und Hemd tappte er hinunter in die Küche, doch dort war kaum noch etwas Eßbares zu finden. Also zog er seinen Mantel über und machte sich auf den Weg zum Bäcker, um sich ein paar Semmeln zu kaufen. Er mußte sich gegen das Schneetreiben anstemmen, um voranzukommen, und der eisige Wind blies ihm durch den Kragen bis auf die blanke Haut. Als er endlich wieder zu Hause war und die Tür hinter sich ins Schloß gedrückt hatte, fand er im Briefkasten das Schreiben einer Anwaltskanzlei vor. Er nahm es mit in die Küche, kochte Kaffee und setzte sich zum Frühstück. Mit dem ersten Schluck verbrannte er sich fast den Schlund. Erst dann öffnete er den Brief. Unter einem pompösen Briefkopf stand zu lesen, daß er gebeten wurde, sich in zwei Tagen zur Testamentseröffnung der verstorbenen Frau Clara Brettschneider, geb. Lucacci, einzufinden. Bert verschluckte sich, als er das las, und mußte dermaßen husten, daß ihm die Tränen in die Augen traten.

Am Abend hustete er noch immer. Das konnte nicht mehr an dem Semmelbrocken liegen, der ihm in die falsche Kehle geraten war. Er hustete die ganze Nacht hindurch, schlief unruhig und erwachte am Morgen schweißgebadet und mit leichtem Fieber. Gegen Mittag hielt er es vor Rückenschmerzen nicht mehr im Bett aus, schleppte sich hinunter in die Küche und goß eine Kanne voll Tee auf, den er brühheiß hinunterschlürfte. Als einzigen Zubiß nahm er die laut Beipackzettel zugelassene Maximaldosis von Grippetabletten, die er in der Hausapotheke der Signora aufgestöbert hatte. Den Rest des Tages verbrachte er im Bett, zeitweise von Frost geschüttelt, dann wieder von jäh aufsteigender Hitze überflogen, kritzelte in halbfertigen Partituren herum und hoffte, daß er am nächsten Tag imstande sein würde, zur Testamentseröffnung zu erscheinen. Zwischendurch versuchte er, seinen Bruder im Institut anzurufen, um sich notfalls von ihm bei dieser juristischen Angelegenheit vertreten zu lassen, doch die Sekretärin teilte ihm mit, daß der Herr Dozent sich auf einer längeren Forschungsreise im Ausland befinde. Auf diese Weise erfuhr er wenigstens, daß Fred bereits eine weitere Sprosse der akademischen Stufenleiter erklommen hatte.

Sein Husten wurde nicht besser, aber gegen Abend hatte das Fieber nachgelassen. Zur Sicherheit schluckte er noch ein paar von den Tabletten, obwohl sein Magen bereits gegen diese sauer aufstoßende Kost rebellierte, schlief dann nach qualvollem Herumwälzen gegen Mitternacht ein und geriet in einen Albtraum, in dem er die Signora, bis zum Skelett abgemagert, nackt auf einem metallenen Tisch festgeschnallt liegen sah. Aus Mund und Nase quollen makkaroniartige, gelblich durchscheinende Schläuche, durch die aus einem ständig in Bewegung befindlichen gläsernen Gerät eine blutrote Flüssigkeit in ihren Körper gepumpt wurde. Ihre Augen waren weit aufgerissen und spiegelten aus blauen Tiefen ihre Qual wider. Von irgendwoher trat Fred an ihr Lager heran und hielt eine blitzende Schere in der Hand. »Schau ihre Augen an!« sagte er. »Sie gehört zur minderwertigen Rasse. Hätte sich besser beizeiten arrangiert. Jetzt stört sie nur noch den geregelten Blutkreislauf unserer Gesellschaft. Hinüber mit ihr ins ganz Andere – in den Abfall!« und dann schnitt er mit der Schere sämtliche Schläuche auf einmal durch. Der rote Saft sprudelte über die kalkweiße Haut der Signora und spritzte auf Freds weißen Mantel, blutige Flecken breiteten sich aus, bis alles in roten Schlieren vor Berts Augen schwamm. Er fuhr hoch mit einem Schrei, der sogleich in krampfhaftes Husten überging. Eine Zeitlang lag er noch wach, unfähig, sich von den grausigen Bildern des Traums zu lösen, und schlief erst gegen Morgen wieder ein.

Als der Wecker ihn aus dem Schlaf riß, fühlte sich Bert zwar schwach, aber seine Stirn war kühl, und so stand er trotz leichten Schwindelgefühls auf, zog sich an, trank ein paar Tassen Tee und machte sich auf den Weg zur Kanzlei des Testamentsvollstreckers.

Dieses Wort, das im Zusammenhang mit der krakeligen Unterschrift auf dem Schreiben des Rechtsanwalts zu lesen stand, weckte die Erinnerung an den Traum dieser Nacht. Was sollte nun vollstreckt werden? Diese Vorstellung quälte Bert während der langen Straßenbahnfahrt, die er in einen weit entfernten Stadtteil unternehmen mußte. Sollte der Tod der Signora nun endgültig besiegelt werden – besiegelt, verbrieft und abgelegt? Die scheinbare Verwirrung seiner Gedanken brachte überscharfe Bilder hervor. Er sah den Testamentsvollstrecker im rotschwarzen Kapuzengewand des Scharfrichters, wie er mit einem breitklingigen Beil das in der feinen aufrechten Schrift der Signora beschriebene und mit violetten Siegeln behängte Pergament auf dem vom tausendfachen Mißbrauch zersplissenen Hackbaum mit furchtbarem Hieb in zwei Teile spaltete. Vollstreckt! rief eine Stimme. Vollstreckt – vollstreckt – vollstreckt – zum dumpfen Poltern, mit dem die Bahn eine Weiche passierte.

Bert schreckte hoch – die Bahn hatte ihn schon eine Station zu weit gefahren. An der nächsten Haltestelle sprang er heraus und eilte zurück, immer dem schneidend kalten Wind entgegen, der aus dem grauen Himmel zwischen die Häuserzeilen hinabfuhr. Um wenige Minuten zu spät drückte er auf den Klingelknopf unter dem breiten Messingschild, auf dem Name und sämtliche juristische Funktionen des Anwalts in großen Buchstaben eingeätzt waren.

Ein Bediensteter öffnete ihm. Bert nannte seinen Namen und wurde eingelassen, nicht ohne einen vorwurfsvollen Blick des Angestellten zunächst auf Berts nicht sonderlich korrekte Kleidung und dann auf die im Flur hängende Pendeluhr. »Der Herr Doktor erwartet Sie schon!« Er half Bert aus dem Mantel, klopfte nach wenigen Schritten an eine Tür, öffnete sie sofort, rief mit schnarrender Stimme den Namen des verspäteten Besuchers in das dahinter liegende Zimmer und schob ihn fast mit Gewalt hinein. Zur Vollstreckung, schoß es Bert durch den Kopf.

Er sah sich einem kleinen glatzköpfigen Mann gegenüber, der eben hinter einem überdimensionalen Schreibtisch aufstand und den Delinquenten über den dicken Rand seiner Hornbrille hinweg kritisch musterte. »Da sind Sie ja!« – das Wort *endlich* verschluckte er höflich. »Dann wollen wir gleich zur Testamentseröffnung schreiten. Können Sie sich ausweisen?«

Bert zog seinen Paß aus der Tasche und reichte ihn dem

Anwalt. Nachdem dieser die Personalien mit einem Aktenstück, das er mit raschem Griff vom Schreibtisch fischte, verglichen und sich durch einen flüchtigen Blick von der Identität des vor ihm Stehenden mit dem auf dem Bild Dargestellten überzeugt hatte, gab er den Paß zurück und bot Bert einen Platz an einem runden Tisch an, der, von weich gepolsterten Ledersesseln flankiert, seitwärts im Raum stand. »Sie sind also der Glückliche«, sagte er, nachdem sie sich gesetzt hatten. »Ja, Frau Brettschneider-Lucacci, das war eine feine Dame. Eine wahre Künstlerin! Und stets gut für Überraschungen. Nun, Friede ihrer Asche.« (Wieso Asche? dachte Bert.) »Sind Sie bereit zu hören?«

»Dazu bin ich hergekommen.« Bert fühlte sich schwindelig und versuchte mühsam, sich zu konzentrieren.

»Ja ja«, meinte der Anwalt wegwerfend, »alles nur formaler Kram« und schlug dabei das Dokument auf, das vor ihm lag. »Hier steht also zu lesen, eigenhändig unterschrieben von Frau Brettschneider-Lucacci und von mir beglaubigt, daß Sie zum Alleinerben ihres Besitzes eingesetzt sind. Dieser besteht aus dem Haus, in dem sie bis zu ihrem Ableben gewohnt hat, dessen gesamtem Inventar sowie einem Sparkonto in Höhe von beiläufig dreißigtausend – nicht besonders viel, wenn ich mir diese Bemerkung erlauben darf. Sie war wohl sehr wohltätig, wie Sie vermutlich aus Erfahrung wissen.« Er blickte auf und sah Bert scharf in die Augen. »Von den Zinsen allein werden Sie nicht leben können, junger Mann.«

Bert wollte einwenden, daß er dergleichen nicht im Sinn habe – statt dessen brach wieder dieser quälende Husten hervor und zerriß ihm fast die Brust, während er sich zusammenkrümmte und die Hand vor den Mund hielt.

»Sie haben eine böse Erkältung!« sagte der Anwalt, nachdem sich Berts Hustenanfall gelegt hatte. »Sind Sie jetzt wieder bereit? Da ist noch eine Kleinigkeit, eine Art Legat, das die

Verblichene ihrem Neffen und wohl einzigen noch lebenden näheren Verwandten ausgesetzt hat, Oswald Hauenstein mit Namen. Ich habe ihn einmal kennengelernt. Ein netter Mann! Ein gescheiter Mann! Aber ohne Sitzfleisch. Jahraus, jahrein reist er in der Welt herum, schreibt darüber Bücher und kann sogar davon leben. Erstaunlich! Frau Brettschneider mochte ihn sehr gern; er ist der Sohn ihrer verstorbenen Schwester. Zuweilen hat er sie besucht, aber vor allem hat er ihr viele Briefe geschrieben, und darum geht es in der Hauptsache. Eben diese Briefe – es handelt sich um ein voluminöses Konvolut – hat sie ihm vermacht, da in ihnen viele interessante Berichte von seinen Reisen enthalten sind, die er vielleicht schriftstellerisch noch verwerten könnte, wie sie meinte. Dazu kommt noch ein goldener Ring mit einem Rubin von ansehnlicher Größe, den er ihr seinerzeit aus Ceylon mitgebracht hat. Als sie mir diesen Passus diktierte, schaute sie mich mit ihren großen Augen an und meinte lächelnd, daß der Hagestolz vielleicht doch einmal bei einer Frau bleiben würde, der er diesen Ring an den Finger stecken möchte. So war sie, die Gute. Sind Sie mit dieser Regelung einverstanden? Wollen Sie die Erbschaft in dieser Form annehmen?«

An Bert war dieser Redeschwall vorübergerauscht wie das zunehmend lauter werdende Brausen eines Wasserfalls. Es gelang ihm gerade noch, ein *Ja* hervorzustoßen, und dann brach sein Husten wieder los, schlimmer und schmerzhafter als je zuvor. Er tastete nach seinem Taschentuch und preßte es an den Mund, aber was da herausdrängte, brach sich Bahn, und unter krampfhaften Stößen schoß ein Schwall hellroten Bluts über seine Lippen, der das weiße Tuch in Sekunden färbte, überschwemmte und zu Boden tropfte.

»Junger Mann, junger Mann, was hat das zu bedeuten?« hörte er noch wie aus weiter Ferne. Dann stieg es schwarz hinter seine Augen, und die Sinne verließen ihn.

An die darauffolgende Zeit hatte er später nur undeutliche Erinnerungen. Irgendwelche Leute waren gekommen, hatten ihn aufgehoben, auf eine Bahre geschnallt und weggetragen. Er wollte sie fragen, ob sie ihn zum Abfall werfen oder in das ganz Andere befördern würden, brachte aber kein Wort heraus. Später tauchten Männer in weißen Mänteln auf, die mit blitzenden Instrumenten hantierten und merkwürdige Verrichtungen an ihm vornahmen. Ob einer eine Schere in der Hand hielt, um das Testament zu vollstrecken, versuchte er zu erkennen, aber es wollte ihm nicht gelingen, ein deutliches Bild aus dem blendenden Wirbel von klinischem Weiß und metallischen Spiegelungen herauszufiltern. Wörter wurden geraunt, deren Bedeutung ihm unklar blieb. Einige davon hakten sich fest in seinem halbwachen Bewußtsein, seltsame Wörter wie Pneumonia, Pleuritis oder auch akute Tebé. Te-Be, vielleicht eine Abkürzung von tibia? Tibia heißt Flöte. Irene hatte es ihn abgefragt, tibia tibiae femininum. Die scharfklingende Flöte, die zu römischen Liebesgelagen gespielt wurde, tibia acuta, wie die wohl klang? Er meinte sie dünn und in wahnsinniger Höhenlage in seinem Kopf zu hören, wild pulsierende Melodien, und Irene beugte sich über ihn und schaute ihn an mit ihren schwarzen Augen, Trauer im Blick, während er auf der Liege ruhte – triclinum hieß die, das fiel ihm jetzt ein –, und er wollte seine Arme nach Irenes Körper ausstrecken und ihn neben sich ziehen, doch sie hielt seine tastenden Hände fest und setzte ihm ein Gefäß mit kühler Flüssigkeit an die Lippen. War das der eisgekühlte Falerner, der bei solchen Gelagen gereicht wurde? Er trank und trank, spürte, wie sich köstliche Kühlung in seiner Brust verteilte, und sank zurück ins schwarz heraufsteigende Nichts.

Erst ein Schmerz wie von einem glühenden Reifen, der ihm die Brust umspannte und immer enger gezogen wurde, riß ihn nach einer nicht abmeßbaren Zeit ins Bewußtsein zurück. Als er die Augen öffnete, fand er sich in einem weiß gestrichenen Raum auf einem hochbeinigen Stahlrohrbett liegen. Rechts und links standen zwei weitere Betten, und in jedem lag ein Mensch auf dem Rücken ausgestreckt, flache, sich unter dem straff gespannten Leinen kaum abzeichnende Körper, auf den Kissen gelblich-bleiche, ausgemagerte Gesichter mit fast blicklosen Augen. Unter der Decke des einen Bettes hing ein doppelter Schlauch heraus und führte in ein gläsernes Gefäß, in dem eine Flüssigkeit gluckerte. Es stank nach Eiter und Exkrementen.

Nach einer Weile wurde die Tür geöffnet, und ein Schwarm weißgekleideter Gestalten drängte sich herein. Zunächst versammelten sie sich um das Bett bei der Tür, der Oberkörper des darin Liegenden wurde abgedeckt und unter halblaut raunenden Gesprächen betastet. Danach deckten sie ihn wieder zu und kamen zu Berts Bett, allen voran ein älterer Mann mit straff zurückgebürstetem Haar und einer goldgerandeten Brille. »Na, wie geht's Ihnen denn, junger Mann?«

Bert stammelte etwas von einem glühenden Reifen, den man lockern oder besser noch wegnehmen solle, doch der Mann hörte ihm überhaupt nicht zu, sondern schlug die Decke zurück, streifte Berts Hemd ab und sprach nur noch mit den anderen Weißkitteln, die ihn lauschend umstanden. »Ein seltener Fall, an dem Sie etwas lernen können, meine Herren! Geradezu eine Mustersammlung für die hohe Kunst des Auskultierens: rechts im gesamten Bereich das typische Geräusch einer Pneumonia, beiderseits können Sie entlang der unteren Rippenbögen dem charakteristischen Knarren einer Pleuritis lauschen, und links im Oberlappen befindet sich ein bereits im Zerfall befindlicher spezifischer Prozeß, der zu dem Blutsturz geführt hat. Bitte, bedienen Sie sich!« Dann trat einer nach dem anderen an Berts Körper heran, drückte ihm die kühle Kapsel seines Stethoskops auf unterschiedliche Stellen der

Brust und versuchte die Geräusche zu unterscheiden, die da zu hören sein sollten.

Bert versuchte nun selbst, diese Klänge wahrzunehmen, die, nach den gespannten Mienen der Untersucher zu schließen, in seinem Brustkorb zu hören sein mußten, aber da paukte nur das dumpfe, zuweilen unregelmäßig aussetzende Pochen seines Herzens. Als der letzte die Schläuche seines Horchgeräts sich wieder um den Hals gelegt hatte, fragte einer von ihnen: »Welche Therapie, Herr Professor?« Doch der sagte nur, schon halb abgewandt: »Nihil facere. Moribitur.«

Das letzte Wort rief bei Bert eine Erinnerung wach. Diesen grammatischen Fehler hatte er selbst oft gemacht, und er hörte, wie Irene ihn verbesserte: morietur! Nun merk dir das doch endlich! Das Futurum von moriri heißt morietur! Also sagte Bert laut und deutlich: »Morietur«, worauf ihn der Professor bestürzt durch seine Goldrandbrille anstarrte und, ohne den dritten Patienten auch nur eines Blickes zu würdigen, samt seinem Gefolge fast fluchtartig den Raum verließ.

»Morietur – er wird sterben«, wiederholte Bert halblaut, und erst dann begriff er. Er gehörte also zu den aufgegebenen Fällen und lag in einem Moribunden-Zimmer, einer Kammer für jene Patienten, denen nicht mehr zu helfen war, lag hier hilflos, ausgeliefert dem Gestank des Todes und allenfalls noch tauglich als Demonstrationsobjekt für die Zerstörungen, die seinen Körper dem Tode zutrieben, aber kein lohnender Fall für therapeutische Maßnahmen, lag da, nicht anders als die Signora noch vor wenigen Tagen, die Signora, die dem ganz Anderen mit solcher Gelassenheit entgegengeblickt hatte. Die Signora würde ihn sein Leben lang begleiten, hatte der Pater gemeint. Sein Leben lang – welche Ironie! Wie viele Tage waren seither vergangen? Acht? Zehn? Er wußte es nicht, war verzweifelt und allein, kein Beistand war zu spüren, nicht einmal mehr eine Ahnung irgendeiner Anwesenheit.

Eine Schwester kam hereingehuscht, adrettes Häubchen über braunem Haar, weißer Kittel. Sie ging rasch an ihm vorüber zu dem Patienten, der am nächsten beim Fenster lag, und rollte nach ein paar Handgriffen dessen Bett aus dem Zimmer. Das Gesicht des stummen Zimmergefährten war nicht mehr zu sehen; unter dem Leintuch, das über den Kopf heraufgezogen war, markierte nur noch eine spitze Erhebung die Stelle, wo die Nase war. Bald darauf kehrte die Schwester mit einem anderen Bett zurück – oder war es dasselbe? –, auf dem, durch eine Hebevorrichtung hochgebettet, ein Greis eher saß als lag und röchelnd nach Atem rang. Sie stellte das Bett auf den freigewordenen Platz, fixierte die Rollen und schaute im Vorübergehen nach Bert, der diese Vorgänge mit entsetztem Blick verfolgt hatte.

Als die Schwester sich über ihn beugte, um sein Kopfkissen aufzuschütteln, ihr Gesicht ihm nahekam, zarte, glatte Haut, ein kaum zu beschreibender Duft, der für Augenblicke den Gestank vertrieb, ein Blick, dunkel und – wie Bert schien – doch durchlässig bis auf den Grund, und er spürte, wie mitten im Dunst des Todes das Leben aufbrüllte, da war es Bert, als erkenne er darin Irenes Augen, wie sie ihm in seinem Fiebertraum begegnet waren, und er sagte: »Ich liege nicht hier, um zu sterben.«

Die Schwester erschrak. Erst jetzt blickte sie ihn wirklich an wie einen Menschen. Sie hatte wohl mit der Zeit vorbeizuschauen gelernt, um an ihrem Dienst nicht zu zerbrechen. Aber jetzt schaute sie ihm in die Augen, und Bert sah ihr Erstaunen darüber, daß einer, den man in diesem Zimmer abgelegt hatte, noch die Kraft besaß, leben zu wollen. »Wer leben will, ist noch nicht verloren«, sagte sie, eher zu sich selber. Dann warf sie einen Blick auf das Krankenblatt über dem Kopfende des Bettes und sagte noch leiser: »Diese Unmenschen!« und nach einer Weile, direkt zu Bert gesprochen: »Vielleicht kann ich Ihnen helfen. Ich komme gleich wieder.«

Sie strich ihm mit der Hand flüchtig über die unrasierte Wange und ging rasch hinaus. Nach wenigen Minuten kehrte sie zurück, ließ am Waschbecken ein Glas voll Wasser laufen, kam damit zu seinem Bett und gab ihm drei Tabletten. »Nicht zerkauen! Die schmecken scheußlich. Ganz runterschlucken und viel Wasser dazu!«

»Hat die der Professor verordnet?«

»Ach der! Fragen Sie nicht so viel.« Doch dann lächelte sie. »Geklaut. Kein Problem bei all dem Zeug, das hier herumliegt. Die kriegen Sie jetzt jeden Tag. Also runter damit! Heute abend gibt's nochmal drei.« Als er die Tabletten geschluckt hatte, sagte sie: »Wenn Sie hier rauswollen, müssen Sie essen. Viel essen! Was Sie kriegen können. Zwingen Sie's rein, auch wenn's nicht schmeckt und Sie keinen Appetit haben. Ich bring' Ihnen, soviel Sie schaffen können.«

Und das tat sie dann auch. Sie brachte ihm täglich dreimal Tabletten und nötigte ihn zum Essen, bis er kaum noch schlukken konnte. Aber nicht minder wichtig war für ihn das Erleben dieses Menschen, dieser Frau, wie sie sich um ihn kümmerte, auch mit gleicher Selbstverständlichkeit Leibschüssel und Flasche leerte und sein Lager in Ordnung hielt. Manchmal mußte sie wieder ein Bett auf den Gang hinausschieben. Eine verdeckte Gestalt. Dann hatten ihre Augen für eine Weile einen seltsam starren Blick.

Irgendwann – Bert hätte nicht sagen können, wie viele Tage er schon in diesem Zimmer lag – wurde die Tür vorsichtig geöffnet, und sein Vater kam herein, bleich und bekümmert. Er setzte sich an Berts Bett, sagte: »Junge, was machst du nur für Sachen!« und griff nach Berts Hand. Bert erkannte die Hoffnungslosigkeit in den übermüdet blinzelnden Augen des vertrauten Gesichts und Tränenspuren. »Du hast mit dem Professor gesprochen?« fragte er, und als der Vater nickte, sagte er: »Glaub ihm kein Wort!« Er konnte sich vorstellen, was man seinem Vater unter großem Bedauern mitgeteilt hatte.

»Ach Junge, das möchte ich ja gern. Aber wie soll ich denn ...« Es war alles in allem ein tröpfelndes, das entscheidende Wort, das jeder um des anderen willen vermied, vorsichtig umgehendes Gespräch, kaum tauglich zur Verständigung. »Wo ist Fred?« fragte Bert zum Schluß.

»Immer noch im Ausland. Aber Illa läßt dich grüßen. Du sollst die Ohren steifhalten, hat sie am Telefon gesagt.«

»Steifer geht's kaum.« Bert war schließlich froh, als sein Vater gegangen war.

Ein paar Tage später – Bert meinte inzwischen schon zu spüren, wie die Kur der freundlichen Schwester anschlug – hörte er draußen auf dem Gang, wie jemand mit kräftiger baritonaler Stimme und in unbekümmerter Lautstärke seinen Namen nannte und nach seinem Zimmer fragte. Gleich darauf wurde die Tür aufgerissen, und ein bulliger Mann mittleren Alters trat ein. Das erste, was Bert an ihm auffiel, war, daß ihm das rechte Auge fehlte. Er hatte sich den Luxus gespart, ein Glasauge zu tragen; das Lid hing, offenbar von einer Verletzung gelähmt, über die leere Augenhöhle. Aber das verbliebene linke Auge machte diesen Verlust völlig wett: braun mit golden schimmernden Einsprengseln nach der Mitte zu, schaute es ihn mit derart energischer Bestimmtheit an, als wolle dieser Mann ihn allein durch die Kraft seines Blickes vom Bett hochjagen, einem Blick, in dem zugleich ein versteckter, ziemlich grimmiger Humor glitzerte. Dieser Mann ging geradewegs auf ihn zu, blieb am Fußende seines Bettes stehen und sagte: »Du bist also Bert«, und dämpfte dabei keineswegs seine Lautstärke. Eine schöne Singstimme muß er haben, dachte Bert und fragte sich, wer das sein mochte, der hier in einem groben Lodenjanker und ausgebeulten Kordhosen vor ihm stand wie in den Boden gerammt als vitaler Kontrapunkt zu diesem Vorhof des Todes.

»Ich bin der Oswald Hauenstein«, sagte der Mann, und, als Bert noch nachgrübelte, wo er diesen Namen schon einmal gehört hatte: »Der Neffe von Clara Lucacci, falls dir das mehr sagt. Dieses Schwatzmaul von Advokat hat mir erzählt, daß du meine Tante bis zu ihrem Tod gepflegt hast wie ein leiblicher Sohn, während ich irgendwo durch die hintere Türkei getrampt bin. Immer bin ich gerade unterwegs, wenn etwas passiert. Tut mir leid. Ich hätt' sie gern noch einmal gesehen. Was ist das eigentlich für ein Zimmer? Stinkt wie in einer Leichenhalle.«

»Ist auch eine.« Bert versuchte zu grinsen. »Ich habe schon nicht mehr mitgezählt, wie viele man hier herausgeschoben hat, Herr Hauenstein.«

»Red' nicht so gesprissen. Nenn mich Oswald und sag du zu mir, wenn ich bitten darf. Irgendwie gehörst du ja zur Familie.« Er schaute zu den anderen Betten, schluckte ein paarmal, griff sich einen Stuhl an der Lehne, schwang ihn neben Berts Bett und setzte sich. »Ah, so ist das.« Er bekam eine steile Falte zwischen den Brauen. »Ein Moribundenzimmer also. Wie lange liegst du schon hier?«

»Ich weiß nicht genau. Mein Bewußtsein war zeitweise getrübt. So zwanzig bis fünfundzwanzig Tage.«

»Aber du hast ihnen den Gefallen nicht getan.« Oswald nickte befriedigt, als begutachte er eine anerkennenswerte sportliche Leistung. »Jetzt red' ich erst einmal ein Wörtchen mit diesem Professor.« Er stand auf, ging hinaus, ließ aber die Tür einen Spalt auf wie einer, dem geöffnete Türen lieber sind als verschlossene. Anscheinend rauschte draußen gerade die Visite über den Gang. Bert konnte hören, wie dieser dreiste Weltenbummler rief: »Sie sind doch der Professor, der den Freund und Erben meiner verehrten Tante in diese Horrorkammer eingesperrt hat!«

»Wen soll ich eingesperrt haben?« fragte der Professor scharf, und als Oswald Berts Namen nannte, sagte er: »Ach, diesen Fall meinen Sie. Nun, da ist doch wohl ein laetaler Ausgang unausbleiblich.«

»Sterben müssen wir alle«, sagte Oswald sarkastisch. »Aber Ihr Berufsstand sollte dafür sorgen, daß dies nicht allzu früh geschieht. Was haben Sie einstweilen zur Heilung dieses Patienten unternommen?«

Bert sah förmlich vor sich, wie der Professor die Augenbrauen hochzog und mit den Schultern zuckte. »Was soll man da schon unternehmen? Das lohnt doch wohl nicht den Einsatz kostspieliger therapeutischer Mittel. Sehen Sie: laut Computeranalyse besteht eine Heilungschance von maximal zwei Prozent. In solchen Fällen sind uns die Hände gebunden, erst recht, wenn es um einen verbummelten und obendrein mittellosen Klavierklimperer geht, dessen Weiterleben von wenig Nutzen für die Gesellschaft sein würde. Sie entschuldigen mich . . .«

»Nein, ich entschuldige nicht!« Oswalds Stimme gewann zunehmend an Schärfe. »Schon gar nicht dergleichen Kollektiv-Argumente aus dem Schlagwortschatz dieser Info-Kalkulierer. Überdies ist der Patient weder verbummelt noch mittellos. Er war ein Meisterschüler meiner Tante und ist zugleich ihr Erbe.«

»Konnte nur leider infolge Unpäßlichkeit die Erbschaftspapiere nicht mehr unterzeichnen«, sagte der Professor in kalter Wut.

»Sie sind ja ausgezeichnet informiert. Gut, daß Sie mich daran erinnern. Morgen wollen wir das nachholen. Im übrigen werde ich sofort dafür Sorge tragen, daß die Behandlung in berufenere Hände gelegt wird.«

»Und wer soll das verantworten?« bellte der Professor.

»Ich.« Oswald lachte kurz auf. »Da hab' ich schon ganz

andere Sachen arrangiert. Jetzt können Sie meinetwegen gehen.«

Er kam noch einmal ins Zimmer, um Bert über den Stand der Dinge zu berichten, doch der sagte, er habe schon alles mitgehört. »Du mußt mir irgendwann einmal beibringen, wie du mit solchen Leuten umgehst.«

»Später. Jetzt mach' ich mich auf die Socken. Es gibt eine Menge zu regeln.«

Am nächsten Morgen erschien er in Begleitung des Anwalts, der in aller Umständlichkeit die erforderlichen Papiere aus seiner Aktentasche kramte und Bert zur Unterschrift vorlegte. Als alles erledigt war, flüchtete er eilig aus dem Dunstkreis der Moribunden. Oswald setzte sich neben Berts Bett und sagte: »In drei Tagen hol' ich dich aus dieser Stinkbude heraus. Ich hoffe, du kannst es noch so lange aushalten. Ich habe einen Freund, der oben im Gebirge ein Lungensanatorium leitet. Kein solcher Computermensch wie dieser Professor und hat auch mit den Infos nichts im Sinn. Ich hab' schon mit ihm telefoniert. In drei Tagen wird ein Bett frei, und da ist noch keiner drin gestorben. Auch den Transport hab' ich schon arrangiert.«

»Aber das kostet doch alles eine Menge Geld.«

Oswald lachte und haute sich mit der flachen Hand auf den Schenkel. »Geld? Du hast doch Geld! Tante Claras Hütte, die jetzt dir gehört, hab' ich inzwischen günstig vermietet. Villa in ruhiger Lage, das bringt schon etwas. Du brauchst nur noch den Vertrag zu unterschreiben. Außerdem hast du ein Sparkonto. Und wenn's nicht reichen sollte, leg' ich halt noch etwas drauf. Wozu hab' ich's denn? Einen Teil zahlt ja auch deine Krankenkasse. Du mußt mir nur noch sagen, was du auf längere Zeit von deinen Sachen brauchst. Den Rest packe ich zusammen und nehm' ihn mit zu mir nach Hause. Dort kannst du dann wohnen, solange du Lust hast. Jenseits der Grenze, wo die Infos nicht das Sagen haben. Ich mag Musik, wenn's nicht gerade dieses verrückte Zeug ist, das so klingt, als ob jemand einen vollen Kasten Bier aus dem dritten Stock auf die Straße schmeißt.«

Bert grinste. »Ich hoffe, meine Musik klingt besser.«

»Sonst hätte dich Tante Clara vor die Tür gesetzt«, sagte Oswald lachend. »Ich kenne ihren Geschmack.«

Unterdessen kam die Schwester herein, um Bert mit seiner Tablettenration zu versorgen. Als sie den Besucher sah, wollte sie sich wieder verdrücken, aber Bert sagte ihr, daß sie von diesem Mann nichts zu befürchten habe, und erzählte Oswald auch, wie sie ihn bei Kräften gehalten hatte.

»Die nehmen wir gleich mit«, sagte der und betrachtete die Schwester von oben bis unten mit Sorgfalt. »Hübsch ist sie auch noch. Viel zu schade für diesen jämmerlichen Laden hier. Also: Haben Sie Lust?«

Die Schwester lachte und schaute ihn mit ihren schwarzen Augen an. »Lust hätte ich schon.« Dann wurde sie unvermittelt ernst und sagte: »Aber ich bleibe trotzdem hier. Durch Sie, Bert, habe ich etwas begriffen, an das in diesem Haus kaum noch einer zu denken scheint. Ich konnte Ihnen ein bißchen helfen, und dadurch haben Sie mir geholfen. Jetzt weiß ich, daß ich hier gebraucht werde.«

»Das Mädchen gefällt mir immer besser«, sagte Oswald. »Irgendwann wird man Ihnen auf die Schliche kommen und Sie hinauswerfen. Dann melden Sie sich in dem Sanatorium, zu dem ich Bert bringe. Auch dort werden Sie gebraucht.« Er gab ihr die Adresse und außerdem rechts und links einen schmatzenden Kuß auf die Wangen.

Drei Tage später wurde Bert im Krankenwagen ins Gebirge transportiert. Oswald saß vorn beim Fahrer und sang mit dröhnender Stimme wilde Lieder von Saufgelagen, wüsten Raufereien und von Mädchen. Vor allem von Mädchen. Die verwegenen Melodien prägten sich Bert so nachhaltig ein, daß er manche davon in den Kompositionen verwendete, die während des Sanatoriumsaufenthaltes entstanden.

So kam Bert schließlich in das Zimmer, in dem wir ihn zu Beginn dieser Geschichte angetroffen haben. Anfangs mußte er noch viel liegen, erst im Bett, später draußen auf einer schattigen Terrasse. Noch nie in seinem Leben, schien ihm, hatten die Frühlingsblumen so intensiv geduftet, und so vergaß er nach und nach den Gestank der Sterbekammer. Aber den süßen Geschmack des Todes, den er auf der Zunge gespürt hatte, vergaß er nicht, ja dieser Geschmack gab seinem Leben eine neue Dimension, und ihm war, als wisse er erst jetzt, was Leben bedeutet.

Er wurde ärztlich behandelt, dann folgte die lange Zeit der Genesung. Vier Jahre Ruhe und Einsamkeit und ein beträchtlicher Verbrauch an Notenpapier. Nach dem ersten Jahr durfte er sogar auf seiner Blockflöte spielen, das sei gut zur Kräftigung der Lungen, sagte der Arzt. Im Jahr darauf starb sein Vater, doch nahm Bert das kaum wahr, so abgeschnitten fühlte er sich von der Welt außerhalb des Sanatoriums.

Als er schließlich geheilt entlassen wurde, trug er Oswalds Brief in der Tasche, in dem dieser geschrieben hatte, daß ein Zimmer in seinem Haus für Bert bereitstünde. Der Flügel sei schon gestimmt. Aber zuvor wollte Bert wenigstens für ein paar Tage seinen Bruder besuchen und dessen Frau, die er noch immer nicht kannte, ebensowenig wie seine Nichte. Das seinerzeit angekündigte Kind hatte sich als ein Mädchen erwiesen und war nun schon über ein Jahr alt. Sie hatten ihm den Namen Margareta gegeben und nannten es Meta.

Bert hatte sich, wie schon gesagt, von Stella ein ziemlich bestimmtes Bild gemacht, obwohl oder gerade weil er kaum etwas von ihr wußte. Immerhin, sie spielte Klavier, und so

hatte er für sie als Gastgeschenk ein nicht allzu schweres Stück in der Tasche, eine Art Ricercare von vertrackter Kontrapunktik, durch das – wie eine geheime Botschaft – sich die Melodie eines der Liebeslieder zog, die Oswald gesungen hatte.

Welche Vorstellungen Bert auch von Stella gehabt haben mag – sie brachen schon in dem Moment zusammen, in dem er diese Frau zu Gesicht bekam. Fred hatte sich zur Ankunftszeit nicht freimachen können und darum seine Frau anhand von Fotos mit dem erwarteten Gast insoweit bekannt gemacht, daß sie Bert mit einiger Sicherheit erkennen mußte.

Bert fand sich, als er aus dem Zug gestiegen war und suchend um sich blickte, auf einige Entfernung einer zierlichen Frau gegenüber, die in plötzlichem Erkennen ihm zulachte, rasch auf ihn zulief und, noch ehe sie ihn ganz erreicht hatte, rief: »Du mußt Bert sein! Nein: du mußt nicht – aber du *bist* Bert! Ich habe dich erkannt!« und das in einem Ton, als habe er sich verborgen und sie sei ihm nun auf die Spur gekommen. Als sie vor ihm stand, erhellte ein von oben hereinfallender Lichtstrahl ihre Augen. Braune Augen mit goldenen Körnern. Beinahe wie Oswalds Augen. Doch im ganzen hätte es kaum einen größeren Gegensatz zwischen zwei Menschen geben können als zwischen dem stierhaft stämmigen Weltreisenden und dieser Frau, die eher eine Enkelin der Signora sein konnte mit ihrer hohen, unter dem Haaransatz nach hinten gewölbten Stirn, der kühn vorspringenden Nase und diesem Zug von Unbedingtheit um die Lippen. Also doch eine Art Verwandtschaft? Die Gestalt der Signora und die Augen ihres Neffen, und während Bert noch darüber nachdachte und in Stellas Augen blickte, die ihn ohne Vorbehalt einließen bis in ihre goldbraunen Tiefen, kam ihm in den Sinn, was die Signora über solche Augen gesagt hatte. Stella ist eine von unserer Art, dachte er voll Freude und wunderte sich, wie sein Bruder an diese Frau geraten sein mochte.

Über all diesen Gedanken hatte er noch nicht ein Wort gesagt.

»Hast du das Reden verlernt dort oben in den Bergen?« fragte Stella.

»So ziemlich«, sagte Bert. »Außerdem – du bist ganz anders als ich dachte.«

Damit brachte er Stella zum Lachen. »Fred hat mich wohl beschrieben wie eins seiner seltenen Minerale? Was hast du denn gedacht, wie ich bin?«

»Wie die Frau meines Bruders.«

Stella gab darauf keine Antwort. »Laß uns nach Hause fahren«, sagte sie, »sonst ist Fred noch vor uns da, und er wartet nicht gern.«

In Freds altem Wagen – er fuhr inzwischen einen stärkeren – kutschierte ihn Stella nach Hause. Die Fahrt dauerte lange, denn Fred hatte sich mittlerweile weit draußen in der Vorstadt ein Haus gebaut, einen quaderförmigen, geradezu kristallartigen Neubau, dessen Fenster die kubische Struktur wiederholten. Unverkennbar Freds Haus, dachte Bert, als er davor aus dem Wagen stieg. Der von Blumen überquellende Garten ringsum stand in krassem Gegensatz dazu und ließ das Gebäude noch kahler erscheinen. Als sie zwischen blühenden Rosenbüschen auf die Haustür zugingen, sagte Stella: »Das ist mein Revier.«

Nachdem er sein Zimmer bezogen hatte – die kunterbunte Flickendecke auf dem Bett schrieb er fraglos Stella zu –, führte sie ihn zuerst zu seiner Nichte. Meta krabbelte vergnügt vor sich hinbrabbelnd im Laufstall herum und schaute ihn interessiert mit Stellas Augen an. Bert mochte dieses Kind vom ersten Augenblick an, aber er widerstand der Versuchung, sie auf den Arm zu nehmen; man hatte ihn darauf vorbereitet, daß ihm als ehemaligem Tuberkulosepatienten noch für längere Zeit das Odium eines gefährlichen Bazillenträgers anhaften würde, und er wollte irgendwelche mütterlichen Instinkthandlungen gar nicht erst provozieren.

Als nächstes zeigte ihm Stella ihr Klavier, einen guten Stutzflügel, den sie gleich aufschlug. »Willst du ein bißchen spielen?«

»Lieber nicht. Ich habe all die Jahre keine Taste angerührt. Aber ich weiß etwas Besseres. Warte einen Augenblick.« Bert lief in sein Zimmer und kam gleich darauf mit den Notenblättern zurück, die er Stella zugedacht hatte. »Das ist für dich. Hoffentlich ist es dir nicht zu schwer.«

»Laß mal sehen.« Stella legte das Heft aufs Pult und setzte sich an den Flügel. Eine Zeitlang saß sie ruhig da und las die Noten von der ersten bis zur letzten Seite durch. »Das gefällt mir. Jetzt will ich's mal probieren.«

Bert merkte schon nach wenigen Takten, daß ihr das Stück keinerlei Mühe bereiten würde. Sie spielte sicher, mit präzisem Anschlag und hatte die musikalische Struktur bereits erfaßt. Offenbar hatte er ihr Können unterschätzt. Mittendrin lachte sie überrascht auf und begann die Melodie des Liedes, das Bert so geschickt zwischen den anderen Noten versteckt zu haben glaubte, zuerst leise mitzusummen und dann mit halber Stimme auf einen fremdsprachigen Text zu singen. Zwischendurch sagte sie: »Das kenne ich. Ein altes spanisches Liebeslied. Wo hast du das gefunden?«

Noch ehe er antworten konnte, hörte er draußen Schlüsselgerassel und das Klappen der Haustür, und gleich darauf kam Fred ins Zimmer. »Seid ihr schon beim Musizieren? Das habe ich mir fast gedacht.« Er sagte das freundlich, doch mit einem leicht spöttischen Beiklang, der Stella für einen Moment aus der musikalischen Balance brachte. Sie spielte das Stück dennoch zu Ende, ehe sie aufstand und sich von ihm flüchtig küssen ließ.

Später saßen sie zusammen beim Abendessen. Fred berichtete irgendwelche Neuigkeiten aus seinem Institut, denen Bert kaum folgen konnte, da er die Leute, um die es ging, allesamt nicht kannte. Er horchte erst auf, als Fred sagte: »Diesen Rechberger habe ich heute endgültig an die Luft gesetzt. Stellt euch das vor: da geht dieser Mensch doch her und weigert sich, die Bohrkernanalysen von den Probebohrungen aus dem Sperrgebiet im Vorgebirge zu analysieren und fragt mich, ob ich nicht wüßte, daß man dort, wenn der Schacht erst einmal abgeteuft ist, politische Gefangene hinunterschicken will, um das Uran und all das giftige Zeug abzubauen. Ich frage ihn, was ihn das angehe, er sei hier als Geologe angestellt und nicht als Sozialarbeiter, und da schmeißt er mir doch den ganzen Kram hin, stürmt aus dem Labor und knallt die Tür hinter sich zu. Der kommt mir nicht mehr über die Schwelle, das sag' ich euch!«

Während er das berichtete, blickte Bert unwillkürlich zu Stella und war nicht überrascht, daß auch sie ihn anschaute. Er las in ihren Augen das gleiche Entsetzen. In diesem Augenblick erkannte er, ohne es zu begreifen, was für eine Frau ihm gegenüber an der anderen Seite des Tisches saß, und fühlte sich auf gleiche Weise von ihr erkannt. Er konnte seinen Blick nicht mehr abwenden von ihren Augen und spürte mitten im Schock des Grauens vor den Worten seines Bruders die Lust dieser Preisgabe seiner selbst. Eine ganze Weile saßen sie so, bis Fred irritiert einwarf: »Ihr sagt ja gar nichts!«

»Was soll man da schon sagen«, erwiderte Stella, stand auf und räumte das Geschirr ab.

Bert kam in den folgenden Tagen nicht mehr auf diese gespenstige und zugleich so erregende Szene am Abendbrottisch zurück. Doch ehe er abreiste, legte er einen Zettel in das Notenheft, auf dem zu lesen stand:

Dieser Augen-Blick
über leergegessenen Tellern
einander erkennen
über die Unendlichkeit
der Tischplatte
Schrecken und Lust
erkannt zu sein und

davon leben

* * *

Es wird höchste Zeit, daß wir uns wieder einmal Fred zuwenden, der uns während Berts Studium der Musik, des Lebens und schließlich auch des Todes zeitweise fast völlig aus dem Blickfeld geraten ist. Wie kam er dazu, solche Sachen zu sagen, die einem Menschen wie Bert und auch seiner eigenen Frau einen Schauer des Entsetzens über den Rücken jagten? Um dieser Frage nachzugehen, muß ich zunächst noch einmal zurückgreifen vor den Zeitpunkt jener Party, auf der Fred seiner Stella, dem aufgehenden Stern im Gitter seiner Träume, begegnet war. Es wurde ja schon erzählt, daß er nicht erreichbar war, als Bert den Tod zu kosten bekam. Mit einer kleinen Gruppe von Studenten zog Fred damals durch ein Wüstengebirge in Übersee, weitab von jeglicher Zivilisation, gar nicht zu reden von dergleichen Einrichtungen wie Post- oder Telegraphenstationen. Hier und da traf man auf Eingeborene dunkler Hautfarbe, deren Sprache keiner der Teilnehmer verstand. Die Geologen hatten ein Zeltlager aufgeschlagen und fuhren in Begleitung eines einheimischen Führers am frühen Morgen mit einem geländegängigen Wagen so weit in die Berge hinauf, wie es die Bodenverhältnisse erlaubten, um dann, ihren Hammer in einer Lederschlaufe am Handgelenk baumelnd, weiter hinaufzusteigen zu den schroffen Wänden, in denen Amethystdrusen, Topase, ja sogar Smaragde und vermutlich auch noch weitere interessante Minerale zu finden sein sollten.

So geschah es auch an jenem Tag, von dem hier berichtet werden soll. Als die Gruppe ein Hochtal durchwandert hatte und sich der Stelle näherte, an der solche Funde möglich sein sollten, trennten sich die Teilnehmer der Expedition, und jeder folgte seiner eigenen Spürnase. Fred studierte zunächst in aller Ruhe die Gebirgsformation. Die Steilwände traten hier schon eng zusammen, und von dem Hochtal selbst war nicht viel mehr als eine schmale, sandige, von herabgerollten Trümmern übersäte Rinne geblieben. Die Felsen zu beiden Seiten waren von zahllosen schrundigen Spalten und Rissen durchzogen, und Fred entdeckte mit kundigem Auge eine Stelle, an der eine Verfärbung die Grenze und gegenseitige Durchdringung unterschiedlicher Gesteinsarten anzeigte, ein sicheres Merkmal für einen fündigen Platz. Er winkte dem Führer, ihm zu folgen, und stieg über eine Schotterhalde weiter hinauf, bis er den gewachsenen Fels erreichte, der hier durch eine etwa schulterbreite, senkrecht empor verlaufende Kluft gespalten war.

Um Schlangen oder anderes Getier zu verscheuchen, warf er einen Stein in die Öffnung. Das nachhallende Poltern, mit dem dieser mehrfach aufschlug, ehe er zur Ruhe kam, deutete auf einen größeren Hohlraum hin. Fred hielt seine Taschenlampe bereit, drängte sich durch den Einstieg und sah, daß es hier in die Tiefe hinabging. Einen Augenblick lang dachte er daran, die anderen herbeizurufen, aber dann, fiel ihm ein, würde er eine mögliche Entdeckung nicht allein für sich verbuchen können, und so begann er, vorsichtig mit der Lampe vorausleuchtend, über Geröll und Felsstufen hinabzuklettern. Der Eingeborene hielt sich dicht hinter ihm.

Die Felswände, auf die der Lichtkegel traf, zeigten nichts Auffälliges. Als er so weit hinabgestiegen war, daß das Tageslicht nur noch als ferne helle Linie den Fels streifte, erreichte er ebenes Niveau, doch wurde die Kluft so schmal, daß ein Vorankommen nicht mehr möglich schien. Er wollte schon umkehren, als ihn der Führer, mit unverständlichen Worten zwar, aber durch eindeutige Gesten, auf einen sich nach rechts öffnenden Durchschlupf hinwies. Der Mann schien sich hier auszukennen, und so forderte Fred ihn auf, ihm voran durch das Loch zu kriechen. Eine kurze Strecke ging es auf Händen und Knien über scharfkantiges Gestein, dann weitete sich der Gang und mündete in einen hohen Kuppelraum von etwa zehn Schritt Durchmesser. Und hier, das erkannte Fred, sobald er den Schein seiner Lampe über die Wände gleiten ließ, hier war er am Ziel.

An vielen Stellen glitzerte es auf in farbigen Lichtbrechungen, dort violett, anderswo gelb und weiß, auch grüne und rote Funken glühten für Augenblicke im vorüberhuschenden Lichtstrahl. Fred war zumute, als sei er, obgleich hellwach und aufs Äußerste erregt, unversehens in einen seiner kristallenen Träume eingetaucht. Er setzte sich auf einen wie für ihn in die Mitte des Raums zurechtgerückten Felsblock, ließ den Strahl seiner Lampe langsam über die von Kristallen unterschiedlichster Art überkrusteten Wände wandern und vergaß darüber die Zeit.

Einmal drang von fern her schwaches Rufen in die Tiefe, aber er hörte es kaum, völlig versunken, wie er war, in den Anblick einer Wirklichkeit, die er bislang bloß geträumt hatte. Ihm war, als sitze und regiere er im Mittelpunkt des Kosmos, dessen einzelne Gestirne er nach seinem Willen mit dem Lichtstrahl aus dem Dunkel hervorholen und aufleuchten lassen konnte, um sie dann wieder der Finsternis anheimzugeben und anderen Glanz und Strahlkraft zu verleihen. Schließlich, als sich seine Augen der Finsternis völlig angepaßt hatten, legte er die Lampe so auf den Boden, daß sie den kristallenen Stern oben am Scheitel der Kuppel beleuchtete und er sehen konnte, wie dieses Licht in vielfältigen Brechungen sich den anderen Gestirnen mitteilte, die nach und nach in ebenmäßiger Ordnung rings um ihn aufglühten.

Dann löschte auf einen Schlag dieses Wirklichkeit gewordene Traumbild aus. Fred erschrak dermaßen, daß er sich für lange nicht rühren konnte. Schließlich tastete er nach der Lampe, aber sie lag nicht mehr an ihrem Platz. Er rief nach dem Führer, erhielt jedoch keine Antwort. Statt dessen hörte er ein Geräusch, wie wenn Stahl auf Stein schlägt, Funken stoben, und gleich darauf wuchs eine Flamme, teilte sich in Zungen, die knisternd über Zweige leckten, und dann brannte seitwärts neben der Höhlenwand ein Feuer und warf seinen flackernden Schein über Freds kristallenen Traum. Der Kreis der Gestirne trat wieder aus dem Dunkel hervor, doch nicht ruhig und kühl wie unter dem Strahl der elektrischen Lampe, sondern regte sich, gewann zunehmend an Lebendigkeit, als kröchen über die Wölbung schillernde Tiere, die zueinander trieben, ineinanderglitten, um neues Leben zu zeugen, das sich nach und nach über das gesamte Rund ausbreitete, jede geregelte Ordnung auflösend in einem Prozeß, der alles verschlang, was sich noch auf irgendeine Art hätte berechnen und in ein System bringen lassen. Unvorhersehbares geschah, Bilder wuchsen auf, tierhafte Wesen schienen sich ihm zu nähern, erhoben und wandelten sich zu menschenähnlichen Gestalten, die einen schwingenden Reigen tanzten, dessen Mittelpunkt nun nicht mehr er selbst war. Er spürte wohl, daß es auch für diesen Tanz ein geheimes Zentrum gab, dem die Gestalten zustrebten, und daß damit eine neue, von ihm noch nie empfundene Harmonie geboren wurde, eine Harmonie, deren Gesetze er allerdings nicht begriff und auch nicht begreifen wollte.

Mit einem Schrei sprang er auf, stieß mit den Stiefeln die brennenden Äste auseinander und trampelte auf ihnen herum, bis die letzte Glut erloschen war. Dann herrschte wieder Finsternis. Seine Lampe konnte er trotz langem Umhertastens nicht mehr finden, doch dabei stieß er auf den Ausgang, kroch zurück in die Kluft und kletterte schweißgebadet und mit zitternden Knien heraus und nach oben, dem Streifen Tageslicht entgegen.

Draußen brannte inzwischen die Sonne fast senkrecht vom stahlblauen Himmel in das Wüstental. Vor Hitze flimmerte die Luft über den Felsen. Fred schrie, nicht nur nach seinen Begleitern, sondern schrie vor Angst und Entsetzen über den Zusammenbruch seiner kristallenen Welt. Dann hörte er die anderen rufen, von der gegenüberliegenden Seite des Tals.

Als sie bei ihm standen und fragten, wo er so lange geblieben sei und ob er etwas entdeckt habe, was des Nachschauens wert sei, schüttelte er den Kopf. Es gäbe dort unten nichts, das der Wissenschaft nützen könne. Der Führer blieb verschwunden und zeigte sich auch später nicht mehr. Bald danach traten sie die Rückreise an.

Von diesem Erlebnis, das ihn so aufgewühlt hatte, erzählte Fred keinem Menschen. Sobald sie diese Gegend verlassen hatten, schwand es aus seinem Gedächtnis, genauer gesagt, es wurde verdrängt von seinem Verlangen nach Ordnung und Berechenbarkeit. Er übte sich wieder so in seine Träume ein, daß eine flackernde Flamme sein Spiegelbild nicht stören konnte. Außerdem arbeitete er nach Kräften weiter an seinem akademischen Werdegang, also dem, was er selbst seine Karriere zu nennen pflegte. Davon soll nun weiter die Rede sein und auch von jenem Geologen namens Pfizer, der sich eine gewisse Vertraulichkeit anzumaßen begann, seit er auf jener Party beobachten konnte, daß auch Fred für Weiblichkeit nicht ganz unempfänglich war.

Pfizers Einstellung zu Fred zu beschreiben, ist nicht ganz leicht. Er war seinem Vorgesetzten durchaus ergeben, nicht zuletzt aus dem Bewußtsein heraus, daß er ihm, was wissenschaftliche Einsichten betraf, in keiner Weise das Wasser reichen konnte. Aber je länger er mit ihm zusammenarbeitete, desto stärker festigte sich in ihm das Gefühl der Unentbehrlichkeit, zunächst erst einmal im Zusammenhang mit seiner Handlangertätigkeit im Labor. Fred war manuell nicht besonders geschickt und fummelte oft lange Zeit mit geringem Erfolg an der Feineinstellung irgendwelcher Geräte herum, bis Pfizer mit einem höflichen »Erlauben Sie?« an seine Seite trat und im Handumdrehen das Problem gelöst hatte. So kam es dazu, daß Fred manche Arbeiten von vornherein Pfizer überließ, schon allein um kostbare Zeit zu sparen. Wer so verfährt, gerät unversehens in eine gewisse Abhängigkeit. All das geschah noch im üblichen Rahmen wissenschaftlicher Teamarbeit.

Seit sich jedoch herauszustellen begann, daß Freds Verhältnis zu Stella auf Dauer angelegt war, was Pfizer zunächst gar nicht in Betracht gezogen hatte, zeichnete sich eine neue Nuance in dessen Verhalten ab. Er war es schließlich gewesen, der seinen akademischen Vorgesetzten nicht ohne einigen Aufwand an Überredungskunst zum Besuch jener Promotionsfête gedrängt hatte, und daraus ergab sich der logische Schluß, daß Fred allein ihm die Bekanntschaft mit diesem Mädchen zu verdanken hatte. Um korrekt zu sein, muß ich jetzt schon sagen: die Bekanntschaft mit seiner Verlobten, denn dieser auf eine gemeinsame Zukunft weisende Zustand trat bald danach ein. Pfizer machte vor seinen Kollegen daraus kein Geheimnis und sonnte sich in dem Ruf, daß er in dieser Angelegenheit Schicksal gespielt habe. Auch Fred gegenüber trat er jetzt, wenn auch zunächst mit Vorsicht, gelegentlich aus der Enge des Fachgesprächs heraus und erkundigte sich beispielsweise höflich nach dem Befinden des Fräulein Braut.

Fred war dies nicht angenehm – wir kennen ja seine Abneigung gegen Abschweifungen ins Persönliche. Aber was hätte er tun sollen? Den Mann vor den Kopf stoßen, dem er – und dessen war er sich durchaus bewußt – die Bekanntschaft mit seiner Braut zu verdanken hatte? Überdies hatte auch die Art, wie sie ihm als Bestandteil seines kristallenen Traums erschienen war, für ihn möglicherweise die scharfe Grenze zwischen dieser von ehernen Gesetzen bestimmten Welt des Mineralischen und jenem so schwer faßbaren Bereich des Intim-Menschlichen ein wenig verwischt, auch wenn ihm dies nicht bewußt wurde. Auf solche persönlichen Erkundigungen Pfizers gab er also, wenn auch mit etwas kühler Freundlichkeit, eine entsprechend vage Auskunft und dankte für das Interesse, wodurch er wiederum Pfizer ermunterte, bei Gelegenheit auf dieses Thema zurückzukommen.

Daß Freds Auskünfte hinsichtlich seiner Braut vage genannt werden müssen, hat seinen Grund nicht so sehr in seiner Zurückhaltung als darin, daß er in der Tat kaum imstande gewesen wäre, sich konziser zu äußern über dieses ihn bezaubernde Wesen, das geradewegs aus seinen Träumen heraufgestiegen war. Es überraschte ihn immer aufs neue, wie Stella ohne jede Hemmung ihre Gefühle zeigte und über sie sprach und dies mit Worten, die ihm so ungewöhnlich und rätselhaft erschienen, daß er schwieg und statt einer Antwort in ihre Augen blickte, möglicherweise in der Hoffnung, auf deren Grund eine Widerspiegelung seines Raumgitters zu entdecken, das er für das Grundmuster des Daseins hielt. Einmal wurde diese Vorstellung so drängend, daß er sie in Worte fassen mußte, wobei er Stella eine *Inkarnation kristalliner Wachstumsenergien* nannte. Als geschulte und sprachempfindsame Germanistin hielt sie das für ein in drei Wörter komprimiertes Liebesgedicht und dankte ihm für diesen Ausdruck seiner Verehrung mit einem Kuß.

Diese Art ihrer körperlichen Liebkosung, die ihm beim ersten Mal beinahe die Besinnung geraubt hätte und der er zunächst keinen festen Platz in seinem Weltbild zuordnen konnte – ein tief beunruhigendes Gefühl für einen Menschen wie Fred! –, war ihm faßbarer geworden durch eine farbige Miniatur, die er eines Tages im Faksimiledruck einer mittelalterlichen Handschrift zur Alchymie entdeckt hatte. *Die Hochzeit der Elemente* stand, in roter Tinte, darunter zu lesen. Das Bild zeigte zwei nackte Menschen, einen Mann und eine Frau, die in deutlich ausgemalter Vereinigung aufeinanderlagen und einander küßten, und das Ganze diente der Darstellung einer chemischen Reaktion, als deren Ergebnis ein Mineral gezeugt wurde. Für Fred war dieses Bild wie eine lange ersehnte Erleuchtung, zeigte es doch, daß auch diese scheinbar so ungeordneten und den Leidenschaften unterworfenen Kräfte der Sexualität, die ihn bisher, wenn er sie am eigenen Leibe spürte, stets ratlos zurückgelassen hatten, ein Bestandteil jenes großen, alles umfassenden Grundmusters waren, in dessen sicherem Gehege er schon seit seiner Kindheit immer wieder Zuflucht gesucht hatte.

Die Frage erscheint berechtigt, ob Fred anläßlich seiner Heirat, die er Bert in so behutsam formulierten Floskeln mitgeteilt hatte, ohne Kenntnis dieser Abbildung imstande gewesen wäre, diese Vereinigung zu vollziehen. Die Natur hätte wohl auch ohne solche Vorstellungen sich selbst verlangt, aber die durch die Miniatur gewonnene Erkenntnis verschaffte Fred das sichere Gefühl, im Einklang mit den Gesetzen seines Weltbildes zu handeln. So konnte er verstehen, was hier vollzogen wurde, und darauf kam es ihm an. Gerade dieser Umstand dürfte ihn jedoch zugleich daran gehindert haben, in jene Selbstvergessenheit zu sinken, in jene völlige Hingabe, die ihn vielleicht aus seiner Einkapselung hätte lösen können. So aber wurde sein Selbstverständnis in keiner Weise erschüttert. Er gab nichts von sich preis – wie hätte er eine neue, seine Einstellung zu den Dingen und vor allem zu den Menschen verändernde Erkenntnis empfangen können! Er blieb, wie er geworden war, und das machte ihn für Vorgänge anfällig, die seiner Perspektive des Daseins entsprachen und sich ohne Widerspruch einordnen ließen.

Es wurde schon berichtet, daß die Ideen der Info-Partei, die Fred bisher eher beiläufig und ohne gezieltes Interesse aufgenommen hatte, bei ihm eine – allerdings kaum reflektierte – Zustimmung fanden, die sich etwa auf jener Heimfahrt vom Begräbnis der Mutter in seinen Äußerungen zur Haltung seines Vaters zeigte. Es ist nun an der Zeit, daß wir uns etwas näher mit dieser politischen Bewegung befassen, die in jenen Jahren fast sprunghaft den Kreis ihrer Anhänger erweiterte.

Auch in dieser Sache ging eine gewisse Initiative von Pfizer aus. Dieser unentbehrliche Handlanger war infolge der nach Freds Verlobung allmählich sich einspielenden persönlichen Gesprächsbeziehung nach und nach zu einer Art von Vertrautem geworden, einem Famulus, der in seiner Verehrung für den Meister sich verpflichtet fühlte, ihm nicht nur im Rahmen wissenschaftlicher Handgriffe dienstbar zu sein, sondern auch Sorge zu tragen für dessen persönliches Wohl und Weiterkommen, also auch auf dieser Ebene Schicksal zu spielen. Das begann damit, daß er Fred auf eine Veranstaltung aufmerksam machte, die unter dem politische Zusammenhänge kaum verratenden Thema *Das Prinzip Wissenschaft* angekündigt wurde. Pfizer überreichte Fred eine großzügig aufgemachte Einladung, die persönlich an ihn adressiert und deren erläuterndem Beitext zu entnehmen war, daß im Anschluß an den Vortrag eines Fred dem Namen nach bekannten Biologen Gelegenheit gegeben würde, in exklusivem Kreise von hochgraduierten Akademikern die angeschnittenen Probleme zu diskutieren mit dem Ziel, Konzepte für eine fortschreitende Durchdringung der bislang von allzu vielen Unwägbarkeiten belasteten Lebensprozesse durch das Prinzip Wissenschaft zu entwerfen. Um Antwort wurde gebeten.

Fred sagte spontan zu, obwohl er sich von derartigen fächerübergreifenden Diskussionsforen bisher zurückgehalten hatte. Was hier jedoch als Zielvorstellung umschrieben wurde, entsprach auf solch überraschende Weise seinem Bestreben, die Dynamik jüngst erfahrener Lebensprozesse harmonisch in seine eher starre Weltsicht einzuordnen, daß er gar nicht ablehnen konnte. Vielleicht sehnte er sich auch danach, seine bisher nur von einer symbolisch aufzufassenden Illustration aus dem vorwissenschaftlichen Zeitalter angeregte Spekulation über die geheime Regelhaftigkeit scheinbar so chaotisch angelegter Lebensäußerungen auf breiter akademischer Basis bestätigt zu finden.

Welche Gründe immer ihn auch leiten mochten, er fand sich jedenfalls zu der angekündigten Veranstaltung ein, traf dort auf eine ansehnliche Zahl von Kollegen, die ihm aus den Fakultätssitzungen bekannt waren, also hinreichend Gewähr boten für die Seriosität des Unternehmens, und lauschte aufmerksam den Thesen, die Professor Gabelschwend, Vorstand des Instituts für allgemeine Biologie, in seinem Referat zur Diskussion vorlegte. Er begann mit einem durch eine Reihe überzeugender Beispiele belegten Überblick über den derzeitigen Stand seiner Wissenschaft, in den er gelegentlich, wenn auch mit aller gebotenen Vorsicht, Seitenblicke zu den gleichfalls gewaltig fortschreitenden Erkenntnissen anderer Fachbereiche, unter anderen auch der Geologie, einflocht, und ließ diesen eher resümierenden Teil seines Vortrags in die Feststellung münden, daß auf all diesen Gebieten in den vergangenen Jahrzehnten bedeutende Fortschritte erzielt worden seien, die noch weiter zu übertreffen mit Sicherheit in allernächster Zeit gelingen werde. »Und hier kommt unser Problem zutage«, fuhr er fort. »Wir alle, die wir hier in diesem Saal sitzen, verfügen über ein gewaltiges Potential an Wissen. Aber wie sieht es dort draußen aus, jenseits dieser Mauern« – merkwürdigerweise wies er bei diesen Worten zum Fenster hinaus in die rosafarbenen Wolken des Abendhimmels – »auf den Straßen dieser Stadt, in den Familien unserer Mitbürger, in den Werkhallen, auf dem flachen Land in den bäuerlichen Betrieben? Kaum ein Mensch dort hat auch nur eine Ahnung davon, in welchem Maße es einigen wenigen, zu denen wir uns zählen dürfen, schon gelungen ist, die grundlegenden Zusammenhänge dieser Welt zu durchschauen und damit für den Menschen verfügbar zu machen. Haben Sie das schon einmal bedacht? Die Folge der zunehmenden Diskrepanz zwischen unserem Wissen und dem öffentlichen Bewußtsein ist, daß der weitaus überwiegende Teil der Bevölkerung in unserem Land so weiterlebt wie schon seit jeher, unter den Zwängen von Verhältnissen und Verhaltensweisen, die sich, mit unseren Augen betrachtet, längst als unvernünftig herausgestellt haben, nicht davon zu reden, daß wir selbst ständig gezwungen sind, uns diesen herrschenden Verhältnissen wider bessere Einsicht anzupassen. Dürfen wir einen solchen Zustand guten Gewissens länger tatenlos hinnehmen? Haben wir, deren Forschungsstätten und Gehälter von der Gesellschaft finanziert werden, nicht die Verpflichtung, unsere Erkenntnisse für eben diese Gesellschaft auf möglichst breiter Basis nutzbar zu machen?«

An dieser Stelle pochte man zum ersten Mal Beifall; selbst Fred fühlte sich mitgerissen und klopfte nach akademischem Brauch mit den Fingerknöcheln der locker geschlossenen Hand auf die Tischplatte. Doch Gabelschwend hatte noch nicht zu Ende gesprochen und sagte, daß er nun einige Vorschläge zur Diskussion stellen wolle, also auf Wortmeldungen hoffe. »Was also können wir machen?« fragte er rhetorisch und antwortete sogleich selbst: »Wir müssen informieren, sozusagen flächendeckend über unsere Erkenntnisse informieren.«

Damit provozierte er eine erste Wortmeldung. »Wie stellen Sie sich das vor, Herr Kollege? Wie soll ich zum Beispiel die Öffentlichkeit über Teilgebiete meines Fachs, also der Physiologie, informieren, über deren Forschungsergebnisse ich mich sinnvoll allenfalls mit drei oder vier Fachkollegen unterhalten kann?«

Gabelschwend lächelte fast nachsichtig. »Diese Frage habe ich erwartet, und ich freue mich, daß sie so früh gestellt wird. Natürlich kann es nicht darum gehen, im Detail über konkrete, für den Laien viel zu spezielle Erkenntnisse zu unterrichten, die ohnehin kaum ein Außenstehender nachvollziehen könnte. Da liegt auch nicht das Problem. Wir müssen vielmehr publik machen, daß wir aufgrund unserer in solchem Zusammenhang allenfalls grob zu umreißenden Einsichten zu dem Schluß gekommen sind, daß diese oder jene Grundhaltungen oder gar Gesetze, die das tägliche Leben bestimmen, zugunsten neuer Regelungen zu ändern seien. Für die Zuverlässigkeit solcher schwer nachprüfbarer Aussagen bürgen wir mit unserer wissenschaftlichen Autorität, und auf eben diese Autorität gestützt muß es uns gelingen, die gesellschaftlichen Kräfte im Lande zu mobilisieren und unserer Sache nutzbar zu machen.«

»Denken Sie dabei an eine Art politischer Partei?« fragte eine Stimme.

»Warum nicht? Wir Wissenschaftler müssen endlich aus dem Elfenbeinturm heraustreten und lernen, pragmatisch zu verfahren. Meine Freunde und ich denken nicht erst seit heute über diese Dinge nach, und nun, nachdem wir uns ein entsprechendes Instrument geschaffen haben, ist es, meinen wir, an der Zeit, alle an diesen Fragen interessierten Wissenschaftler zur Mitarbeit aufzufordern.«

»Reden Sie von dieser Info-Partei?« fragte ein grauhaariger Philologe, ohne seinen Widerwillen zu verbergen.

»Sie haben's erraten«, antwortete Gabelschwend mit einem

entwaffnenden Lächeln. Er erregte mit diesen Worten ein tumultuarisches Stimmengewirr, das minutenlang gegen die Wände des Saals brandete, während er gelassen hinter seinem Rednerpult stehenblieb. Was sich da abspielte, war in der Tat vorherzusehen gewesen. Trotz des geradezu kometenhaften Aufstiegs der Info-Partei, die von Anfang an mit schier unglaublichen Versprechungen auf den Plan getreten war und Mittel zur Behebung jedweder Mißstände in der Hand zu haben behauptete, stießen ihre Redner, wo sie öffentlich auftraten, auch auf heftigen Widerspruch. Man warf ihnen mangelndes demokratisches Bewußtsein, ja sogar inhumane Tendenzen in ihrem Programm vor, aber diese Gegner hatten es schwer, ihre Meinung zur Geltung zu bringen, schien es für allzuviele doch offenkundig zu sein, daß diese Partei alle Übelstände endlich einmal an der Wurzel zu packen versuchte, und überdies war gegen die Eloquenz der Info-Redner nur schwer anzukommen, zumal sie ihre Anhänger dermaßen zu fanatisieren verstanden, daß Andersdenkende alsbald niedergebrüllt wurden.

Etwas akademischer ging es schon zu in der illustren Versammlung, von der hier berichtet wird. Fred, den Gabelschwend ohnehin kaum noch hätte überzeugen müssen, stellte mit Verwunderung fest, daß die Parteiungen quer durch alle Fakultäten und Fachrichtungen hindurchliefen. Er hätte eher erwartet, daß sich ein Disput zwischen den Vertretern der Naturwissenschaften und jenen der Geisteswissenschaften entspinnen würde, aber dem war durchaus nicht so. Es mag charakteristisch für Fred sein, daß er die Info-Gegner unter den Naturwissenschaftlern, zu denen auch der Leiter seines Institutes zu zählen war, der alte Wandruschka, von diesem Tag an als Anhänger überholter Anschauungen nicht mehr ernst nahm, sich dagegen gerade durch den Beifall von Akademikern ihm völlig fernliegender Fächer wie Altphilologie oder Numismatik auf eine besondere Weise bestätigt fühlte.

Als der Tumult sich etwas gelegt hatte, erbat sich Gabelschwend durch ein Handzeichen wieder das Wort, erhielt es auch sogleich und sagte: »Meine Herren Kollegen, wir sind hier doch auf keiner Parteiversammlung, sondern wollen eine akademische Diskussion führen. Im Grunde ging es mir ja nur darum, Sie über einige Erkenntnisse zu informieren, die meine Freunde und ich in jüngster Zeit gewonnen haben. Vielleicht können wir jetzt nach üblichem Brauch in Form von regulären Wortmeldungen und klar formulierten Beiträgen weiter verfahren.«

Das geschah dann auch, aber von diesem Punkt an schwand Freds Interesse rapide. Was sollte er sich noch dieses Hin und Her von Meinungen anhören, wo doch für ihn die einzig vertretbare Position schon feststand? Da er aber durch einen vorzeitigen Aufbruch nicht den Eindruck erwecken wollte, er distanziere sich grundsätzlich von dieser Veranstaltung, blieb er auf seinem Platz sitzen, versenkte sich in eine neue Variante seines Traums, und sah in dessen abstrakten Strukturen die mißliebigen Widersprüchler dieser Versammlung wie gefangene Fliegen rettungslos zappelnd im Spinnennetz seines Raumgitters hängen, ein Anblick, den er durchaus genoß.

Es war schon ziemlich spät, als die Diskussionsrunde sich endlich auflöste. Das Rücken der Stühle und die allgemeine Unruhe weckten Fred auf, noch bevor die Spinne über das zitternde Netz herabklettern konnte, um das erste Opfer auszusaugen. Nicht ganz ohne Bedauern kehrte Fred in die Wirklichkeit des Saales zurück, erhob sich und strebte dem Ausgang zu. Dort stand Gabelschwend, um seinen Freunden die Hand zu schütteln, und es zeigte sich, daß er auch Fred zu dessen nicht geringer Überraschung zu diesen Freunden zählte; denn er ergriff seine Hand, drückte sie kräftig und sagte: »Wie mich das freut, Herr Kollege, daß Sie gekommen sind! Wir müssen uns bei Gelegenheit ausführlicher über diese Dinge unterhalten. Ich weiß übrigens schon seit einiger Zeit, daß Sie unserer Sache zuneigen. Es wird Ihr Schaden nicht sein, mein Lieber. Wie lange wird eigentlich Wandruschka sich noch an seinen Stuhl klammern?«

»Ich weiß es nicht.« Fred kam ins Stottern, überrascht durch diese unvermittelte Frage. »Eigentlich müßte er im kommenden Jahr emeritiert werden, glaube ich.«

»Das dürfte zutreffen«, sagte Gabelschwend vergnügt. »Es ist an der Zeit, daß jüngere Kräfte das Ruder in die Hand nehmen.« Nach diesen Worten schüttelte er Fred noch einmal die Hand und beteuerte dabei, daß er ihm gewogen sei.

Fred war nicht dumm. Er wußte, daß Gabelschwend eine gewichtige Stimme in der Berufungskommission hatte, wenn die Professur für Mineralogie und Petrographie neu zu besetzen sein würde. Jedenfalls hatte er auf dem Heimweg genug Stoff zum Nachdenken.

Stella saß im Wohnzimmer und las, als er nach Hause kam. »Wie war's?« fragte sie.

»Ganz interessant.« Fred sagte das eher beiläufig, aber dann konnte er seine kühnen Spekulationen doch nicht für sich behalten. »Was würdest du sagen, wenn ich im kommenden Jahr Wandruschkas Professur erhalte?«

»Wäre das nicht ein wenig gegen die Regel, ein Nachfolger aus dem eigenen Institut?« Stella schien eher irritiert zu sein als erfreut.

»Verboten ist das nicht«, sagte Fred gereizt.

»Aber auch nicht gerade üblich. Wie kommst du überhaupt auf diese Idee?«

»Gabelschwend hat so etwas angedeutet. Jedenfalls hörte es sich so an.«

»Und was will er dafür von dir? Gehört er nicht zu diesen Info-Sympathisanten?«

»Na wenn schon«, sagte Fred mit spürbarem Ärger. »Was hat das mit meiner Berufung zu tun? Er sucht einen Mann mit neuen Ideen, und das bin ich doch wohl.«

Stella schaute ihn an, ohne zu antworten. Fred fühlte sich unter ihrem Blick zunehmend unbehaglicher, und seine Freude über die Zukunftschance, die er sich auf dem Heimweg ausgerechnet hatte, zerbröselte zusehends. Mißmutig stellte er fest, daß sie wieder einmal an dem Punkt angelangt waren, über den es zwischen ihnen schon mehrfach Meinungsverschiedenheiten gegeben hatte. Er verstand dies um so weniger, als er in Stella noch immer die Frau sah, die in sein Weltmuster gehörte, und konnte nicht begreifen, warum sie ihn nicht verstand oder vielleicht sogar nicht verstehen wollte. Sie hatte etwas gegen die Infos. Immer wenn die Rede auf Vertreter dieser Partei kam, fand sie etwas an ihnen auszusetzen, aber ihre Gründe dafür blieben ihm unverständlich. Das waren überhaupt keine Argumente, was sie vorbrachte, wenn sie etwa sagte: »Mir wird kalt, wenn ich sie reden höre« oder »Möchtest du in einer Welt leben, in der alles nur noch danach beurteilt wird, ob es vernünftig ist oder perfekt funktioniert?« Das verstand er am allerwenigsten. Selbstverständlich wollte er in einer solchen Welt leben, einer Welt, in der alles klar und eindeutig war, in der nichts Unvorhersehbares den von berechenbaren Gesetzen beherrschten Kosmos störte. Warum redete Stella in einer Sprache, die er nicht verstand? Ihr Blick irritierte ihn, machte ihn unsicher, und so wendete er, ehe sein gesamtes Weltbild ins Wanken geriet, sich ab und sagte: »Ich bin müde. Gute Nacht.«

Während Stella neben ihm schlief, lag er noch immer wach und grübelte über das kurze Gespräch nach, das er mit Gabelschwend geführt hatte. Wort für Wort überprüfte er noch einmal dessen Aussagewert und stieß dabei auf einen Satz, dem er bisher kaum Beachtung geschenkt hatte: *Ich weiß schon seit einiger Zeit, daß Sie unserer Sache zugeneigt sind,* hatte der Kollege von der Biologie gesagt. Woher wußte er das? Hatte er ihn beobachten lassen? Gab es jemanden, der seine gelegentlichen Äußerungen weitertrug? Mit wem hatte er über dergleichen Dinge gesprochen? Stella? Nein, die kam auf keinen Fall in Betracht. Andere Kollegen von der Universität? Er ging sie der Reihe nach durch, konnte sich aber keines Gesprächs entsinnen, das zu solchen Schlüssen hätte führen können. Schließlich gab er sich damit zufrieden, daß solche Hintertragereien ihm eigentlich nur nützlich sein konnten, und schlief darüber endlich ein.

In diese Zeit fiel Freds Besuch bei seinem Bruder im Sanatorium. Drei Tage lang hatten ortsansässige Mineralienfreunde die Exkursionsgruppe zu interessanten geologischen Formationen oder Fundplätzen geführt, die allerdings längst in der Fachliteratur verzeichnet waren. Die Studenten waren mit Begeisterung dabeigewesen, hatten mit ihren frisch erworbenen Hämmern eine Menge Gestein zerklopft, wobei die ersehnten Stufen mit Bergkristallen, Granaten, Albit oder Sphen selten ohne Schaden blieben. Fred hatte dazu doziert, allerdings nicht ohne eine Spur von Langeweile. Aufregende Entdeckungen waren hier nicht zu erwarten.

Am Abend in der Hütte hatte ihnen ein lederbraun gegerbter, hagerer Almgänger Sagen von Berggeistern und unterirdisch hausenden Zwergen erzählt, die allesamt die Angewohnheit zu haben schienen, alle hundert Jahre einen armen Hüterbuben zu einer reichen Kristallhöhle zu führen. »Mit Stadtleuten haben die heimlichen Leut nichts im Sinn«, sagte er zum Schluß. »Da braucht's nicht drauf zu hoffen. Aber wenn ihr doch einmal einen trefft, und er zeigt euch eine Kluft, dann heißt's vorsichtig sein. Keinen Kristall abschlagen! Am Morgen ist's dann doch nur wertloser Schiefer. Aber wenn so einer euch einen Stein in die Hand legt, dann hebt ihn gut auf, auch wenn er nichts gleichschaut. Sobald die Sonne aufgeht, könnte er sich in pures Gold verwandeln. Habgier mögen sie nicht, die Heimlichen. Sie hüten das Leben, das in der Tiefe wächst.«

Fred saß müde und schon halb im Schlaf auf der rohen Holzbank, hörte die raunende Stimme des Älplers, der hier von wachsenden Kristallen wie von Blumen sprach, und eine verdrängte Erinnerung stieg in ihm auf, die ihm Angst machte. Schon spürte er wieder mit Entsetzen, wie das Ordnungsgefüge seiner Welt zu wuchern begann, unvorstellbare Blüten und schlingende Ranken trieb, während das Herdfeuer flackernde Schatten an die niedrige Balkendecke malte. Also auch hier lebten Feinde seiner Welt, und in jäh aufsteigender Wut schrie er: »Hören Sie doch auf mit diesem Unsinn!« und spürte, wie seine Hand zitterte, mit der er auf den Tisch geschlagen hatte.

Eine Zeitlang hörte man nur das Holz im Feuer knacken. Die Studenten blickten ihn erschrocken an, keiner wagte ein Wort zu sagen. Nur der Erzähler brummte etwas von Stadtleuten, die nichts verstünden. Rein gar nichts.

Am Morgen danach ließ Fred die Gruppe unter der Obhut des einheimischen Führers zurück und fuhr ins Sanatorium zu Bert. Eine Flucht? Er war jedenfalls froh, den fragenden Blikken der Studenten entronnen zu sein. Dann schon lieber der arme, kranke Bert.

So arm und krank sah dieser nun wirklich nicht aus, als er Fred, der sich telefonisch angemeldet hatte, in der Einfahrt zum Sanatorium entgegenkam. Er wirkte kräftiger als je zuvor, und sein Gesicht hatte frische Farben von dem häufigen Aufenthalt im Freien. Fred hatte sich einige der tröstenden und ermutigenden Floskeln zurechtgelegt, die wir schon aus seinen Briefen kennen, brachte sie auch noch über die Lippen, da ihm nichts anderes einfiel, aber er kam sich selbst ziemlich blöd dabei vor, fast so, als habe man ihn hinters Licht geführt. Bert lachte auch sofort und sagte: »Was soll denn dieses Gerede! Mir geht's prächtig.«

Sonderbarerweise spürte Fred Ärger in sich aufsteigen angesichts der offenkundig blühenden Gesundheit seines Bruders, den er bleich und hustend im Bett vorzufinden gemeint hatte. Und nun schien es so, als mache er sich auf irgendwelcher Leute Kosten ein bequemes Leben. Das Wort *Schmarotzer* fiel ihm ein; er sprach es zwar nicht aus, fragte aber, was Bert hier eigentlich noch tue.

»Ganz gesund werden«, sagte dieser. »Das dauert seine Zeit, auch wenn man selber nicht mehr viel von den lieben Tuberkeln merkt. Außerdem komponiere ich fleißig, und manchmal spiele ich auf meiner Flöte. Soll ich dir etwas vorblasen? Du magst das doch so gern.«

Fred fand es einfach unfair, daß Bert ihn nun auch noch zu frozzeln anfing, und war drauf und dran, den Streit aus Kindertagen wieder einmal aufleben zu lassen, aber dann sagte er sich, daß er es immerhin mit einem – wenn auch auf kaum sichtbare Weise – kranken Menschen zu tun habe und schloß sich schweigend an, als Bert einen Spaziergang vorschlug. Langsam schlenderten sie einen allmählich ansteigenden Karrenweg hinan, zunächst durch eine Fichtenschonung, an deren Rand Johanniskraut blühte, dann verlief sich der Weg zwischen frisch gemähten Wiesen, über denen der Duft des sonnenwarmen trockenen Heus lag wie eine süße Wolke. Nach etwa einer halben Stunde setzten sie sich auf einen Felsblock am Rand eines rasch dahinfließenden Bachs. Das Wasser schoß sprudelnd zwischen grobem Geröll hindurch, stellenweise konnte man unter den schäumenden Strudeln auf dem Grund blankgespülte Steine liegen sehen.

Bert stocherte mit einem Ast zwischen den Kieseln, streifte den Ärmel hoch und fischte einen länglichen, auffallend geformten Stein heraus. Er war an allen Seiten glatt poliert, und auf der feuchten Oberfläche schimmerte ein Mosaik von milchweißen, schwarzgrauen und gelblichen, perlmuttern irisierenden Flächen. Das Wasser hatte ihn zu einer Plastik geschliffen, die merkwürdig tierhaft wirkte, an einem Ende wuchtig und breit, zum anderen hin schlanker werdend, und an beiden Enden schoben sich Auswüchse aus dem Körper wie rudimentäre Beine. Bert betrachtete den Stein von allen Seiten, zeigte ihn Fred und fragte: »Was ist das?«

»Nichts Besonderes«, sagte Fred. »Ein Stück Pegmatit. Quarz, Glimmer und Feldspat. Der halbe Berg dort oben besteht aus diesem Zeug.«

Bert lachte. »Danke für die Belehrung, Herr Professor. Aber das wollte ich eigentlich gar nicht wissen. Ich meine, was dieser Stein in seiner Form darstellen könnte. Keine wissenschaftliche Frage, ich weiß. Laß mal sehen. Ein Stier ist das, ja, ein Stier! Schau doch: vorn die breite Brust, zu den Keulen hin wird der Körper schmäler, man erkennt sogar den Schwanzansatz! Und der Stier steht da, als habe er es gerade auf eine liebesbereite Kuh abgesehen. Siehst du nicht, wie er die Beine in den Boden stemmt? Gleich wird er losspringen!«

Fred schüttelte den Kopf und spürte schon wieder eine vage Beklemmung angesichts dieses Steins, der sich in ein Tier verwandelt hatte. »Du mit deinen frivolen Phantastereien!« sagte er in deutlicher Abwehr.

»Wieso frivol? Ich finde das Ding einfach schön. Angenehm zum Anfassen und Streicheln. Liegt gut in der Hand. Den nehme ich mit.«

»Da hast du schon was!« Fred fand seinen Bruder schlichtweg kindisch und nahm die Gelegenheit wahr, ein anderes Thema aufzugreifen, das ihm schon seit Beginn dieses Gesprächs auf der Zunge lag. »Überdies«, sagte er mit betonter Beiläufigkeit, »Professor bin ich zwar noch nicht, aber es sieht so aus, als wäre es bald so weit.«

Es gelang ihm tatsächlich, Bert mit dieser Mitteilung zu überraschen. »Du hast dich doch erst vor ungefähr zwei Jahren habilitiert! Das geht aber schnell. Hast dich wohl beizeiten arrangiert?«

Er redet fast so wie Stella, dachte Fred verärgert, und so kam er dann auch ins Stammeln, als Bert nach ihr fragte, und sagte schließlich: »Du wirst sie mögen«, obwohl ihn diese Feststellung eher störte als zufrieden stimmte.

Als er nach seiner Heimkehr von dem Besuch bei Bert erzählte, spürte Stella an einer Unsicherheit in seiner Stimme, daß ihn diese Erinnerung auf irgendeine Weise irritierte. »Habt ihr euch gestritten?« fragte sie.

»Was denkst du denn!« sagte Fred. »Ich streite doch nicht mit einem Kranken.«

»Aber früher habt ihr schon gestritten?«

Er antwortete nicht auf diese Frage, sondern sagte: »Er ist so anders als ich.« Und nach einer Weile: »Ich glaube, du würdest ihn besser verstehen.«

»Weil ich Klavier spiele?«

»Nicht nur deshalb.«

Ein paar Wochen später sprach ihn nach einer Fakultätssitzung Gabelschwend an und fragte ihn, ob er Zeit habe für ein kurzes Gespräch. Fred hatte nichts Besonderes vor, und so folgte er dem Biologen in dessen Arbeitszimmer. »Wissen Sie schon«, sagte Gabelschwend, als sie sich gesetzt hatten, »daß Wandruschka vorzeitig resignieren wird?«

Fred hatte keine Ahnung. Sein Verhältnis zu seinem Professor war nicht von solcher Art, daß dieser ihn in dergleichen Entschlüsse eingeweiht hätte. Fred war sofort alarmiert und fragte, wann es so weit sein würde.

»Schon zu Ende dieses Semesters«, sagte Gabelschwend.

»Nächste Woche tritt die Berufungskommission zusammen. Ihre Chancen stehen nicht schlecht. Es gibt da einige Kollegen, die von Ihrer Qualifikation auf ähnliche Weise überzeugt werden könnten, wie ich es schon bin. Haben Sie übrigens einmal über die Dinge nachgedacht, die wir neulich nach meinem Vortrag diskutiert haben?«

Fred beteuerte, daß er sich intensiv damit beschäftigt habe, obwohl er dies, genau besehen, kaum getan hatte, weil seine Meinung ohnehin schon feststand, wie man weiß.

»Und welche Konsequenzen gedenken Sie zu ziehen?« Gabelschwend blickte ihn erwartungsvoll an.

»Konsequenzen?« wiederholte Fred ratlos. »Was meinen Sie damit?«

»Ist doch klar!« sagte Gabelschwend ungeduldig. »Die Partei! Wollen Sie nicht endlich beitreten? Das wäre nicht ohne Bedeutung im Hinblick auf künftig anstehende Beschlüsse.«

Welche Beschlüsse er damit meinte, wollte Fred nun nicht auch noch fragen, zumal er schon ahnte, worauf Gabelschwend anspielen wollte. »Wie macht man denn so etwas? Ich bin nicht erfahren in solchen Dingen, ich meine, wie man in eine Partei eintritt.«

»Sie haben sich also entschieden?«

Fred entschied sich in eben diesem Augenblick, und ihm schien – im Hinblick auf künftig anstehende Beschlüsse! –, daß er gar keine andere Wahl hatte. Gabelschwend zog flugs ein Beitrittsformular aus der Schublade seines Schreibtischs, hatte auch einen Kugelschreiber zur Hand, und Fred unterzeichnete, was man ihm vorlegte. Damit war er von einem Sympathisanten der Infos zu einem ihrer Mitglieder geworden. Das alles ging so schnell, daß er es selbst kaum wahrnahm.

»Dann ist ja alles in Ordnung«, sagte Gabelschwend befriedigt. »Sie können mit unseren Stimmen rechnen.«

Als sie schon aufgestanden waren und Fred dem künftigen

Kollegen zum Abschied die Hand drückte, sagte Gabelschwend: »Übrigens, dann wird ja auch die Dozentur an Ihrem Institut vacant. Wollen Sie nicht Ihren bewährten Mitarbeiter Dr. Pfizer ein bißchen ermuntern, baldmöglichst seine Habilitationsschrift einzureichen?«

»Pfizer?« fragte Fred konsterniert und wollte schon Zweifel an der Qualifikation dieses Handlangers äußern. Doch dann kam ihm eine Ahnung, daß Gabelschwend die Rede nicht zufällig auf diesen eher mittelmäßigen Geologen gebracht haben könnte, und so äußerte er nur sein Erstaunen darüber, daß Pfizer schon eine entsprechende Arbeit vorbereitet haben sollte. »Er hat mir kein Wort darüber gesagt.«

»Bescheidenheit«, sagte Gabelschwend milde. »Pure Bescheidenheit. Aber das ehrt diesen Mann. Tüchtig ist er, das weiß ich. Er arbeitet überdies schon seit längerer Zeit für unsere Partei.«

So war das also. Jetzt wußte Fred, wer seinerzeit Informationen weitergegeben hatte, und das machte ihm seinen Assistenten nicht eben sympathischer. Anderseits durfte er diese Leute nicht brüskieren, wenn er die Professur bekommen wollte. Man würde auch weiterhin ein Auge auf ihn haben. Sollte sich Pfizer doch habilitieren, wenn er das Zeug dazu hatte. Konkurrenz war das keine. Er versicherte also dem Parteifreund, daß er seinen Mitarbeiter entsprechend ermutigen wolle, und schied mit einem festen Händedruck.

Pfizer reagierte fast verschämt, als Fred ihn in dieser Angelegenheit ansprach. Er hatte in der Tat eine umfangreiche Arbeit schon so weit vorangetrieben, daß diese ohne allzu großen Aufwand an Zeit und Mühe zum Abschluß gebracht werden konnte. Lediglich das Thema irritierte Fred; denn die *neue Methode zur Bestimmung von Spurenelementen,* um die es ging, beruhte auf jenen Versuchsreihen, die er selbst unter

Assistenz von Pfizer seinerzeit in Angriff genommen, aber wegen anderweitiger dringender Vorhaben noch nicht zu Ende geführt hatte. Es war offenkundig, daß Pfizer sich die damals gewonnenen Ergebnisse schlichtweg angeeignet und nur noch durch einen letzten Schritt zum Ziel geführt hatte.

Der Famulus bemerkte in der Miene seines Vorgesetzten den aufsteigenden Unmut und sagte: »Ich weiß, daran haben wir eine Zeitlang gemeinsam gearbeitet, aber ich nahm an, Sie hätten das Interesse an dieser Sache verloren.«

Das war eine glatte Unverschämtheit. »Sie hätten mich wenigstens fragen können«, sagte Fred. »Schließlich kam die Idee von mir.«

Pfizer wurde blaß. »Ich habe ziemlich viel Zeit in meine Versuche investiert«, sagte er mit bebender Stimme, »aber wenn Sie meinen ...«

»Nein, nein«, beeilte sich Fred zu beteuern im Gedanken an das Wohlwollen, das sein Famulus bei Gabelschwend und dessen Freunden genoß. »Sie dürfen das nicht falsch verstehen! Ich will damit keine Rechte geltend machen. Nur ein bißchen mehr Vertrauen wäre vielleicht am Platz gewesen. Natürlich muß ich mir Ihre Ergebnisse noch genauer ansehen, aber als Habilitationsschrift könnte das schon hingehen.«

Nun, es *ging hin,* die Arbeit wurde von Fred und den als Koreferenten herangezogenen und im übrigen ahnungslosen Kollegen akzeptiert, und Pfizers Erhebung in den Stand eines Dozenten lag nichts mehr im Wege.

Freds Beziehung zu seinem Institutsleiter war nie besonders herzlich gewesen, aber es fiel ihm dennoch auf, daß dessen sachlich-distanzierte Haltung sich seit Gabelschwends Eröffnung zu kühler Förmlichkeit gewandelt hatte. Kein Wort über das Allernotwendigste hinaus. Nur ein flüchtiger Händedruck beim Abschied zu Semesterende, als der Professor sein Zimmer geräumt hatte. Aber dann drehte sich Wandruschka, schon im

Gehen, doch noch einmal zu Fred um und sagte: »Sie haben einflußreiche Freunde, Herr Doktor, die Ihnen sehr rasch in den Sattel helfen. Etwas zu rasch für meinen Geschmack. Aber ich beneide Sie nicht. Es könnte ein Ritt auf dem Tiger werden.« Dann wendete er sich grußlos ab und ging, ein paar letzte persönliche Habseligkeiten unter den Arm geklemmt, zur Tür hinaus. Vier Wochen später hatte Fred die Berufung in der Tasche und fragte auch später nie danach, was Wandruschka zu diesem vorzeitigen Rücktritt veranlaßt haben könnte. Pfizer rückte auf Freds bisherige Stelle nach.

Im Herbst dieses Jahres begannen die politischen Ereignisse sich zu überstürzen und setzten selbst Fred in Erstaunen. Zunächst fanden Wahlen statt, bei denen die Infos die absolute Mehrheit gewannen. Alsbald schritt man zur Bildung einer Regierung, in deren Kabinett jene Fred kaum dem Namen nach bekannten Parteiredner, die das Volk durch ihre zündenden Ansprachen zu den Urnen gepeitscht hatten, ihre Sitze erhielten, an der Spitze ein Mensch namens Sprützl, von dem Fred noch nie etwas zu Ohren gekommen war. Zu seiner nicht geringen Bestürzung stand kein Wissenschaftler von Rang auf der Ministerliste. Nicht, daß Fred für sich selbst ein Regierungsamt erhofft hätte, nein, so weit reichte sein Ehrgeiz einstweilen noch nicht. Aber gestandene Männer wie Gabelschwend hätten doch wohl, wie er meinte, einen Platz auf der Regierungsbank verdient. War da nicht so etwas wie eine von Gelehrten regierte Republik geplant gewesen? So hatte er sich das jedenfalls vorgestellt, obgleich er sich nicht der Mühe unterzogen hatte, die Grundsatzpapiere der Info-Partei zu lesen, die man ihm nach seinem Beitritt mit der Post zugeschickt hatte.

In seiner Ratlosigkeit rief er Gabelschwend an und erntete sattes Gelächter. »Lieber Freund, wie stellen Sie sich das vor?«

sagte jener mit einem Unterton, als gelte es, einen noch etwas unbedarften Schüler zu belehren. »Sollen wir unsere wissenschaftliche Arbeit hintanstellen, um uns im Kleinkram der täglichen Regierungsgeschäfte aufzureiben? Wo kämen wir denn da hin? Nein, so ist das nicht geplant. Es gibt genügend Leute, die sich solcher Aufgaben mit Vergnügen annehmen.«

»Aber Ihr Prinzip Wissenschaft? Wie soll das realisiert werden, wenn seine Vertreter keine Stimme haben?«

»Haben wir ja, haben wir ja!« In Gabelschwends Stimme klang jetzt schon Unmut über einen solchen Mangel an Vertrauen mit. »Ich hatte ohnehin vor, mit Ihnen darüber zu sprechen. Wir werden aus unserem Kreis einen Wissenschaftsrat bilden, der mit seinen Planungen und Entschlüssen der Regierung nicht nur zur Seite stehen, sondern auch ihr Programm entscheidend formen wird. Sozusagen eine zweite, nicht vor die Öffentlichkeit tretende Kammer, die aus dem Hintergrund die eigentlichen Entscheidungen dirigiert. Nun, da wir gerade darüber reden, kann ich Sie ja gleich fragen, ob Sie bereit wären, Ihre Kraft für diese große Aufgabe zur Verfügung zu stellen. Wir hoffen auf Ihre Zustimmung.«

Fred fühlte sich geehrt und war zugleich tief beeindruckt von diesem wohlüberlegten Konzept: ein Kreis von Wissenden, eine erlauchte Akademie, die auf höherem Niveau die grundlegenden Fragen von Staat und Gesellschaft diskutierte, ohne sich in lästigen Alltagsgeschäften verzetteln zu müssen. Schwer verständlich, daß bisher noch kein Politiker auf diese glänzende Lösung gestoßen war. Als er seine Bereitschaft kundtat, schwang in seiner Stimme ein ihm selbst bislang unvertrauter Unterton von Begeisterung mit.

»Ich habe nichts anderes von Ihnen erwartet«, sagte Gabelschwend zufrieden. »In der kommenden Woche wollen wir unsere Eröffnungssitzung abhalten« und nannte ihm Ort und Termin.

Sprützl war eine imponierende Persönlichkeit, das war Freds erster Eindruck, als der neue Regierungschef sich im Kreise der in den Wissenschaftsrat berufenen Professoren erhob, mit raschen Schritten dem Rednerpult zustrebte und seine Eröffnungsansprache hielt. Groß war er nicht, eher untersetzt zu nennen, ja manche hätten ihn vielleicht sogar als kleinwüchsig bezeichnet, doch was ihm an Körpergröße mangelte, machte er schon in jenem Moment, in dem er das Wort ergriff, durch sein Auftreten wett. Er hatte eine Art, seinen Kopf mit einem von mühsam gebändigter Energie gespeisten Ruck zurückzuwerfen und dabei das Kinn vorzurecken, daß der Eindruck entstand, er blicke von einem imaginären höheren Ort herab auf die illustre Versammlung. Sein kantiger Schädel war für seine Gestalt ein wenig zu groß, aber das vergaß man schnell, sobald der Ministerpräsident mit einer harten, scharf getönten Stimme sprach und seine Worte mit knappen, zupackenden Gesten begleitete, den geübten Griffen eines Bildhauers, der eine in seiner Vorstellung bereits vorhandene Figur zurechtschlägt.

Was hat er eigentlich gesagt? fragte sich Fred, als er am Abend Stella berichten wollte, wie die erste Versammlung verlaufen war. Die Sätze, die ihm erinnerlich waren, erschienen ihm in dieser veränderten Situation und vor allem angesichts dieser Zuhörerin, die ihn gespannt anblickte, merkwürdig hohl und unbefriedigend. Irgend etwas Entscheidendes mußte ihm aus dem Gedächtnis geschwunden sein. Oder lag es daran, daß er sich nicht imstande fühlte, die überzeugenden Gesten dieses Mannes wiederzugeben, mit denen dieser Sätze unterstrichen hatte wie: ›In dieser historischen Stunde wollen wir wie ein Mann zusammenstehen und unser Gemeinwesen einem neuen Zeitalter entgegenführen‹ oder jenen fordernden Ausruf: ›Jeder an seinem Platz: Sie als Produzenten neuer Ideen, wir als Verkörperung der Macht, das Wünschenswerte durchzusetzen!‹ Aber was war da eigentlich als wünschenswert hingestellt worden? Stella hatte sich danach erkundigt, und er grübelte einer Antwort nach, mit der er dem Zweifel in ihrem Blick begegnen konnte.

Eine Äußerung fiel ihm schließlich ein, die sich zu einer solchen Entgegnung als brauchbar erweisen könnte, eine Äußerung, die sich ihm eingeprägt hatte, weil er sie wie ein Echo seiner eigenen Vorstellungen empfunden hatte: ›Klare Strukturen müssen geschaffen werden‹, hatte Sprützl gerufen, ›ein Netz eindeutiger Zuständigkeiten, geordnet wie die denkbaren Punkte im Körper einer Pyramide, in der das an der Spitze angelegte sich nach unten weiter reproduziert und die breite Fläche der Basis bestimmt. Sie, meine Herren, werden die Struktur der Spitze mitformen.‹ Sprützl hatte sich bei diesen Worten mit einem flüchtigen, in seinem Gesicht fast befremdlich wirkenden Lächeln in der Runde der Akademiker umgeblickt und hinzugesetzt, daß ein solches Beispiel in diesem Kreise doch wohl auf Verständnis stoßen müsse. Dann hatte seine Stimme wieder an Schärfe gewonnen, als er wiederholte: ›Klare Strukturen also, und was sich nicht einfügen läßt, muß eliminiert werden zum Wohl der Allgemeinheit.‹

An dieser Stelle war Fred auf den Gedanken verfallen, Sprützl könne ein studierter Geologe sein, doch als er einen ihm nicht näher bekannten Nachbarn um Auskunft bat, erfuhr er, daß sich der Ministerpräsident vor seiner steilen Karriere als Steinmetz ernährt und kolossale Grabmäler verfertigt habe. Auch eine solche Berufserfahrung fand Fred nicht ganz unbefriedigend. Immerhin hatte man auch in dieser Profession mit Steinen zu tun, und so sagte er jetzt, mitten in Stellas erschreckten Blick hinein: »Er ist der richtige Mann, den Staat zurechtzumeißeln.«

»Und was wird er dabei abschlagen? Oder wen?« fragte Stella.

»Alles, was die klare Ordnung stören würde.«

Stella starrte ihn an und sagte: »Ich habe Angst«, und dann schrie sie: »Seid ihr denn alle wahnsinnig geworden?« schrie und schrie, er versuchte sie in die Arme zu nehmen und zu beruhigen, aber sie ließ ihn nicht an sich heran, stieß seine Hände weg, lief wie gehetzt aus dem Zimmer und schloß sich ein.

Fred war ratlos und fragte sich, warum er sich ihr nicht verständlich machen konnte. Alles war doch so einfach und klar zu überschauen, so logisch und konsequent wie die Naturgesetze selbst. Ob es daran lag, daß sie schwanger war? Er hatte gehört, daß Frauen in diesem Zustand gelegentlich sonderbare Reaktionen auf die harmlosesten Vorgänge zeigten.

Nachdem er die Nacht allein im Gästezimmer verbracht hatte, wachte er davon auf, daß Stella unten im Wohnzimmer Klavier spielte. Man sagte, sie spiele vorzüglich, das wußte er, aber er konnte nicht verstehen, was dieses Spiel für einen Sinn haben sollte. Da war eine Tonfolge, noch wie abgezirkelt und offenbar nach Gesetzen gebaut, auch wenn er diese nicht begriff, sondern allenfalls ahnte. Dann wiederholte sich die gleiche Tonfolge in etwas tieferer Lage und wurde von der anderen Stimme umspielt, eine dritte, noch tiefere trat hinzu, wiederum mit dieser Melodie, die sich bereits in seinem Hirn einzunisten begann wie ein Keim, noch zum vierten Mal das gleiche in vibrierenden Bässen, und dazwischen wild wucherndes Geranke, das unversehens in klirrenden Kaskaden herabrauschte, Lianen schossen empor und zogen die schon wieder aufblühende Melodie mit sich in erstickender Strangulation, gaben sie wieder frei, doch nun hatte sie sich verwandelt in ein zwar noch erkennbar ähnliches, doch mit den abgerissenen Saugwurzeln der Schlingpflanzen behängtes Gebilde, das aufs neue durch diesen Urwald geisterte, um unerwartet anderswo hervorzutreten, und all dieses chaotische Keimen und Wuchern war – das empfand er für Augenblicke – von schier unerträglicher Schönheit, die allem widersprach, was er als seine Welt zu betrachten sich angewöhnt hatte, und er spürte, wie das Gefüge seiner Denkbahnen sich aufzulösen begann unter der unbegreiflichen Kraft dieser Klänge. Da sprang er aus dem Bett, lief über die Treppe hinunter ins Zimmer und riß Stellas Hände von den Tasten. Erst als er das Erschrecken in Stellas Augen wahrnahm, kam er halbwegs zur Besinnung, stammelte eine Entschuldigung und sagte: »Hör auf damit, bitte, hör auf! Ich ertrage das nicht!«

Stella stand auf und nahm ihn in die Arme. Während sie ihn an sich drückte, daß er ihren durch das Kind gerundeten Leib spürte, sagte sie: »Ach Fred, was ist los mit dir? Du wirst mir von Tag zu Tag fremder. Oder habe ich mir nur eingebildet, dich zu kennen?«

»Ich dachte, du gehörst zu meiner Welt«, sagte er und versuchte sich noch einmal vorzustellen, wie sie mitten aus seinem Traum heraus erschienen war.

»Und jetzt? Glaubst du das nicht mehr?«

»Ich weiß nicht.«

Seither spielte sie nicht mehr auf ihrem Flügel, wenn sie wußte, daß Fred im Hause war.

Stella hatte dennoch hinreichend Gelegenheit zu musizieren; denn Fred war nicht nur den Tag über in seinem Institut, um seine Forschungen voranzutreiben oder Vorlesungen abzuhalten, sondern hatte als Mitglied des Wissenschaftsrates auch am Abend häufig Verpflichtungen. Er war sich darüber im klaren, daß er auch in diesem Bereich produktive Arbeit würde leisten müssen, wenn er seine mit einer beträchtlichen Aufwandsentschädigung verknüpfte Position in diesem Gremium behalten wollte.

Anfangs erschöpften sich die Sitzungen in Diskussionen über Vorgehensweisen, Modalitäten der Beschlußfassung und dergleichen formale Fragen. Doch die Regierung zeigte wenig Geduld. Es waren noch keine vierzehn Tage vergangen, als die Versammlung durch ein persönlich von Sprützl abgezeichnetes Monitum aufgefordert wurde, endlich konkrete Vorschläge auszuarbeiten und in absehbarer Frist brauchbare Ergebnisse vorzulegen. Daraufhin einigte man sich sehr schnell über das künftige Procedere, doch als der Vorsitzende die Frage stellte, wer unter den Mitgliedern aus seinem Fachbereich Basismaterial für die politische Planung der Regierung vorlegen könne, breitete sich betretenes Schweigen aus.

Fred hatte schon einige Ideen entwickelt, aber er wollte sich als einer der Jüngsten im Kreise altverdienter Professoren nicht vordrängen und war sich auch nicht sicher, ob sein Entwurf schon ausgereift genug sei, um vor diesem kritischen Gremium zu bestehen. Schließlich sprang Gabelschwend in die Bresche und sagte, er habe im Hinblick auf den mit Sicherheit zu erwartenden Wahlsieg schon einige Vorarbeiten geleistet und sei bereit, seine Erkenntnisse in der nächsten Sitzung vorzutragen.

Als Gabelschwend eine Woche später vorn am Rednerpult stand und auf sprützlhafte Weise den Kopf zurückwarf, wußte Fred, daß Wegweisendes zu hören sein würde. Der Biologe kam den Kollegen anderer Fachrichtung insoweit entgegen, als er ihnen zunächst eine knappe Einführung in die Genetik vortrug. Er sprach über die Weitergabe sowohl körperlicher Eigenschaften als auch geistiger Fähigkeiten auf dem Wege der Vererbung, ließ im rasch verdunkelten Raum Dias von Chromosomen zeigen und spielte mit einem zusammensteckbaren Modell der Doppelhelix, jener zweifachen, spiralig gewundenen Kette von Nucleinsäuren, in der sich die Erbinformationen reproduzieren. Nach diesem Vorgeplänkel kam er zur Sache und sagte, daß es darauf ankomme, durch bestimmte gesellschaftliche Maßnahmen jene Erbanlagen systematisch zu fördern und mit der Zeit möglichst rein herauszuzüchten, die ihren Besitzer zur Anpassung an Gemeinschaftsnormen motivieren, zu Gehorsam also, zur Übernahme vorgegebener Verhaltensmuster, zu kühler, emotionsfreier Vernünftigkeit. Das seien die Tugenden, die von einem nützlichen Menschen der Zukunft erwartet würden. Der Drang nach persönlich geformter Individualität wie auch der überaus störende Einfluß irrationaler Elemente aus dem Bereich der Emotionen oder gar der sogenannten Metaphysik sei auszuschalten. »Ich gehe dabei von einer Mutations-Hypothese aus«, sagte er, »unterstelle also, daß ursprünglich nur ein Verhaltenstyp des Menschen existierte, nämlich jener optimal zu konformem Gemeinschaftsverhalten ausgestattete, den ich A-Typ nenne. Irgendwann ist dann durch welche Gründe auch immer eine Mutation eingetreten, die eine Verhaltensänderung zur Folge hatte im Sinne einer individualistischen Tendenz, gesteigerten Emotionalität und einer Abweichung von der Nützlichkeits-Konstante. Die reine Form dieser Mutanten bezeichne ich als B-Typ, und das Ziel unserer Bemühungen muß sein, diesen B-Typ konsequent aus der Erbkette zu entfernen. Durch bestimmte, von der Regierung anzuordnende und auf repräsentativer Basis durchzuführende Test-Untersuchungen muß lediglich noch ein Kanon phänotypischer Merkmale erarbeitet werden, der geeignet ist, ein Individuum des B-Typs einwandfrei zu identifzieren.«

Anhand von Tabellen, die er mit dem Overhead-Projektor auf die Leinwand warf, erläuterte er im einzelnen, wie auch die unterschiedlichen Mischtypen in die zu treffenden Maßnahmen einbezogen werden könnten mit dem Ziel, den B-Einfluß im Verlauf der nächsten Generationen Schritt für Schritt aus der Gesamt-Erbmasse der Bevölkerung herauszufiltern. Gerade diese in einem regelmäßigen Raster senkrechter und waagerechter Linien angelegten Tabellen waren es, die Fred besonders beeindruckten, schien doch darin das scheinbar nicht Berechenbare menschlichen Verhaltens in einem überschaubaren System auf eine glückliche Weise eingefangen zu sein. In diese Richtung gedachte er seine eigenen, auf der Basis mineralogischer Erkenntnisse entwickelten Ideen weiterzutreiben, ehe er damit vor diesen Kreis trat.

Wenige Tage nach der eben beschriebenen Sitzung gebar Stella jene Tochter, die auf ihren Wunsch hin den Namen Margarete erhielt. Angesichts der Intensität, mit der sich Fred des im Wissenschaftsrat diskutierten Vorhabens anzunehmen gedachte, ist es nicht zu verwundern, daß diese beiden Ereignisse – Gabelschwends Vortrag und Metas Geburt – in Freds Gedankenbahnen zusammentrafen und alsbald zu Vorstellungen führten, die ihn zunehmend beunruhigten. Schon während Gabelschwend seine Mutationshypothese erläuterte, hatte Fred an Stella denken müssen. Sie schien ihm eine geradezu idealtypische Verkörperung jener Eigenschaften zu sein, die der Biologe seinem B-Typ zuschrieb. War Stella eine Mutantin reinster Ausprägung? Redete sie deshalb in einer Sprache, die ihm zuweilen so unverständlich war?

Er hatte sich schon dabei ertappt, wie er sie daraufhin beobachtete, an welchen *phänotypischen Merkmalen* ihre Zugehörigkeit zu den Mutanten zu erkennen sei. Nun, als sie das Kind zur Welt gebracht hatte, begann Fred sich zu fragen, ob er durch diese Tochter, ohne Böses zu ahnen, zur weiteren Vermehrung des B-Typs beigetragen habe; denn Meta glich ihrer Mutter auf erstaunliche Weise. Wenn Fred seine Tochter grübelnd betrachtete, meinte er zuweilen, es sei Stella, die ihn aus diesen goldbraunen Augen anschaute, und diese Entdeckung, die ihn anfangs gefreut hatte, begann ihn zu erschrecken und brachte ihn von dem Gedanken ab, Gabelschwend in sein Haus einzuladen, wie er anfangs geplant hatte, um diesen Vordenker des Wissenschaftsrates enger an sich zu binden. Wie leicht konnte er gerade dadurch das Gegenteil erreichen! Wußte er denn, ob der experimentierfreudige Biologe nicht schon über die Kenntnis sicherer Merkmale des B-Typs verfügte? Ein Blick auf Stella und ihr Kind, und dieser wichtige Mann würde sich womöglich von ihm distanzieren, und das wäre noch das wenigste. War nicht von Eliminieren die Rede gewesen? Und wie stand es mit seiner eigenen Zugehörigkeit zur A-Gruppe? Wenn man in Betracht zog, was aus seinem Bruder geworden war, konnte man ihn selbst allenfalls als Mischling mit äußerlichen A-Merkmalen einstufen, so lagen doch die Dinge. Er würde jedenfalls alle Hände voll zu tun haben, um seine nützlichen Eigenschaften unter Beweis zu stellen.

Damit war Fred in der Hauptsache während der nachfolgenden Zeit beschäftigt, assistiert von Pfizer, der ihm trotz der eigenen akademischen Karriere kaum von der Seite wich, wobei Fred nie genau entscheiden konnte, ob sich sein ehemaliger Famulus aus alter Anhänglichkeit so verhielt, ob er neue, zu eigener Forschung verwertbare Erkenntnisse aufschnappen wollte oder ob die Partei ihn einfach zu seiner Kontrolle angesetzt hatte. Alles schien möglich in dieser Phase des politischen Umbruchs, in der es kaum ein Gesetz gab, das nicht am nächsten Tag schon revidiert oder gestrichen, kein Amt, das nicht nach dem Belieben Sprützlscher Gefolgsleute verliehen oder wieder entzogen wurde.

Jeder lebte in Unsicherheit und versuchte sich dadurch zu retten, daß er sich entweder überhaupt nicht bewegte wie ein Käfer, der sich tot stellt und dadurch dem Schnabel des Würgers zu entgehen versucht, oder daß er eine hektische Betriebsamkeit an den Tag legte im Dienst der Info-Ideologie: Wissen – Informieren – Strukturieren. Auf diese Seite hatte sich Fred geschlagen und klopfte sein gesamtes Fachgebiet systematisch ab nach möglichen Ansatzpunkten für gesellschaftsrelevante

Wissenschaftskonzepte, wie man dergleichen mittlerweile nannte. Sie schossen wie Pilze aus dem bislang eher kargen Boden akademischer Tätigkeit, wurden im Wissenschaftsrat diskutiert, an die jeweils für zuständig gehaltene Regierungsstelle weiterempfohlen, von dieser geprüft und teils verworfen, teils auch in einer merkwürdigen, durch diese Prozedur bedingten Verformung realisiert, und der jeweilige Initiator wurde durch die Verleihung eines Ordens geehrt. Die Verdienste eines Wissenschaftlers nicht mehr an der Länge seiner Publikationsliste, sondern an jener seiner Ordensspange abzulesen, galt bald als der einzige Maßstab, zumal sich der Leistungsstand auf solche Weise tatsächlich in Zentimetern ausdrücken ließ, ein außerordentlich einleuchtendes Verfahren.

Man kann wohl sagen: Fred strampelte sich ab in diesen Tagen, fror die letzten Überreste seiner Gefühle ein, begegnete Höhergestellten wie Untergebenen mit der gleichen kühldistanzierten Sachlichkeit und fragte bei allem, was ihm zur Bewertung vorgelegt wurde, zunächst nach dem konkreten Nutzen für die Info-Gesellschaft. Seinen größten Erfolg hatte er nach monatelanger Vorarbeit mit seiner Pressions-Hypothese. Dieses Gedankengebäude beruhte auf dem Verhalten mineralischer Mischungen bei starker Hitze und hohem Druck. Unter solchen Umständen kam es zu einer äußerst gleichförmigen und feinen Verteilung der einzelnen Bestandteile, und das Ergebnis war ein denkbar widerstandsfähiges und vielfältig verwendbares Gestein. Die Analogie zu gesellschaftlichen Prozessen lag auf der Hand und wurde von der Regierung bereitwillig aufgegriffen: Der ohnehin schon ständig spürbare politische Druck nahm rapide zu, angeheizt von ansteigenden Verhaftungsziffern und durch die permanente Kontrolle der einzelnen Individuen. Nicht ohne Stolz konnte Fred bald ein farbiges Bändchen neben jenes heften, das seine Zugehörigkeit zum Wissenschaftsrat bekundete. Er war sich seines Weges sicher – allerdings nur so lange, wie er Stella nicht in die Augen blicken mußte.

Nach Möglichkeit vermied er solche häuslichen Konfrontationen. Jede sich daraus herleitende Auseinandersetzung konnte die Aufmerksamkeit irgendwelcher Kontrollorgane auf diese Frau lenken. Man hatte bereits begonnen, dem B-Typ verdächtig nahestehende Personen zu verhaften und in Lagern zusammenzuführen, und Fred malte sich aus, wie es um sein politisches und wissenschaftliches Ansehen bestellt sein würde, wenn dergleichen mit seiner Frau geschah. Auf diese Weise lebte Fred gewissermaßen in zwei Welten: tagsüber im politisch regulierten Wissenschaftsbetrieb, am Abend in der Gesellschaft seiner ihm zunehmend unzugänglicher erscheinenden Frau und des ihr so ähnlichen Kindes; ein Fremdling im eigenen Haus, so fühlte er sich. Bert mag das gespürt haben, als er nach seiner Entlassung aus dem Sanatorium ein paar Tage in diesem kubischen Gebäude inmitten von Stellas Blumen wohnte.

Fred hatte ihn ja seinerzeit selbst eingeladen, aber nach allem, was inzwischen geschehen war, sah er ihn lieber gehen als bleiben. Allzusehr erinnerte ihn der Bruder daran, daß es mit seiner eigenen Herkunft nicht besonders gut bestellt war, wenn man Gabelschwends Mutationshypothese folgen wollte, und das war das Gebot der Stunde. Fred hatte eine Menge zu kompensieren: einen info-feindlichen Vater, eine Mutter, die den Vater in dieser Haltung noch bestärkt hatte; einen Bruder, der sich als Musiker wie als frivoler Spötter jedem ordnenden Prinzip entzog und der Gesellschaft zur Last fiel; eine Frau, die sich vorzugsweise auf emotionaler Ebene zu äußern pflegte, und obendrein eine Tochter, die ihrer Art nachzuschlagen schien. Ist es ein Wunder, daß Fred sich in seinem eigenen Haus wie auf feindlichem Gelände fühlte? Irgendeine schwer zu definierende Bindung hinderte ihn zwar daran, sich eindeutig und endgültig von dieser Art von Verwandtschaft abzusetzen, doch um so schärfer zeigte er, wie er solche Distanzierungen anderen Menschen gegenüber mit aller gebotenen Härte vorzunehmen bereit war. Stella und Bert hatten auf eine entsprechende Äußerung seiner unbeugsamen Haltung mit Entsetzen reagiert. Ob er den beiden damit demonstrieren wollte, in welches Abseits man geriet, wenn man sich der öffentlichen Meinung widersetzte? Möglich wäre das durchaus, auch wenn man Fred zuliebe vielleicht annehmen sollte, daß seine vertrackte Situation ihn auf eher unbewußte Weise in ein solches Verhalten hineintrieb. Er war eben doch eine Art Schwärmer, der Träumen nachhing, und alles eher als ein Pragmatiker.

Das zeigte sich, als er – einige Zeit nach Berts endgültiger Abreise ins Ausland – als Vertreter des Wissenschaftsrates in einem Regierungsausschuß Einblick in die Verfahrensweisen seiner Parteifreunde gewann. An diesem Tage lernte er, den Begriff *Info* mit neuen Bedeutungen zu füllen. In der Naivität des reinen Wissenschaftlers hatte er sich bislang in der Meinung gewiegt, es sei diesen Leuten von Anfang an darum zu tun gewesen, die breite Öffentlichkeit über wissenschaftliche Erkenntnisse zu informieren, mit anderen Worten: Er hatte dem Begriff *Information* jene Bedeutung zugemessen, die ihm auf Erkenntnisebene zukommt und wie er in der Partei-Propaganda definiert worden war. Nun aber lernte er, daß es daneben auch noch einen strategischen Begriff gleichen Namens gab, der in diesem Sinn allerdings nur parteiintern gebraucht wurde.

Um das näher zu erklären, muß ich in aller gebotenen Kürze auf den Gegenstand dieser Ausschußsitzung eingehen. Nach vorliegenden Berichten war es in einigen Städten des Landes infolge der ansteigenden Zahl von Verhaftungen zu Unruhe unter der Bevölkerung gekommen, und es sollten Maßnahmen beraten werden, wie solche Störungen künftig zu vermeiden seien. Fred sah zunächst in diesen Vorgängen überhaupt kein Problem. »Eigentlich«, sagte er in der Diskussion, »kann hier ja nur ein Mangel an sachgerechter Information vorliegen. Wenn diese Leute, die sich da empören, hinreichend über die zu ihrer aller Vorteil notwendige Ausmusterung von Erbträgern des B-Typs Bescheid wüßten, würden sie entsprechende Maßnahmen doch akzeptieren.«

Zu seiner Bestürzung erntete er mit diesem Beitrag bei den Politikern schallendes Gelächter. »Wie wollen Sie das denn anstellen?« sagte einer. »Stellen Sie sich das doch mal ganz konkret vor: Da kommt ein Regierungsbeamter und holt Ihre Braut ab oder Ihren Onkel. Auf Nimmerwiedersehen. Wie würden denn Sie reagieren?«

Fred fühlte sich zu keiner Antwort fähig, und der Fragende hatte wohl auch keine erwartet. Er fuhr gleich fort: »Mit sachlicher Information läßt sich sowas nicht bereinigen. Da gibt es Familienbande, womöglich ist sogar Liebe im Spiel. Wir müssen auf die altbewährte Technik aus der Zeit des Aufstiegs unserer Partei zurückgreifen. Information: Ja! Massenhaft sogar. So viel Informationen, daß die Leute nicht mehr wissen, wo ihnen der Kopf steht. Raubmorde, Vergewaltigungen, Bestechungsskandale, Landesverrat, blutige Gemetzel in Übersee, Hungerkatastrophen. Dergleichen läßt sich am laufenden Band produzieren. Gibt ja genug davon. Was sind dagegen unsere Maßnahmen! So sind wir an die Macht gekommen. Mußten uns nur ein paar Zeitungen kaufen und unsere Leute in die Rundfunkstationen einschleusen. Schließlich schrie jedermann nach einem, der endlich Ordnung schafft. Sprützl war der Mann der Stunde, da gab es für niemanden einen Zweifel. Und genau so müssen wir jetzt weitermachen. Es kann doch nicht so schwer sein, das kriminelle Treiben der B-Typen jedermann vor Augen zu führen. Sagen Sie das Ihren Herrn Kollegen! Sie sollen sich was einfallen lassen!«

»Sie meinen«, Fred kam ins Stottern, »wir sollen falsche Informationen ...«

»Ich bitte Sie! So doch nicht! Es muß schon was Wahres dran sein. Und vergessen Sie nicht unser Ziel! Das wurde doch von Ihren Kollegen aufgestellt. Eindeutig! Wie man sowas konkret durchführt, müssen Sie schon uns überlassen. Letztlich kommt es doch nur darauf an, daß wir dieses Ziel erreichen: eine reibungslos funktionierende Gesellschaft, die Sprützl folgt wie ein Mann. Das wollen doch auch Sie? Oder nicht?«

Fred konnte nur stumm nicken. Was hätte er auf eine solche Frage schon antworten sollen? Im Grunde wollte er das ja wirklich. Aber er spürte zugleich ein dumpfes Unbehagen, etwa so, als habe er in einem scheinbar vollkommenen Kristall einen häßlichen Sprung entdeckt. Später, als er Gabelschwend über den Verlauf der Sitzung und die Wünsche der Regierung unterrichtete, ließ er seine Bedenken über solche *etwas unseriösen Praktiken* anklingen, doch der Biologe klopfte ihm freundschaftlich auf die Schulter. »Nehmen Sie das nicht so tragisch, Herr Kollege. Diese Leute sind halt ein bißchen hemdsärmelig. Dafür räumen sie unsereinem den Dreck aus dem Weg. Eines Tages werden wir sie nicht mehr benötigen, und erst dann beginnen die goldenen Zeiten, glauben Sie einem erfahrenen Mann.«

Fred wollte ihm nur allzu gern glauben und vermied es künftig, dieses Thema im Kollegenkreis zu berühren. Mit Stella sprach er ohnehin schon lange nicht mehr über Dinge, die mit seiner Tätigkeit im Wissenschaftsrat zusammenhingen. Um schwierigen Erklärungen aus dem Weg zu gehen, hatte er ihr gegenüber nicht einmal erwähnt, daß man ihm einen Orden verliehen hatte. Er trug das Bändchen in seiner Brieftasche und steckte es erst dann an den Revers, wenn er sein Institut betreten hatte. Es war nicht damit zu rechnen, daß Stella ihn hier besuchen würde.

Darin hatte er sich jedoch getäuscht. Eines Vormittags stand sie plötzlich in der Tür seines Arbeitszimmers, begleitet von Pfizer, der ihr den Weg gewiesen hatte. Der Anlaß zu diesem Besuch war lächerlich genug: Sie hatte, während Meta schlief, rasch ein paar Einkäufe erledigen wollen und bei ihrer Rückkehr entdeckt, daß sie den Hausschlüssel nicht bei sich hatte. Da war sie zum Institut gefahren, um sich Freds Schlüssel zu holen.

Schon beim Eintreten bemerkte sie das farbige Bändchen und sagte: »Du trägst ja einen Orden!«

»Wußten Sie das nicht, gnädige Frau?« sagte Pfizer beflissen. »Hat der Herr Professor Ihnen in seiner Bescheidenheit nicht von seinen Verdiensten erzählt?« und ehe Fred abwinken konnte, erläuterte Pfizer in aller Ausführlichkeit, als welch nützliches politisches Instrument sich Freds Pressions-Hypothese erwiesen hatte. Stella hörte aufmerksam zu, ohne ihren Blick von dieser Auszeichnung am Rock ihres Mannes zu wenden. Sie war sehr blaß, als Pfizer seine Ausführungen beendet hatte, bedankte sich für den aufklärenden Vortrag, bat Fred um seinen Schlüssel, den er ihr wortlos aushändigte, und verließ das Zimmer, ehe Fred zu irgendeiner Erklärung hätte ansetzen können.

Als er am Abend nach Hause kam, hatte Stella ihre Koffer gepackt. »Was hast du vor?« fragte er, obgleich ihre Absicht offensichtlich war.

»Ich kann nicht mehr länger mit dir in diesem Haus wohnen«, sagte sie.

»Und Meta?«

»Meta nehme ich mit«, sagte Stella in einem Ton, als gelte es, ihr Kind vor einer entsetzlichen Gefahr zu bewahren.

Fred wußte, daß er sie nicht zurückhalten konnte. Er hatte sie längst verloren, und es gab keine Argumente, die sie hätten umstimmen können. Eigentlich hätte er sogar zufrieden sein müssen, daß diese Belastung auf so einfache Weise von ihm genommen wurde, ehe irgendein staatlicher Kontrolleur seine Frau und seine Tochter als B-Typen identifizierte. Aber ihm war, als verdüstere sich sein kristallener Traum. Das zentrale Gestirn, das ihn einmal erhellt hatte, trat unter den Horizont.

»Wohin willst du gehen?« fragte er.

»Irgendwo auf dem Lande leben. In den Bergen. Ich weiß schon einen Platz. Mach dir darüber keine Sorgen.«

»Brauchst du Geld?«

»Nur für die Fahrt.«

Er bestellte ein Taxi.

Ein paar Tage später erkundigte sich Pfizer wieder einmal nach dem Befinden der gnädigen Frau Gemahlin.

»Sie ist mit dem Kind verreist«, sagte Fred. »Zur Erholung.«

»Zu ihrem Schwager, dem Musiker?« fragte Pfizer, und Fred meinte in dieser Frage eine versteckte Hinterhältigkeit zu spüren, die ihm das Blut in die Wangen trieb.

»Nein«, sagte er. »Einfach aufs Land.«

* * *

Als Bert einige Zeit vor diesen Ereignissen und nach einem weniger dramatischen Abschied in einem Schnellzugabteil saß und dem Gebirge zu reiste, konnte er nicht ahnen, daß Stella später auf der gleichen Strecke in Richtung Süden fahren würde, wenn auch nicht so weit wie er. Nach dem jahrelangen Aufenthalt in der Abgeschiedenheit des Sanatoriums, hinter dessen Mauern er die politischen Veränderungen im Land kaum wahrgenommen hatte und vorwiegend mit seiner Musik beschäftigt gewesen war, hatte die Begegnung mit seinem Bruder wie ein Schock auf ihn gewirkt. Sein Verhältnis zu Fred war, wie wir wissen, nie besonders herzlich gewesen; er hatte in ihm bisher einen introvertierten, in den Strukturen seiner geologischen Studien befangenen Wissenschaftler gesehen, eine Art von weltfremdem Spinner, dessen Humorlosigkeit ihn zum Spott reizte, aber immerhin seinen leiblichen Bruder, der ihm von Kindheit an vertraut war. Jetzt fragte er sich, was mit Fred geschehen sein mochte, daß dieser mit solcher Kaltherzigkeit über Vorgänge sprechen und solche sogar in Gang setzen konnte, die nicht nur die berufliche Existenz, sondern auch das Leben von Menschen bedrohten.

Einen Tag später, als er mit Stella allein gewesen war, war er noch einmal darauf zurückgekommen, doch sie hatte nur gesagt, er solle sich glücklich schätzen, in wenigen Tagen außer Landes zu sein, und seine Abreise nicht zu lange hinausschieben, weil es sonst zu spät sein könnte.

»Zu spät?« hatte er sie gefragt. »Was meinst du damit?«

»Menschen unserer Art sind hierzulande derzeit nicht gefragt«, hatte sie geantwortet. »Reise ab! So schnell wie möglich!«

»Und du? Was wird aus dir?«

»Ich weiß es nicht.«

In diesem Augenblick war er nahe daran gewesen, sie zur Mitreise zu bewegen, aber er kam nicht dazu; denn sie sprach schon weiter und sagte, daß sie noch immer hoffe, Fred von diesem Weg ins Unheil abbringen zu können. »Ich glaube, er begreift überhaupt nicht, was er tut. Er ist wie ein Kind, das einer Fliege die Beine ausreißt, um zu sehen, wie sie funktionieren.«

»Schreib mir, wenn du mich brauchst«, hatte er gesagt. Sie hatte nicht darauf geantwortet, und am nächsten Morgen war er abgereist.

Von dem Augenblick an, in dem er Freds Haus verließ, sah Bert überall die Anzeichen der Bedrückung. Bei seiner Herfahrt waren sie ihm noch nicht ins Bewußtsein gedrungen, nur ein allgemeiner, schwer zu präzisierender Eindruck hatte ihn bedrängt, so als habe eine schleichende Entfärbung sich wie ein grauer Schleier über das Land gelegt oder ein schwacher, aber unentrinnbarer Gestank die Luft verdorben. Er hatte diese unangenehmen Empfindungen darauf geschoben, daß er seit Jahren fernab von Städten und technischen Anlagen gelebt hatte, doch jetzt erkannte er, daß es nicht der unvermeidliche Dreck und Gestank der Zivilisation waren, die ihn gestört hatten. Die beflissene Servilität des Taxichauffeurs, der ihn aus dem Haus eines Privilegierten abholte und sich darum riß, seinen Koffer zu tragen; der leise raunende Geräuschpegel in der Bahnhofshalle, in dessen Klangspektrum freudige Ausrufe und Begrüßungen oder gar Gelächter fehlten; der stumpfe, gleichsam nach innen gewandte Gesichtsausdruck der rasch und ameisenhaft durch das Getriebe laufenden Menschen, die angesichts der metallen glänzenden Litzen einer Uniform sofort seitwärts auswichen, so daß um die beiden Polizisten, die mitten in der Halle standen, ein freier Platz blieb – all das nahm er jetzt bewußt wahr, und zugleich konnte er den Charakter des Gestanks, den er zu spüren meinte, genauer definieren: Es war der Gestank der Angst.

Auch die Reisenden in seinem Abteil verhielten sich abweisend und blickten ihn erschrocken an, als er ein Gespräch anzuknüpfen versuchte. So schaute er schließlich aus dem Fenster, sah die Landschaft vorübergleiten, abgeerntete Felder, auf denen das ausgedroschene und zu Ballen gepreßte Stroh aufgestapelt lag, Dörfer drehten sich vorbei, rote Dächer und dazwischen die Türme der Futtersilos, hie und da größere Zusammenballungen von Häusern, plötzlich aufreißende Straßenschluchten und ein Bahnhof, in dem der Zug hielt. Und auch hier auf dem Bahnhof dieses stumme Hasten der Menschen. Ein junges Paar, das einander zum Abschied umarmte und küßte, wirkte auf Bert in dieser Umgebung wie ein Protest.

Später, schon gegen Abend, fuhr der Zug am Ufer eines Sees

entlang, hinter dessen Wasserfläche die ersten Hügel sich aufwölbten, dann rückten die Gipfel des Gebirges ins Blickfeld, drängten immer höher hinauf in den blassen Himmel, und bald darauf tauchte der Zug in den Schatten steiler, dunkel bewaldeter Hänge.

An der letzten Station vor der Grenze verließen außer Bert alle Reisenden das Abteil. Daß er selbst sitzen blieb, erschien ihm wie etwas Unerlaubtes, und er hatte den Eindruck, daß die Aussteigenden ihn mit Blicken streiften, in denen teils Befremdung, teils auch Neid zu lesen war. Dann ruckte der Zug wieder an, die Häuser blieben zurück, der Blick wurde von der Mündung eines Tunnels geschluckt, und als es wieder hinaus ins Freie ging, hatte sich die Landschaft verändert: ein enges, von schroffen Bergflanken begrenztes Tal, in dem der Zug langsamer als zuvor aufwärts ratterte, dem Paß zu, der zugleich die Grenze bildete.

Als der Zug eben wieder dröhnend einen Tunnel durchfahren hatte und hinter dem Fenster der Blick sich in ein abenddunkles Seitental öffnete, über dem die schneebedeckten Gipfel noch im letzten Glanz der untergehenden Sonne rötlich schimmerten, wurde die Tür aufgerissen, und zwei Uniformierte traten ein. »Paß- und Zollkontrolle!« Bert reichte einem der beiden seinen Ausweis. Der Beamte studierte aufmerksam die Angaben zur Person, blickte mehrfach vom Paßbild zu Berts Gesicht, als mißtraue er der Identität dieses Reisenden, und fragte dann, was er *dort drüben* wolle.

»Mich erholen. Ich war lange krank.«

»Sie sehen eigentlich nicht so aus, als ob Sie das nötig hätten.«

Der andere, der bisher nur zugehört und zwischendurch einen prüfenden Blick auf Berts Koffer geworfen hatte, mischte sich jetzt ein. »Vielleicht so'n B-Typ, der sich vor der Erfassung drücken will. Schau mal in der Liste nach!«

»Könnte schon sein.« Der erste zog ein Bündel abgegriffener, mit Maschinenschrift bedeckter Blätter aus der Tasche und begann, mit dem Zeigefinger den Zeilen folgend, Seite für Seite durchzugehen. »Er steht nicht drauf«, sagte er schließlich enttäuscht. »Schau erst mal sein Gepäck an!«

Nun mußte Bert seinen Koffer von der Gepäckablage herunterwuchten und öffnen. Der Zollbeamte kramte zwischen Hemden, Socken und Waschzeug herum und zog einen Stapel beschriebenen Notenpapiers hervor. »Was haben wir denn da?«

»Noten«, sagte Bert. »Ich bin Musiker. Das steht übrigens in meinem Paß.«

»Ein Musiker!« Der Zollbeamte sagte das in einem Ton, als habe er Bert das Geständnis einer widerwärtigen Untat entlockt. »Noten kritzeln, ein bißchen herumfiedeln, und dann auch noch auf Erholung ins Ausland fahren. Das gefällt mir aber gar nicht. Ich könnte schwören, daß sein Name schon auf der nächsten Ausgabe der Liste stehen wird. Sollen wir ihn nicht gleich mitnehmen?«

Noch nie hatte sich Bert so hilflos ausgeliefert gefühlt, nicht einmal unter dem kalten Blick des Professors, der ihn im Moribundenzimmer hatte ablegen lassen. Unversehens spürte er wieder diesen Geschmack auf der Zunge, und die Erinnerung an die Konfrontation mit dem Absoluten gab ihm seine Gelassenheit zurück. Wer einmal so weit vorgedrungen war, brauchte vor solchen Gesellen keine Angst mehr zu haben, und so besann er sich auf Oswalds Unverfrorenheit, schaute dem Beamten scharf in die Augen und sagte: »Sie haben kein Recht, mich zurückzuhalten.«

»Kein Recht?« Der Uniformierte grinste über diesen Versuch, seine unumschränkte Machtposition anzuzweifeln. »Wollen Sie mich über meine Rechte belehren, Sie Bierfiedler?«

»Warum nicht? Und das auch in Ihrem eigenen Interesse, nämlich ehe Sie eine solche Belehrung durch meinen Bruder erfahren müssen, der ein bedeutendes Mitglied des Wissenschaftsrates ist. Hat Ihnen mein Name nicht zu denken gegeben?«

Der Beamte warf noch einmal einen Blick in Berts Paß und sagte zu seinem Kollegen: »Laß den Mann in Ruhe! Ich will keine Scherereien.« Er legte sogar die Hand zum Gruß an den Schirm seiner Dienstmütze, ehe er mit dem Zollbeamten das Abteil hastig verließ und die Tür hinter sich zuzog.

Bert war selbst überrascht über diese Wirkung seiner Worte. Der ganze Vorgang kam ihm auf einmal so komisch vor, daß er lachen mußte. »Danke, lieber Bruder!« sagte er laut. »In Abwesenheit bist du ganz brauchbar.«

An der Grenzstation blieb der Zug so lange stehen, daß Bert allmählich nervös wurde. Draußen im grellen Licht der Lampen patrouillierten uniformierte Männer den Bahnsteig entlang, nur ganz wenige zivil gekleidete Menschen waren zu sehen. Dann wurde schon wieder die Abteiltür aufgerissen, und Bert erschrak beim Anblick einer Uniform, wenn auch einer völlig anderen, die eher der malerischen Verkleidung eines Operettentenors glich. Dieser Zollbeamte von jenseits der Grenze fragte höflich nach seinem Paß, warf einen Blick hinein, erkundigte sich nach zollpflichtigen Waren, und als Bert den Kopf schüttelte, sagte der Mann schließlich mit einem erwartungsvollen Blick: »Valuta?«

Bert zog seine Brieftasche heraus und ließ den Beamten einen Blick hineinwerfen. Dieser zählte, routiniert mit den Fingerspitzen blätternd, die Scheine ab, zog mit staunenswertem Geschick einen davon heraus und hob fragend die Augenbrauen. Bert merkte, daß von ihm etwas erwartet wurde, und da der Betrag nicht allzu hoch war, nickte er gewährend, woraufhin der Schein mit einer taschenspielerhaften Handbewegung blitzartig zusammengefaltet wurde und verschwand. Der Uniformierte verbeugte sich wie ein Kellner, der ein gutes Trinkgeld erhalten hat, zog sich zurück in den Gang und schloß die Tür. Bert war eher amüsiert als ärgerlich über diese merkwürdige Praxis; jedenfalls war sie ihm sympathischer als der Auftritt der beiden anderen Grenzbeamten.

Bald darauf fuhr der Zug wieder an, und erst jetzt ließ sich Bert erleichtert auf die Bank zurücksinken in dem Bewußtsein, daß er sich endlich außerhalb der Reichweite des Info-Regimes befand. Es ging in rascher Fahrt abwärts über eine kurvenreiche Strecke, durch dröhnende Tunnel, der helle Widerschein der Zugfenster huschte über gewölbtes Mauerwerk, dann wieder über dichtes Fichtengehölz, plötzlich, greifbar nahe, über eine schrundige Felswand, um gleich darauf flach über abfallendes Wiesengelände zu gleiten. Einzelne Lichter rückten näher und zogen vorbei, vielleicht ein Einzelgehöft, in dem die Bauernfamilie beim Abendessen saß.

Nach einer knappen Stunde Fahrt hatte Bert die Station erreicht, an der er aussteigen mußte. Erst als er in dem langsam ausrollenden Zug an lauter leeren Abteilen vorüber zum Ende des Wagens ging, merkte er, daß er der einzige Passagier war. Durch das Türfenster sah er, kurz bevor der Zug hielt, Oswald draußen auf dem Bahnsteig stehen, winkte ihm zu, wurde auch erkannt, und so stand er, als er die Tür aufstieß, schon seinem Gastgeber gegenüber, der ihn beim Aussteigen fast auffing und so heftig in seine kräftigen Arme schloß, daß der Koffer polternd auf das Pflaster fiel.

»Da bist du ja endlich!« rief Oswald. »Ich hab' mir schon Gedanken gemacht, ob sie dich überhaupt herauslassen aus ihrem Info-Paradies!« Dann lachte er dröhnend, schnappte sich den Koffer als wär's ein Damentäschchen und schleppte den Gast untergehakt davon wie eine fette Beute.

Bert war so überwältigt von diesem herzlichen Empfang, daß

er gar nichts sagen konnte. Dazu hätte er auch kaum Gelegenheit gefunden; denn Oswald redete unaufhörlich weiter, erzählte, daß Bert gerade zur Weinlese zurechtkomme, die Trauben stünden gut im Saft, auch die Nüsse seien schon reif, und die Kastanien würden aus ihren stacheligen Schalen platzen. »Du wirst schon sehen, wie sich's hier leben läßt. Wir werden Wein trinken, Speck dazu essen und gewürztes Brot, und du kannst Musik machen so viel du willst.«

In einem winzigen roten Auto, das Oswald auf den Leib geschmiedet war wie eine gut sitzende Rüstung, fuhren sie aus der Stadt heraus ein Stück talaufwärts zurück nach Norden an der Bahnstrecke entlang zwischen schroffen Felswänden durch eine Schlucht, auf deren Grund ein Fluß rauschte. Dann bog Oswald in eine Seitenstraße ab, die sich in engen Windungen am Hang hinaufschlängelte bis auf eine wellige Hochebene, über der ein steiles, fast quaderförmiges Felsmassiv in den Nachthimmel ragte. Bald blinkten voraus die Lichter eines Dorfes, Oswald steuerte den Wagen durch enge, verwinkelte Gassen und hielt vor einem hohen steinernen Haus mit Erkern an den Ecken und einem zinnengeschmückten Giebel. »Wir sind zu Hause.«

Kurze Zeit später saß Bert unter der niedrigen Balkendecke einer getäfelten Stube und atmete süßen, harzigen Duft. »Was riecht hier so gut?« hatte er Oswald beim Eintreten gefragt. »Zirbenholz«, hatte Oswald gesagt. »Die Täfelung. Noch nach sechshundert Jahren duftet das Holz. So alt ist das Haus. Und wir, die hier wohnen, haben Lust zum Leben, so lange dieser Duft in den Stuben hängt. Du wirst es noch spüren.« Während er hinausgegangen war, hatte Bert sich an den Tisch gesetzt, auf dessen blank gescheuerter Platte eine Schale mit frischen Nüssen stand. Bald darauf kam Oswald zurück, legte ein Brett mit aufgeschnittenem Räucherspeck, halb weiß, halb dunkelrot, auf den Tisch, stellte einen Korb mit Flachbrot daneben und schenkte aus einem Krug hellroten Wein in niedrige Stutzgläser. Er setzte sich auch, hob sein Glas und sagte: »Willkommen im Haus der Hauensteiner!«

Dann aßen sie miteinander von dem Speck und dem Roggenbrot, knackten Nüsse zwischen den Fingern und tranken Wein, wie Oswald es versprochen hatte. Bert spürte den Geschmack der Brotgewürze, Kümmel, Fenchel, Koriander und noch etwas, das Oswald Brotklee nannte, und dieser Geschmack mischte sich köstlich mit dem Aroma des trockenen Weins. Bert saß an diesem Tisch wie in einem Traum und fragte sich, in was für eine Welt er hier geraten war. Diese Stube, die Speisen auf dem Tisch, waren das Relikte einer längst vergangenen, überlebten Zeit, in der diese einfachen Dinge noch Geltung besaßen, oder waren dies Gegenstände einer menschlichen Welt, die noch Bestand hatten, wenn der politische Spuk in seiner Heimat längst vergangen sein würde? Oder doch nur ein Traum? Dann aber ein Traum, in dem er sich wohlfühlte wie seit langem nicht, und er wünschte sich, nicht so bald aufzuwachen.

»Du träumst«, sagte Oswald und grinste, als Bert aus seinen Gedanken hochschreckte.

»Mir kommt das alles wirklich wie ein Traum vor. Bei euch ist die Welt noch in Ordnung.«

Oswald lachte laut heraus. »In Ordnung? Wo ist die Welt schon in Ordnung? Ich bin weit herumgekommen, aber das habe ich noch nirgends gefunden. Weißt du, so richtig funktioniert hierzulande so gut wie gar nichts. Die Post kommt, wenn der Briefträger nicht gerade etwas anderes zu tun hat, manchmal auch gar nicht. Die Beamten sind bestechlich, weil sie mit dem bißchen Geld, das ihnen der Staat zahlen kann, verhungern müßten. Die Polizei ist nie da, wenn man sie gerade braucht. In Ordnung ist hier kaum etwas. Aber was bedeutet schon Ordnung? Bei euch zum Beispiel herrscht eine schon fast absolute Ordnung, aber man bekommt das Fürchten, wenn man sie erlebt. Ein bißchen Chaos ist ganz förderlich für das menschliche Zusammenleben. Es regt die Leute an, sich selber um das Notwendige zu kümmern, statt darauf zu warten, daß der Staat alles für sie erledigt. So ist das bei uns. Und insoweit kann man hier leben wie ein Mensch. Wenn du das meinst, bin ich einverstanden. Aber nenn das bitte nicht Ordnung.«

Bert dachte an die zwei Sorten von Grenzbeamten, denen er im Zug begegnet war, und nickte. »Wahrscheinlich hab' ich es so gemeint. Bisher kannte ich keine Alternativen. Du hast mehr Vergleichsmöglichkeiten. Gehst du bald wieder auf Reisen?«

Oswald trank einen Schluck und hielt sein Glas gegen das Licht, daß der Wein rubinen aufleuchtete. »Nicht bevor dieses Faß leer ist, und da ist noch viel drin. Jetzt bleib' ich erst einmal zu Hause. Es gibt einen Wust von Notizen zu ordnen, und danach will ich ein Buch schreiben. Das kann ich nur hier im sicheren Gehäuse meiner Burg. Draußen in der Fremde fehlt mir dazu der Überblick. Dort kann ich nur für den Augenblick leben, mich in den Strudel des Fremden hineinstürzen und hinunterreißen lassen bis auf den Grund, bis zum Bodensatz, der dort zusammengespült worden ist. Weißt du, Bert, die Touristen sehen immer nur die glatte Oberfläche, das Malerische, vielleicht noch den ungewöhnlich vielen Dreck. Sie spüren allenfalls eine nicht genauer begründbare Unsicherheit oder Gefährdung, aber bis zu den Menschen, die dort seit Jahrhunderten gelebt haben und leben, gelangen sie nicht. Das gelingt erst, wenn du dich wirklich mit ihnen einläßt, mit ihnen ihre Spiele spielst, ihre Lieder singst, ihre Sprache sprichst, mit ihnen zusammen arbeitest, dich mit ihnen herumprügelst oder einem Mädchen so tief in die Augen schaust, daß du dich später verändert wiederfindest. Vorher ließe sich über ein fremdes Land kein Wort sagen, das annähernd an den Kern rührt.«

»Da hab' ich ja noch allerhand vor mir, ehe ich dieses Land hier kennengelernt habe.«

Oswald lachte. »Übernimm dich nicht. Du hast ja viel Zeit. Jetzt zeig' ich dir erst einmal den Flügel.«

Er führte Bert durch den mit breiten knarrenden Brettern gedielten Flur zu einem der Erkerzimmer. Der Raum hatte einen unregelmäßigen vieleckigen Grundriß, als habe man ihn aufs Geradewohl ohne die Hilfe von Winkeleisen gebaut. An den Wänden standen altersdunkle Truhen und ein breiter, mit wuchtigem Gesims bekrönter Schrank, dann gab es im Erker noch einen Tisch mit ein paar Stühlen, und mitten im Raum stand ein nußholzbrauner Flügel. Bert klappte ihn auf, sah mit Befriedigung die Marke eines bewährten Klavierbauers, setzte sich und schlug ein paar Tasten an. Das Instrument hatte für seinen Geschmack einen etwas zu harten Anschlag, repetierte aber gut und war sauber gestimmt. Zur Probe spielte er das Stück, das er Stella bei seinem Besuch mitgebracht hatte, und war froh, daß er keinen allzu kritischen Zuhörer hatte; denn nach jahrelanger Abstinenz waren seine Finger alles andere als geläufig. Er bemerkte mit Vergnügen, daß Oswald aufhorchte, als sich aus den verschlungenen Stimmen die Melodie seines Liedes herauslöste. »Das kenn' ich doch!«

»Kein Wunder. Hab' ich ja von dir. Stella kannte sogar den spanischen Text dazu.«

»Aus Spanien stammt das also. Ich hab' mir meinen Text darauf selber gemacht. Aber wer ist Stella? Oder ist das eine indiskrete Frage?«

Bert schüttelte den Kopf und spielte das Stück zu Ende. »Das ist eine längere Geschichte«, sagte er dann. »Und ohne einen Schluck von deinem Wein kriege ich sie wahrscheinlich nicht über die Lippen.«

»Du machst mich neugierig! Gehen wir also wieder in die Stube. Dort ist noch genug im Krug drin.«

Als sie wieder beim Wein saßen, sagte Bert: »Eigentlich habe ich Stella nur wenige Tage lang gesehen.«

»Und die längere Geschichte?«

»Die hat sie mir erzählt. Es ist die Geschichte ihres Mannes. Er ist mein Bruder.« Und dann versuchte Bert, all das in einen Zusammenhang zu bringen, was er von dieser Geschichte erfahren hatte. Manches wurde ihm selbst erst deutlich, während er nach Worten suchte. Oswald hatte seinen bulligen Schädel gesenkt und hörte aufmerksam zu. Manchmal knurrte er wie ein gereizter Hund, zum Beispiel, als von Freds Karriere die Rede war, und als Bert schließlich von seiner Begegnung mit Stella berichtete, hob Oswald den Kopf und schaute ihn gespannt an, als käme jetzt der entscheidende Punkt.

Sobald Bert zu Ende gesprochen hatte und sein Glas auf einen Zug leerte, sagte Oswald: »Warum hast du sie nicht gleich mitgebracht samt ihrem Kind? Du liebst sie doch.«

»Du kennst Stella nicht«, sagte Bert, ohne Oswalds Nachsatz zu widersprechen. »Solange sie noch Hoffnung hat, daß Fred durch sie begreifen lernt, was er tut, wird sie bei ihm bleiben.«

»Ich bewundere ihren Mut«, sagte Oswald. »Ob das vernünftig ist, wäre eine andere Frage.«

»Vernünftig!« sagte Bert bitter und hielt Oswald sein Glas hin, um sich einschenken zu lassen. »Jedermann dort drüben verläßt sich nur noch auf seine Vernunft. Und was ist dabei herausgekommen?«

»Vielleicht verstehen wir hierzulande etwas anderes unter diesem Wort.« Oswald schwieg eine Weile. »In der Art, wie du sie beschreibst, erinnert mich Stella an diese Schwester, die dich damals im Krankenhaus durchgefüttert hat. Hast du später von ihr gehört?«

»Ja. Die zählt wohl auch zu den B-Typen, wie man das bei den Infos nennt. Eines Tages tauchte sie im Sanatorium auf. Man hat sie wirklich aus der Klinik rausgeschmissen. Sie ähnelt übrigens einem Mädchen, das ich während meiner Schulzeit gekannt habe. Es hatte die gleichen Augen.«

»Deine erste Liebe?« Oswald griente.

»So könnte man es nennen. Eigentlich waren es immer Frauen, die mich zu mir selbst gebracht haben. Auch deine Tante gehörte dazu.«

»Sieh da!« Oswald hob sein Glas, als wolle er ihr hinüber in die Ewigkeit zuprosten. »Meine bezaubernde Tante Clara. Das war aber auch eine fabelhafte Frau. Für mich war sie eine Art Mutter, seit meine gestorben war.«

»Lebst du hier eigentlich ganz allein?«

»Verheiratet bin ich nicht, wenn du das meinst. Wäre ja auch eine Zumutung für eine Frau, ständig auf einen Herumtreiber wie mich zu warten. Aber du brauchst nicht zu denken, daß ich immer allein schlafe. Außerdem gibt's hier eine Haushälterin. Die ist nur heute nicht da. Eine Kindstaufe bei einer Nichte oder so etwas ähnliches. Morgen wirst du sie kennenlernen, wenn sie uns das Frühstück macht.«

Sie tranken den Rest Wein aus, der noch im Krug war, und gingen schlafen. Bert hatte das Erkerzimmer am anderen Ende des Hauses bekommen. Eine Zeitlang stand er noch in der Fensternische und schaute hinaus auf das Dorf. Nirgends brannte mehr Licht. Da schlief schon alles. Am klaren Nachthimmel stand der Mond und warf seinen kühlen Schein auf die silbrigen Schindeldächer. Dahinter türmte sich bläulich schimmernd der kantige Gebirgsstock, und tief im Westen leuchtete Venus sanft über fernen Gipfeln.

Stella. Du liebst sie doch, hatte Oswald gesagt. Als sei das eine Selbstverständlichkeit. Bert hatte nicht widersprochen, was er erst in dem Moment begriff, als es ausgesprochen wurde. Stella. Der Name überflutete ihn mit einer Schmerzwelle. Stella, gefangen in Freds Gehäuse, eingesponnen in den schützenden Kokon ihrer Musik. Eine Außenseiterin im Lande der Infos, ein ›B-Typ‹ und deshalb in steigender Gefahr, den Schnüfflern in die Fänge zu geraten und an einem Ort zu verschwinden, von dem keiner genauer wußte, wo er lag und was dort mit diesen Menschen geschah. Sie hatte ihm das selbst erzählt. Ob Fred sie schützen würde? Nach dem Stand seiner Karriere hätte er die Möglichkeit dazu, aber er würde es vielleicht gerade deshalb nicht wagen.

Bert hatte sich schon bei seiner Abreise Sorgen um Stella gemacht. Jetzt fiel ihn jäh die Angst an, sie nie wiederzusehen. Er spürte den Blick ihrer Augen, und sein Herz zog sich zusammen. Warum hatte er sie nicht gefragt, ob sie mit ihm reisen wollte? Damit hätte er wenigstens den Versuch unternommen, sie zu retten, auch wenn es nach allem, was sie gesagt hatte, zwecklos gewesen wäre. Es erschien ihm plötzlich unerhört wichtig, daß Stella von seiner Liebe erfuhr. Doch als er sich erinnerte, wie sie ihn während dieses Gesprächs angeschaut hatte, wurde ihm klar, daß sie es ohnehin wußte. Sie wußte auch, in welcher Situation sie sich befand, aber so lange es ihrer Meinung nach noch etwas zu retten gab, würde sie nicht davonlaufen. Stella nicht.

Bert schlief wenig in dieser Nacht. Wer schläft schon ruhig, wenn ihm eben eine solche Liebe jäh ins Bewußtsein getreten ist, eine Liebe, die kein miteinander Sprechen zuläßt. Bert sprach die halbe Nacht hindurch mit Stella, aber das waren nur seine eigenen Gedanken, Worte. Wunschbilder. Stella würde anders reden, das wußte er.

Am Morgen schrieb er noch vor dem Frühstück einen Brief an Illa, in dem er sie bat, sich von Zeit zu Zeit nach Stella zu erkundigen und ihm Nachricht zu geben, falls sich *ihre Lage plötzlich geändert haben sollte,* wie er im Hinblick auf eine mögliche Briefzensur vorsichtig formulierte. Stella selbst schrieb er nicht. Er wollte sie durch einen Auslandsbrief nicht noch zusätzlich in Gefahr bringen; bei einer nützlichen und unauffälligen Klinikärztin wie Illa bestand da weniger Gefahr. Und außerdem: Was hätte er Stella schreiben sollen? Daß er froh war, bei Oswald zu sein? Es ihm gut ging? Er gern an die Tage in Stellas Haus zurückdenke? Nein, mit solchen Redensarten konnte er Stella nicht abspeisen und auch sich nicht – alles andere mußte ungesagt bleiben, wenn er ihr nicht schaden wollte.

Mit dem Brief in der Hand verließ er das Zimmer und ging dem Kaffeeduft nach, der ihn die Treppe hinab ins Erdgeschoß lockte und dort in die geräumige Küche, wo Oswald schon auf der Eckbank saß und eben in ein merkwürdig zusammengewickeltes Gebäckstück biß. Am Herd stand eine ältere, aber noch dunkelhaarige Frau in bäurischem Kleid mit vorgebundener Schürze. Sie zog eben die aufkochende Milch vom Feuer.

»Das ist also Bert«, sagte Oswald kauend zu ihr und winkte seinen Gast neben sich auf die Bank. »Nenn sie einfach Rosa. Sie hält nichts von Förmlichkeiten.«

»Als ob Sie mir je mit Förmlichkeiten gekommen wären, Herr Oswald.« Die Frau lachte, daß ihre weißen Zähne blitzten. Sie hatte rote Apfelbacken, ob von der Hitze des Feuers oder von Natur aus, ließ sich für den Augenblick nicht klären. Bert gab ihr die Hand, spürte den kräftigen Druck ihrer rauhen Finger und setzte sich an den Tisch. Der Kaffee dampfte schon in der Kanne, außerdem waren da noch ein handgeformter Butterlaib, ein Korb mit diesen sonderbaren, hell gebackenen Brötchen und den mehlbestäubten Brotfladen, die er schon vom Abend zuvor kannte, ein irdener Topf mit dunkelbraungrünem Honig und ein angeschnittener Bauernkäse. Rosa goß die heiße Milch in einen Krug, stellte ihn zu den anderen guten Dingen und setzte sich selber auf einen Holzschemel zu den beiden. Und dann wurde gefrühstückt, wie Bert in seinem

Leben noch nie gefrühstückt hatte, langsam, mit Genuß und voller Achtung vor den Speisen, die aufgetischt waren. Ölbrote hieß dieses blonde, zusammengeschneckelte Gebäck, erfuhr Bert von Rosa. Die gab man hierzulande den *Herren* am Morgen, frisch vom Bäcker aus dem Dorf. Dieser buk auch die gewürzten Fladenbrote, an die sich Rosa hielt. Ehe sie eines anschnitt, zeichnete sie mit dem Messer ein Kreuz auf den Laib und brockte sich die fingerdicke Scheibe in ihren Milchkaffee.

»Den Honig hat einer meiner Pächter letztes Jahr oben im Bergwald eingeheimst«, sagte Oswald. »Fichten und Zirben. Schmeckst du's? Und der Käse stammt von meiner Alm. Alles vom eigenen Grund und Boden. Weißt du, ich laß mir die Pacht in Naturalien auszahlen, wenn ich im Land bin. Da hat man immer etwas im Haus. Ihr Geld behalten die Pächter lieber selber. Der Wein, den wir gestern abend getrunken haben, kommt auch von meinem Land. Ist nicht viel, zwei kleine Stücke weiter unten im Tal. Das bringt mir jedes Jahr zwei Fässer, und ich brauch' keinen zu kaufen, wenn du mir nicht alles aussäufst. Nachher will ich hinunterfahren. Sie fangen heute mit der Lese an. Kommst du mit?«

»Ich weiß nicht recht«, sagte Bert, noch immer bedrückt von dem, was ihn die Nacht hindurch wachgehalten hatte, und ohne Lust auf eine Ablenkung, die, wie er meinte, ihn seine Entfernung zu Stella noch deutlicher empfinden lassen würde.

»Stella?« Oswald griente diesmal nicht. Als Bert nickte, fuhr er fort: »Ich kann dich gut verstehen. Auch ich würde mir Sorgen machen. Wir werden in der Kirche eine Kerze für sie anzünden, ehe wir losfahren.« Er sagte das in einem so beiläufigen Ton, als sei dies die selbstverständlichste Art auf Erden, einem Menschen in Gefahr beizustehen.

Oswald sah Berts erstaunte Miene. »Bei euch drüben glaubt man wohl an gar nichts mehr? Nicht einmal ein Mensch wie du? Frag Rosa, was sie tun würde.«

Bert blickte zu Rosa, die seelenruhig eingebrocktes Brot aus der Tasse löffelte. Sie schaute ihn lächelnd an und sagte wie eine Mutter, die ihr Kind lehrt: »Am besten drei. Zwei bei der Muttergottes und eine für die armen Seelen.«

Bert faßte es nicht. Bei Rosa waren solche Vorstellungen ja zu erwarten. Aber dieser welterfahrene Mann, der weder Spaß noch Streit auszulassen schien, wie konnte er an so etwas glauben!

»Du willst mich wohl hinters Licht führen!«

Oswald blieb ernst. »Nicht hinters Licht. Vor! Denkst du, Gott kann für einen Menschen nichts tun? Kann nicht wirken? Nicht Menschen Kraft schenken, erst recht gestorbenen, den Lebenden auf die Beine zu helfen? Wenn du mit den Kerzen nichts im Sinn hast, zünd ich sie für dich an, obwohl ein notorischer Sünder wie ich dort oben nicht gerade sonderlich gut angeschrieben sein dürfte.« Bei diesen Worten wies er wahrhaftig mit dem Daumen gegen die Decke, als sei über ihnen eine Behörde ansässig, die seinen Lebenswandel mit Argusaugen beobachtete.

Bert wunderte allmählich nichts mehr. Offenbar gehörten solche Äußerungen hierzulande zum Alltag. Wer davon sprach, änderte nicht einmal den Ton. Und die Frage galt als geklärt. Ohne Bert noch einmal darauf angesprochen zu haben, ging Oswald kurz danach mit ihm durch die Dorfgassen zum Kirchplatz.

Sie traten durch eine Seitenpforte aus dem Sonnenlicht in die Dämmerung eines hochgewölbten Raums, durch dessen schmale, vielfarbig verglaste Spitzbogenfenster nur gebrochenes Licht hereinfiel. Oswald tauchte die Fingerspitzen in ein muschelförmiges Becken, deutete ein Kreuz an zwischen Stirn, Brust und Schultern und beugte sich wie zum Gruß. Bert konnte keinen Menschen erkennen. Dann ging Oswald auf die gegenüberliegende Wand zu, wo Bert, der ihm folgte, Licht sah.

Beide standen sie jetzt vor den fast abgebrannten, auf einem schmiedeeisernen Gestell aufgesteckten Kerzen. Dahinter aber, so sah es Bert, erhob sich als ein Bild, eine Figur, ein Mensch, eine Frau, gekleidet in einen weiten blauen Mantel, der schützend kindlich kleine Gestalten barg, und über ihrem hellen Gesicht glänzte als Zeichen der Ehrung eine goldene Krone.

Bert fühlte sich angesprochen von dunklen Augen. Ohne ihren Blick zu unterbrechen, nahm er aus einer Schachtel zwei Kerzen, zündete eine an am flackernden Rest einer fast niedergebrannten, steckte sie auf, entzündete die andere an dieser und befestigte sie neben der ersten. Genau in der Mitte zu Füßen der Frau.

Ganz selbstverständlich war ihm das jetzt alles. Es ergriff ihn eine umschließende, befreiende Anwesenheit, die ihn das hölzerne Abbild völlig vergessen ließ. »Schütze sie, bitte! Sie ist in Gefahr.«

Bei diesen lautlos gesprochenen Worten spürte er keinen Zweifel. Er verbeugte sich ehrfurchtsvoll und wollte eben den Ort verlassen, als Oswald ihn zurückhielt. »Für die Kerzen mußt du schon zahlen! Geschenkt bekommst du von woanders.«

Bert zahlte. Dann nahm er eine dritte Kerze, entzündete sie an einer der beiden ersten – *für die armen Seelen* oder was Rosa gemeint hatte –, trat einen Schritt zurück und blieb so in Gedanken. – Die Signora. Ein wenig erhöht, wie sie die Tür geöffnet hatte seinerzeit und dastand, um ihn einzuladen in ihr Haus. Sie schaute ihn an, beinahe lachend.

Wenig später waren sie schon in Oswalds Wagen talauswärts unterwegs. Kurz vor der Stadt überquerten sie den Fluß und fuhren auf einer schmalen Straße in Serpentinen an einem steilen Sonnenhang wieder aufwärts, vorüber an altersgrauen, von überquellenden Blumengärten umfangenen und von knorrig zum Himmel gedrehten Kastanien bewachten Bauernhäusern, später zwischen Rebgärten und Obstbäumen. Auf halber Höhe stellte Oswald den Wagen in einer Ausbuchtung der Straße ab. Zu Fuß folgten sie einem Feldweg zwischen hüfthohen Trockenmauern, hinter denen Weingärten lagen. Überall wurde schon gelesen, blaue Trauben mit kleinen Beeren. Es schien eine fröhliche Arbeit zu sein, Gelächter klang herüber, Grußworte wurden im Vorübergehen gewechselt. Bei einer grob gefügten Treppe, die links des Wegs bergan die sonnenwarme, von Mauerpfeffer umwachsene steinerne Wegbegrenzung durchbrach, blieb Oswald stehen und sagte: »Hier liegt mein Stück.«

Am Weg stand ein auf einen Karren gesetzter Bottich, über dem der Duft der schon eingefüllten Trauben sich ausbreitete wie eine berauschende Wolke. Sie stiegen die wenigen Stufen hinauf und gingen weiter aufwärts unter den zu bogenförmigen Pergolen gezogenen Reben, aus deren sich schon färbendem Laub die prallen, matt bereiften Trauben herabhingen. Weiter oben arbeiteten die Leute des Pächters. Ein Bursche mit einer übervollen Bütte auf dem Rücken kam eben zwischen den Pergolen heruntergestapft, um die safttropfende Last in den Bottich zu füllen. Er grüßte den Grundherrn. Oswald blieb stehen, fragte ihn etwas im ortsüblichen Dialekt, den Bert noch kaum verstand. Es ging wohl darum, wieviel Leute oben an der Arbeit waren – offenbar zu wenig, denn der Bursche sagte: »Uns fehlt einer. Sind lei zwei Burschen.« Oswald schien das nicht zu gefallen, denn er sagte etwas von Aushilfe holen oder dergleichen. Dann stiegen sie weiter hinauf, und der Bursche setzte seinen Weg fort.

»Gibt's Schwierigkeiten?« fragte Bert.

»Zu wenig Leut. Ich hätte die Trauben gern bald unter Dach und Fach. In den nächsten Tagen soll das Wetter umschlagen.«

»Kann ich helfen?«

»Du?« Oswald blickte ihn zweifelnd an. »Traust du dir zu, eine volle Bütte hinunterzutragen?«

»Warum nicht? So schwer kann das doch nicht sein.«

»Es kommt darauf an, wieviel drin ist«, sagte Oswald lachend. »Du kannst es ja versuchen. Mit einem Rebmesser wirst du wohl umgehen können.«

Inzwischen hatten sie das obere Ende der Pergola erreicht, wo der zweite Bursche unter den Reben stand, Trauben abschnitt und sie über die Schulter in seine Bütte fallen ließ. Drei Mädchen trugen Körbe, die sie, sobald sie voll waren, zu seiner Last dazuschütteten. Es war offensichtlich, daß hier ein dritter Mann fehlte, um die Arbeit in Fluß zu halten.

»Habt ihr noch eine Bütte heroben, Agnes?« fragte Oswald.

»Drüben im Schupfen«, sagte eines der Mädchen. »Aber für uns ist das zu schwer.« Sie schob eine Strähne ihres braunen Haars aus dem erhitzten Gesicht und blitzte den Grundherrn kampflustig an.

»Reg dich nicht auf, du Wetterhex!« sagte Oswald. »Du sollst sie ja nicht schleppen. Wär auch schade um deine schönen Schultern. Aber du könntest diesem jungen Mann hier zeigen, wie man mit dem Rebmesser umgeht, damit er sich nicht in den Finger schneidet, wenn du ihm so in die Augen schaust wie eben mir. Tragen wird er schon können, hoffe ich.«

Das Mädchen schaute Bert von oben bis unten so abschätzend an, daß ihm die Röte ins Gesicht stieg. »Traust du's mir nicht zu?« sagte er aufsässig und stellte sich in Positur: Brust raus, Bauch rein und die Arme locker.

»Kannst es ja versuchen«, sagte Agnes. »Wie heißt du überhaupt?« Als ihr Bert seinen Namen genannt hatte, deutete sie mit dem Kopf hinauf zum Ende des Weingartens »Komm mit!«

»Bei Agnes bist du in guten Händen«, sagte Oswald. »Ich fahr' inzwischen zu meinem anderen Stück und schau, wie die

Leute dort vorankommen.« Das »Viel Vergnügen!«, das er Bert nachrief, als dieser dem Mädchen durch den Bogengang nach oben folgte, hörte sich durchaus vieldeutig an.

Entlang der oberen Begrenzung des Weingartens führte Agnes Bert zu einem Geräteschuppen, der dort etwa mannshoch über den Winkel der Mauer hinausragte. Agnes stieß die Tür auf, ging hinein, und als er draußen warten wollte, rief sie: »Wo bleibst du denn? Komm schon!«

Der Schritt aus dem blendenden Licht durch die schmale Tür führte in zunächst völlige Finsternis. Bert hörte Agnes im hinteren Winkel des engen Raumes rumoren, ein Bündel Holzstangen rollte klappernd vor seine Füße. Er hob es auf und lehnte es an die Wand, deren vom Alter silbergraue Bretterverschalung allmählich aus dem Dunkel hervortrat.

»Hier ist die Bütte«, sagte das Mädchen und reichte ihm ein langes blechernes Traggefäß. Als er es am Riemen packte, schlug es ihm mit der scharfen Unterkante so schmerzhaft gegen das Schienbein, daß er aufschrie. »Paß doch auf, du Dolm!« sagte Agnes ohne Erbarmen. Dann stand sie auch schon dicht vor ihm und hielt ein Messer mit einer breiten, zur Schneide hin gekrümmten Klinge ihm vor die Nase. »Immer von dir weg schneiden! Sonst fährst du mit der Spitze plötzlich in eines deiner schönen Augen.« Sie schaute ihm so geradewegs hinein, daß er nicht wußte, ob das Ernst war oder Spott.

Jedenfalls blieb er bei diesem Spiel, nahm ihr das Messer aus der Hand und packte dabei ihre Finger. Fest und warm fühlten sie sich an. Was auch immer er dabei im Sinn gehabt haben mochte – Agnes zog ihre Hand aus seinem Griff. »Zeig erst einmal, was du kannst!« Aber ihre Augen blickten nicht unfreundlich, und an dieses *erst einmal* ließen sich allerlei Erwägungen anknüpfen. Einstweilen schwang sich Bert draußen vor der Tür die Bütte auf den Rücken und ging, diesmal dem Mädchen voran, zurück zu den anderen.

Am Anfang erschien ihm das Weinlesen eher wie eine Spielerei. Agnes und er waren jetzt ein Paar, zumindest was die Arbeit betraf. Er ging voraus, schnitt die Trauben von den Rebbögen über sich und warf sie in seine Bütte, während Agnes ihm folgte und den Rest einsammelte, der weiter unten an den Rebstöcken oder auch versteckt im Blattwerk hängengeblieben war. Von Zeit zu Zeit spürte er einen kräftigen Ruck an den Tragriemen, wenn sie ihren Korb in seine Bütte leerte. »Paß ein bißchen besser auf!« sagte sie einmal. »Du läßt zu viel für mich hängen!« Das Gewicht drückte zwar auf seine Schultern, als er zum ersten Mal mit der vollen Last zum Weg hinunterging, aber es schien ihm durchaus erträglich, und er gab sich Mühe, den Anschein von Unbeschwertheit zu erwecken, jedenfalls so lange Agnes ihn sehen konnte.

Nach zwei Stunden, als die Sonne hoch am Himmel stand und heiß auf das steinige Gelände herunterbrannte, wollte es ihm nicht mehr recht gelingen, diese Leichtfüßigkeit vorzutäuschen. Er spürte einen ziehenden Schmerz in den Kniekehlen, dafür vermochte er auf seinen Schultern überhaupt nichts mehr fühlen, weil die Haut taub geworden war vom Druck der Tragriemen. Auch ließ er immer öfter die Arme sinken und konnte sie schließlich kaum noch heben, um an die Trauben über seinem Kopf heranzukommen. Aber blamieren wollte er sich nicht vor Agnes, und so nahm er seine letzte Kraft zusammen, als sie ihm noch einen Traubenberg auf die schon randvolle Bütte gesetzt hatte, und machte sich wieder auf den Weg. Doch so unbeschwert wirkte sein Gang jetzt nicht mehr, und als er ohne diese Last den Hang wieder hinaufstapfte, tat ihm jeder einzelne Knochen in den Beinen weh.

Die anderen saßen schon oben auf der niedrigen Mauer, aßen ihr Mitgebrachtes und tranken reihum einen Schluck aus einer Flasche Rotwein. Bert ließ die Bütte von den Schultern gleiten, hockte sich ächzend am Fuß der Mauer ins Gras und lehnte seinen malträtierten Rücken an die sonnenwarmen Steine. Neben ihm ließ Agnes ihre Beine baumeln, auf deren Haut die Härchen im Sonnenlicht schimmerten wie gesponnenes Gold, ein Anblick, bei dem ihm gleich wohler wurde, wenn solche Nähe ihn auch ein wenig irritierte.

»Hast wohl nichts zu essen mitgebracht, Bert?« fragte sie.

Er schüttelte den Kopf. »Ich konnte ja nicht wissen, was mir heute bevorsteht.«

»War wohl doch nicht so leicht, wie du dir's vorgestellt hast?«

Da sein Zustand ohnehin nicht zu verkennen war, bemühte er sich gar nicht erst, ihn zu verbergen und sagte: »Wenn ich dieses Land kennenlernen will, darf ich nicht nur zuschauen, sondern muß mich mit den Menschen einlassen, sagt Oswald«, und dabei hob er den Kopf und schaute Agnes bedeutungsvoll, wie er meinte, in ihre blauen Augen. Sie hielt seinem Blick stand, wenigstens für eine Weile, deren Dauer ihm ein süßes Ziehen in der Herzgrube verursachte, doch dann lachte sie unvermittelt. »Essen kannst du wohl noch?« und als er beteuerte, dazu durchaus noch imstande zu sein, holte sie aus ihrem Flitschenkorb ein halbes Fladenbrot und eine gut fingerlange, beinhart geräucherte Wurst und reichte ihm beides hinunter. Gelegentlich landete auch die Weinflasche bei ihm, so daß er etwas gegen die Trockenheit seiner Mundhöhle tun konnte, die ihn schon seit dem späten Vormittag geplagt hatte.

»Was tust du eigentlich sonst?« fragte Agnes, während sie aßen. »Im Weinberg hast du jedenfalls noch nie gearbeitet.« Da erzählte ihr Bert von seiner Musik und erwähnte auch, daß er lange Zeit krank gewesen sei. Agnes schaute besorgt zu ihm herab. »Ist die Arbeit nicht zu schwer für dich?«

Doch jetzt konnte Bert schon wieder lachen. »Höchste Zeit, daß ich mich ein bißchen anstrenge, um wieder in Form zu kommen.«

»Wofür?« fragte Agnes und blickte ihn prüfend an. »Zum Klavierspielen?«

»Das auch«, antwortete Bert lächelnd.

Währenddessen kam Oswald vom Weg herauf. Er lachte, als er Bert zu Füßen des Mädchens an der Mauer sitzen sah. »Ihr beide scheint ja schon ganz gut miteinander auszukommen. Danke, daß du eingesprungen bist, Bert. Drüben in dem anderen Weingarten ist keine Hand frei. Kommst du jetzt mit nach Hause?«

»Nein«, sagte Bert mit einem raschen Seitenblick auf die Beine neben ihm. »Nachher mach' ich hier weiter. Ich kann dich doch nicht im Stich lassen.«

»Mich?« Oswald ließ sein eines Auge zwischen Bert und Agnes hin und her wandern. »Ich habe eher den Eindruck, daß dich hier jemand anders zurückhält.«

»Du hast mir ja selbst geraten, wie man fremde Länder am besten kennenlernt.«

Oswald lachte schallend. »Bist du immer so gelehrig? Also gut. Ich hole dich gegen Abend ab. Oder willst du hier auch die Nacht zubringen?«

Ehe Bert antworten konnte, sprang Agnes von der Mauer und warf Oswald einen blitzenden Blick zu. »Zeit weiterzuarbeiten! Komm, Bert!«

Sie arbeiteten den ganzen Nachmittag hindurch, bis Bert schließlich so weit war, daß ihn die Wut auf jede einzelne Traube packte, die ihn zwang, die Arme weit über den Kopf zu heben. Aber er hielt durch, und ehe er sich am Abend mit Oswald hinunter zu dessen Auto schleppte, sagte er zu Agnes: »Morgen komme ich wieder.«

Er war dermaßen müde und zerschlagen, daß er schon beim Abendessen fast einschlief. Rosa war beleidigt, daß er so wenig aß, und Oswald erklärte ihr: »Agnes hat ihn ganz schön in die Schule genommen.«

»Nur beim Weinlesen?« fragte Rosa ironisch.

»Was denkst du denn?« sagte Oswald.

Wenig später streckte Bert seine schmerzenden Glieder unter der Decke aus, sah eine Weile ein Paar hübscher Beine vor seiner Nase baumeln und versank darüber im Schlaf.

»Auf! Agnes wartet schon!« Als Oswald ihn am Morgen mit diesen Worten weckte, war der Traum der Nacht verflogen bis auf eine undeutliche Erinnerung. Diesmal versorgte ihn Rosa nach dem Frühstück reichlich mit Proviant, und Oswald gab ihm eine Flasche Wein mit *zum Einstand.* Dann fuhr er ihn hinüber zum Weingarten, und die Plackerei begann von neuem, bis Bert sich fragte, warum in aller Welt er sich dieser Tortur unterzog. Ein Blick über die Schulter sagte es ihm. Agnes hob gerade ihren Korb über seine Bütte und hätte die Trauben beinahe daneben geschüttet, weil ihre Augen nicht bei der Sache waren. »Morgen werden wir fertig«, sagte sie, als er sich am Abend von ihr verabschiedete, und das klang Bert in den Ohren wie: Morgen haben wir endlich Zeit für einander.

Als er in seinem Bett lag und seine Muskeln zu entspannen versuchte, ging es ihm kaum besser als am Abend zuvor. Wieder malte er sich alles Mögliche aus, das mit jenen blitzenden Augen und den immer ein wenig spöttisch verzogenen und doch oder vielleicht gerade deshalb so verlockenden Lippen zusammenhing, und versuchte auf diese Weise, dem andrängenden Schlaf davonzulaufen, wurde jedoch bald eingeholt. Was weiterhin in seinen Träumen geschehen sein mochte, konnte er am Morgen nicht mehr erinnern.

»Heute holen wir die letzten Trauben herunter«, sagte Bert beim Frühstück zu Oswald.

»Wird auch höchste Zeit. Es wird schwül werden, vielleicht gibt's ein Gewitter. Ich kann dich aber nicht vor Abend abholen, weil ich in der Stadt zu tun habe. Du wirst dir die Zeit schon zu vertreiben wissen.«

Die Vorstellungen, die Oswald damit bei ihm ausgelöst hatte, spornten Bert bei der Arbeit derart an, daß er diesmal mit den anderen beiden Paaren fast Schritt halten konnte. Schon am Vormittag stach die Sonne heiß vom stahlblauen Himmel, nach der Mittagspause wurde es drückend schwül, und einzelne hochgetürmte Wolken zogen langsam von Süden heran. Doch da waren lediglich noch die Rebstöcke über dem Weg abzuernten, und eine Stunde später lagen die letzten Trauben im Bottich.

Während die anderen vier ihr Gerät in den Schuppen trugen, stand Bert noch neben Agnes im Dunstkreis der süßen, platzenden Beeren. Bert grübelte über alle möglichen Vorschläge nach, die er ihr machen könnte, fand aber keinen, der ihm für diese Situation passend schien. »Gehst du jetzt?« fragte er schließlich, und seine Stimme verriet, daß er sich alles andere als das erhoffte.

»Wir könnten ja noch ein Stück spazierengehen«, sagte Agnes. »Oder bist du zu müde?«

Bert wich jede Spur von Erschöpfung aus seinen Gliedern. »Kein bißchen! Aber du mußt mich führen. Ich kenn' mich hier nicht aus.«

»Da weiß ich schon etwas. Keine Angst, du brauchst nicht weit zu laufen.«

Jetzt versorgten auch sie ihr Arbeitsgerät und gingen danach weiter bergauf, bis sie aus den Weinbergen heraus auf Wiesengelände kamen. Agnes ging Bert voraus durch das kurze Herbstgras, in dem noch einzelne purpurfarbene Flockenblumen blühten, und blieb auf einer sanften Hügelkuppe stehen, von der aus sie weit hinaus talabwärts blicken konnten.

Vor ihnen ragten über den steilen Waldhängen der gegenüberliegenden Talseite die schroffen Felsspitzen der dahinter liegenden Gebirgskette in den Himmel, doch nach Süden zu lockerte sich die Bewaldung auf, um Raum zu schaffen für einen Kranz von zinnenbewehrten Burgen oder Dörfern mit nadelspitzen Kirchtürmen. Hier öffnete sich das Tal zu einem weiten Kessel, der in seinem Schoß die Stadt barg mit ihren Türmen, verwinkelten Gassen und den modernen Häuserblöcken der Außenbezirke, und weit darüber hinaus, schon in dunstiger Ferne, wurde der Ausblick geschlossen durch einen breit hingelagerten Felsriegel, den das Gemäuer einer weitläufigen Festung krönte. Überall an den sanften Hängen bis heran an die Gründe, von denen sie nach der Arbeit heraufgestiegen waren, zogen die Weinpergolen in buschigen Zeilen ihre regelmäßigen Muster, und dazwischen standen Obstbäume, brechend voll reifer Früchte, die bizarr verrenkten Stämme der Kastanien und Nußbäume mit weit ausladenden Kronen. Bert stand eine Weile stumm neben Agnes, verzaubert von der Vielgestaltigkeit dieser Landschaft, in der Natur und Kultur so eng ineinander verwoben und in Jahrhunderten zusammengewachsen waren, zwei Liebende, deren persönliche Eigenarten durch die ständige Sehnsucht nach der Umarmung des anderen sich bis zur Vollkommenheit gesteigert hatten.

»Gefällt's dir hier?« fragte Agnes.

»Schön wie im Paradies.«

Agnes lachte. »Von weitem mag das so aussehen für einen, der nicht weiß, was dort unten hinter den Mauern vorgeht. Auch hier gibt es Not, Neid und Bosheit wie überall. Auch hier müssen die Menschen sterben.«

»Laß mich das für eine Weile vergessen«, sagte Bert und spürte doch jenen süßen Geschmack auf der Zunge.

Agnes setzte sich ins Gras. »Dafür ist hier der richtige Platz. Komm, setz dich zu mir!«

Eine Zeitlang schwiegen sie. Agnes hatte die Hände hinter sich auf den Boden gestützt, und Bert spürte die Wärme ihres Arms an seiner Haut. Er tastete nach ihrer Hand, und diesmal entzog sie sich ihm nicht, sondern öffnete sich, bis beider

Finger ineinandergriffen. »Wie im Paradies«, sagte er noch einmal und blickte auf ihre Lippen, von denen jeder Anflug von Spott geschwunden war. Lange ertrug er diesen Anblick nicht, ehe er Agnes in seine Arme zog und küßte. So lagen sie beieinander, erkundeten immer tiefer den süßen Weg zwischen den Lippen des anderen, und jener Geschmack, den Bert einmal gekostet hatte, erhöhte die Lust an diesem erregenden Spiel, bis ihm die drückende Schwüle den Atem nahm.

Später lagen sie nebeneinander und blickten hinauf in den Himmel, über den sich Wolkenränder heranschoben. Nur ihre Hände hielten noch tastende Verbindung.

»Jetzt lebe ich wieder«, sagte Bert nach einer Weile. »Meine Haut war schon wie taub, weil sie so lange Zeit keiner berührt hat außer dem Arzt mit seinen sterilen Fingern.«

Agnes wandte Bert das Gesicht zu und ließ ihn in ihre Augen ein, die offen waren wie Brunnen. »Hast du kein Mädchen dort drüben in diesem Land?« fragte sie.

Bert schüttelte den Kopf. »Schon lange nicht mehr.« Der Gedanke an Stella traf ihn wie ein Messerstich.

Agnes mußte wohl gemerkt haben, daß da doch eine war, an die er dachte. »Hast du sie verloren?«

»Verloren?« sagte er zögernd. »Ich weiß es nicht. Das ist wohl nicht das richtige Wort.« Und dann begann er von Stella zu sprechen, von Sehnsüchten, die bisher nicht einmal in sein Bewußtsein heraufgestiegen waren, und merkte kaum, wie ihm die Tränen übers Gesicht liefen. »Sie wird für mich immer wie hinter einer Glaswand leben, die nur mit Blicken zu durchdringen ist, nicht aber mit Händen«, sagte er. »Soweit man sie überhaupt am Leben läßt. Nimm mich noch einmal in deine Arme, Agnes. Oder bist du mir jetzt böse?«

»Ach Bert, warum soll ich dir bös sein?« Und dann fühlte er sich wieder gehalten, spürte ihren Körper und ließ sich fallen in die bodenlosen Brunnen.

Ein Donnerschlag schreckte sie auf. Dunkle Wolken, aufquellend bis zu brodelnder Schwärze, hatten die Sonne verschluckt und sich über den Himmel ausgebreitet. Nur über den Gebirgskämmen im Norden stand noch ein fahlblauer Streifen offen.

Agnes sprang auf die Füße und rief: »Jetzt lauf, sonst erwischt uns das Gewitter!« Sie rannten zurück über die Wiesen, doch schon auf halbem Weg trafen sie klatschend die ersten schweren Tropfen, und gleich darauf barst unter ständigem Blitz und Donner der Himmel und ließ rauschende Regenfluten herabstürzen. Beide waren naß bis auf die Haut, als sie einen Stadel erreichten. »Hier hinein!« schrie Agnes, zog Bert bei der Hand hinter sich her durch die rasch entriegelte Tür und ließ sich lachend ins Heu fallen, daß süßer Duft aufwölkte. Da lagen sie nun und spielten, spielten Regentropfen von der Haut küssen, mehr und mehr, befreiten sich von den durchnäßten Kleidern, lagen Haut an Haut, Mund an Mund, Brust an Brust, Fuß an Fuß, befreiten einander, suchend und empfangend, von den letzten Resten der Kälte und von den Begrenzungen, die sie noch trennten.

Das Gewitter war abgezogen, als sie durch das tropfnasse Gras auf den Weg fanden. Die Sonne stand schon tief im Westen, und zwischen den flachen Wolkenbänken an den Bergflanken leuchtete der Himmel in glasgrünen Streifen. Die beiden hielten sich im Gehen bei den Händen und sprachen nicht viel miteinander. Oswald wartete schon neben seinem Wagen an der Straße. Er verkniff sich diesmal seine anzüglichen Bemerkungen, als er die beiden so einträchtig daherkommen sah, und fragte Agnes nur, ob er sie nach Hause fahren solle.

»Ich geh' jetzt lieber ein paar Schritte allein«, antwortete sie, gab Bert einen raschen Kuß und ging weiter, ohne sich noch einmal umzublicken.

»Ihr seid ja ziemlich naß geworden in dem Gewitter«, sagte Oswald.

Bert schaute dem Mädchen nach und sagte wie beiläufig: »Es gab einen Unterschlupf dort oben.«

»Dann ist es ja gut«, sagte Oswald, und das konnte alles mögliche bedeuten, zumal er, sobald sie an Agnes vorübergefahren waren und ihr zugewinkt hatten, zu singen begann:

Ein' Graserin durch kühlen Tau
mit weißen bloßen Füßlein zart
hat mich erfreut auf grüner Au
das macht ihr' Sichel braun gehaart...

Bert ließ ihn zu Ende singen, doch wenn Oswald gemeint haben sollte, daß er nun Näheres von diesem Unterschlupf zu hören bekäme und darüber, was sich dort zugetragen hatte, dann hatte er sich getäuscht. Bert spürte nicht die geringste Neigung, darüber zu reden, sondern fragte Oswald, was er in der Stadt zu erledigen gehabt hätte.

»Eine blöde Geschichte. Ich war vor Gericht. Ein Prozeß um mein Haus oben im Dorf.«

»Gehört es nicht dir?«

»Meiner Meinung nach schon. Aber da gibt es irgendwelche alten Rechte von weiß der Kuckuck wann her, die einer geltend machen will, ein gewisser Jager. Die ganze Angelegenheit ist ziemlich kompliziert und schwer zu erklären.«

»Versuch's trotzdem. Was mit dem alten Haus zusammenhängt, interessiert mich immer.«

»Wenn's nur das Haus wär'«, sagte Oswald seufzend. »Da ist auch noch eine Frau im Spiel.«

»Jetzt machst du mich erst recht neugierig. Erzähl!«

»Die Sache ist so«, begann Oswald, während er seinen Wagen durch den Abendverkehr über die Brücke steuerte. »Vor etwa fünfzehn Jahren war ich mit einem Mädchen unten aus der Stadt verbandelt, einer Lehrerstochter namens Anna.

Ich war ganz verrückt nach ihr, und sie war auch nicht gerade abweisend. Das ging so eine Weile ganz gut, wir hatten unsere Freude aneinander, und von mir aus hätte das so bleiben können. Aber du weißt ja, wie ich lebe. Manchmal bin ich ein ganzes Jahr oder noch länger unterwegs, um mich in der Welt umzuschauen, und über alledem verlor Anna schließlich die Geduld, immer nur herumzusitzen und auf mich zu warten. Als ich eines Tages wieder nach Hause kam, wollte sie nichts mehr von mir wissen oder tat wenigstens so. Heute kann ich sie ja verstehen, aber damals wurde ich wütend und ging ohne jede Heimlichkeit mit einer anderen. Es wird wohl so gewesen sein, daß ich einfach keine Lust hatte, in einem kalten Bett zu schlafen. Seither fing Anna an, mir das Leben schwer zu machen. Weil wir so vertraut miteinander gewesen waren, hatte ich ihr Dinge erzählt, die kein anderer zu wissen brauchte, darunter die Geschichte von einer alten Erbschaftsstreitigkeit, durch die dieser Jager ein Mitbesitzrecht an meinem Haus einklagen könnte. Da tat sie sich mit ihm zusammen und hetzte ihn gegen mich auf, damit er mir das Haus wegnimmt, in dem wir beieinander gewesen waren.«

»Kann er das denn durchsetzen?« fragte Bert und sah sich schon vor die Tür gesetzt und Oswald heimatlos durch ferne Länder trampen.

Oswald schüttelte den Kopf. »Nein. Ich hab' das heute geregelt. Aber sie haben mich dort unten ganz schön auf die Folter gespannt, und nun muß ich bluten. Diese Geschichte hat mich den größten Teil meines Bankkontos gekostet und dazu einen Vorschuß von meinem Verleger auf das Buch, an dem ich eben erst anfange zu schreiben.«

»Dann fahre ich wohl besser wieder nach Hause, ehe hier das große Hungern ausbricht.«

Oswald lachte. »Das fehlte gerade noch! Du bist doch eben erst angekommen, und ich kann mir nicht vorstellen, daß du schon wieder abreisen willst, wo du so schön angefangen hast, Land und Leute kennenzulernen. Für den Bedarf unserer Hauswirtschaft sorgen schon meine Pächter, und ein bißchen Geld hab' ich auch noch auf der hohen Kante. So tief lasse ich mir von diesen Leuten nicht in die Kasse gucken. Wenn nicht ausgerechnet diese Frau, die ich noch immer gern anschaue, im Zeugenstand ausgesagt hätte, dann hätte ich mich wahrscheinlich noch energischer gewehrt. Soll er das Geld doch haben und sie ihren Anteil und damit glücklich werden, wenn ich nur mein Haus behalten kann. Daran ist nun nicht mehr zu rütteln. Alles aktenkundig und verbrieft.«

Den Rest der Fahrt schwiegen beide. Bert dachte über diese merkwürdige Liebesgeschichte nach, von der Oswald sich offenbar noch nicht hatte lösen können. Augen, in die er noch immer gern schaute, obgleich sie ihm unversöhnlich entgegenblickten über die Schranken des Gerichts hinweg. Oswald war nicht zu beneiden. Dann schon lieber Stella, die ihn gern hatte, wenn auch aus der Unerreichbarkeit von Freds kubischem Haus, gefangen in ihrem selbst gewählten Freiraum. Sie liebte Fred wohl noch immer, sonst würde sie nicht so verzweifelt versuchen, ihn zu retten aus seiner Verirrung. Nimm sie unter deinen schützenden Mantel, sagte er lautlos in seiner Angst, es könne ihr Schlimmeres zustoßen, als mit seinem Bruder zu leben.

In den folgenden Tagen machte Bert sich mit dem Flügel vertraut. Er hatte seit Jahren nicht gespielt, kam sich zunächst vor wie ein Schüler, der seine ersten Übungen absolviert, und ärgerte sich voller Ungeduld mit seinen steifen Fingern herum, die nicht das taten, was er von ihnen verlangte. Eine ganze Woche lang verließ er kaum das Haus, sah Oswald und Rosa nur bei den Mahlzeiten und scheuchte seinen Gastgeber sogar aus dem Zimmer, als dieser einmal hereinkam, um zuzuhören.

Je besser ihm seine Finger gehorchten, so daß er sich nicht mehr so stark auf seine Spieltechnik konzentrieren mußte, desto häufiger begannen seine Gedanken abzuschweifen. Dann sah er Stella an ihrem Flügel sitzen und spielen, und ihm war, als habe sie ihm durch ihr Spiel etwas mitteilen wollen, für das sie keine Worte hatte finden können. Was war da zwischen ihnen geschehen, als am ersten Abend ihre Blicke über den leeren Tellern sich erhoben und getroffen hatten? Die Beunruhigung dieses Blicks, mußte sie für alle Zeiten ausreichen, um seine Sehnsucht wachzuhalten nach diesem Gegenüber, das ihm fehlte wie ein Teil seiner selbst und ohne den er sich immer unvollständiger fühlte? Noch unvollständiger, ja gänzlich verloren, wenn selbst diese Sehnsucht ihn nicht mehr vorantreiben würde? Bedeutete das Leben, getrieben von solcher Zerfallenheit, Heilung finden zu wollen, die sich in Augen-Blicken des Selbstvergessens und der Hingabe zwar ankündigte, aber nie vollkommen erlangt werden konnte?

Und Agnes? Was war zwischen ihm und diesem Mädchen geschehen? Er wußte, was nach ihrer beider Flucht in den Stadel geschehen war, aber daß sie dort miteinander geschlafen hatten, sagte über das Wesentliche nur ungenügend aus. Von einem flüchtigen Abenteuer hätte er Oswald ohne weiteres erzählen können. Was hatte ihn daran gehindert? Agnes wußte, wie es um ihn stand, und hatte ihn dennoch in ihre Arme genommen. Aus Mitleid? Dafür war sie zu ehrlich und geradeheraus. War es möglich, daß sie Liebe schenkte ohne zu fragen, was sie dafür empfangen würde? Er mußte das herausfinden.

Zunächst fragte er Oswald nach Agnes, als sie beide abends in der Stube beim Wein saßen.

»Ich bin froh, daß du davon anfängst«, sagte dieser. »Ich hab' schon gefürchtet, daß du nur die Situation ausgenutzt hast, und dafür wäre Agnes zu schade. Ich hätte dir schon noch meine Meinung dazu gesagt, wenn du ihr weiterhin aus dem Weg gegangen wärst. Das hat sie nicht verdient.«

»Inzwischen weiß ich das.«

»Hast aber ziemlich lange dazu gebraucht.« Oswald trank einen Schluck aus seinem Glas. »Also hör gut zu. Agnes hat nur als Aushilfe bei der Lese gearbeitet und wohnt erst seit einem halben Jahr wieder auf dem Weingut ihrer Eltern, dem Margreiterhof, ein Stück weiter unten an der Straße, auf der wir zu meinem Weingarten hinaufgefahren sind. Sie ist ungefähr in deinem Alter und hat im Süden an einem berühmten Konservatorium Gesang studiert. Eine Zeitlang ist sie dann mit einem Pianisten herumgereist und hat Konzerte gegeben, aber das war sehr viel mehr als eine Partnerschaft unter Künstlern. Irgendwann hat dieser Herr sie dann sitzen lassen. Wahrscheinlich war sie ihm zu eigenwillig, jedenfalls könnte ich mir das denken. Das muß für sie ein schlimmes Erlebnis gewesen sein, denn sie hat ihn wohl auf ihre unbedingte Weise geliebt ohne zu merken, daß sie für ihn nicht viel mehr war, als ein Objekt. Sie war ziemlich am Boden, als sie nach Hause zurückkam, und ihre Eltern mußten sie erst einmal aufpäppeln. Aber wenn du ihr jetzt noch einmal auf ähnliche Weise weh tust, kommst du mir nicht ungeschoren davon.«

Bert merkte zum ersten Mal, daß man unter Oswalds einäugigem Blick das Fürchten lernen konnte. Zerknirscht war er ohnehin schon. »Das habe ich nicht gewußt«, sagte er und merkte schon beim Reden, wie töricht diese Ausflucht war.

Oswald haute auch sofort mit voller Kraft in diese Kerbe. »Kommt es darauf an, was du über sie gewußt hast? Ich will auch gar nicht wissen, was dort oben in diesem Unterschlupf passiert ist, weil ich's mir eh schon denken kann, und zum Moralprediger tauge ich ohnehin nicht.« Er grinste unvermittelt. »Außerdem hab' ich's euch gegönnt. Ich meine nur, daß du sie jetzt nicht länger warten lassen solltest.«

»Das will ich auch gar nicht. Was meinst du denn, warum ich nach ihr gefragt habe.«

»Dann bin ich ja beruhigt.« Oswald blickte nun schon wieder freundlicher. »Sprecht euch aus, damit jeder weiß, woran er mit dem anderen ist.«

»Genau das habe ich vor. Ich weiß nur nicht, wie und wo ich sie treffen kann.«

Oswald lachte. »Mein Gott, warst du in solchen Angelegenheiten immer so ungeschickt? Da läßt sich leicht raten. Morgen Abend ist drüben im Dorf ein Winzerfest. Wir gehen hin, und ich werde schon dafür sorgen, daß Agnes nicht zu Hause bleibt.«

Bert verbrachte den nächsten Tag wieder am Klavier und war jetzt schon ganz zufrieden mit der Folgsamkeit seiner Finger. Konzertreif war sein Spiel noch lange nicht, aber für den Hausgebrauch reichte es schon hin. Er probierte einige von den Stücken, die er mit der Signora einstudiert hatte, und das war, als schaue sie ihm dabei über die Schulter. Sie hatte oft auf diesem Instrument gespielt, wenn sie in früheren Jahren zusammen mit ihrem Mann ihren Urlaub hier verbracht hatte. Oswald hatte davon erzählt. »Es geht um mehr als nur dieses Spiel für den Augenblick«, hörte er sie sagen. Diesen Satz, von ihrer Stimme gesprochen, hatte er im Ohr, aber der Doppelsinn dieser Worte wurde ihm erst jetzt bewußt. »Ich weiß jetzt«, sagte er lautlos, »daß dies kein Spiel für den Augenblick war«, und spürte in dem scheinbar so leeren Raum, lebendig und wärmend, ihre Anwesenheit.

In der Abenddämmerung fuhr er mit Oswald wieder hinüber auf die andere Talseite. Das Fest war schon in vollem Gang, als sie zu dem für den Fremdenverkehr geräumig ausgebauten Wirtshaus kamen. Schon von draußen hörten sie dudelnde Klänge, während Oswald noch zwischen den regellos abgestellten Autos nach einem Parkplatz suchte. Offensichtlich waren auch Leute aus der Stadt heraufgekommen.

Es wurde gerade getanzt, als sie in die fast schon saalgroße Stube traten. Die Musik war nicht sonderlich originell, eine Mischung eher bäurischer Melodien mit kommerzieller Unterhaltungsmusik, der auch die Instrumentalbesetzung entsprach: Saxophon, Trompete, Elektrogitarre, Schlagbaß und Synthesizer. Aber es kam den Leuten hier wohl vor allem darauf an, daß sie dazu tanzen konnten.

Oswald ging voraus zwischen den vollbesetzten Tischen hindurch, begrüßte hier und dort einen Bekannten und suchte nach freien Plätzen. Am hinteren Ende des Saals fand er schließlich einen kleinen, an der Wand stehenden Abstelltisch, und da Stühle fehlten, schnappte er sich zwei vom Nachbartisch, die ihm frei zu sein schienen, und winkte Bert heran, der ihm auf der Suche nach Agnes langsamer gefolgt war. Eben hatte er sie im Gedränge der Paare entdeckt. Sie tanzte mit einem lang aufgeschossenen rotblonden Burschen, der sein erhitztes Gesicht zu ihr herabbeugte, um ihr etwas zuzuflüstern. Während sie lachte, dieses spöttisch distanzierte Lachen, das er schon kannte, schaute sie sich suchend im Saal um, entdeckte Bert, der stehengeblieben war, und für Sekunden hielten sich ihre Blicke aneinander fest, bis sich andere Tanzpaare dazwischenschoben. Solange die Musik spielte, war da nichts zu unternehmen, und so drängte sich Bert zu dem Tisch durch, an dem Oswald inzwischen Platz genommen hatte und eben beim Kellner etwas bestellte.

»Sie ist schon da«, sagte Bert, als er sich setzte.

»Dann paß auf, daß sie dir nachher keiner wegschnappt. Die Burschen hier sind schnell in ihren Entschlüssen. Dort drüben«, Oswald deutete mit dem Kopf in die Richtung, »sitzt übrigens dieser Jager mit meiner verflossenen Anna. Die beiden feiern hier offenbar ihren Sieg.«

Bert blickte flüchtig hinüber und sah einen hageren Mann mit filzkappenartig kurz geschnittenem grauen Haar neben einer noch immer attraktiven, etwas fülligen Frau sitzen. Er behielt aber dann doch lieber die Tanzfläche im Auge, während der Kellner eine Flasche Rotwein und Gläser brachte und einschenkte.

»Ich hoffe, du brauchst dir nicht erst Mut anzutrinken«, sagte Oswald und hob sein Glas. Während Bert einen tiefen Schluck nahm und der herbe Wein seinen Mund füllte, ging die Musik zu Ende. Er stellte sein Glas so hastig auf den Tisch zurück, daß der Wein auf die hölzerne Platte schwappte. Der Rothaarige begleitete Agnes zu einem Tisch nicht weit von jenem, an dem Bert saß, blieb aber nicht dort, sondern gesellte sich zu einer Gruppe junger Burschen an der Theke. Kaum daß Agnes sich zu ihren Leuten gesetzt hatte, schob Bert seinen Stuhl zurück und ging hinüber, um sich den nächsten Tanz zu sichern. Sie sprach mit einem grauhaarigen Paar, wohl ihren Eltern, und daneben saßen drei junge Leute, zwei Burschen und ein Mädchen, die dem Aussehen nach ihre Geschwister sein konnten.

Bert vollführte eine förmliche Verbeugung, obgleich ihm das in dieser bäuerlichen Umgebung deplaziert und linkisch vorkam, und fragte Agnes, ob sie mit ihm tanzen wolle.

»Gern«, sagte sie. »Setz dich bis dahin zu uns«, und machte ihn mit ihren Eltern und Geschwistern bekannt. Man schob ihm ein Glas Rotwein hin, prostete ihm zu und stellte die üblichen Fragen, die sich in einer solchen Situation als erste anbieten, wie es ihm hier gefalle, woher er Oswald kenne, was die Infos drüben jenseits der Grenze eigentlich für Leute seien und womit er sich in der Hauptsache beschäftige.

»Musiker sind Sie also«, sagte die Mutter und streifte Agnes mit einem besorgten Blick. Daß Bert ein Schüler von Oswalds Tante gewesen war, schien sie ein wenig zu beruhigen. »Das war eine wunderbare Frau«, sagte sie. »Ein Jammer, daß sie so einsam hat sterben müssen, dort drüben in der fremden Stadt.«

»Ich war bei ihr bis zuletzt«, sagte Bert, und beinahe hätte er hinzugefügt: Erst gestern habe ich mit ihr gesprochen. Aber dazu war hier wohl nicht der richtige Ort, und überdies hätten Agnes' Angehörige womöglich an seinem Verstand gezweifelt.

Inzwischen setzte die Musik wieder ein, Bert und Agnes standen auf und gingen zur Tanzfläche, die sich rasch füllte. Eine Weile sprachen sie nicht miteinander, sondern überließen sich dem Rhythmus, und Bert merkte sofort, daß Agnes wie viele Musiker eine vorzügliche Tänzerin war, deren Körper auf jede Schwingung der Musik spontan antwortete. Einmal schaute sie ihn nachdenklich und wie fragend an, und dieser Blick erinnerte ihn daran, daß er nicht nur zum Tanzen hierher gekommen war.

»Warum hast du mir nicht verraten, daß du Gesang studiert hast?« fragte er.

Wie eine Maske fiel ein Ausdruck von Abwehr über ihr Gesicht, als sei er unerlaubt in ihre Geheimnisse eingedrungen. »Dazu hatte ich kaum Gelegenheit. Geredet hast meistens du.«

»Ich weiß«, sagte Bert. »Es gab in den vergangenen Jahren keinen Menschen, zu dem ich so hätte sprechen können. Tut mir leid.«

Für einen Augenblick spürte er einen Druck ihrer Hand, zugleich ließ der Widerstand in ihren Augen nach. »Entschuldige. So hatte ich das nicht gemeint. Vielleicht wollte ich nur ausweichen.«

Bert versuchte ihr entgegenzukommen und sagte: »Oswald hat mir gestern erzählt, warum du nach Hause zurückgekommen bist.«

Agnes mochte es anscheinend nicht besonders gern, wenn andere sich über ihre Angelegenheiten verbreiteten. Auf ihrer

Stirn stand plötzlich eine steile Falte. »Dann brauch' ich dir's ja nicht weiter zu erklären.«

Da war etwas berührt worden, das ihr weh tat. Doch Schweigen, schien Bert, würde es auch nicht erträglicher machen, und so sagte er: »Ich muß unbedingt mit dir reden. Irgendwo, wo wir allein sind. Können wir nach diesem Tanz ein paar Schritte an die frische Luft gehen?«

Agnes nickte und sagte nach einer Weile: »Ich hatte schon befürchtet, daß du mich nicht mehr treffen willst.«

Als der Tanz zu Ende war, gingen sie nach draußen. Mittlerweile war es völlig dunkel geworden, lediglich ein paar Sterne blinkten zwischen den langsam dahintreibenden Wolken. Hand in Hand gingen die beiden über den Parkplatz hinaus auf die Straße und bogen nach ein paar Schritten in einen Feldweg, der hinter dem Dorf zwischen Weingärten entlangführte. Als das dumpfe Wummern des Schlagbasses nicht mehr zu hören war, setzten sie sich nebeneinander auf die noch sonnenwarme Mauer seitwärts des Weges. Keiner wußte, wie er anfangen sollte.

»Du brauchst mir deine Geschichte mit diesem Pianisten nicht zu erzählen«, sagte Bert, um irgendwo zu beginnen.

»Bisher habe ich kaum darüber sprechen können«, sagte Agnes. »Aber ich sollte es wohl einmal versuchen.« Und dann erzählte sie, wie sie diesen um etwa fünfzehn Jahre älteren Mann, der damals schon – vor allem als Begleiter von Sängern – ziemlich bekannt war, kennengelernt hatte. Sie war damals zu Ende ihres Studiums auf Empfehlung ihrer Lehrerin bei einem Konzert für eine erkrankte Sopranistin eingesprungen und schon bei der ersten Probe fasziniert gewesen von der einfühlsamen Art, in der dieser berühmte, schon weit in der Welt herumgekommene Künstler auf ihre Interpretation der Lieder und Arien einging. »Sie haben schon Ihren eigenen Stil«, hatte er gesagt, und nach dem Konzert, bei dem sich das

Publikum ein paar Zugaben herausgeklatscht hatte, war er im Künstlerzimmer, sobald er die Tür hinter sich geschlossen hatte, auf sie zugegangen, hatte sie in die Arme genommen und auf beide Wangen geküßt. »Geben Sie mir Nachricht, wenn Sie ihre Prüfungen hinter sich haben«, hatte er gesagt. »Es ist ein wahrer Genuß, mit Ihnen zu musizieren.« Diese Phrase habe sie damals getroffen wie eine Liebeserklärung, sagte Agnes.

Wenige Wochen später war es dann soweit gewesen; sie hatte ihn angerufen, und noch am Nachmittag des gleichen Tages war er gekommen, um ein Programm mit ihr zu besprechen. Natürlich sei das eine große Chance für sie gewesen, zusammen mit einem so namhaften Künstler aufzutreten, aber es hätten wohl auch damals bei ihr schon andere Gründe mitgespielt. Er sei trotz des Altersunterschieds ein anziehender Mann und zudem von großer Sensibilität. Hier machte sie eine Pause und setzte dann hinzu: Besonders, was den Umgang mit Frauen betrifft.

Sie wohnte damals in einem kleinen Dachzimmer zur Untermiete, in dem er sich kopfschüttelnd umgeblickt hatte, nachdem er die vier Stockwerke heraufgestiegen war. Noch etwas außer Atem habe er gesagt, daß sie nicht länger so ärmlich wohnen dürfe. »Eine künftige Primadonna!« habe er gerufen und sie wieder in die Arme geschlossen. Damals habe sie sich das nur zu gern gefallen lassen; er sei ihr vorgekommen wie der Märchenprinz ihres Zukunftstraums. Wenn sie heute daran zurückdenke, habe sie allerdings eher den Eindruck, daß er sie festgehalten habe wie einen frisch erworbenen Besitz.

Es habe nicht lange gedauert, bis sie zu ihm in seine komfortable Wohnung gezogen sei. Es folgte eine Zeit sowohl persönlich-privater wie künstlerisch-öffentlicher Höhenflüge, die ersten Konzerte erhielten überschwengliche Kritiken, die Gagen stiegen, Garderobe wurde angeschafft, wobei er ihr als sachkundiger Berater auch in Fragen der Dessous zur Verfügung stand. Sie gab Interviews, und ihr Name erschien in den Klatschspalten der Illustrierten. Das war zugleich der Anfang vom Ende.

Es zeigte sich, daß ihr ständiger Begleiter zur Eifersucht neigte und auf jede noch so aus der Luft gegriffene Skandalgeschichte mit dramatischen Szenen reagierte, ob nun beunruhigt durch ihren Altersunterschied oder zur Wahrung seines Besitzstandes oder aus beiden Gründen zugleich. Jedenfalls hatte er seither jeden freundschaftlichen Kontakt mit einem Kollegen zum Anlaß solcher heftiger Auftritte genommen und dadurch ihre persönliche Freiheit dermaßen eingeschränkt, daß sie sich wie eine Sklavin vorgekommen sei, die er nur noch im Konzertsaal öffentlich vorzeigte. Zu dieser Zeit habe sie allmählich begriffen, daß ihr scheinbar so wohlmeinender Freund schon von Anfang an nur darauf aus gewesen sei, das Angenehme mit dem Nützlichen zu verbinden, nämlich eine junge Bettgenossin zu gewinnen, die ihm als Sängerin zugleich volle Häuser einbrachte.

Nach alledem, was sie für diesen Mann empfunden habe, sei ihr zumute gewesen, als stürze sie mit zunehmender Geschwindigkeit unaufhaltsam in einen bodenlosen Schacht. »Ich hatte mich verkauft, ohne es zu merken«, sagte sie. Und als sie ihn dann eines Tages gefragt habe, ob er sie überhaupt noch liebe, habe er geantwortet: »Aber Kindchen! Was sind das denn für Sentimentalitäten! Wir haben doch Erfolg! Ist das nichts?«

Daraufhin seien ihr die Nerven durchgegangen und sie habe ihm eine solche Szene gemacht, geschrien, mit den Fäusten auf seine Brust gehämmert und alle möglichen Gegenstände an der Wand zerschmettert, daß er noch am gleichen Tage ausgezogen sei. Weil er ein solches Übermaß an Undankbarkeit nicht länger ertragen könne. »So seine Worte«, schloß Agnes.

»Ich werde nie begreifen, wie ein Künstler zu solcher

Gemeinheit fähig sein kann«, sagte Bert wütend. »Ich könnte ihn erwürgen!«

Mit diesem Ausbruch brachte er Agnes allerdings nur zum Lachen. Sie gab ihm einen raschen Kuß auf die Wange und sagte: »Laß gut sein. Eigentlich bin ich an alledem selber schuld. Er hat wohl überhaupt nicht damit gerechnet, daß ich etwas anderes im Kopf haben könnte als meine Karriere, zu der er mir tatsächlich verholfen hätte, wenn ich bei ihm geblieben wäre. Aber so kann ich nicht leben.«

Bert blickte zu Boden. »Und wie soll man sonst leben?« sagte er, und nach längerem Schweigen: »Mit einer unerfüllbaren Sehnsucht, die einen nachts umtreibt und sich auf keine Weise stillen läßt?«

Agnes umarmte ihn für einen Augenblick und sagte dann: »Ich bin froh, daß ich dich getroffen habe, Bert. Und jetzt, wo wir einigermaßen wissen, wie es um jeden von uns steht, können wir vielleicht aneinander oder miteinander lernen, mit solchen Erfahrungen zu leben. Besser als allein zu bleiben.«

Bert dachte über ihre Worte nach.

»Ich mag dich sehr gern«, sagte er dann. »Trotzdem werde ich Stella nicht vergessen können.«

»So habe ich das auch nicht gemeint. Auch ich hänge noch irgendwie an diesem Halunken, der mir fast das Herz gebrochen hat. Da gibt es nicht nur schlechte Erinnerungen. Aber es ist doch gut, einen Menschen zu haben, mit dem sich davon sprechen läßt. Und der einen ein bißchen festhält, wenn's nottut.«

»Nur ein bißchen?« sagte Bert. Sie lachten beide und probierten aus, wie sich das anfühlte. Das dauerte eine Zeitlang. Danach sagte Bert: »Wir können auch zusammen Musik machen. Hast du keine Lust, endlich wieder zu singen? Drüben in Oswalds Haus steht ein passabler Flügel. Ich glaube, wir könnten einander auch auf dieser Ebene gut verstehen.«

»Bist vielleicht auch du so ein einfühlsamer Begleiter?«
»Ich will's versuchen«, sagte Bert und grinste.

Als sie zum Wirtshaus zurückkamen, hatte die Musik aufgehört zu spielen. Dafür hörte es sich schon von draußen an, als sei im Saal ein Streit ausgebrochen. »Kannst du überhaupt noch deine Zeche bezahlen, du Habenichts?« brüllte jemand.

Bert stieß die Tür auf und erkannte sofort, wer hier aneinandergeraten war. Viele Leute waren schon gegangen, und die vielleicht zwei Dutzend Männer, die noch beim Wein saßen, waren zu zwei feindlichen Gruppen auseinandergerückt, einer kleineren, bei der Oswald und auch Agnes' Leute saßen, und einer größeren, zu deren Sprecher sich Jager gemacht hatte, dessen letzte Worte schon draußen vor der Tür zu hören gewesen waren. Ein paar Frauen versuchten, beruhigend auf die Männer einzureden, aber keiner wollte ihnen zuhören. Nur Jagers Begleiterin schien Spaß an diesem Streit zu haben, denn sie schrie: »Wann läßt du denn dein schönes Haus versteigern, du Oswald mit der leeren Tasche? Mich wird jetzt keiner dabei überbieten, und dann hause ich dort mit wem es mir gefällt!«

»Jetzt geht's an!« sagte Agnes leise zu Bert. »Halt dich da lieber heraus, du mit deinen Klavierfingern!«

Es war deutlich genug zu sehen, daß Oswald sich diesen Spott nicht bieten lassen würde. »Das zahl' ich deinem Jager heim!« brüllte er, sprang auf, haute seinen Stuhl mit solcher Kraft auf den Boden, daß zwei der eingezapften gedrechselten Beine aus der Sitzfläche herausbrachen. Er packte einen dieser handlichen Knüppel, schwang ihn statt eines Streitkolbens und rannte auf seinen Gegner los. Schon im nächsten Augenblick war die Anzahl brauchbarer Stühle im Saal beträchtlich dezimiert. Die Männer droschen aufeinander los, während die Frauen schreiend vor die Tür oder über eine Treppe hinauf zu einer Art umlaufender Empore flüchteten.

Bert entdeckte wenige Schritte weit vor sich ein herrenloses Stuhlbein, sprang hin und packte es. Hinter sich hörte er noch Agnes rufen: »Bert! Deine Hände! Denk an deine Hände!« aber da war er schon mitten im Getümmel und schrie seinen Schlachtruf: »Oswald! Oswald!«

Als erster flog der Wirt, der sich auf Oswalds Seite hatte schlagen wollen, krachend durch ein geschlossenes Fenster hinaus in die Nacht. Die anderen Männer um Oswald schlugen sich gemeinsam zur Treppe durch, die sich mit einer solchen Minderzahl leichter verteidigen ließ, und auch Bert gelang es, sich bis zu dieser Stelle vorzukämpfen, wobei ihm zu guter Letzt ein Knüppel quer über die Schulterblätter knallte, daß er die ersten Stufen eher hinaufhechtete als stieg. Inzwischen wurde einer von Agnes' Brüdern an den Haaren übers Geländer heruntergerissen, und Oswald mußte unter tierischem Gebrüll einen Ausfall wagen, um diesen Gefolgsmann wieder in Sicherheit zu bringen. Dadurch bot er Jagers Männern die Gelegenheit, die Treppe zu stürmen, und nun kam es hier in drangvoller Enge zu einem Kampf Mann gegen Mann. Einer der Knechte von Oswalds Weinpächter, ein Fels von einem Mann, sauste wie ein Seilakrobat von der Empore aus senkrecht in die Tiefe, kam aber wieder, wenn auch wankend, auf die Beine und schrie: »Ihr macht mich noch zum Greis, ihr Jagerbande!«

Oswald sah, daß er mit seinen paar Leuten dieser Übermacht nicht standhalten konnte. Er haute dem Jager, dem er jetzt endlich, wenn auch selbst eine Stufe höher, Auge in Auge gegenüberstand, eins quer über die Nase, daß dieser rücklings die Treppe hinunterstürzte und ein paar von seinen eigenen Leuten mitriß, und dann schrie Oswald: »Auf gehts! Zur Tür!« und polterte, gefolgt von den anderen, durch die so entstandene Lücke die Treppe hinab, schnappte im Vorüberspringen Bert am Arm und zerrte ihn quer durch den Saal ins Freie, während das Siegesgebrüll der Jagerischen die noch heilgebliebenen Fensterscheiben erzittern ließ.

»Man muß die Prügel nehmen wie sie fallen«, sagte Oswald trocken, als sie keuchend auf dem Parkplatz beieinander standen und nachzählten, ob auch keiner fehlte. Die Frauen und Mädchen hatten sich beizeiten vor der Tür in Sicherheit gebracht. Der Wirt zeigte einen langen Schnitt längs über seine Glatze, und auch jeder andere konnte ein paar Beulen oder Platzwunden vorweisen. Aber gehen konnten noch alle.

»Kommt noch auf einen Schluck zu uns nach Hause«, sagte Agnes' Vater. »Dort können wir in Ruhe nachschauen, was es zu verbinden gibt.«

Oswald schob außer Bert auch noch Agnes und ihre Mutter in sein Auto, die anderen machten sich schon zu Fuß auf den Weg, nur der Wirt blieb zurück. Er wolle draußen abwarten, bis die Gemüter sich beruhigt hätten, und dann erst einmal nachschauen, was von seiner Einrichtung noch heil geblieben sei. Seine Frau würde ihm schon ein Pflaster auf die Glatze kleben.

»Deinen Schaden kannst du auf meine Rechnung setzen«, sagte Oswald. »Das ist mir der Spaß wert.« Dann drückte er dem Wirt etwas in die Hand als Schmerzensgeld für erlittene Beschädigung.

Kurze Zeit später saßen sie gedrängt um den Tisch in der getäfelten Stube des Margreiterhofs, und die meisten trugen sichtbar an Kopf und Armen oder unsichtbar unter Hemd und Hose allerlei Wundpflaster oder Mullbinden, mit denen Agnes und ihre Mutter den späten Gästen die Blessuren versorgt hatten. Bert hatte sich bereitwillig Agnes' Händen anvertraut, die ihm seinen blaugeschlagenen Rücken mit Salbe eingeschmiert und einen blutverklebten Riß auf der Stirn verpflastert hatte, wobei der klare Obstschnaps, den sie zur Desinfektion verwendete, ihm fast lustvoll in der frischen Wunde brannte. Seinen Händen war nichts passiert; in dieser Beziehung hatte er mehr Glück gehabt als einer der Knechte, der sein Glas zwischen zwei fest bandagierten Tatzen zum Munde führen mußte, als sie ihre vernichtende Niederlage begossen. Bert saß zwischen Agnes und einem ihrer Brüder, nicht mehr als Gast aus der Fremde, sondern gehörte dazu wie einer aus dem Dorf, nachdem er sich an ihrer Seite in diese Prügelei gestürzt und seinen Teil dabei abgekriegt hatte.

Oswald war guter Dinge – er hatte ja diesem Jager zu guter Letzt doch noch eins auswischen können – und sang lauthals ein Lied über eine ähnliche Rauferei, in dessen Text er improvisierend gleich ein paar markante Höhepunkte der verlorenen Schlacht einfügte. Er war mit dem Hausherrn befreundet und wurde so behandelt, als gehöre er zur Familie, und für Agnes schien er eine Art Nennonkel zu sein, allerdings einer, mit dem sie sich gern herumstritt.

»Warum mußt du auch immer gleich losstürmen wie ein wildgewordener Bulle«, sagte sie. »So gescheit könntest du doch endlich sein, wenigstens vorher auszuzählen, wie die Partie steht.«

»Ich fand es auch so ganz genußvoll«, sagte Oswald lachend.

»Für dich vielleicht.« Agnes blitzte ihn wütend an. »Auf eine Schramme mehr oder weniger kommt's dir nicht an. Aber stell dir vor, sie hätten Bert die Finger zerschlagen. Das wäre deine Schuld gewesen.«

»Es liegt dir wohl viel an seinen Fingern?«

»Ja. Aber nicht deswegen, was du denkst, sondern weil er sie zum Klavierspielen braucht, wenn er mich begleiten will.«

»Sieh da! Das freut mich wirklich.« Und das sagte Oswald diesmal ohne Hintergedanken. Aber Bert kam unversehens der Verdacht, daß Oswald sie nicht zufällig bei der Weinlese zusammengebracht haben könnte. Zwei Fliegen mit einer Klappe, dachte er. Das sieht ihm ähnlich.

Seither kam Agnes häufig in einem blauen Miniwagen, wie ihn Oswald in rot besaß, herübergefahren, um mit Bert im Erkerzimmer zu musizieren. Anfangs hatten sie beide noch Schwierigkeiten, Bert, weil in den Noten, die Agnes mitbrachte, schon etwas mehr verlangt wurde als für den Hausgebrauch, und Agnes wegen des halben Jahrs, in dem sie unfähig gewesen war, auch nur einen Ton zu singen. Doch das gab sich schnell, denn sie waren beide endlich wieder in ihrem Element und bemühten sich nach Kräften, dem anderen gerecht zu werden. Und wenn das musikalische Einvernehmen einmal zu scheitern drohte, blieb ihnen die Möglichkeit, einander in die Arme zu nehmen, und das ist manchmal die beste Art, jemandem Mut zu machen. Gelegentlich kam es auch vor, daß der blaue Wagen auch am Morgen noch vor dem Haus stand, was Rosa, wenn sie zum Bäcker ging, nicht verborgen bleiben konnte. Dann stellte sie ohne viel Aufhebens eine vierte Tasse auf den Frühstückstisch und fragte nicht weiter nach dem Grund.

Gegen Ende November, als die Schneegrenze an den Bergflanken schon herabgerückt war bis zu den Wäldern unmittelbar über dem Dorf, wurde auch Oswald zu ihren gemeinsamen Musikabenden zugelassen. Er saß dann still im Erker und hörte zu, fragte höchstens einmal, was auf dem Programm stünde. Erst danach in der Stube beim Wein wurde er, zumal er sich nie mit einem Glas begnügte, bald gesprächig, erzählte von der Signora, seit deren letztem Urlaub hier im Haus nicht wieder gespielt worden sei. »Damals«, sagte er, »begannen gerade meine Schwierigkeiten mit Anna, die mich jetzt so übers Ohr gehauen hat und dann auch noch dermaßen hat hauen lassen, daß mir noch jetzt die Knochen wehtun. Tante Clara war eine Frau, mit der man über solche Dinge gut reden konnte. Sie machte einem nichts vor. Statt dessen hat sie mir vorgespielt. Ich solle gut zuhören, hat sie gesagt, das kläre die Gedanken.

Und es war tatsächlich so. Ich fühlte mich auf eine merkwürdige Weise einbezogen in die Strukturen ihrer Musik. Sie bauten Ordnungen auf, die sich auf mein chaotisches Innenleben übertrugen. Manchmal sind mir die Tränen übers Gesicht gelaufen, und ich kann heute noch nicht sagen, ob ich geheult habe, weil ich so weit entfernt war von diesen Harmonien oder weil es für Momente doch solche Schönheit gibt in dieser Welt. Tante Clara hat diskret auf ihre Noten geblickt, obwohl sie die meisten Stücke auswendig spielen konnte. Aber gemerkt hat sie's schon. Manchmal fragte sie: Geht's dir jetzt besser?«

Bert sah die Signora leibhaftig am Flügel sitzen und hörte sie spielen, während Oswald von ihr erzählte. Er entsann sich ähnlicher Empfindungen, wenn auch unter den differenzierteren Voraussetzungen des Menschen, der in musikalischen Strukturen denken kann. Er schaute zu Agnes hinüber. »Uns beiden geht's auch besser, wenn wir miteinander musiziert haben. Hast du uns deshalb zusammengebracht, Oswald, damals bei der Weinlese?«

Oswald unternahm nicht den geringsten Versuch, seine kupplerischen Absichten zu leugnen. »Hast ziemlich lange gebraucht. Agnes ist, vermute ich, schneller dahintergekommen.«

Bert blickte sie an. »Ist das wahr?«

Agnes durchbohrte Oswald mit einem ihrer zornsprühenden Blicke. »Ich hätte ihm das Spiel schon aus der Hand geschlagen, Bert, wenn es mir nicht gefallen hätte. Natürlich hab ich's geahnt. Er hat ja auch ganz schön dick aufgetragen.«

»Aber gepaßt hat's dir dann doch«, sagte Oswald mit sichtlicher Befriedigung. »Ich bin eben ein Spezialist in gebrochenen Herzen.«

»Ja«, sagte Agnes. »Singst traurige Lieder von Abschied und Liebeskummer und schaust dabei der nächsten schon tief in die Augen.« Jetzt lachte sie schon wieder.

Dafür wurde Oswald ernst. »Es war ein gewagtes Spiel. Ich weiß das. Und ich bin gern bereit, mich in aller Form bei euch dafür zu entschuldigen. Aber ich hab' das nicht aus einer zufälligen Laune heraus getan. Ich kenne dich seit deiner Geburt, Agnes, und konnte nicht tatenlos zuschauen, wie du dich seit deiner Rückkehr eingekapselt und hinter deiner spöttischen Maske versteckt hast. So bist du doch gar nicht. Von dir, Bert, wußte ich zwar nicht so viel, nur daß dich Tante Clara wie einen Sohn geliebt hat, und das heißt schon etwas. Zudem habe ich dich im Moribundenzimmer kennengelernt, und einer, der dort liegt, hat nicht mehr viel zu verbergen. Nach deinem jahrelangen Eremitendasein hast du jemanden gebraucht, mit dem du reden kannst, und zwar anders als mit mir. Warum hätte ich euch nicht miteinander bekannt machen sollen? Das Weitere habt ihr dann selber in die Hand genommen. Verziehen? Oder muß ich noch weiterreden?«

»Verziehen!« sagte Agnes schnell. »Den Rest kannst du dir sparen«, und gab ihm einen Kuß, schon damit er den Mund hielt.

Der Winter in den Bergen ist keine ereignisreiche Zeit, besonders für einen Menschen wie Bert, der die Erfüllung seiner Träume nicht darin sucht, auf Skipisten bergab zu rasen, um dann mit dem Lift wieder in die Höhe zu fahren und das gleiche zu wiederholen, bis die Nacht hereinbricht. Während im Kachelofen ein knackendes Holzfeuer brannte, saß er meist im Erkerzimmer am Flügel oder war mit neuen Kompositionen beschäftigt, darunter auch ein paar Lieder für Sopranstimme und Klavier, die er mit Agnes ausprobierte. Diese neuen Stücke standen auch auf dem Programm, als sie im Januar unten in der Stadt ein öffentliches Konzert gaben. Nachdem der letzte Applaus verebbt war, sprach sie ein Musikverleger aus einer Stadt weiter im Süden des Landes an, der eigens angereist war, um

Agnes singen zu hören. Er habe es seinerzeit sehr bedauert, daß sie sich aus den Konzertsälen zurückgezogen habe, sagte er in dezenter Umschreibung der damals in den Skandalblättern viel kolportierten Affäre. Doch nun, nach dieser bemerkenswerten Uraufführung, interessierte er sich auch für die Publikationsrechte von Berts Kompositionen, bot ihm einen Exklusivvertrag an und bat ihn um Abschriften von allem, was er in der Schublade liegen habe.

Bert war das nur recht; denn ihm war klar geworden, daß unter dem Info-Regime wenig Interesse an seinen Produktionen bestand. Er arbeitete also in der folgenden Zeit Partituren aus, verfertigte Reinschriften, schrieb auch noch weitere Lieder, nicht nur, um ein abgerundetes Opus vorlegen zu können, sondern auch für die Musizierabende mit Agnes, deren Häufigkeit seither eher noch zunahm. Sie wollte jetzt singen, mußte singen, denn nur so konnte sie ganz zu sich selbst zurückfinden. Ohne daß sie darüber sprach, merkte Bert, wie sie begann, systematisch ein Repertoire für große Konzerte aufzubauen, und er sah den Tag kommen, an dem sie wieder auf Tournee fahren würde. Ob sie annahm, daß er sie begleitete, als Freund wie als Pianist? Und falls sie ihn darum bitten würde – sollte er darauf eingehen? Sich dabei noch weiter von Stella entfernen? Stella. Immer war diese Frau in seinen Gedanken gegenwärtig, eine unerbittliche Konstante seines Daseins, an der auch die Nächte nichts änderten, in denen er und Agnes einander den Halt und die Wärme ihrer Umarmung schenkten. Dieses gegenseitige Mitfühlen, in Worten wie in der Umarmung, vertieft von der eigenen Erfahrung, war wohl auch das Geheimnis ihres Miteinander-Musizierens, dessen Zusammenspiel sich in diesen Wochen steigerte bis zu einem Einverständnis, wie es zwischen Menschen selten möglich ist.

So verging der Winter, ohne daß über das Berichtete hinaus etwas Entscheidendes geschah, bis zu jenem Tag Mitte März, an dem sich alles änderte. Bert saß am Flügel, um vor dem Mittagessen noch an der Begleitung zu einem Gesangsstück zu arbeiten, das er am Nachmittag mit Agnes einstudieren wollte. Während er eine schwierige Passage mehrmals hintereinander spielte, um später an dieser Stelle nicht hängen zu bleiben, hörte er auf dem Flur Oswald mit jemandem reden. Gleich darauf wurde die Tür geöffnet, und Oswald brachte einen Mann mittleren Alters ins Zimmer, der von einer Hochgebirgstour zu kommen schien; denn er trug einen warmen Anorak über dem dicken Rollkragenpullover und an den Füßen derbe Bergschuhe und wirkte ziemlich erschöpft.

Oswald nannte den Namen des Fremden und sagte, er komme von drüben und habe eine Nachricht für Bert bei sich. »Aber das können wir besser in der Stube bereden bei einem Glas Wein.« Seiner Meinung nach ließ sich ein vernünftiges Gespräch auf andere Weise ohnehin nicht führen, und so gingen alle drei hinüber. Während der Besucher Anorak und Pullover auszog, holte Oswald Wein, schenkte die Gläser voll und forderte zum Trinken auf. Erst dann blickte er den Gast erwartungsvoll an. »Sie sind wohl nicht mit der Bahn gekommen?«

Der Besucher grinste. »Dann säße ich nicht hier, sondern wäre schon auf dem Transport in ein Lager. Ich stehe bei den Infos auf der Liste.«

Erst jetzt schaute Bert den Mann näher an. Er hatte ein schmales, sensibles Gesicht und graugrüne, fast durchsichtige Augen, die Berts Blick nicht auswichen. Ein Künstler könnte das sein, dachte Bert und fragte ihn ohne Umschweife, ob er Musiker sei.

Der Mann lächelte. »Das wäre zu viel behauptet. Ich spiele zwar ein bißchen auf der Geige, es reicht gerade für Hausmusik, aber von Beruf bin ich Arzt. Und damit bin ich schon beim Anlaß meines Besuches. Ihre Schwester Illa, mit der ich in der

Klinik zusammengearbeitet habe, hat mir einen Brief für Sie mitgegeben, als ich ihr von meiner bevorstehenden Reise erzählte.«

»Reise?« Dieses Wort, meinte Bert, schien die Umstände nicht genau zu treffen.

»Flucht wäre exakter«, sagte der Gast und gab Bert den Brief, den dieser für später beiseite legte. Dann berichtete er auf Oswalds Frage hin, was ihn zu diesem Schritt bewogen, genauer gesagt gezwungen hatte. Er hatte an der gleichen Klinik wie Illa in der psychiatrischen Abteilung gearbeitet, und sie waren schon seit längerer Zeit miteinander befreundet, sonst hätte er wahrscheinlich nicht gewagt, mit ihr über seine Situation zu sprechen. »Man muß einander schon sehr gut kennen«, sagte er, »um ein solches Risiko einzugehen. In Gesprächen verschanzt man sich bei uns normalerweise – das Perverse gilt ja schon als normal –, man redet, nicht um sich mitzuteilen, sondern um die Gefahr von Einblicken in das eigene Denken abzuwehren. Illa ist wohl deswegen so schweigsam. Wirklich kennengelernt habe ich sie erst, als ich ihr bei der Arbeit zuschauen und beobachten konnte, wie sie mit Menschen umgeht. Bei der rapide zunehmenden Perversion der Sprache lernt man mit der Zeit, auf solche Dinge zu achten.«

Diese Bemerkung schickte er zur Erklärung der allgemeinen Situation voraus. Dann berichtete er, wodurch er die Aufmerksamkeit der Überwachungsorgane auf sich gezogen hatte. Eines Tages war ein diskret nach Beamtenart gekleideter Herr bei ihm in der Klinik erschienen – er schilderte ihn als schlechthin farblos mit grauen Augen wie opakes Porzellan – und hatte ihm in einem vertraulichen Gespräch eine Liste mit Namen von Patienten vorgelegt, die er innerhalb der nächsten vierzehn Tage in eine mit Adresse benannte, aber – wie sich später herausstellte – im Verzeichnis derartiger Häuser nicht auffindbare geschlossene Anstalt überweisen solle. ›Wir verstehen uns doch?‹ habe er gesagt. ›Es handelt sich um einwandfrei identifizierte B-Typen, die weiterhin einer kostspieligen Behandlung zu unterziehen nutzlos wäre.‹ Der Besucher habe um Rückmeldung innerhalb der gesetzten Frist an das Amt für genetische Volksgesundheit ersucht und sich im übrigen auf keinerlei Diskussionen eingelassen. ›Ich bin ja nur einer, der Aufträge weitergibt‹, habe er gesagt und ihm in einem erschreckenden Abgleiten in den Anschein persönlicher Anteilnahme geraten, von sinnlosen Rückfragen abzusehen. ›Sie würden nur sich selbst schaden‹, habe er hinzugefügt. ›Wenn ich Sie so anschaue, dann kommt mir der Verdacht, daß Ihnen leicht eine Einstufung zumindest als Mischtyp drohen könnte.‹ Dann war er gegangen.

»Bei den benannten Patienten«, fuhr der Besucher fort, »handelte es sich, wie schon auf den ersten Blick zu sehen war, durchweg um Fälle, die keineswegs eine Unterbringung in geschlossenen Häusern rechtfertigten, jedoch um Persönlichkeiten, die man nicht ohne Aufsehen völlig unmotiviert verschwinden lassen konnte. Bei einigen von ihnen war mir sogar schon der Verdacht gekommen, daß die Ursache ihrer Neurosen, zu deren Behandlung sie die Klinik aufgesucht hatten, eben in ihrer Sensibilität zu suchen war, die als charakteristisch für sogenannte B-Typen gilt. Zwei oder drei hatten im therapeutischen Gespräch etwas dieser Art angedeutet. Was sollte ich tun? Ich hatte vierzehn Tage Zeit und sah zunächst keinen Ausweg. Erst ein Gespräch mit Illa brachte mich weiter. Mit ihr konnte ich reden, denn ich wußte, was sie von diesen Info-Methoden hielt. Sie gab mir zwei Adressen, darunter auch die Ihre, die andere noch diesseits der Grenze von drüben aus gesehen, und sagte mir, daß ich kurz vor Ablauf der Frist fliehen müsse, wenn ich nicht selber dort landen wolle, wo diese Patienten hingebracht werden sollten. Ich informierte die

Betroffenen, schrieb ihnen Entlassungspapiere aus und riet ihnen, irgendwo unterzutauchen oder wie ich ins Ausland zu fliehen. Mehr konnte ich für sie nicht tun. Aber Sie sollten vielleicht erst einmal Illas Brief lesen.«

Diese jähe Konfrontation mit den Zuständen in seiner Heimat wirkte auf Bert wie der Einbruch des Satanischen in eine vergleichsweise paradiesische Welt. Während er sich hier mit seinen persönlichen Kümmernissen herumgeschlagen und im übrigen fröhlich musiziert hatte, wurden dort Menschen an inexistente Orte verschickt, und niemand wußte genau, was dort mit ihnen geschah. Er riß den Brief auf, erkannte sofort Illas vertraute Handschrift und las:

Lieber Bert,
auf etwas ungewöhnlichem Weg schicke ich Dir diese Nachricht durch einen Kollegen, dem Dein Freund Oswald vielleicht weiterhelfen kann. Er wird Dir erzählen, bis zu welchem Stadium die Zustände in diesem Land getrieben worden sind. Davon also nichts weiter. Nur eine Nachricht, um die Du mich seinerzeit gebeten hast: Stella hat mit ihrem Kind Fred vor etwa drei Wochen verlassen. Aus welchem Grund, weiß ich nicht genau, kann's mir aber denken. Sie ist zu einem Onkel ins Gebirge gefahren, auf dessen Hof sie jetzt lebt. Genaueres wird Dir mündlich mitgeteilt. Mach Dir keine Sorgen um mich. Auch Infos werden gelegentlich krank. Laß Dich umarmen.

Deine Illa

Stella. Schon dieser Name, der ihm in Illas Handschrift vom Papier entgegensprang, ließ sein Herz bis zum Halse klopfen. Sollte er sich freuen, daß sie Fred verlassen hatte? Um ihre Sicherheit besorgt sein? Was sollte er tun? Konnte er überhaupt etwas tun?

»War das die andere Adresse, von der Sie gesprochen haben?« fragte Bert den Überbringer des Briefs. »Dieser Hof im Gebirge, auf dem meine Schwägerin Zuflucht gesucht hat?«

»Ja. Dort hat man mich für ein paar Tage aufgenommen, und Stellas Onkel ist dann mit mir bis zur Grenze in die Berge hinaufgestiegen. Das war eine ziemlich anstrengende Kletterpartie für einen bergungewohnten Flachländer und Seelendoktor wie mich. Der Schnee liegt dort noch. Auf der anderen Seite bin ich bis zu einem Dorf abgestiegen, ein Bauer hat mich ein Stück auf seinem Traktor mitgenommen, und für den Rest bis hierher hab' ich meinen Daumen benutzt. Ich soll Sie übrigens von Ihrer Schwägerin grüßen. Ihretwegen, hat sie gesagt, sollten Sie sich nicht in Gefahr begeben.«

Bert entnahm dieser Mitteilung nur die Auskunft, daß auch auf dem Bauernhof dort drüben Gefahr bestand. Er mußte zu Stella, und der Fremde wußte den Weg. Schon begannen sich Pläne herauszubilden: Mit Stella und dem Kind über die Grenze gehen, sobald die Wege frei waren. Oder bei ihr bleiben, weil sie selbst jetzt frei war. War sie das wirklich? Er mußte zu ihr.

Als er am Nachmittag Agnes von dem Besucher und dem Brief erzählte, sah er ihr an, daß sie wußte, was diese Nachricht für ihn bedeutete. »Du gehst fort«, sagte sie. »Hinüber zu Stella.«

»Ich tu' dir weh«, sagte er. Es tat ihm leid, aber er konnte es nicht ändern.

»Laß nur. Ich hab' das ja gewußt. Mit dir hab' ich gelernt, im Vorläufigen dennoch zu leben. Und ich werde singen. Das wird mir einstweilen genügen.«

Sie nahmen einander noch einmal in die Arme. Auch Abschiede können süß sein. Der Schmerz kommt erst später. Am nächsten Tag begleitete ihn Oswald hinauf bis zur Grenze. Den Weg auf der anderen Seite hatte der Besucher genau beschrieben. Bert wußte, wohin er unterwegs war. So glaubte er.

* * *

Lassen wir Bert einstweilen übers Gebirge steigen. So schwierig diese Klettertour bei noch winterlichen Verhältnissen auch sein mag – er hat es leicht. Er weiß, wo Stella zu finden ist. Fred weiß das nicht. Er hat Stella danach gefragt, aber nur eine vage Auskunft erhalten: in den Bergen. Nicht einmal zum Bahnhof hat er sie begleitet, aber das ist wohl nicht üblich, wenn einen die Frau verläßt.

Seither wohnte er allein in seinem kubischen Haus, und der Garten verwilderte. Fred kümmerte sich nicht um dieses wuchernde Pflanzengewirr, das im Frühling emportrieb, und er hätte auch kaum Zeit dazu gehabt. Seine Pflichten hielten ihn in Trab: die Leitung des Instituts, die häufigen Sitzungen des Wissenschaftsrats, dazu der Zwang, dort regelmäßig neue Projekte anzuregen. Es genügte nicht, seinen Sitz einzunehmen und ein bißchen mitzudiskutieren, das hatte sich bald gezeigt. Wer nichts einbrachte, wurde herauskatapultiert, da gab es keine Gnade. Und nach einem solchen Sturz fiel man alsbald die gesamte Länge der Treppe hinunter, die man in Jahren so mühsam hinaufgeklettert war. Unter den Infos ließ sich allein mit beharrlichem Sitzfleisch keine Karriere machen; Spitzenpositionen mußte man sich Monat für Monat neu verdienen.

Pfizer hatte sich sehr rasch darauf eingestellt und eine Arbeit über spezifische Spurenelemente in der Knochensubstanz von B-Typen vorgelegt, deren Folge es war, daß man Verdächtigen in Zweifelsfällen unter lokaler Betäubung Knochenproben entnahm. Ein relativ verläßliches Verfahren, wenn man bereit war, Pfizers Hypothese zu folgen. Und wer war das nicht unter den subalternen Medizinalgehilfen, die zwar Löcher in menschliche Körper schneiden konnten, aber keine Vorstellung hatten vom Zweck der komplizierten Analysen, denen diese kalzinösen Partikel zugeführt wurden. Diese Methode hatte Pfizer jedenfalls den Platz eines wegen mangelnder Kooperationsbereitschaft hinausgeworfenen Mitglieds im Wissenschaftsrat eingebracht. Eine neu zu errichtende zweite Professur an Freds Institut war ihm in Aussicht gestellt worden. Das Direktorat sollte dann alternierend zwischen beiden wechseln. Pfizer war zielstrebig, ein Grund mehr für Fred, am Ball zu bleiben.

Das blieb er auch, und seit er am Abend in sein leeres Haus zurückkehren mußte, verbrachte er immer mehr Zeit in seinem Institut. Bei Tage hatte sich für ihn kaum etwas geändert, außer daß er sich sein Frühstück allein zubereiten mußte. In seinem Arbeitszimmer jedoch oder im Labor war es unerheblich, ob Stella zu Hause war oder nicht. Hier blieb alles wie gewohnt, Laboranten gingen ihm diensteifrig zur Hand, bereiteten Versuchsanordnungen vor oder Demonstrationsmaterial, geologische Karten und Dias für seine Vorlesung. Alles lief hier seinen gewohnten Gang, außer daß Pfizer, seit er die Dozentur innehatte, sich gelegentlich erst bitten ließ, wenn seine Mitarbeit benötigt wurde. Er ging in zunehmendem Maße seiner eigenen Wege. Im übrigen aber vermißte Fred in seinen Diensträumen nichts und verlor zumeist schon vormittags die Leerstelle aus dem Gedächtnis, die Stella hinterlassen hatte.

Dafür überfiel ihn das Gefühl der Verlassenheit um so stärker, wenn er – meist spät am Abend – nach Hause zurückkehrte, nachdem er irgendwo in einem Restaurant noch etwas gegessen hatte. Ein bestimmter Mangel machte ihm den Aufenthalt zu Hause zuweilen fast unerträglich. Nicht daß hier, wenn er in ein Zimmer trat, schon Staub aufgewölkt wäre. Er hatte eine Putzfrau angestellt, die vormittags ihrer Tätigkeit nachging und das Haus in Ordnung hielt, wobei sie allerdings die Gegenstände, die ihr dabei in die Hand gerieten, in eine Art von Ordnung brachte, die ihren eigenen Vorstellungen entsprach. Fred mußte sich gelegentlich auf die Suche nach Dingen machen, die er an ihrem gewohnten Platz nicht mehr vorfand, erkannte aber durchaus, daß diese Frau bei der Plazierung von Stühlen, hübschen Mineralstufen, Aschenbechern – Fred begann in dieser Zeit, Zigaretten zu rauchen – oder umherliegenden Büchern feststehenden Prinzipien folgte, die er durchaus erlernen konnte. Aber ihre Gewohnheiten entsprachen nicht Stellas Art, und Fred spürte schon an solchen Kleinigkeiten, daß sie nicht mehr da war.

Mangelnde Ordnung konnte es also nicht sein, was ihn störte. War es der Flügel, der wie ein verschlossener Sarg mitten im Zimmer stand, ein unübersehbarer Katafalk seiner Ehe? Früher hatte es ihn gestört, wenn Stella ihn geöffnet hatte, um das Haus bis in den letzten Winkel mit ihrer Musik zu erfüllen. Quälte es ihn jetzt, daß er nicht mehr auf diese Weise gestört wurde? Stella hatte ihn irritiert, wenn sie verstummt war und ihn angeblickt hatte, als könne sie in seinen Gesichtszügen nichts Vertrautes mehr wahrnehmen. Stella hatte ihm auch widersprochen, und dieser Widerspruch hatte ihn dazu gereizt, mit besonderem Nachdruck auf seiner Meinung zu beharren. Seit er diesen Widerspruch verloren hatte, begann er, wenn er nachts wach lag, an sich selbst zu zweifeln und damit auch an dem Weg, den er eingeschlagen hatte.

Es gab immer wieder Irritationen, befremdende Äußerungen und dergleichen, die er tagsüber verdrängte, die aber um so beunruhigender hervorbrachen, wenn er, von keiner Tätigkeit abgelenkt, nicht einmal vom Atmen eines Menschen, im Bett lag und keine Ruhe finden konnte. Die Diskussion mit den Politikern zum Beispiel, jene Vorgehensweise, die Gabelschwend nachsichtig als hemdsärmelig bezeichnet hatte. Wurde da nicht an den hehren Prinzipien gerüttelt, die, von streng wissenschaftlichem Standpunkt aus entworfen, eine neue, von jeglichem Atavismus gereinigte Ethik einleiten sollten? Was würde geschehen, wenn solche pragmatisch zwar begründbaren Manipulationen zur Gewohnheit werden würden? Er empfand dies als eine unnötige, in allzu großer Übereilung in Kauf genommene Beschmutzung des blanken Schilds akademischer Redlichkeit, ja fast als einen Verrat an der Devise, unter der er zusammen mit seinen Kollegen sich dieser Regierung zur Verfügung gestellt hatte: dem Prinzip Wissenschaft.

Derart unwürdigen Anfängen mußte ein Riegel vorgeschoben werden, diesen Entschluß faßte er in einer schlaflosen Nacht, und er setzte sich am folgenden Tag sofort an die Arbeit. Es galt, ein Projekt zu entwerfen, dessen erwiesene und jenseits aller Zweifel stehende Dringlichkeit jeden Bürger überzeugte und das zugleich die Notwendigkeit einschloß, Arbeitskräfte auszuheben und entsprechend einzusetzen, B-Typen natürlich. Man hatte dieses menschliche Potential doch nicht zu verschenken.

Auf diesem Wege stieß er auf einen Forschungsbericht, der seinerzeit bewußt zurückgehalten worden war, um die Bevölkerung nicht unnötigerweise zu beunruhigen. Wandruschka hatte das veranlaßt, und daß dieser vorzeitig emeritierte Institutsleiter ein B-Typ war, stand für Fred schon jetzt außer Zweifel. Nicht unnötigerweise zu beunruhigen – was hieß das eigentlich? Offenbar bestand durchaus ein Grund zur Beunruhigung. Fred holte die jene Angelegenheit betreffenden Berichte aus dem Safe und begann sie sorgfältig zu studieren.

Da hatte also ein kleines Forschungsteam vor etwa zehn Jahren vulkanologische Untersuchungen in jenem Mittelgebirge vorgenommen, das die Stadt wie das Ufer einer Bucht umschloß. Es war geologisch nachweisbar, daß hier vor einigen tausend Jahren ein explosionsartiger Ausbruch gigantischen Ausmaßes stattgefunden hatte, dessen in die Stratosphäre geschleuderte Asche in nordöstlicher Richtung noch um ein Viertel der Erdkugel herum in Sedimentschichten und auf dem Meeresboden nachweisbar war, abgesehen von den bis zu zehn Meter hohen Bimslagern in der Nähe des Kraters, den jetzt ein See ausfüllte. Eine Katastrophe von unvorstellbarer Zerstörungskraft.

Daß der Vulkanismus in dieser Gegend noch keineswegs als erloschen gelten konnte, war bekannt. Dafür sprachen schon die zahlreichen heißen Quellen, die in der Nähe des Kraters zutage traten. Die Untersuchung vor zehn Jahren hatte jedoch ergeben, daß ein Magmaherd von beträchtlichem Umfang sehr viel dichter unter der Erdoberfläche zu liegen schien, als man bisher angenommen hatte. Der Bericht sprach von einer linsenförmigen Einschmelzung des Gesteins von erstaunlich großer Ausdehnung und von erheblichen Spannungen in den darüber liegenden Schichten.

Wandruschka hatte in seiner kurvenreichen, deutlich emotional geprägten Schrift unter diesen Bericht gekrakelt: Ich habe meine Zweifel an diesem Elaborat! Eigene Nachprüfung negativ. Soll man diese Bauern verscheuchen, die über dieser Linse ihre Erbsen anbauen?

Was waren das für Argumente? Protokolle über eine dieser Notiz zugrunde liegende Nachprüfung waren nicht auffindbar. Womöglich hatte Wandruschka eine solche Kontrolle überhaupt nicht durchgeführt, sondern war nur rund um den See ein bißchen spazieren gegangen. Es war ja allgemein bekannt, daß er sich an den Wochenenden gern auf diese altmodische Weise im Gelände herumtrieb, angetan mit einer abgeschabten Lodenjacke, ausgebeulten Kniehosen und einem schlappen Rucksack auf den Schultern, um auf den Feldern irgendwelche belanglosen Kynolithe – Steine also, die zu nichts anderem taugten, als mit ihnen nach angriffslustigen Hunden zu schmeißen – wie Kostbarkeiten aus den Ackerfurchen zu klauben. Auf solche Weise war natürlich keine Basis zu schaffen für Großprojekte, die dem Staat dienlich sein konnten. Am Abend saß er dann in einer Kneipe bei den ortsansässigen Bauern, trank mit ihnen Bier und spielte Karten. Daher seine Sorge um den Bestand der Kulturen rings um den See. Das war die Ursache für seine Geheimniskrämerei! Was Wandruschka da getan hatte, war nicht nur leichtsinnig, es war kriminell.

Die Kriminalisierung der B-Typen. Davon war doch schon die Rede gewesen. Damals, als ihm die Politiker dieses Ansinnen stellten, hatte er ein solches Vorgehen als abwegig, ja geradezu anstößig empfunden. Doch die eben gemachte Entdeckung änderte seine Meinung schlagartig. In diesem Fall war die Kriminalität eines Mutanten offenkundig. Das öffentliche Wohl gefährden wegen irgendwelcher Sentimentalitäten! Je länger sich Fred mit den Akten beschäftigte, desto deutlicher zeichnete sich vor seinen Augen ein grandioses Projekt ab, das für die Regierung in mehrfacher Hinsicht nützlich sein würde.

Zunächst mußte die Gefährdung öffentlich bekannt gegeben werden, und nicht nur jene der unmittelbaren Umgebung des Sees, sondern des gesamten Gebiets in nordöstlicher Richtung, die Fläche eines denkbaren Streukegels von etwa 700 Kilometer Länge bis hin zum Meer und einer Endbreite von 250 Kilometern entlang der Küstenlinie. Das geschah am besten in Form einer öffentlichen Warnung durch das zuständige Ministerium oder den Wissenschaftsrat, was zwar zunächst panikartige Zustände auslösen würde, doch das war es ja genau, was die Regierung sich wünschte, um von jenen Beunruhigungen unter der Bevölkerung abzulenken, die angesichts einer solchen Bedrohung weiter Landesteile geradezu belanglos erscheinen würden. Ehe das Land dann vollends im Chaos versank, mußte über Presse, Rundfunk und Fernsehen eine Regierungsverlautbarung folgen des Inhalts, daß ein Mitglied des Wissenschaftsrates eine Möglichkeit gefunden habe, die bevorstehende Katastrophe zu verhindern. Dazu müsse jedoch ein wahrhaft gigantisches Projekt in Gang gesetzt werden, das die Aushebung einer großen Zahl von Arbeitskräften zum Schutze des Allgemeinwohls erfordere. Auf solche Weise konnten dann auf einen Schlag alle diese kriminellen B-Typen unter Kontrolle gebracht werden. Zudem würde jedermann begreifen, wem die Rettung des Landes eigentlich zu verdanken war, und damit wäre die Dominanz des bisher mehr im Hintergrund und unter wenig qualifizierter Bevormundung arbeitenden Wissenschaftsrats über die hemdsärmeligen Pragmatiker für alle Zukunft gesichert. Ausführende Organe hatten diese Leute zu sein, nichts weiter.

Nachdem dieser Plan in seinem ordnenden Hirn Gestalt angenommen hatte, setzte sich Fred mit Feuereifer an die detaillierte Ausarbeitung des Projekts. Nichts durfte dem Zufall überlassen werden oder gar der mangelhaften Sachkenntnis irgendwelcher Staatsbeamter.

Er suchte aus den Akten das Kartenmaterial heraus, auf dem der vermutliche Umfang der Magma-Linse eingezeichnet war, und überlegte, wie man den Druck, mit dem sie zum Ausbruch drängte, verringern könnte. Der See mußte zunächst bleiben, wo er war, das stand außer Frage. Ließe man sein Wasser ab, würde eine solche Entlastung möglicherweise dazu führen, daß der gesamte Kraterboden in die Luft gesprengt wurde. Fred studierte die Geländeformen und beschloß, den Gefahrenherd von der Seite aus anzugehen. Am besten würde sich dazu eine flache, talwärts abfallende Bodenmulde eignen, in der die Gemüsebauern ihre Erbsenfelder angelegt hatten. Hier mußte eine gewaltige Rinne ausbetoniert werden, in der das Magma abfließen und dann weiter unten in dem Becken gesammelt werden konnte, auf dessen Boden das Dorf lag. Das machte zunächst die Evakuierung der Bewohner nötig. Erst wenn dieses Bauwerk fertiggestellt sein würde, konnte man darangehen, an dessen oberem Ende einen Stollen oder wohl besser mehrere schräg in die Tiefe in Richtung auf die Magmalinse vorzutreiben. So müßte es gehen. Fred entschloß sich, drei Stollen vorzusehen und diese, wenn sie nahe genug an die Flüssigkeitszone heranreichten, gleichzeitig durch eine Sprengung zu öffnen. Auf diese Weise würde sich der Druck verteilen und die Gefahr verringert, daß der glutflüssige Brei den künstlichen Abflußkanal zerriß und ungebändigt hervorschoß. Vielleicht ließ sich die gesamte Anlage nach der ersten Entleerung zu einem Kraftwerk ausbauen, zu dessen Betrieb das ständig in Bächen von den Hängen nachfließende Wasser des Kratersees genutzt werden könnte. Fred fügte auch diesen Vorschlag seinem Exposé hinzu mit der Anmerkung, daß man dafür wie auch für die detaillierte Planung der ersten Baustufen auf die Mitarbeit von Ingenieuren angewiesen sei, die Erfahrung im Bau technischer Großanlagen mitbringen.

Dies war in groben Umrissen der Inhalt des Projekts, das Fred wegen seiner Brisanz im Hinblick auf die öffentliche Sicherheit gar nicht erst im Wissenschaftsrat zur Diskussion stellte, sondern in einer als dringlich erbetenen Audienz dem Innenminister persönlich vorlegte. Der Minister, der seinen schwarzen Anzug auf eine Weise trug, als habe er ihn nur ausnahmsweise für eine Beerdigung angezogen, blätterte das Aktenstück flüchtig durch und sagte dann: »Von diesem wissenschaftlichen Kauderwelsch verstehe ich kein Wort. Sagen Sie mir kurz und auf verständliche Weise, worum es eigentlich geht.«

Wieder einmal hatte Fred allen Grund zu bedauern, daß der Bildungsgrad der Regierenden in keiner Weise seinen Vorstellungen von einer Gelehrtenrepublik entsprach. Er zwang sich um der Sache willen jedoch, unter Vermeidung allzu spezifischer Fachterminologie darzulegen, in welcher Gefahr ein großer Teil des Landes schwebte und welche Maßnahmen er sich zu ihrer Behebung ausgedacht hatte.

»Das Ding kann also jederzeit in die Luft gehen?« sagte der Minister.

»Dieser Schluß läßt sich durchaus aus den damaligen Bodenuntersuchungen ziehen. Warum hätte man sonst die Unterlagen unter Verschluß genommen?«

Das leuchtete dem Minister ein. »Vor zehn Jahren, sagen Sie? Da hätte diese Schweinerei doch längst passieren können! Was meinen Sie, wie lange der Pfropfen noch in der Flasche bleibt?«

Trotz dieser unakademischen Metapher bemühte sich Fred, dem Minister klarzumachen, daß sich der Termin eines Vulkanausbruchs schwer berechnen lasse. »Das kann morgen geschehen oder auch erst in hundert Jahren. Schließlich hat der Krater ein paar tausend Jahre dichtgehalten.«

»In hundert Jahren tut uns kein Bein mehr weh«, sagte der Minister. »Ihr Vorgänger im Amt hatte wahrscheinlich keine Lust, den Unglückspropheten zu spielen und dann als der Blamierte dazustehen, wenn der große Knall ausbleibt. Der lebte wohl lieber auf einem Vulkan, als seinen Kopf ein bißchen anzustrengen. Aber damals hätte vermutlich niemand was dagegen unternommen. Eigentlich sollten wir ihm dankbar sein, daß er diese Geschichte für uns aufgespart hat. Jetzt in der gegenwärtigen innenpolitischen Situation kommt sie uns gerade recht. Meine Anerkennung, Professor, daß Sie das sofort begriffen haben. Wenn die Dinge in Gang kommen, werden Sie von mir hören. Jetzt müssen sich erst mal meine Leute durch das Zeug hier durchwühlen«, und damit hob er den Projektentwurf vom Schreibtisch und ließ ihn wieder auf die Platte fallen. »Eine Menge Papier!«

In den folgenden vierzehn Tagen hörte Fred vom Ministerium nichts. Die Originalunterlagen hatte er im Institut wieder weggeschlossen und holte sie auch nicht mehr hervor, etwa um die Schlüsse, die er daraus gezogen hatte, noch einmal zu überprüfen. Er hatte sich ein Urteil gebildet und die Sache aus der Hand gegeben. Weitere Entscheidungen sollten nun andere fällen. Aber nachts, wenn er zur Zimmerdecke hinaufstarrte, auf der im Licht einer Straßenlaterne die Schatten windbewegter Blätter tanzten, stiegen ihm Bedenken auf. Hatte er seine Schlüsse allzu voreilig gezogen? Hätte er vorher mit Wandruschka sprechen sollen? Vielleicht hatte der Emeritus die Unterlagen seiner privaten Nachprüfung bei sich zu Hause liegen? Manchmal war Fred am Morgen nahe daran, ihn anzurufen, aber er ließ dann doch den Hörer auf der Gabel liegen. Sollte er sich bei diesem Mann, der ihm einen Ritt auf dem Tiger prophezeit hatte, Rat holen? Sich womöglich auslachen lassen? Und dann zum Minister gehen und alles abblasen? Nein, das konnte niemand von ihm verlangen. Das würde das Ende seiner Karriere bedeuten.

So vergrub er sich während des Tages lieber in die Literatur über Ausbruchsfrequenzen von Vulkanen oder Berichte über die Anlage geothermischer Kraftwerke, Stapel von Fachliteratur, die sich auf seinem Schreibtisch türmten. Wie bei Vater, dachte er, als er einmal am Morgen sein Arbeitszimmer betrat und das Büchergebirge betrachtete, zu dessen Füßen ein Wust von flüchtig zusammengeschobenen Notizzetteln, Fotokopien und Tabellen den Rest der Platte bedeckte. An Wandruschkas Notiz dachte er nicht mehr, während er sein Wissen aufstockte, um den Anforderungen gewachsen zu sein, die man, wenn die Stunde geschlagen hatte, an ihn stellen würde.

Aber Wandruschka brachte sich selbst in Erinnerung, und zwar an jenem Tag, an dem die Bombe platzte. Nicht daß der Berg ausgebrochen wäre; der machte keinerlei Anstalten, aus seinem jahrtausendelangen Schlaf zu erwachen. Aber die Frühnachrichten eröffnete der Sprecher mit den Worten: *Unserem Land droht eine unabsehbare Katastrophe...* und aus der Zeitung, die Fred – noch unrasiert und im Schlafanzug – aus dem Briefkasten zog, sprang ihm der Balken ins Auge: *Wissenschaftler warnt vor Vulkanausbruch.*

Fred las den Leitartikel noch im Stehen. Der Name seines Instituts war genannt, er selbst jedoch nicht. Die Fakten entsprachen im wesentlichen den Angaben, die er dem Ministerium geliefert hatte, wenn man von ein paar fehlerhaften Zahlen und falsch geschriebenen Fachtermini absah. Sein Herz klopfte rascher. Es war so weit. Das Projekt lief an.

Später, als er am Küchentisch saß und sich den selbstgekochten Kaffee in die Tasse goß, kam ihm allerdings zu Bewußtsein, daß man ihn über die bevorstehende Veröffentlichung überhaupt nicht in Kenntnis gesetzt hatte. Er empfand dies als eine unverdiente Zurücksetzung, doch dann fiel ihm ein, daß man eine entsprechende Benachrichtigung vermutlich an seine Dienststelle geschickt hatte. In aller Eile beendete er sein Frühstück und fuhr ins Institut. Hier befand sich das Personal in Aufregung, doch als man seiner ansichtig wurde, breitete sich Schweigen aus, ob ehrfurchtsvolles oder betretenes, mag dahingestellt bleiben. Fred sah sich gezwungen, durch das Spalier verstummter Mitarbeiter, die ihn allesamt aus großen Augen anstarrten, zu seinem Arbeitszimmer zu schreiten. Offenbar schrieb man ihm schon jetzt diese Enthüllung zu.

Noch ehe er nach der eingegangenen Post fragen konnte, betrat nach höflichem Anklopfen Pfizer, dessen Berufung inzwischen ausgesprochen war, sein Zimmer und gratulierte ihm zu diesem *mutigen Schritt,* wie er das nannte. Fred zuckte unwillkürlich zusammen, als sein ehemaliger Famulus ihn *Herr Kollege* titulierte, doch dann fiel ihm ein, daß dieser nur von seinem eben frisch erworbenen Recht Gebrauch machte, und zwar mit deutlich zur Schau getragener Befriedigung. »Herr Kollege«, sagte also Pfizer, »das ist nun wirklich genial zu nennen, wie Sie diese alte Geschichte zum rechten Zeitpunkt hervorgezaubert haben.«

»Gezaubert?« wiederholte Fred irritiert und sah sich mit der Vorstellung eines Kabarettkünstlers konfrontiert, der eben ein weißes Kaninchen bei den Ohren aus seinem Zylinder zieht. »Gezaubert ist doch wohl nicht das richtige Wort!«

»Entschuldigen Sie, Herr Kollege. Ich konnte diesem Vergleich nicht widerstehen. Die Überraschung ist Ihnen jedenfalls geglückt. Wer dachte denn noch an diese alte Sache.«

»Wußten Sie davon?« fragte Fred alarmiert.

»Selbstverständlich. Ich war damals als Student dabei, als die Messungen vorgenommen wurden. Wir waren nur zu dritt. Nachdem Wandruschka unsere Ergebnisse durchgesehen hatte, holte er uns in sein Zimmer und schlug einen fürchterlichen Krach. Ob wir überhaupt wüßten, was wir da geschrieben hätten. Wir sollten erst einmal die Fachliteratur gründlicher studieren, statt solche voreiligen Schlüsse zu ziehen. Er kenne die Gegend dort oben wie seine Hosentasche und glaube kein Wort von alledem. So ging das fast eine halbe Stunde lang. Und dann nahm er uns in aller Form das Versprechen ab, kein Wort über diese Angelegenheit verlauten zu lassen. Ihr macht doch nur die Pferde scheu, sagte er. Ich dachte damals, wir hätten wirklich danebengehauen.«

Fred war erleichtert. Er hatte schon gefürchtet, Pfizer würde jetzt auf konkrete Fehler in den damaligen Berechnungen hinweisen können. Die von Pfizer zitierten Argumente Wandruschkas ließen sich nahtlos in seine Vorstellungen von der – gelinde gesagt – emotionsbedingten Haltung des Professors einfügen. Er kenne die Gegend wie seine Hosentasche? Was besagt das schon! Wer hat noch nie in seiner Hosentasche einen

Gegenstand entdeckt, den er keinesfalls dort vermutet hätte? Nein, er war Pfizer geradezu dankbar für diesen Bericht, obwohl dieser ihn jetzt doch noch fragte, ob er sich seiner Sache auch sicher sei.

Fred fühlte sich in seiner wissenschaftlichen Redlichkeit angegriffen. »Wie können Sie das fragen! Hätte ich den Bericht sonst an das Ministerium weitergeleitet?«

»Gerade im rechten Augenblick«, sagte Pfizer trocken. »Es wird die Bevölkerung von persönlichen Problemen ablenken. Aber wenn diese Gefahr in der Tat droht, wird man etwas dagegen unternehmen müssen. Haben Sie schon eine Idee?« Sein Blick verriet, daß er einen weitergehenden Plan vermutete, in den er sich gern würde einweihen lassen.

Aber Fred gedachte seinen Vorteil gegenüber diesem neugierigen Konkurrenten diesmal zu wahren. »Warten Sie ab«, sagte er und wies auf die Bücherberge auf seinem Schreibtisch. »Ich habe zu tun, wie Sie sehen.« Damit entließ er Pfizer.

Doch der sollte an diesem Vormittag nicht der einzige Besucher bleiben. Etwa eine Stunde später, Fred hatte inzwischen mit Unbehagen festgestellt, daß auch in der Institutspost kein amtliches Schreiben zu finden war, wurde die Tür seines Arbeitszimmers aufgerissen, diesmal ohne höfliches Klopfen, und Wandruschka stand auf der Schwelle, angetan mit seiner üblichen Wanderkleidung, nur der Rucksack fehlte. »Was haben Sie sich eigentlich dabei gedacht«, krähte er noch unter der offenen Tür, »diesen völlig absurden Bericht, den ich besser hätte wegschmeißen sollen, wieder aufs Tapet zu bringen?«

Fred war aufgestanden und sagte kühl: »Bitte schließen Sie die Tür, Herr Kollege.«

Wandruschka schlug die Tür knallend ins Schloß, kam mit wiegendem Wanderschritt auf Fred zu, blieb vor ihm stehen und schaute ihm scharf ins Gesicht. »Kollege? Nennen Sie mich meinetwegen Wandruschka, aber verschonen Sie mich mit dieser Titulatur! Meine Kollegen, mochten sie gelegentlich auch anderer Meinung sein als ich, waren ernsthafte Wissenschaftler und keine Scharlatane.«

»Ich verbitte mir ...« stieß Fred hervor, aber Wandruschka redete unbeeindruckt weiter.

»Tun Sie das nachher. Und hören Sie sich erst einmal an, was ich zu sagen habe. Dieses Elaborat von drei unerfahrenen Studenten hätte diese Bauern dort oben um Haus und Hof bringen können, nicht davon zu reden, was Sie jetzt damit angerichtet haben. Ist Ihnen das klar?«

»Das interessiert mich nicht. Mich interessiert allenfalls, ob Sie mit stichhaltigen Beweisen die Möglichkeit eines Ausbruchs widerlegen können.«

»Das kann kein Mensch. Sie müßten doch eigentlich wissen, wie sich das verhält. Manche Vulkane sind für alle Zeiten erloschen, manche werden plötzlich nach Jahrhunderten wieder virulent und manche spucken jedes Jahr ein bißchen Lava aus. Dabei spielen so viele Faktoren eine Rolle, daß sich nichts mit absoluter Sicherheit voraussagen läßt. Diese Linse, oder wie man diese Eiterbeule dort oben nennen soll, liegt immer noch tief genug, daß man jahrhundertelang auf dem Gelände Erbsen anbauen kann, wenn man das Ding in Ruhe läßt.«

»Sie halten also eine Reaktivierung für ausgeschlossen?«

»Bin ich der liebe Gott?«

»Das genügt mir.« Es war deutlich, daß Fred das Gespräch als beendet betrachtete. »Ich wäre Ihnen dankbar, wenn Sie sich nicht um Dinge kümmern würden, die Sie nichts mehr angehen.«

»Nun trabt der Tiger los«, sagte Wandruschka. »Wie lange werden Sie sich festhalten können?« Er drehte sich brüsk um und ging.

Bevor er sich wieder seiner Arbeit zuwendete, rekapitulierte Fred das Gespräch mit dem eigensinnigen Alten und fühlte sich in seiner Meinung bestätigt. Die Linse liege *noch immer* tief genug, hatte er geäußert. Also lag sie tatsächlich höher, als man ursprünglich angenommen hatte. Und dann natürlich die Erbsenbauern! Die schienen Wandruschkas größte Sorge zu sein. Befriedigt stellte Fred fest, daß er den Emeritus richtig eingeschätzt hatte. Ein B-Typ. Unexakt, sentimental, verantwortungslos. Bin ich der liebe Gott? Was für einen Wert besaß eine solche Antwort? Er war jetzt froh, daß er mit Wandruschka gesprochen hatte. Von einer Nachprüfung der Aussagen des alten Berichts hatte dieser nichts gesagt. Allerdings hatte er selbst auch nicht danach gefragt, das fiel ihm erst jetzt ein. Doch wozu sollte das jetzt noch gut sein nach diesen so eindeutigen Antworten Wandruschkas? Der Fall war abgehakt, und auf dem Schreibtisch wartete die Arbeit. Fred vertiefte sich in seine Bücher.

In den folgenden Tagen stieg die Unruhe im Lande rapide an, zumal in allen Zeitungen eine Skizze des mutmaßlichen Streukegels bei einem Ausbruch abgedruckt worden war. Fred erkannte seine eigene Zeichnung wieder. Grundstücke und Häuser in diesem Gebiet wurden zu Spottpreisen angeboten, und der Staat bewies großes Entgegenkommen durch den Erwerb solcher Liegenschaften. Zahllose Menschen verließen mit Sack und Pack den Gefahrenbereich. Unordentliche Menschen traten auf öffentlichen Plätzen auf und verkündeten das Ende der Welt. Die Selbstmordrate stieg. Nur die Erbsenbauern im Mittelgebirge pflegten weiterhin ihre Kulturen und gerieten keineswegs in Panik. Sie kannten ihr Land, an dessen fruchtbaren Hängen schon ihre Vorfahren Gemüse angebaut hatten, und setzten in diesen Tagen sogar neue Forellenbrut im Kratersee an. Sie vertrauten ihrem Berg. Vielleicht hatte Wandruschka ein wenig nachgeholfen und den Bauern abends im Wirtshaus beim Bier erzählt, was er von diesem Theater hielt.

Man müßte diesen gefährlichen Menschen unter Aufsicht stellen. Fred machte eine entsprechende Notiz und gab sie an die zuständige Stelle weiter.

Andernorts, wo man auf keine Erfahrung mit diesem Berg zurückgreifen konnte, stieg die Angst, und in gleichem Maße schwoll der Ruf an, der Staat müsse etwas in dieser Sache unternehmen. Wozu habe man denn diesen Wissenschaftsrat? Das stand sogar in der Zeitung zu lesen, flankiert von abenteuerlichen Vorschlägen, die irgendwelche versponnenen Hobbygeologen zur Rettung des Landes ausgetüftelt hatten.

Fred studierte diese Artikel teils mit Kopfschütteln, teils auch mit Erstaunen, gab es unter mancherlei Phantastereien doch auch Entwürfe, die seinem eigenen Projekt auf fast schon peinliche Art ähnelten. Endlich funktionierte die Verbindung zum Ministerium. Von dort nämlich brachte ein Bote jeden Morgen eine Sammlung von Ausschnitten aus den Blättern des Landes zu Fred. Der Minister hatte ihn persönlich angerufen und gesagt: »Zehn Tage wollen wir die Geschichte so laufen lassen und dann die zweite Phase einleiten. Ich hoffe, Sie sind gut vorbereitet, denn dann gibt's Arbeit für Sie.«

Fred hielt sich für hinreichend gewappnet im Hinblick auf die Anforderungen, die an ihn gestellt werden würden; zumindest war das so, wenn er an seinem Schreibtisch saß und sich in konkret faßbare Erkenntnisse der Vulkanologie vertiefte. Da gab es eindeutige Angaben über Temperaturen, Druckverhältnisse, Auswurfmassen, all dies festgehalten in rechtwinklig gerasterten Tabellen, die ihn schon allein durch ihre Struktur in Sicherheit wiegten. Aber sobald er zu Hause in seiner leeren Wohnung ruhelos durch die Räume geisterte, krochen aus allen Winkeln Unwägbarkeiten hervor und führten ihn zu der Frage, was er außer acht gelassen hatte. Warum zum Beispiel ängstigten sich gerade jene Menschen nicht, die unmittelbar über dem aus der Tiefe empordrängenden Unheil lebten? Hatten sie sich an die ständige Gegenwart der Gefahr gewöhnt wie an einen unausweichlichen Bestandteil ihres Daseins? Oder wußten sie vielmehr auf eine durch Berechnungen nicht erfaßbare Weise, daß der Berg ihnen nichts anhaben wollte? Bin ich der liebe Gott? hatte Wandruschka gesagt.

Wenn er sich über solch krausen Gedanken ertappte, erschrak Fred über sich selbst, nämlich darüber, daß er mit innerer Stimme so von der toten Materie sprach, als könne sie um der Menschen willen ihre Sprengkraft im Zaume halten. Ihm graute davor, daß der B-Anteil seiner Erbmasse Gewalt über sein Denken gewinnen könne. Er versuchte, nun schon fast im Sinne einer asketischen Übung, sich in seinen Traum zu versenken, aber das bis ins Unendliche hinaus gestaffelte Raumgefüge des Kristalls blieb glanzlos und düster, ein gespenstiges Spiegelkabinett, das sein ratloses Gesicht in zahllosen Aspekten bis zu ferner Winzigkeit reflektierte. Sein Traum wurde zu einem Albtraum, zum Spiegel seiner verdrängten Angst.

Die Regierung ließ die Entwicklung der Zustände im Land bis an den Rand des Chaos treiben. Die Bauern auf dem Gebiet des imaginären Streukegels bestellten ihre Felder nicht mehr – mit Ausnahme jener Erbsenbauern am Kratersee –, Banden rotteten sich zusammen und plünderten Geschäfte, wobei die sonst so rührige Polizei eher lässig vorging und häufig zu spät am Ort der Tat eintraf, um dort müßig auf den Splittern zertrümmerter Schaufenster herumzustehen. Es gab im Lande zunehmend mehr Menschen, die jede Zwangsmaßnahme in Kauf genommen hätten, wenn sie nur geeignet war, sie von dieser Angst zu befreien.

Als endlich alle Medien gleichzeitig ankündigten, daß es einem Wissenschaftler – und hier las Fred in diesem Zusammenhang zum ersten Mal in der Zeitung seinen Namen –

gelungen sei, ein Projekt zu entwickeln, durch dessen Realisierung der drohende Ausbruch verhindert werden könne, hatte die Einstellung eines Großteils der Bevölkerung die Grenze der Selbstaufgabe erreicht. Die meisten waren bereit jedes nur denkbare Opfer zu bringen. Und dann lief die Geschichte an.

Fred blieb es erspart sich vor seinen Albträumen zu fürchten – er kam gar nicht mehr dazu. In seinem Institut hatte eine ganze Mannschaft von Großbauingenieuren ihre Zelte aufgeschlagen, was kaum noch metaphorisch zu verstehen ist: sie schliefen auf dem Boden zwischen ihren Bauplänen, Fred mitten unter ihnen. Manche hatten sogar ihren Schlafsack mitgebracht.

Zuweilen irrte Pfizer durch das hektische Getriebe auf den Gängen, bis ihm einmal jemand eine Tasse brühheißen Kaffees in die Hand drückte und sagte: »Bring das dem Chef, aber rasch!« So balancierte der habilitierte und berufene Handlanger die randvolle Tasse gehorsam ins Generalstabszimmer des Hauptquartiers und stellte seinem Kollegen den Kaffee auf den Schreibtisch. Fred murmelte »danke« und blickte flüchtig auf. Als er Pfizer erkannte, war er nicht einmal besonders erstaunt. Jetzt zogen ja endlich alle an einem Strang. Er drückte Pfizer gleich ein mit Zahlen vollgeschriebenes Stück Papier in die Hand und sagte: »Gut, daß Sie gerade zur Verfügung stehen, Herr Kollege. Prüfen Sie bitte diese Berechnungen nach!« So stellte sich das alte Famulus-Verhältnis doch noch einmal her.

Über all dieser Hektik merkte Fred überhaupt nichts von dem, was außerhalb seines Instituts im Lande geschah. Eigentlich hätte er es ja wissen müssen, denn das war Teil seines Plans gewesen, aber da er nicht befaßt war mit der Detailfrage, welche Arbeitskräfte all diese Bauvorhaben in kurzer Zeit ausführen sollten, kam ihm diese Perspektive überhaupt nicht in den Sinn. Er war verantwortlich für die Abstimmung der Entwürfe auf die geologischen Gegebenheiten, und das beanspruchte seine Aufmerksamkeit in solchem Maße, daß ihm nichts anderes ins Blickfeld rückte.

Dies geschah erst, als der leitende Ingenieur ihn aufforderte, die begonnenen Erdarbeiten an Ort und Stelle zu begutachten. Mit einem offenen geländegängigen Militärwagen fuhren sie ins Mittelgebirge und kamen dabei an einem umfangreichen, von hohen Stacheldrahtzäunen eingeschlossenen Barackenlager vorüber, das offensichtlich neu errichtet worden war. Fred entsann sich, hier noch im vorigen Herbst anläßlich einer Exkursion zum Kratersee mit seinen Studenten durch abgeerntete Kornfelder gewandert zu sein. »Wohnen hier die Arbeiter?« fragte er.

»Wohnen?« Der Ingenieur zögerte. »Nun ja, so könnte man das nennen.«

»Gut gesichert gegen Diebstahl«, sagte Fred. »Da steigt keiner so leicht ein, wenn die Leute bei der Arbeit sind.«

Der Ingenieur blickte ihm irritiert ins Gesicht. »Das soll wohl ein makabrer Witz sein? Wer da einmal drin ist, kommt nicht mehr raus, es sei denn zur Baustelle.«

»Ach so.« Fred war peinlich berührt von seinem Irrtum. »B-Typen?«

»Was man so nennt. Besonders genau nimmt man das jetzt nicht mehr. Ist ja auch wohl nötig, wenn die Katastrophe abgewendet werden soll.« Fred gewann den Eindruck, daß dem Ingenieur diese Art der Beschaffung von Arbeitskräften zuwider war.

Eine weitere Auswirkung seines Projekts trat Fred vor Augen, als sie von der letzten Bodenwelle vor dem Vulkan in den Talkessel hinabfuhren, in dem früher das Dorf der Erbsenbauern gelegen hatte. Was davon übrig war, hatten Bulldozer am Talrand zu einem Wall von Bauschutt zusammengeschoben, aus dem zersplissene Balken von Fachwerk und Dachgestühl herausragten.

»Die Bauern wollten es nicht glauben, bis unsere Maschinen anrückten«, sagte der Ingenieur.

»Sie vertrauten dem Berg.« Fred erschrak über seine eigenen Worte und zweifelte in diesem Moment an dem Sinn des ganzen Unternehmens. Als er jedoch über den bis auf den Bimsgrund abgeschabten und zur Betonierung vorbereiteten Talkessel blickte, in den vom sanft ansteigenden Berghang her die von jedem Bewuchs kahlrasierte Rinne hineinführte, wurde ihm die Unwiderruflichkeit seiner Entscheidung bewußt. Wenn er selbst nicht mehr an die Notwendigkeit dieses Projekts glauben könnte, wäre er ein verlorener Mann und würde fortgeräumt werden wie diese Häuser samt ihren Bewohnern. »Hat man die Bauern umgesiedelt?«

»Sollen wir Arbeitskräfte wegschicken?« Der Ingenieur hob mit einer hilflosen Geste die Schultern. »Gerade solche, die mit den Bodenverhältnissen am Berg vertraut sind? Alle arbeitsfähigen Männer wurden sofort ausgehoben und ins Lager eingewiesen.«

»Und die Frauen und Kinder?«

»Irgend jemand muß schließlich für die Leute kochen. Die Frauen sind also auch im Lager. Was mit den Kindern geschehen ist, weiß ich nicht. Vielleicht hat man sie in ein staatliches Heim gebracht. Umerziehung nennt man das heute wohl.«

Die Art, wie er das sagte, verschloß Fred für eine Weile den Mund. Eine Abbildung, die er irgendwann während seiner Kindheit in einem Buch gesehen hatte, tauchte vor seinen Augen auf, ein unter einer Wolke schwarzen Qualms brennendes Dorf, in dem Soldaten die wehrlosen Männer zusammentrieben und schreienden Frauen nachrannten, um die Kinder aus ihren Armen zu reißen. *Solche Dinge sind früher im Krieg geschehen,* hatte der Vater dazu gesagt, während Fred dieses Bild angestarrt und dabei gespürt hatte, wie kaltes Entsetzen an sein Herz griff, als könne dergleichen jederzeit ihm und seiner Familie widerfahren. Der Vater hatte seine Angst gespürt und gesagt, daß dieses Ereignis lange Zeit zurückliege und im Augenblick kaum Gefahr bestehe, daß ein solcher Krieg ausbreche. All dessen erinnerte sich Fred plötzlich und wurde dieses Bild nicht mehr los. Was geschieht? fragte er sich. War hier ein Krieg in Gang gebracht worden, ohne daß er es bemerkt hatte?

Unfähig zu einer Antwort, folgte er dem Ingenieur über das kahle Gelände bis hinauf zu der Stelle, an der die Rinne sich in drei Kanäle teilte, über denen man schon damit begonnen hatte, Stollen in die Bergflanke zu treiben. Was ihm der Ingenieur während des Aufstiegs über den Fassungsraum der Rinne, die Stärke des Betonmantels und den Neigungswinkel der Stollen mitteilte, nahm Fred kaum wahr. Er nickte nur hie und da, um zu verbergen, daß er sich außerstande fühlte, den Worten zu folgen.

Die Leute, die damit beschäftigt wurden, das Bett, in dem die Lava zu Tal strömen sollte, tiefer zu graben, waren einheitlich in graue Drillichanzüge gekleidet, auf deren Rücken ein großes leuchtendrotes B aufgedruckt war. Sie arbeiteten stumm und verbissen vor sich hin. Seitwärts auf den Talrändern standen in regelmäßigen Abständen Posten mit Maschinenpistolen. Fred fragte nicht mehr, was diese Wächter zu bewachen hatten. Er hatte endlich begriffen, daß wirklich eine Art Krieg ausgebrochen war, ein Krieg, den er selbst geplant hatte. Ein Krieg gegen den Vulkan? Dem war wohl kaum mit Maschinenpistolen beizukommen. Also ein Krieg gegen diese Menschen, die sich ameisenhaft auf dem weitläufigen Gelände bewegten. B-Typen. Die meisten wenigstens. Man nahm das nicht mehr so genau. Aber daran hatte er nicht gedacht, daß er diesen Menschen eines Tages Auge in Auge gegenübertreten würde. Auge in Auge ist allerdings der falsche Ausdruck, da keiner von ihnen aufblickte, während er mit dem Ingenieur vorüberging.

Doch dann hob tatsächlich einer den Kopf, ein kleiner, schon alter Mann, der eben im geübten Schwung eines gelernten Erdarbeiters eine Erdscholle mit seinem Spaten zur Seite geworfen hatte. Der zu weite Drillich hing ihm beinahe vogelscheuchenhaft am dürren Körper – fast wie sein alter Wanderanzug. Wandruschka. Das B-Zeichen auf seinem Rücken hatte Fred schon gesehen, als der Alte seinen Spaten in den Grund stach. Nun stand er Auge in Auge mit diesem B-Typen, den er selbst dazu abgestempelt hatte. Wandruschka sagte nichts, aber in seinen Augen war ein solches Maß von Verachtung zu lesen, daß Fred unter diesem Blick ins Wanken geriet, fast über die eben ausgeworfenen Erdbrocken gestolpert und vor dem Emeritus auf die Knie gefallen wäre. Er konnte sich eben noch abfangen und ging weiter, aber von da an verschwamm alles vor seinen Augen. »Sie sollten sich etwas mehr Bewegung verschaffen«, hatte der Ingenieur gesagt, als es Fred nicht mehr gelingen wollte, sich bis zu den Stollenmündungen den Hang hinaufzuschleppen. »Immer nur hinter dem Schreibtisch hokken macht die Knie weich.«

Fred wußte später kaum, wie er zum Wagen in den Talkessel zurückgelangt war.

Seit diesem Tag weigerte sich Fred, die Baustelle wieder zu betreten. Er habe genug Arbeit im Institut, sagte er und blickte kaum von seinen Papieren auf, als der leitende Ingenieur ihm eine neuerliche Geländebegehung vorschlug. Man solle ihm schriftliche Unterlagen und Planskizzen über die Fortschritte der Bauarbeiten zustellen, das genüge für seinen Anteil an dem Projekt. Die Ausführung liege nicht im Bereich seiner Verantwortung. Dafür müßten andere geradestehen.

Seither verfolgte er das Voranschreiten der Erdbewegungen, der Betonierung und des Stollenvortriebs an seinem Schreibtisch, und diese Tätigkeit beruhigte allmählich seine Nerven.

Hier und nur hier war er gesichert, hatte Fachaufsätze und Tabellenwerke zur Hand, um jederzeit die Korrektheit dieser Berichte überprüfen zu können. Das schien im Arbeitszimmer weitaus besser zu gelingen als im Gelände, wo er nur allzu leicht den Überblick verlor und von Nebensächlichkeiten oder gar unangemessenen Empfindungen irritiert wurde, die den kühlen Blick für das Nötige behinderten.

Fred war also schon wieder einigermaßen Herr seiner selbst, als sich Pfizer bei ihm melden ließ und um ein Gespräch unter vier Augen bat. Schon mit einem unguten Gefühl ob dieser förmlichen Vorgehensweise wies Fred auf eine Horde diskutierender Bautechniker hin, die er zuvor hätte hinauswerfen müssen, doch Pfizer blieb beharrlich und schlug ein Gespräch in seinem Zimmer vor. Dort störe derzeit niemand, sagte er mit der Miene eines zu Unrecht Ausgeschlossenen. Fred stand auf, folgte Pfizer in dessen Arbeitsraum und zog die Tür hinter sich zu. Erst dann fragte er den zudringlichen Kollegen, was er von ihm wolle. »Aber machen Sie's kurz! Sie haben ja gesehen, daß ich beschäftigt bin.«

»Nehmen Sie doch erst einmal Platz!« Pfizer rückte Fred beflissen einen Stuhl hin, um sich dann selbst hinter seinem Schreibtisch niederzulassen. »Ich muß Ihnen eine etwas unangenehme Eröffnung machen. Sie wissen ja schon, daß ich damals an dieser noch etwas schülerhaften Untersuchung oben am Vulkan beteiligt war. Nun, diese Sache ließ mir keine Ruhe, und so habe ich mir unseren Bericht noch einmal sorgfältig angesehen.«

»Woher haben Sie ...« fiel ihm Fred ins Wort, doch dann entsann er sich, daß Pfizer seit seiner Berufung Zugang zum Safeschlüssel hatte, und entschuldigte sich hastig für diese Unterbrechung.

»Schon gut«, sagte Pfizer. »Ich habe nur von meinem Recht Gebrauch gemacht. Also, um gleich zum Problem zu kommen, es war damals tatsächlich ein Fehler in unseren Berechnungen.« Er weidete sich eine Weile an dem jäh erblaßten Gesicht seines Kollegen. Oder sollte man besser sagen: seines Konkurrenten?

»Welche Konsequenzen«, stieß Fred fast stotternd hervor, »ergeben sich daraus?«

Pfizer lächelte dünn. »Ganz so schlimm, wie Sie offensichtlich befürchten, ist das Ergebnis meiner Berechnungen nicht. Die Linse liegt tatsächlich weniger tief, als man ursprünglich angenommen hatte, aber auch nicht ganz so hoch, wie unsere Untersuchung zu ergeben schien. Etwa in der Mitte zwischen den beiden Werten.«

»Der Neigungswinkel der Stollen!« sagte Fred sofort. »Er ist also falsch.«

»Sie haben verstanden«, sagte Pfizer befriedigt. »Der Winkel ist zu flach. Ich frage mich allerdings, ob unter diesen Umständen das ganze Projekt überhaupt noch durchgeführt werden muß. Im Hinblick auf eine mögliche Gefährdung durch einen Ausbruch, meine ich.«

Fred erschrak zu Tode. »In diesem Stadium der Bauarbeiten können Sie das Projekt nicht mehr stoppen! Das wäre der helle Wahnsinn! Ganz davon abgesehen, welchen politischen Nutzen sich die Regierung davon verspricht. Das Projekt ist doch längst eine Angelegenheit von nationaler Bedeutung!«

»Gut, daß ausgerechnet Sie das sagen.« Pfizer lehnte sich genußvoll in seinem Sessel zurück und ließ die Augen nicht von Freds fahlem Gesicht. »Ich wäre der letzte, der unserer Regierung nicht hilfreich zur Seite stehen wollte. Da muß halt die wissenschaftliche Redlichkeit, auf die Sie sich so viel zugute halten, ein wenig gebeugt werden. Aber um eines möchte ich jetzt doch gebeten haben, nachdem ich so viel Engagement für unsere gemeinsame Sache bewiesen habe, nämlich um eine entsprechende Beteiligung an der weiteren Planung, wie sie mir entsprechend meiner Position zusteht. Ich müßte meine neuen Erkenntnisse sonst andernorts unterbreiten.«

Seither stand Pfizer auch in dieser Angelegenheit gleichberechtigt neben Fred, der noch am selben Tag beim Ministerium den Antrag vorgelegt hatte, seinen Kollegen wegen dessen Verdiensten um das Projekt und zu seiner eigenen Entlastung an der Mitverantwortung zu beteiligen. Zähneknirschend hatte er das geschrieben. Fred hatte die Wahl nicht mehr. Oder meinte jedenfalls, keine andere Wahl zu haben. Pfizer war ihm hart auf den Fersen, aber noch trug der Tiger seinen Reiter.

Unwillkürlich gebrauchte Fred in Gedanken diese Formulierung, als wolle er sich Mut machen. Wandruschkas Formulierung. Er mußte Wandruschka fragen, ob er den von Pfizer entdeckten Fehler bemerkt und die gleichen Schlüsse daraus gezogen hatte, mußte sicher gehen, daß Pfizers neue Berechnung stimmte. Fred traute sich selbst nicht mehr, seit er wußte, daß er diesen Fehler übersehen hatte.

Doch wie konnte er mit einem arbeitsverpflichteten B-Typen ins Gespräch kommen? Und zwar unter vier Augen? Auf der Baustelle war das unmöglich. Wohl auch im Lager, wo Tausende in den Baracken zusammengepfercht hausten, ganz davon abgesehen, daß er keine Ahnung hatte, wie er diesen von Stacheldraht und bewaffneten Männern abgesicherten Bezirk überhaupt betreten sollte.

Am nächsten Tag fragte er in möglichst beiläufigem Ton den leitenden Ingenieur, wie man es anstellen müsse, wenn man mit einem Lagerinsassen allein sprechen wolle.

»Für Sie mit Ihrer Kompetenz dürfte das kein Problem sein. Haben Sie einen Freund hinterm Zaun sitzen?«

»Nein, wo denken Sie hin!« Fred hob abwehrend die Hand. »Es handelt sich um einen Mann, von dem ich eine bestimmte, dienstlich notwendige Auskunft einholen will.«

»Das läßt sich mit Sicherheit machen. Wissen Sie, wenn man sich aus privaten Gründen für einen dieser Leute einsetzt, kann man leicht in Verdacht geraten. Dergleichen sollte man also besser lassen, so bedauerlich das für die Arbeitsverpflichteten sein mag. Es soll schon vorgekommen sein, daß solche Besucher gar nicht erst wieder aus dem Lager herausgelassen wurden. Aber in Ihrem Fall brauchen Sie nur in den Dienstraum der Wachmannschaft zu gehen und den Betreffenden holen zu lassen. Natürlich am Abend, wenn die Männer ins Lager eingerückt sind. Nach 18 Uhr also. So viel ich weiß, gibt's dort eine Art Sprechzimmer. Und vergessen Sie Ihren Dienstausweis nicht. Die Wachleute nehmen es sehr genau und verlassen sich nicht auf mündliche Auskünfte zur Person.«

Am nächsten Abend fuhr Fred mit seinem Wagen bis zum Lagertor und stellte ihn dort ab. Die beiden Wächter, die in der Einfahrt standen, beäugten ihn mißtrauisch und rückten ihre Maschinenpistolen auf der Schulter zurecht, als er auf sie zuging. Angenehm waren ihm diese wenigen Schritte nicht.

»Was wollen Sie hier?« bellte einer der Wächter. »Der Zutritt zum Lager ist verboten!«

Fred hatte seinen Ausweis schon in der Hand, hielt ihn dem Mann hin und sagte mit etwas beklommener Stimme: »Mein Besuch ist dienstlicher Art. Ich bitte Sie, mich zu Ihrem Vorgesetzten zu bringen.«

Der Wächter nahm ihm den Ausweis ab, studierte ihn gründlich und überprüfte mehrmals das Paßbild im Vergleich zum Gesicht dessen, der vor ihm stand, ehe er, nun schon etwas höflicher, Fred aufforderte, ihm zu folgen. Er führte ihn über den von unzähligen Arbeitsschuhen zertretenen Lehm der Lagerstraße auf eine etwas größere Baracke zu, die als erste in der Reihe der anderen stand. Auf der Straße wie auch zwischen den Gebäuden war weit und breit kein Mensch zu sehen.

»Sind die Arbeitsverpflichteten noch nicht von der Baustelle zurück?« fragte Fred und blickte auf seine Armbanduhr.

»Doch«, sagte der Wächter grinsend. »Jetzt ist die große Fütterung. Da wartet keiner draußen, bis ihm die anderen alles weggefressen haben.«

Fred fühlte sich unangenehm berührt von der Art, wie der Mann von den Lagerinsassen sprach. Wie ein Zoowärter, dachte er. Inzwischen waren sie bei der Wachbaracke angekommen und traten ein. »Warten Sie hier!« Der Wächter ging weiter zu einer Tür in dem schmalen, die ganze Länge des Gebäudes durchlaufenden Gang, trat ein und kam gleich darauf mit einem anderen zurück, der offenbar einen höheren Dienstgrad bekleidete. Fred kannte sich darin nicht aus, bemerkte aber doch die metallen glänzenden Litzen auf dessen Uniform.

»Das ist der Mann, Herr Wachtmeister«, sagte der Wächter und deutete mit dem Kopf auf Fred.

Der Wachtmeister hatte schon Freds Namen und Position im Rahmen des Projekts erfahren, begrüßte ihn, als sei er ein leibhaftiger General, was den Torwächter fast in Panik versetzte, und fragte höflich, womit er dem Herrn Professor zu Diensten sein könne.

»Es gibt hier im Lager«, sagte Fred, »einen Arbeitsverpflichteten mit Namen Wandruschka. Mit diesem Mann möchte ich ein für die Lösung meiner Aufgaben wichtiges Gespräch führen. Ist das möglich?«

»Selbstverständlich! Das Sprechzimmer steht zu Ihrer Verfügung.« Der Wachtmeister brüllte einen der Wächter herbei, befahl ihm festzustellen, in welchem Block der AVau Wandruschka liege, und ihn sofort herzuholen. »Machen Sie ihm Beine!«

Fred wollte eingreifen, um das Tempo der Vorführung des Emeritus zu mäßigen, doch der Wächter war schon zur Tür hinaus. Der Wachtmeister fiel in seinen Untergebenenton zurück und bat Fred, einstweilen im Sprechzimmer Platz zu nehmen, einem kahlen Raum mit nackten Holzwänden, darin lediglich vier Stühle, ein Tisch und darauf als einziger Gebrauchsgegenstand ein gläserner Aschenbecher. Hier saßen sie eine Zeitlang einander gegenüber und wußten nicht, was sie sagen sollten. »Rauchen Sie?« fragte schließlich der Wachtmeister und zog ein Päckchen Zigaretten aus der Tasche.

»Nein . . . ja, doch, gern«, stammelte Fred, sich entsinnend, daß er mit dem Rauchen angefangen hatte. Er nahm eine Zigarette und ließ sich von dem Wachtmeister Feuer geben, der sich selber auch eine anzündete, den Rauch tief einzog und langsam ausstieß, als sei damit schon etwas gesagt. Auf die gleiche Weise inhalierte er noch zwei weitere Züge, ehe er sich zu einer Frage aufraffen konnte, die ihn offenbar schon eine Weile beschäftigt hatte. »Dieser Wandruschka, mit dem Sie sprechen wollen. Wer war das eigentlich?«

Fred fiel auf, daß dieser Mann von Wandruschka in der Vergangenheitsform sprach, als sei dessen Existenz zum gegenwärtigen Zeitpunkt bereits ausgelöscht. »Er war mein Vorgänger auf dem Lehrstuhl«, sagte Fred und schaute den Wachtmeister dabei in die grauen, unbeteiligt blickenden Augen, um die Reaktion auf diese Auskunft zu beobachten.

Es gab in der Tat eine ablesbare Reaktion. Verwunderung? Erstaunen? Oder gar Befremden? »Ein Professor also?« sagte der Wachtmeister in hörbar abschätzigem Tonfall. Ein Gelehrter schien für ihn keine ernstzunehmende Persönlichkeit zu sein. Doch dann fiel ihm wohl ein, daß er eben einem solchen gegenüber saß, und zwar einem mit hoher politischer Funktion. Mit einem spürbaren inneren Ruck korrigierte er seine Miene in Richtung verständnisvoller Freundlichkeit und sagte betont lebhaft: »Natürlich! Dann ist er ja Geologe! Das erklärt alles.«

»Und noch dazu gut vertraut mit der Gegend hier«, sagte

Fred. »Er weiß sehr genau, was hier unternommen werden soll.«

Dem Wachtmeister schien jetzt ein Verdacht zu kommen. »Wollen Sie diesen Mann aus dem Lager herausholen?« fragte er in etwas schärferem Ton. »Als Mitarbeiter? Das dürfte Ihnen Schwierigkeiten einbringen. Ein erwiesener B-Typ ...«

»Nein, nein!« Fred ließ ihn gar nicht erst ausreden vor lauter Schreck über einen solchen Verdacht, in den er unversehens geraten könnte. »Ich brauche wirklich nur eine Auskunft. Ist es erlaubt, unter vier Augen mit ihm zu sprechen?«

Der Wachtmeister wiegte den Kopf. »Im Prinzip ist das verboten«, sagte er und blickte dabei vorwurfsvoll auf den Fragenden, der ihm eine solch schwerwiegende Entscheidung zumutete. Doch dann lächelte er unvermittelt, wenn auch nicht besonders herzlich. »In Ihrem Fall, Herr Professor, und weil es um eine dienstliche Angelegenheit geht, kann ich da wohl eine Ausnahme machen.«

Damit ging den beiden der Gesprächsstoff endgültig aus. Sie saßen schweigend, wie bei einem steckengebliebenen Verhör, den Tisch zwischen sich, und rauchten ihre Zigaretten zu Ende. Dann hörte man draußen das Schlagen einer Tür, Stiefelgetrampel, jemand rief: »Los, los! Nicht so lahmarschig!« und da wurde auch schon die Tür aufgerissen, der Wächter trat ein, grüßte militärisch und brüllte: »AVau Wandruschka wie befohlen zur Stelle!«

»Dann bringen Sie ihn herein!« sagte der Wachtmeister. »Wir warten schon die ganze Zeit.«

Der Wächter verließ nach nochmaligem Grußzeremoniell das Zimmer und führte gleich darauf Wandruschka vor wie einen Delinquenten, der zur peinlichen Befragung gebracht wird: noch gebeugter als früher, bleich, unrasiert und abgemagert und mit einem Blick, als ginge es jetzt aufs Letzte. Erst als er Fred erkannte, schien er sich zu fassen.

»Ich lasse Sie jetzt allein«, sagte der Wachtmeister zu Fred, und dem vorführenden Wächter befahl er, draußen vor der Tür Posten zu beziehen. Fred hätte beinahe gelächelt bei der Vorstellung, er könne auch nur den Versuch unternehmen, seinen ungeliebten Vorgänger herauszuschmuggeln. Er war aufgestanden, als man Wandruschka hereinbrachte, setzte sich nun wieder und forderte ihn auf, gleichfalls Platz zu nehmen. An der anderen Seite des Tischs, das verschaffte zusätzliche Distanz.

Ehe Fred noch einen Entschluß hätte fassen können, wie er dieses heikle Gespräch eröffnen sollte, fing Wandruschka unaufgefordert an zu reden. »Ich hatte schon befürchtet, der Kerl soll mich zum Verhör schleppen«, sagte er. »Ich kann mich nicht entsinnen, den Anblick Ihres Gesichts je mit solcher Erleichterung begrüßt zu haben.«

Fred überhörte diese Impertinenz und sagte: »Wieso Verhör? Und wäre das so schlimm gewesen?«

Wandruschka blickte ihn kopfschüttelnd an. »Sie haben noch keinen gesehen, der von einem solchen Verhör zurückkam. Oder zurückgebracht werden mußte, weil...«

»Wozu denn Verhöre von Arbeitsverpflichteten?« fragte Fred ratlos.

Wandruschka lachte trocken auf. »AVaus vom B-Typ, müssen Sie sagen. Offenbar traut man unsereinem jede staatsfeindliche Tätigkeit zu. Inzwischen wohl nicht einmal zu Unrecht nach allem, was nach draußen durchgesickert sein mag. Nun sind sie hinter vermuteten Komplizen her. Mit allen Mitteln. Vielleicht hätte ich, wenn mich diese Befrager drangenommen hätten, Ihren Namen genannt. Die meisten nennen Namen, wenn sie's nicht mehr aushalten können. Irgendwelche.« Er hob den Kopf und schaute Fred ins Gesicht. »Das erschreckt Sie, nicht wahr?«

»Ja.« Damit gab Fred jeden Versuch auf, diesem Menschen

irgendeine Art von Sicherheit vorzuspielen. »Alles erschreckt mich, was hier geschieht. Mit den Menschen geschieht, meine ich. In meinem Projekt war das nicht so vorgesehen.«

»Wo denn sonst?« Wandruschka unternahm keinen Versuch, seinen Zorn zu mäßigen. »Sie drücken diesen Infos ein frisch geschliffenes Messer in die Hand und wundern sich, wenn sie damit zustoßen. Wir sogenannten B-Typen waren doch wohl vorgesehen in Ihrem Plan?«

Fred antwortete nicht präzis auf diese Frage, sah aber deutlich lesbar den darauf bezogenen Passus in seinem Exposé vor sich. »Irgend jemand muß ja diese dringend notwendigen Arbeiten ausführen«, sagte er hilflos.

»Dringend notwendige Arbeiten! Das sogenannte Projekt ist doch nichts als ein fadenscheiniger Vorwand, um den Rest der B-Typen aus dem Verkehr ziehen zu können und hier langsam bei dünner Wassersuppe vor die Hunde gehen zu lassen. Gibt ja genug Nachschub. Verdächtig ist doch schon jeder, der nicht in die Partei eingetreten ist. Wenn ich nicht an körperliche Arbeit gewöhnt gewesen wäre, hätten Sie mich kaum noch vorgefunden. Merken Sie denn noch immer nicht, daß der Tiger schon längst mit Ihnen durchgegangen ist, Sie weltfremder Systematiker!?«

Das seit seiner Ankunft im Lager ihn langsam erfassende Entsetzen hatte nun Freds Vorstellungsmöglichkeiten erreicht. Grau gekleidete und graugesichtige AVaus kippten seitwärts über ihre Spaten weg und wurden als Fallwild verscharrt; blutig geschlagene AVaus taumelten aus der Folterkammer und erstickten an den verratenen Namen. Aus eben diesem Sprechzimmer, in dem er noch vor wenigen Augenblicken mit einem der Folterknechte geplaudert und Zigaretten geraucht hatte. Vielen Dank, Herr Wachtmeister. Bitte, bitte, Herr Professor. Andere Besuchsstunden, für die man ein Sprechzimmer benötigte, gab es hier wohl kaum, und die Bezeichnung stimmte sogar, eine zynische Umschreibung seiner eigentlichen Bestimmung. Auch das begriff er jetzt, begriff auf einen schmerzenden Schlag, was er in Gang gesetzt hatte. Tod. Organisierten Massenmord. »Ich hole Sie hier heraus!« Diese Worte brachte er nur mühsam über die Lippen.

»Wie denn?« Wandruschka schnaubte verächtlich. »Und wenn schon, was wird aus den anderen? Machen Sie sich doch nicht lächerlich! Sie sind für jene Leute nichts weiter als ein Handlanger, ein Werkzeug, das man nur so lange benützt, wie es funktioniert und wie man's braucht. Außerdem haben Sie mich wohl nicht deshalb mit Ihrem Besuch beehrt.«

»Nein.« Fred war sofort bereit, sich der konkreten Sachfrage zuzuwenden und fühlte sich erleichtert, daß Wandruschka selbst das Gespräch darauf lenkte. »Es geht«, fuhr er in referierendem Tonfall fort, »um jene Untersuchung vor zehn Jahren, an der, wie ich erfahren habe, auch Pfizer beteiligt gewesen ist, Professor Pfizer inzwischen. Er hat sich noch einmal damit befaßt und neue Erkenntnisse gewonnen«, und dann erläuterte er diesem erschöpften alten Mann in aller Ausführlichkeit und mit genauen Zahlenangaben, die er von einem Zettel ablas, den neuesten Wissensstand über die Lage der Magma-Linse. »Entspricht das der Nachprüfung, die Sie, nach einer Aktennotiz zu schließen, seinerzeit vorgenommen haben?« fragte er schließlich und blickte Wandruschka an, begierig nach einer Widerlegung seiner Worte.

Wandruschka lachte, hart und freudlos. »Sie Narr! Kommt es darauf jetzt noch an? Ja, es stimmt in etwa, was Pfizer herausgetüftelt haben will. Aber er kannte die Zahlen schon immer, denn ich hab's ihm damals nachgewiesen. Ich wußte von Anfang an, daß wir hier sinnlos Löcher in die Erde graben. Sie vergessen jedoch, wo wir uns befinden. Nicht bei einer akademischen Diskussion in Ihrem Seminar, sondern im Verhör- und Folterzimmer eines Lagers für sogenannte B-Typen, zu deren Austilgung das alles in die Wege geleitet worden ist. Meinen Sie im Ernst, Sie könnten dieses Projekt noch abblasen? Da wartet doch schon einer darauf, Ihren Posten zu übernehmen und weiterzumachen. Sie wissen sogar ganz genau, wer das ist. Die Regierung wird dieses Projekt unter keinen Umständen stoppen, selbst wenn sich herausstellen sollte, daß an dieser Stelle nie ein Vulkan gewesen ist. Nehmen Sie das doch endlich zur Kenntnis!«

Fred nahm es zur Kenntnis und war völlig ratlos. »Was soll ich tun?« sagte er, weniger zu seinem Gesprächspartner als in den leeren Raum hinein.

»Was fragen Sie mich? Das hätten Sie früher fragen sollen. Sie können unternehmen was Sie wollen, es wird nichts ändern.« Er zuckte mit den Schultern. »Tun Sie, was Ihnen richtig erscheint für Sie selber. Kann ich jetzt gehen? Ich bin müde.«

»Ja ja. Natürlich.« Fred stand auf. »Ich habe keine Fragen mehr an Sie. Überhaupt keine Fragen mehr.« Er wollte Wandruschka die Hand reichen, aber der hatte sich schon abgewandt zur Tür.

Fred kehrte an diesem Abend nicht mehr in das Institut zurück. Sollte Pfizer doch sehen, wie er allein zurechtkam. Er ließ den Wagen vor seinem Haus auf der Straße stehen. Nur noch Flucht ins Gehäuse, rasch durch den Vorgarten, durch den rechts und links wuchernden Dschungel; Rosenranken rissen an seinen Ärmeln, Schlinggewächse krochen über den Weg. Stolpernd erreichte er die Tür, mit zitternder Hand fummelte er am Schloß und brach in den dunklen Vorraum ein, als ginge es ums Leben.

Die abgestandene Luft war zum Ersticken, hier und gleich darauf auch im Schlafzimmer. Er öffnete das Fenster, beide Flügel bis zum Anschlag, und starrte hinaus in die Nacht, in das ungegliederte Pflanzengewirr draußen, das sich unter dem kalten Licht der Straßenlaterne im Wind bewegte, ein atmendes Ungeheuer, das sich eben anschickt, stumm und unaufhaltsam in das Haus einzudringen. Er spürte den Boden unter seinen Füßen beben, und die Angst warf ihn aufs Bett.

Es ging ums Leben, das wurde ihm Stück für Stück einsichtig, während er, noch angezogen, die Krawatte um den aufgerissenen Kragen wie eine hastig aufgezerrte Würgeschlinge, auf seinem Bett lag und in tiefen Zügen eine Zigarette rauchte. Der Aschenbecher war wieder einmal nicht greifbar gewesen. Er hatte auch gar nicht erst gesucht, sondern klopfte die Asche in ein Wasserglas, das er auf dem Nachttisch vorgefunden hatte. Es ging um sein Leben, was er auch tun würde. Ließ er die Bauarbeiten so weiterlaufen wie bisher, würde sich über kurz oder lang herausstellen, daß er falschen Alarm geschlagen hatte. Pfizer würde bei seinen Info-Beziehungen in jedem Fall glaubhaft machen können, daß er umsonst gewarnt habe. Aus mit der Professur, mit der Karriere. Man würde ihn einfach verschwinden lassen. Eine kurze Gnadenfrist. Nichts weiter. Von Pfizers Gnaden. Teilte er jedoch dem Ministerium die Sinnlosigkeit des ganzen Unternehmens mit, dann war er in derselben Sekunde ein verlorener Mann. Man würde ihn zum Schweigen bringen. Und ändern würde sich nichts. Wandruschka hatte recht. Sie würden die Sache in Gang halten, bis auch der letzte Mensch daran krepiert war. So lautete der eigentliche Plan. Was er für die Großtat des Jahrhunderts gehalten hatte, war nichts weiter als die Fassade vor diesem mörderischen Vorhaben.

Was tun? Tun Sie, was Ihnen richtig erscheint für Sie selber, hatte Wandruschka gesagt. Kein sehr hilfreicher Rat. Fred sehnte sich nach einem Menschen, mit dem er reden konnte. Ohne Vorbehalte reden. Aber es war keiner da, und es gab auch im weiten Umkreis keinen, der dafür in Betracht kam.

Es ist schwer zu beschreiben, was während dieser Nacht in Fred vorgeht. Versucht habe ich es schon dreimal. Zu sehr den äußeren Vorgängen verhaftet. Melodramatisch. Wie kann ich Fred gerecht werden? Um zum Wesentlichen zu kommen, habe ich mit Stella gesprochen, die ihn liebt. Habe zugehört, statt mich in meinen Wörtern zu verlaufen.

Was geschieht einem Menschen, der längst im Teufelskreis treibt und im Moment des Bewußtwerdens der totalen Aussichtslosigkeit seiner Lage einsieht, wo es Weichen gegeben hätte, wo eine Wahl, hätte er sie nur gewollt. Gewollt? Gesehen, erkannt – aber was, solange er blicklos sich ausschließlich und ausschließend einrichtet auf ein Ziel innerhalb seiner eigenen Vorstellung. Blind für alles außerhalb hält er solche Begrenztheit für die Welt. Nimmt Menschen nicht auf. Nimmt das Leben nicht wahr und nicht den Tod. Nimmt sich selbst nicht wahr außerhalb des Gitters, in das er sich versichert hat. Nimmt das Gitter nicht wahr als das, was es dadurch wurde: eine Falle.

Die Falle, die nun zugeschnappt ist.

Da hängt er. Lautlos schreiend um Hilfe, die nicht mehr erreichbar ist. Daß es sie gab, wo er sie hätte finden können – das erkennt er mit einem Schlag, als sei ein Blitz in ihn gefahren. Stella. Das andere Leben. Ihr Anderssein als das Angebot eines anderen Lebens zu anderem Leben. Stella war zu ihm gekommen, und er, er hatte sie genommen und in sein Fach gepackt. Sein Fach, das einmal Stein geheißen hatte und Licht – später Struktur und stoische Ordnung. Schließlich Karriere.

Daß das steigende Entsetzen Stellas ihm gegolten hatte, Gebärden, die ihm Zeichen sein wollten, Gebärden der Liebe, das begreift er jetzt. Er hatte nicht verstanden; jeder schmerzenden Berührung ausweichend, nicht verstehen wollen, hatte ihre Hände übersehen wie ihre Augen, hatte sie von sich ferngehalten wie sich von ihr.

Fred taumelt. Spürt den Schwindel, den Fall. Den Luftstrom um ihn. Die Sekunde vor dem Aufschlag. Doch der Sturz nimmt kein Ende. Kein Aufschlag erlöst ihn. Stellas Antlitz, ihm eben noch faßbar vor Augen, zentriert sich in seinem Fall zu einem fernen Punkt. Licht in dieser finsteren, brüllenden Heillosigkeit. Ein Stern. Eine Botschaft, vor Unzeiten ausgegangen. Und nicht erkannt.

Ein letztes Mal versucht Fred, in seinen kristallenen Traum zu flüchten. Irrt in einem Labyrinth schwarzer Spiegel, die von allen Seiten Verzerrungen seiner selbst zurückwerfen. Tastet durch ineinander verschachtelte, unüberschaubare Räume. Strukturlos. Planlos. Ein Chaos, das ihn wieder und wieder zurückwirft. Nichts kommt ihm entgegen in diesen schwarzen Reflexen außer ihm selbst. Außer sich beginnt Fred sein Gesicht zu studieren, unheilvolle Grimassen, steingraue Augen, in denen es flackert vor Angst.

Ist das das Leben, um dessen Verlust er sich zu Tode bangt?

Indem Fred begreift, wie er sich in Absonderung begeben hat von allem Leben vor langer Zeit, sieht er sich in seiner Zelle – mächtige Pläne ausarbeitend, Lebendiges ausschaltend, es einfach aus der Welt planend, wenn es sich nicht fügt ins leblose, ins tötende System. Spiegelnde Mauern täuschen Räume unendlicher Ausdehung vor. Leben kann da ein Mensch nicht.

Der Anblick seiner Gesichter widert ihn an, wird ihm unerträglich. Denen möchte Fred nicht ausgeliefert sein, um keinen Preis der Welt. Sich wandelnde Masken, sich selbst ausspeiende Grimassen.

Fred spürt langsam Schleim über sein Gesicht rinnen, spürt unsägliche Erbärmlichkeit. Hängt überm Rand seines Lagers, gepackt von reißendem, bitterstem Erbrechen.

* * *

Freds Blutsturz. Der bittere Geschmack des Grundes, der ihn noch lange plagen wird. Ob der Schock aufgekommener Erkenntnis Heilung einleitet? In dieser Zeit? Wie?

Ans Leben wird es ihm gehen, fürchtet er zurecht. Doch was heißt das für Fred?

Ich kann ihn nicht erlösen, selbst wenn ich das wollte. Ich muß ihn brechen und reißen und hängen lassen zwischen beiden Teilen der Welt.

So lasse ich ihn, während ich mich wieder seinem Bruder zuwende. Bert weiß, daß Stella von Fred gegangen ist. Warum? Ihr Motiv, das er nicht kennt, denkt er sich und geht dabei von den eigenen Wünschen aus, die ihn den Berg hinauftreiben, lange vor Freds Zusammenbruch.

Er schaute sich auf diesem Weg nicht mehr um, seit er Oswald zum Abschied noch einmal zugewinkt hatte, der nun weiter unten zwischen Schneemulden und Latschenholz heimwärts abstieg. Kein Blick nach Süden. Kein Gedanke an die Weinberge, die Obstgärten. An Agnes. Nordwärts spähte er nach den Wegmarken, die der Bote ihm genannt hatte.

Bert kletterte auf einem schmalen Grat über die Grenze in das andere Land. Wie er meinte, in ein anderes Leben. Bald fand er einen Steig, der ihn abwärts zu einer Almhütte führte, die um diese Jahreszeit noch unbewohnt war. Auf der welligen Wiese warfen verstreute Felsblöcke lange Schatten über das graue, in den Mulden niedergedrückte Gras. Vor wenigen Tagen mußte hier noch Schnee gelegen haben. Die Sonne stand tief über dem Horizont.

In der anbrechenden Dunkelheit hätte Bert den Weg leicht verfehlen können. Er beschloß, in einem Stadel neben der verschlossenen Hütte zu übernachten, fand einen Rest Heu, schob sich davon ein Lager zusammen, aß etwas von dem Brot und dem Speck, die Rosa ihm mit auf den Weg gegeben hatte, und legte sich zum Schlafen nieder.

Im Duft des Heus kam ihm nun doch Agnes in den Sinn. Ihr regennasser Körper auf seinem. Ihre unruhigen Küsse. Wie sie später ruhig beieinander gelegen hatten, er nach ihrer Hand gegriffen und Agnes ihn gefragt hatte: Hast du eben an Stella gedacht?

Nein, hatte er geantwortet, damals, und es stimmte. Was war es, das ihn Hals über Kopf auf den Weg gebracht hatte, sobald er wußte, Stella war jenseits der Grenze erreichbar? Bert dachte an Stella wie an Musik. Unfaßbar schöne Musik, die ihm das Blut zum Herzen trieb, die Sinne erregte und zugleich befriedigte durch die Spannung ihrer Harmonie. Vollkommene Sinnlichkeit. Was anderes war es? Während er dem nachsann, schien es ihm wie der Ausdruck eines tief ruhenden Einklangs.

Wir sind auf die gleiche Schwingung gestimmt, dachte Bert. Anders konnte er es sich nicht vorstellen.

Als er am nächsten Morgen aufwachte, wußte er nicht, ob er im Schlaf geträumt hatte. Und wenn – die Kälte hatte ihn rasch aus dem Heu getrieben.

Gegen Mittag sah Bert das Dorf im Tal. Es gelang ihm auch, nach der Beschreibung den Hof von Stellas Onkel ausfindig zu machen. An der Leiten. Den Hofnamen hatte er sich gemerkt für den Fall, daß er zu fragen genötigt war.

Das Bauernhaus mit den Nebengebäuden lag ein Stück oberhalb des Dorfrandes, schon dem Wald zu, günstig zu erreichen, ohne durch die Dorfstraße gehen zu müssen. Womöglich lief er dort einem Polizisten in die Arme oder Zollbeamten. Hie und da kämen welche so weit herauf ins Tal, hatte der Flüchtling gesagt.

Nach einer weiteren halben Stunde Weg, den er mehr lief als ging, trat Bert durch den lichten Bestand der noch unbenadelten Lärchen auf dem übergrasten Hang hinaus ins Freie und sah den Hof vor sich liegen, das Haus, balkengefügt auf einem gemauerten Steinsockel, daneben den großen Stadel und dahinter den Viehstall; vor dem Haus den eingezäunten Garten, in dem Grünes sich ausbreitete, aber noch nicht durchsetzt mit den Farbtupfen von Blüten.

Das letzte Stück Weg wäre Bert am liebsten gerannt. Er wollte aber kein unnötiges Aufsehen erregen und zwang sich, gemächlich auf dem steinigen Karrenweg weiterzugehen. Als sei er hier zu Hause, bog er zwischen Haus und Stadel zum Hof ein und sah dort einen stämmigen grauhaarigen Mann mit einer vorgebundenen blauen Schürze, der eine Karre voll Mist aus dem Stall schob. Der Mann setzte die Fuhre ab, sobald er den Fremden erblickte, wischte mit den Händen über die Schürze und kam in bedächtigen Schritten auf ihn zu. Seine braunen Augen – Stellas Augen! – ließen Vorsicht, vielleicht sogar Abwehr erkennen. Er blieb vor Bert stehen und musterte ihn: »Wenn Sie zu mir wollen, ich bin der Leitner-Bauer.«

»Dann bin ich am Ziel«, sagte Bert. »Ich suche Stella.«

»Stella?« Mehr sagte er nicht. Aber seine Augen bekamen einen undurchdringlichen Glanz wie Blutstein. Bert hatte den Eindruck, daß es gefährlich werden könnte, einen falschen Eindruck zu erwecken. »Ich bin Stellas Schwager Bert«, sagte er schnell, »und komme von drüben.« Eine Handbewegung genügte, um die Richtung anzudeuten.

Diese Auskunft änderte den Blick des Mannes. Er zog die Luft zwischen den Zähnen ein und sagte: »Du bist also Bert. Hast dich doch nicht zurückhalten lassen. Nenn mich Jakob oder meinetwegen Onkel Jakob, wie das Stella tut. Sie hat viel von dir erzählt. Auch daß du anders bist als dein Bruder. Stella ist drinnen in der Stube.«

Er packte Bert beim Arm und dirigierte ihn auf eine schmale, aus Brettern gefügte Hintertür zu, durch die sie in einen Vorraum eintraten. Im Halbdunkel war nicht viel zu erkennen, lodene Wettermäntel, aufgehängt an den Sprossen einer an den Türbalken geschraubten Geweihstange, obenaufgestülpt ein zerbeulter Filzhut, neben der Tür drei Paar Gummistiefel.

Onkel Jakob öffnete nach links eine Tür. »Ich bring' dir Besuch, Stella«, sagte er in die Stube hinein und rückwärts gewandt zu Bert: »Wo bleibst du denn?«

Bert hatte plötzlich keinen Schritt mehr weitergehen können. Diese Begegnung, die er sich seit seinem Aufbruch in wechselnden Nuancen ausgemalt hatte, jetzt scheute er sie. Aus Angst, sein Bild von Stella könne sich als Irrtum erweisen? Er war verwirrt. Schließlich trat Stella aus dem Hellen in die offene Tür. »Wo ist er denn?« Sie konnte nicht erkennen, wer dort im Schatten stand. »Fred?« Ihre Stimme verriet weder Schreck noch Freude.

Bert atmete kaum. Er hörte nur, wie ihr erstes Wort seinem Bruder galt. Schroffer als er beabsichtigte, antwortete er: »Nein. Nicht Fred, sondern Bert.«

Stella schien nun wirklich erschrocken zu sein. Weil sie ihn mit Fred verwechselt hatte? Weil er in Gefahr war? Ehe er etwas sagen konnte, kam sie die wenigen Schritte zu ihm. »Bert!« Sie schloß ihn in die Arme, und Bert las aus ihren Augen wahrhaftige Freude. Sogleich begann Stella, ihm Vorwürfe zu machen, daß er das Risiko der Grenzüberschreitung eingegangen war.

Sie freute sich, hatte ihn umarmt, machte sich Sorgen um ihn. Stella war kein imaginäres Traumgebilde mehr, sondern ein lebendiger Mensch, der erreichbar vor ihm stand. Er hatte ihren Körper gespürt, den sie rasch aus der Umarmung gelöst hatte. Bereute sie diese spontane Geste? Bert merkte, wie unsicher er sich fühlte, und war erleichtert, als sie ihn bei der Hand nahm und in die Stube zog. »Du wirst müde sein von dem langen Weg übers Gebirge. Setz dich! Mach die Beine lang! Und zieh diese schweren Schuhe aus!«

Wenig später hatte die Bäuerin, die Bert als Tante Paula präsentiert wurde, lauter gute Dinge auf den Tisch gestellt, die dem Aussehen nach ebenso aus Rosas Küche hätten stammen können. Das Brotgewürz war allerdings etwas anders zusammengesetzt, stellte Bert beim Kauen fest, und auch für den Speck hatte man hierzulande eine eigene Beize, doch keine schlechtere. Jakob schenkte zur Begrüßung erst einmal ein Stamperl Schnaps ein. Obstler, bei dem die Birnen durchschmeckten. Bert schüttelte sich, wohlig erwärmt. Dann fragte er Jakob, ob es wirklich so gefährlich sei, als Fremder in diesem abgelegenen Talende aufzutauchen.

»Es kommt darauf an, wem du über den Weg läufst. Die Bauern hier im Dorf reden nicht viel. Der Leitner wird schon wissen, wen er zu Gast hat, werden sie denken, und mit diesem neumodischen Unfug von zweierlei Menschensorten haben sie eh nichts im Sinn, es sei denn, es ist die Rede von Gendarmen und normalen Leuten. Dem Gendarm, der unten am Kirchplatz in seiner Wachstube hockt und dem lieben Gott den Tag stiehlt, dem solltest du allerdings nicht vor die Augen kommen. Wer nichts zu tun hat, macht sich gern zu schaffen. Alle paar Wochen kommen auch noch Zollbeamte oder Grenzpolizisten unangemeldet auf Besuch und schnüffeln im Dorf herum und in den Wäldern der Grenze zu. Da sind ein paar scharfe Hunde dabei, gierig nach Fangprämien. Die zählen noch die Zitzen an den Eutern meiner Kühe, wenn ich das Vieh auf die Alm treibe. Aber unser Pfarrer sorgt schon dafür, daß seinen Schäflein nichts Böses geschieht.«

»Der Pfarrer? Zündet er etwa Kerzen an?« Bert dachte an Oswalds Art, jemanden in Gefahr unter Schutz zu stellen.

Jakob lachte. »Das wär' auch nicht schlecht. Aber Kerzen würden nur in der Kirche leuchten. Komm, ich zeig' dir, wie er das macht!« Er führte ihn zum Fenster. »Schau hinunter ins Dorf! Was ist am weitesten zu sehen?«

»Der Kirchturm.« Schon sein Mauergeviert überragte die umstehenden Bauernhäuser um die doppelte Höhe, und darüber stieg eine spitze, mit roten Schindeln gedeckte Dachpyramide in den Himmel.

»Fällt dir etwas auf an dem Turm?«

»Ich weiß nicht. Ein Kirchturm halt. Im Mauerwerk drei schmale Luken übereinander, dann eine Uhr und darüber doppelte Schallfenster mit einer Säule dazwischen.«

»Höher hinauf!«

»Auf der Spitze steht ein Hahn. Er schaut nach Norden, also haben wir Südwind.«

»Wird schon wissen, warum er nach Norden schaut. Dort ist der Teufel los, und das ist die Richtung, aus der die Grenzer kommen. Schau tiefer!«

»Auf halber Höhe sind Dachluken. Sie sind geschlossen.«

»Siehst du!« Jakob nickte zufrieden. »Also keine Grenzer in der Nähe. Wenn die mit ihrem Geländewagen das Tal herauffahren, kannst du die Staubwolke schon von weitem sehen. Außerdem müssen sie ein Stück weiter talauswärts am Gries vorbei. Das ist ein Einzelhof. Der Grieser hat Telefon und ruft sofort den Pfarrer an. Der macht die Dachluken auf, alle vier, nach jeder Windrichtung eine. Er hat dazu einen Strick neben den Glockenseilen. Damit geht das auf einen Ruck. So wissen alle im Dorf Bescheid, außer dem Gendarm. So einer schaut nicht nach oben. Da müßte er ja den Kopf bewegen. Also immer erst ein Blick nach dem Kirchturm, ehe du aus dem Haus gehst. Das tut jeder im Dorf.«

Bert fand das ganz nützlich, wenn auch ziemlich aufwendig wegen einiger Zollbeamter. »Was wird denn hier geschmuggelt?«

»Menschen. Was die B-Typen nennen. Hat dir das dieser Doktor nicht erzählt? Weiß der Teufel, was man gegen diese Leute hat. Die ich hinübergebracht habe, waren mir alle sympathisch. Es gibt noch mehr Bauern im Dorf, die mitmachen. Wir sind hier eine Art Auffangstation für Flüchtlinge, die sonst im Lager enden müßten. Manche von ihnen waren sogar schon drin und sind auf irgendeine Weise davongekommen. Du hast von alledem wohl nicht viel mitgekriegt?«

»Kaum etwas. Den Info-Spuk habe ich nur in den Anfängen erlebt, und über diese Lager weiß ich lediglich, was drüben manchmal in der Zeitung stand. Das klang wie ausgedachte Schauergeschichten, und die Leute hielten es für übertrieben.«

»Übertrieben?« Jakobs Stimme bekam plötzlich einen harten Klang. »Das läßt sich gar nicht übertreiben, was diesen Menschen dort angetan wird. Zu Tode werden sie geschunden. Geplanter Massenmord.« Er berichtete derart unglaubliche Einzelheiten, daß Bert spürte, wie er vor Entsetzen starr wurde. Nichts war mehr gemütlich in dieser Stube, nur eine Zuflucht war sie vor dem Grauen. Draußen die scheinbar so unberührte Landschaft, die alte bäuerliche Ordnung – und doch war dieses Grauen ständig gegenwärtig im Bewußtsein der Menschen, die hier lebten.

Stella hatte bisher dazu geschwiegen. Bert suchte in ihren Augen eine Bestätigung des Unvorstellbaren. Er sah, daß ihr die Tränen übers Gesicht liefen. Sie saß zusammengesunken wie eine erlöschende Flamme, weinte lautlos, und in ihrem Blick war alle Traurigkeit der Welt in einen Punkt zusammengezogen.

Jakob stand auf. »Entschuldige, Stella. Ich wollte dir nicht wehtun. Du weißt, ich kann nicht den Mund halten, wenn jemand so redet. Draußen an der frischen Luft laß ich meinen Zorn ausrauchen.« Im Vorbeigehen legte er Bert die Hand auf die Schulter. »War nicht persönlich gemeint.«

Da saß Bert nun der weinenden Stella gegenüber und wußte nicht, was er tun oder sagen sollte. Er versuchte, ihre Hand zu fassen, aber sie lag zwischen seinen Fingern wie ein toter Vogel, dem nicht mehr zu helfen ist. Stella hatte die Augen zwar auf ihn gerichtet, aber ihr Blick ging durch ihn hindurch in eine Ferne, in der das Grauen gegenwärtig zu sein schien, von dem Jakob gesprochen hatte. »War es so schrecklich?« fragte Bert hilflos.

»Schrecklich?« Stella holte mühsam ihren Blick zurück und schaute Bert nun wirklich an. »Ich habe keine Worte dafür, wie es eigentlich ist. Wie soll ich das nennen, wenn die Welt um mich her zusehends erstarrt. Und der Mann, mit dem ich leben will, allmählich zu Stein wird, bis er nur noch so aussieht wie der Mensch, den ich liebe? Kannst du dir das vorstellen? Mit dem Gespenst eines solchen Menschen zusammenzuleben, einem Gespenst, das von einem fremden unmenschlichen Willen gesteuert wird und sich zu Handlungen treiben läßt, in deren Folge alles stirbt, Vertrauen, Liebe, ja das Leben selbst. Kannst du dir das vorstellen?«

Bert verstand nur eines: daß Stella immer nur von Fred sprach. Das zu hören, hatte er den Weg über die Grenze eigentlich nicht unternommen. »Du hast Fred verlassen. Ist er jetzt noch so wichtig?«

Wie einen fremden Menschen schaute Stella ihn jetzt an. »Was sagst du da, Bert? Geht es uns nichts an, was mit Menschen geschieht? Und mit deinem Bruder? Ich kann mich nicht daraus wegstehlen.«

»Aber ich habe mich weggestohlen?« In Berts Worten klang die Bitterkeit des zu Unrecht Beschuldigten mit. Als er Stellas Blick sah, hätte er das lieber zurückgenommen, aber nun war es heraus, und er zuckte mit den Schultern.

»Wie sprechen wir eigentlich miteinander?« sagte Stella. Bert kam es vor, als nehme sie ihn zum ersten Mal wirklich wahr, seit sie hier beieinandersaßen. »Ich wollte doch nicht sagen, du hättest dich weggestohlen, Bert. Das weißt du ganz genau. Komm, wir gehen auch ein paar Schritte vor die

Tür. Vielleicht können wir draußen besser miteinander zu reden. Das war kein guter Empfang für dich.«

Sie standen beide auf, und Stella nahm Bert wieder in die Arme. »Ich freu' mich wirklich, daß du da bist. Mach doch nicht so ein finsteres Gesicht! Komm, draußen in der Sonne kann man freier atmen.« Ehe sie das Haus verließen, schaute sie noch einmal nach den Kirchturmluken, aber die Luft war rein.

Sie gingen oberhalb des Hofs am Wald entlang über den Wiesenhang. Hier war das Gras schon grün und stellenweise übersät mit Krokusblüten, weißen und ein paar violetten. An sonnigen Stellen drängten bereits leuchtend gelbe Blütenbüschel von Himmelschlüsseln, noch fast ohne Stengel, aus ihren gekrausten Blattrosetten, aber das war vorerst das einzig Sanfte dieser rauhen Landschaft. Das Tal wurde von beiden Seiten bedrängt durch steile, dunkel bewaldete Bergflanken, die fast stufenlos in die teilweise noch verschneite Felsregion übergingen. Außer dem Dorf auf der Talsohle nirgends eine menschliche Behausung, nur düsteres Fichtengehölz oder noch kahl stehende Lärchen und darüber schroffes Gestein, das den freien Himmel einengte. Bert fühlte sich eingeschlossen, ja geradezu erdrückt von dieser Landschaft, die nirgends einen freien Ausblick bot auf Rebenhänge, Obstgärten oder burgengekrönte Hügel. »Ich komme mir hier vor wie eingesperrt. Wie hältst du das aus, Stella?«

»Weißt du, auf dem Leitnerhof bin ich so gut wie zu Hause. Als meine Eltern bei einem Unfall ums Leben kamen, war ich zwei Jahre alt. Da nahm mich Onkel Jakob zu sich. Er ist der Bruder meiner Mutter. Ich habe hier gelebt, bis ich auf die höhere Schule gehen mußte. Erst dann bin ich zu anderen Verwandten in die Stadt gezogen. Aber nach dem Dorf in den Bergen hab' ich mich immer zurückgesehnt. Besonders in den letzten Jahren.«

Bert war dankbar für dieses Stichwort, das es ihm erlaubte, eine Frage anzuknüpfen, die er schon zuvor in der Stube hatte stellen wollen. Er blieb stehen und sagte: »Stella, warum hast du Fred verlassen? Nach allem, was du vorhin gesagt hast, verstehe ich das immer weniger.«

»Ach Bert, ist das so wichtig für dich?«

»Ja.«

Stella wich seinem Blick nicht aus. Ihm war, als ob sie den Grund seiner Frage ahnte. »Mußt du die Dinge noch schwieriger machen, als sie schon sind?«

»Tu ich das? Ich hatte gehofft, sie wären jetzt einfacher geworden.«

»Das hast du dir zurechtgeträumt. Du bist überhaupt ein Träumer, scheint mir. Ich mochte das gern, als ich dich kennenlernte. Aber jetzt ist keine Zeit zum Träumen, Bert. Ich will versuchen, dir deine Frage zu beantworten: Als mir klar wurde, daß Fred meine Worte nicht hörte oder nicht mehr hören wollte und sich immer weiter entfernte in einen Bereich, in dem es auf die Dauer unmöglich ist, als Mensch zu leben – da bin ich weggegangen. Aber das war keine Flucht. Das war mein verzweifelter Versuch, ihn zum Nachdenken zu zwingen über sich selbst und über die schrecklichen Folgen seiner Verirrung. Ich weiß, daß er bis dahin meine Anwesenheit noch gespürt hat, wenn auch wohl nur als eine Störung seiner eingebildeten Welt. Vielleicht, so meine ich immer noch, wird es ihn aufstören, wenn der Widerspruch meiner Anwesenheit ihn nicht mehr aus Trotz auf der eigenen Meinung beharren läßt. Wenn dieser störende Fremdkörper nicht mehr da ist und das Haus so leer.«

»Vorhin hast du für einen Moment gedacht, er wäre zu dir gekommen.«

»Ja. Ich will dir nichts vormachen. Gerade dir nicht.«

»Und dann war ich es nur, der draußen im Dunkeln stand.«

»Nicht *nur*, Bert! So darfst du nicht reden. Du bist Bert, und es ist für mich eine Freude, dich hier zu haben. Ich weiß nur nicht, ob es für dich gut ist, daß du gekommen bist.«

»Wegen der Grenzer?«

»Nicht nur.«

»Dann mach dir keine Sorgen. Einstweilen genügt es mir, in deiner Nähe zu sein.«

Das einschränkende *einstweilen* brachte Stella zwar dazu, die Brauen zu runzeln – Bert fand das reizvoll –, aber sie ging nicht weiter darauf ein, sondern ließ sich von Bert über sein Leben bei Oswald erzählen. Unter anderem schilderte er in aller Ausführlichkeit den Blick vom Hügel oberhalb der Weingärten, schon um ein Gegengewicht zur düsteren Schroffheit dieser Landschaft herzustellen, deren Anblick ihm Beklemmung verursachte.

Der Tonfall, in dem er seine Beschreibung vorbrachte, ließ Stella aufhorchen. »Wie du das schilderst! Warst du allein dort oben?«

Bert fühlte sich ertappt, denn Agnes hatte er bisher nicht erwähnt. »Nein. Ein Mädchen hat mir den Platz gezeigt.«

Stella lachte, fast erleichtert. »Das sieht dir ähnlich! Ich hab's mir schon gedacht, wie du so ins Schwärmen gekommen bist. Ihr habt diese Aussicht wohl sehr genossen?«

»Ja, das haben wir. Und ich habe Agnes dort von dir erzählt.«

Stella schwieg eine Weile und sagte dann: »Ob sie das gern gehört hat?«

»Sie hat mich in die Arme genommen.«

»Dann hat sie dich gern. Vielleicht hättest du bei ihr bleiben sollen, statt über die Berge herüberzuklettern.«

»Agnes konnte gut verstehen, daß ich gegangen bin.«

»Verstehen schützt nicht vor Traurigkeit.«

Den Rest des Weges sprachen sie von anderen Dingen. Als sie heimkamen, war Stellas Tochter aufgewacht aus dem Mittagsschlaf und kam ihnen entgegengelaufen. Bert hob sie auf und schaute ihr ins Gesicht. Stellas Augen, doch auf dem Grund noch ohne Traurigkeit. Meta lachte. Hier gefiel es ihr.

So ist Bert also bei Stella angelangt. Daraus ließe sich ein hübsches Ende der Geschichte fabrizieren. Fred erhält seine verdiente Strafe, und ich lasse ihn in der Versenkung verschwinden. Selbstmord läge durchaus nahe in seinem derzeitigen Zustand, allein schon, damit alles seine rechte Ordnung bekommt und einem glücklichen Ausgang zugeführt werden kann, den sich mancher Leser wünschen mag. Bert läßt all seinen Charme spielen, dem Stella – sobald sie von Freds Tod erfahren hat – nach einer angemessenen Zeit erliegen könnte. Irgendwo wird doch selbst in diesem abgelegenen Tal ein Klavier aufzutreiben sein, auf dem sie miteinander vierhändig spielen können. Nach dem Schlußakkord machen sie sich, die kleine Margareta auf Berts Rücken reitend, auf den Weg in die Berge, überschreiten nach einem spannenden Versteckspiel mit Grenzpolizisten das Joch und finden einstweilen bei Oswald gastliche Aufnahme. Wovon sie leben sollen? Bei einem dermaßen begabten Musiker wie Bert ist das kein Problem. Einen Verleger hat er ja schon dort unten im Süden. Vielleicht erwar tet ihn bereits eine erste Tantiemenabrechnung. Und Agnes? Nun ja, ein bißchen tut sie einem ja leid, aber sie wird eben ihrer Kunst leben, wie man so sagt. Ein untilgbarer Rest von Traurigkeit verleiht ihrer Stimme sicher ein besonderes herbsüßes Timbre. Bedauerlich bleibt allein die politische Lage. Sollen diese Infos denn ewig an der Macht bleiben? Allerdings ist allgemein bekannt, daß sich jede Diktatur irgendwann tottobt. Und überdies: was ginge das Bert und Stella unter den geschilderten Umständen noch an?

All das wäre eine mögliche Entwicklung, bei der Bert mitspielen könnte und die er sich vielleicht selbst so vorgestellt haben mag. Wer diese Lösung bevorzugt, der tut gut daran, das Buch an dieser Stelle zu schließen und sich damit zufriedenzugeben. Auf diese Weise würde er allerdings nie begreifen, was Stella für ein Mensch ist. Auch Bert hat das noch lange nicht begriffen. Er merkt zunächst nur, daß Stella noch immer an Fred denkt, und das irritiert ihn ungemein, ja, man kann sagen: es paßt ihm ganz und gar nicht, und das umso weniger, als er sich dieser Konfrontation mit dem Bruder wehrlos ausgeliefert fühlt. Zudem kann er sich nicht vorstellen, was sie an diesem pedantischen Systematiker, der sich obendrein in den Dienst der Infos gestellt hat, an liebenswerten Seiten entdeckt haben will. Wenn Fred anwesend wäre, könnte Bert mit ihm streiten oder sich durch Spott schadlos halten. Aber Stella gegenüber ist er wehrlos.

Dabei spürt Bert durchaus, daß Stella auch ihn gut leiden kann. In vielen Dingen verstehen sie einander ohne Worte. Er spielt ihr auf seiner Flöte vor – Variationen von Oswalds verwegenen Liebesliedern –, und Stella freut sich, endlich wieder Musik zu hören, die ihr gefällt, und nicht nur jene barbarischen Militärmärsche, die das Radioprogramm zunehmend beherrschen. Sie gehen miteinander spazieren und nehmen manchmal Stellas Tochter mit. Meta bettelt immer wieder darum, daß Bert seine Flöte hervorholt und spielt. All das ist gut und schön, und Bert könnte zufrieden sein, auf diese Weise in Stellas Nähe zu leben. Aber er ist es nicht, ohne daß er sagen könnte, aus welchem Grund sich das so verhält. Kurzum: so nahe er nun bei Stella lebt – um präzis zu sein, er schläft im Oberstock neben dem Zimmer, das Stella zusammen mit Meta bewohnt –, es gelingt ihm nicht, ihr auch nur um einen Schritt näher zu kommen, obwohl er während der ersten Wochen auf dem Hof des Leitnerbauern immer wieder Gehversuche in diese Richtung unternimmt.

Ein weiterer Umstand trägt immer stärker dazu bei, diese

höchst privaten Ambitionen Berts zu relativieren oder doch zeitweise in den Hintergrund treten zu lassen, nämlich der selbst in diesem abgeschiedenen Tal spürbare Wellenschlag der politischen Ereignisse, der hier zwar nicht so hochgepeitscht wird von Vorgängen, wie man sie aus Freds Geschichte kennt, aber doch wie Treibgut in einer schäumend auslaufenden Brandung Nachrichten in das Dorf schwemmt oder auch Menschen, deren wortkarge Berichte Entsetzen erregen. Bert spürt anfangs mit dem Unbehagen eines politisch nicht sonderlich Interessierten, später mit wachsender Anteilnahme, daß Stella das alles auf eine geradezu schmerzhafte Weise zu Herzen geht, ja er gewinnt den Eindruck, daß ihre Liebe zu Fred, ihre immer wieder spürbare und auch ausgesprochene Sorge um seine Verstrickung, eigentlich nur der Kristallisationspunkt ihres Entsetzens ist über die brutalen Verfolgungen im ganzen Land.

»Bert«, sagt sie einmal nach einem der ihr beiderseitiges Verhältnis umkreisenden Gespräche, in dem Bert keinen Hehl aus seinen Gefühlen gemacht hat, »du weißt, daß ich dich mag, und ich sag's dir auch immer wieder. Aber merkst du nicht, wie du in die Gefahr gerätst, über deiner Liebe zu mir alles aus den Augen zu verlieren, was um uns vorgeht?«

Sie waren an diesem Tag wieder einmal am Waldrand entlanggegangen, zwischen den in der Sonnenhitze nach Harz duftenden Lärchen, unter sich die Wiesen, die nun schon hoch standen, voller Blüten des Frühsommers, die Luft vibrierte vom Summen der Bienen und Hummeln und vom Schrillen der Heuschrecken. Bert schaute über die bunte Wiese, über die der Wind schimmernde Wellen trieb, schaute hinunter zum Dorf, als suche er dort nach Anzeichen jener Bedrückung, die sich über das Land gelegt hatte. Aber dort sah er nur die schindelgedeckten Bauernhäuser im Nachmittagslicht um den Kirchturm gedrängt wie Hühner um einen prächtigen Hahn. Den Weg vom Dorf herauf tuckerte ein Traktor, der eine Mähmaschine hinter sich herschleppte. Ein Tag zum Heu machen, warm, trocken und nur leichter Wind. Hier schien alles in der gewohnten, durch die Natur bestimmten Ordnung zu geschehen. Der Bauer steuerte weiter unten sein Gefährt über die Wegkante auf die Wiese, senkte das Mähgerät ab und schnitt, bergauf fahrend, eine erste Schneise in das grüne Fell des Hangs, als wolle er ein riesiges Schaf scheren.

Nicht einmal die Einengung des Tals durch die steilen, bis in den seidenblauen Himmel getürmten Berge empfand Bert als Bedrückung. Dieser Anblick war ihm mittlerweile vertraut und gab ihm jetzt eher ein Gefühl der Sicherheit vor den Geschehnissen ›draußen‹, von denen in der Stube immer häufiger die Rede war. Der Bauer hatte den ersten Streifen mittlerweile bis zum Weg herauf kahlgeschoren, vollführte oben mit dem Traktor ein kompliziertes Wendemanöver, ließ dann die Maschine im Leerlauf klopfen und grüßte die beiden Spaziergänger.

»Schöner Tag zum Mähen«, sagte Stella.

»Ja, warm und trocken.« Der Bauer mußte schreien, um das Geräusch des Traktors zu übertönen. »Das Gras steht gut heuer. Ihr habt übrigens Besuch bekommen, drüben beim Leitner.« Und als er sah, wie Stella sofort zum Kirchturm hinüberschaute, lachte er. »Keine Angst! Grenzer sind das nicht. Eher jemand, der ihnen aus dem Weg gehen würde.« Dann legte er den Gang ein und fing an, die gemähte Schneise abwärts auf das Doppelte zu verbreitern.

Stella drängte sofort nach Hause. Sie ging so rasch, daß Bert ihr nachlaufen mußte. »Renn doch nicht so! Fred wird das kaum sein, der da zu Besuch gekommen ist.«

Stella drehte sich um und funkelte ihn an. »War das nötig?«

»Immer denkst du nur an Fred!«

»Willst du, daß dein Bruder völlig verkommt in dem Sumpf,

in den er blindlings hineingerannt ist?« Stella war stehengeblieben und schaute Bert ruhig in die Augen. Nicht böse, eher traurig. »Kannst du das denn nicht begreifen? Mir geht es nicht nur um Fred! Auch um ihn, natürlich. Aber nicht nur. Da werden Menschen eingesperrt, gequält und umgebracht, weil sich ein paar Wahnsinnige einbilden, sie könnten die Welt nach ihren Vorstellungen konstruieren. Wer sie dabei stört, wird eliminiert. Verstehst du nicht, was das heißt? Auch wir beide sind in deren Augen ›B-Typen‹ reinster Ausprägung.«

»Die man eliminieren wird, sobald man sie erwischt. Hast du davor solche Angst?«

»Bert!« Stella schaute ihn kopfschüttelnd an. »Du bist ein lieber Mensch, aber dein Blick reicht manchmal nicht weiter als bis zu der Frau, in die du dich gerade verguckt hast. Was hier ausgeschaltet werden soll, ist alles, was sich nicht in die Raster nützlicher Funktionen einordnen läßt. Nützlich für Infos, meine ich. Ich habe keine Angst, umgebracht zu werden. Aber ich habe Angst, daß umgebracht wird, wovon Menschen wahrhaft leben: Vertrauen, Achtung vor der Eigenart des anderen, Liebe, Hoffnung, auch der Glaube, der noch lebendig ist und den Bauern Mut macht, den Flüchtlingen zu helfen – all das ist es, was jene Irren ausrotten wollen.«

»Auch meine Musik?«

»Ja, auch deine Musik.« Stella seufzte und mußte lächeln. »Ich hab' sie extra nicht mit aufgezählt, damit du endlich über deine eigenen Wünsche hinausblickst. Du bist ja fast so ein Egozentriker wie Fred. Jetzt merke ich erst, daß ihr wirklich Brüder seid.«

Das war nun wirklich das Letzte, was Bert hören wollte. Doch Stella sagte nur: »Guck nicht so beleidigt! Die Wahrheit wirst du wohl noch vertragen können«, und drückte ihn rasch an sich. Dann war sie schon wieder unterwegs. »Komm jetzt! Laß uns hören, was dieser Besuch zu berichten hat.«

Bert bemühte sich, mit Stella Schritt zu halten, und blieb den Rest des Weges schweigend neben ihr. Nicht beleidigt, eher verwirrt nach diesem Wechselbad von Ernüchterung und Umarmung. Stella hatte ihn nicht verletzen wollen. Warum sprach sie dann so? Traf es vielleicht zu? Bert merkte, daß er anfing, ihr recht zu geben. Seit Oswald ihn ins Sanatorium gebracht hatte, hatte sein Leben sich wie hinter Glas abgespielt. Was draußen geschah, blieb zwar wahrnehmbar, aber es hatte ihn nicht unmittelbar betroffen, und deshalb hatte er sich auch nicht die Mühe gemacht, es wirklich wahrzunehmen, weder im Sanatorium noch bei Oswald. Selbst der Bericht des geflohenen Arztes war ihm eher vorgekommen wie die phantastische Erzählung eines fahrenden Ritters, und dann war er aufgebrochen, um die Geliebte aus den Klauen des Drachens zu befreien. Ein Träumer war er, ein egozentrischer Träumer. Wenn es um Befreiung ging, dann war es Stella, die ihn aus seinem Traumei herauszulocken versuchte. Wohin? Er hatte Angst, diese Gedanken weiter zu verfolgen.

Wenig später, als sie in der Stube mit Jakob bei den beiden Flüchtlingen saßen, ließ diese Frage Bert noch immer nicht los, und es wollte ihm nicht gelingen, sich auf die beiden Fremden einzulassen, die einen dumpfen, säuerlichen Geruch ausströmten, der ihm auf die Brust drückte, beklemmender fast als die kargen Berichte, die er zu hören bekam, ohne sie richtig aufzufassen. Die beiden sahen abgezehrt und erschöpft aus. Tante Paula hatte ihnen zu Essen hingestellt, Brot, Speck und Käse, und Jakob goß Rotwein ein. Langsam aßen sie und kauten mit bedächtig mahlenden Kiefern jeden Bissen, als wollten sie ihn bis zur letzten Spur seines Geschmacks auskosten. Der eine von ihnen, er hieß Markus, war groß und breitschultrig; die vor nicht allzu langer Zeit kahlgeschorenen Haare umschlossen seinen kantigen Schädel wie eine graupelzige Kappe. Er sprach mehr als der andere, der früher wesentlich dicker gewesen sein mochte. Die unter blonden Bartstoppeln seltsam verschwommen wirkende Haut seines Gesichts hing um seine Kinnlade wie eine zu weite Maske. Markus nannte ihn Reinhold. Vornamen genügten hier. Je weniger man von seiner Identität verriet, umso besser.

Bert beobachtete Stella, wie sie hungrig jedes Wort aufnahm, das einer der beiden sagte. Ihr Gesicht wirkte angespannt, ein fast harter Zug um die Mundwinkel ließ es fast fremd erscheinen. Ihre Augen hatte sie auf Markus gerichtet, der etwas von einem Lager im Mittelgebirge berichtete. Einmal blickte sie rasch zu Bert hinüber, als wolle sie sich vergewissern, daß er dem Bericht mit gleicher Aufmerksamkeit folgte wie sie.

Bert gab sich Mühe, die Worte des Flüchtlings aufzunehmen. Stella hielt es für wichtig, also versuchte er es und blickte konzentriert vor sich hin auf die Maserung der Tischplatte. Es gelang ihm aber nicht recht, den Sinn der Wörter zu verstehen. Ein Lager im Mittelgebirge – in Berts Vorstellung entstand das Bild eines übersonnten Wiesengeländes, gesäumt von sanften Hängen mit Birken und Haselgebüsch, ein idyllischer Zeltplatz zum Lagern. Aber das Lager, von dem Markus sprach, war mit soundsoviel tausend *Afaus* belegt. Womit? Bert versuchte, eine Vorstellung zu diesem fremdartigen Begriff zu bilden. Er wagte nicht, nach etwas zu fragen, dessen Kenntnis jeder hier voraussetzte. Er fühlte sich ausgeschlossen aus dem Gespräch, in dem davon die Rede war, daß *Afaus* an Unterernährung starben wie Fliegen, einfach so wegkippten oder weggekippt wurden, offenbar eine besondere Art von Lebewesen, die man aus unerfindlichen Gründen zusammengetrieben und in dieses Lager gepfercht hatte – das Wort *gepfercht* war gefallen –, möglicherweise eine besondere Art Schafe. Unterernährte, sich zusammendrängende Schafe in einem Gatter. Er hörte Schreie. Aber er wagte nicht, die Wirklichkeit zuzulassen, obwohl er spürte, daß dicht unter der dünnen Haut seines Unterbewußtseins eine andere Vorstellung wartete, um in einer schrecklichen Eruption durchzubrechen. Von einem Vulkan war die Rede, einem erloschenen, den man besser in Ruhe ließe, einem Kratersee und einem abgetragenen Dorf. *Abgetragen*, sagte Markus, als rede er von der schäbigen Jacke, die ihm um die mageren Schultern hing. Von Stollenbau sprach der Mann, Schürfarbeit hinab in die Tiefe, um den überhitzten Brei abfließen zu lassen wie bei einem Geschwür, das die darüber gespannte Haut so lange unter steigenden Schmerzen emporwölbt, bis der Durchbruch, herbeigeführt von einer Sonde, Erleichterung verschafft.

Markus berichtete in knappen, unfertigen Sätzen. Der Blonde warf hie und da ein bestätigendes Wort dazwischen. Dann kauten beide wieder langsam und mit Hingabe, schluckten, daß Bert ihren Adamsapfel auf- und absteigen sah unter der stoppeligen Haut, räumten mit der Zunge die Mundhöhle leer und sprachen wieder ein paar Worte, als müßten sie damit ihre Mahlzeit verdienen. Wenn ihre Worte zu versiegen drohten, brachte Stella das stockende Gespräch durch Fragen wieder in Gang. Bert spürte, daß sie seine Anwesenheit kaum noch wahrnahm. Die beiden Flüchtlinge waren die Hauptpersonen. Er selbst saß daneben wie ein Fremder, weit abgerückt, isoliert, ein Außenstehender, der ein Gespräch hört, das ihn nichts angeht. Dabei war ihm ständig bewußt, daß es ihn etwas angehen sollte, aber er brachte es nicht fertig, sich betroffen zu fühlen.

Das trat erst ein – ganz unvorbereitet –, als Bert seinen Familiennamen hörte. Markus hatte ihn ausgesprochen. So heiße er, dieser Professor. Diesen Namen werde er sein Leben lang nicht vergessen. Einen Tag, bevor sie sich davongemacht hätten, sei er zusammen mit dem Ingenieur auf die Baustelle gekommen, um alles zu besichtigen. Jeder von den AVaus hätte ihm mit Vergnügen seine Spitzhacke oder den Spaten ins Genick gehauen, denn das sei der Kerl, der sich diesen Wahnwitz ausgedacht habe, an dessen Folgen schon so viele verreckt seien.

Bert fühlte Erleichterung. Er selbst konnte also nicht gemeint sein. Dann erst begriff er, von wem hier die Rede war, begriff auf einmal, was er unterschwellig längst gewußt, aber verdrängt hatte, verdrängt als den Störfaktor in seiner Beziehung zu Stella. Jetzt sah er diese ausgemergelten, zu Tode geschundenen AVaus, zu denen auch die beiden Männer gezählt hatten, die hier vor ihm saßen, sah, wie fast fleischlose Leichen weggekippt wurden, menschlicher Abfall einer wahnsinnigen Aktion, die sein leiblicher Bruder in Gang gebracht hatte. Jetzt begriff er auf einen einzigen furchtbaren Schlag. Als es ihm endlich gelang, den Kopf zu heben und zu Stella aufzublicken, sah er, wie sie, kalkweiß im Gesicht und mit Augen wie leere schwarze Löcher, vom Tisch aufzustehen versuchte, den Stuhl noch zurückschob, dann aber in sich zusammensackte und eingekrümmt am Boden lag. Wie eine der weggekippten AVaus.

Für kurze Zeit wurde es hektisch. Alle sprangen auf, versuchten sich um Stella zu kümmern, bis Tante Paula hereinkam, mit einem Blick die Lage überschaute und die Männer beiseite scheuchte. Sie brachte Stella durch gutes Zureden und ein feuchtes Tuch wieder zu sich und auf die Beine und führte sie, den Arm um sie gelegt, aus der Stube. »Könnt ihr euch nicht ein bißchen zurückhalten, wenn ihr vor Stella über solche Sachen redet?« sagte sie beim Hinausgehen mit einem vorwurfsvollen Blick über die Schulter und schloß nachdrücklich die Tür von außen.

»Tut mir leid, daß ich die junge Frau so erschreckt habe«, sagte Markus. Es war ihm anzusehen, daß er nicht verstand, was eben geschehen war. »Hat sie das öfter?«

»Nein«, sagte Jakob. »Der Professor, von dem vorhin die Rede war, ist ihr Mann.«

»Verdammt!« Markus griff sich sein Glas und stürzte den Wein auf einen Zug hinunter.

Später lag Bert in seiner Kammer, noch in Kleidern, auf dem Bett, starrte ins Dunkel über sich, wo, fast erreichbar mit der Hand, wenn er aufstehen würde, die niedrige holzverschalte Decke sein mußte, weiß gekalkte breite Bretter mit parallel zur Fensterwand verlaufenden Rillen, doch er sah nur Finsternis, die gleichermaßen beengende Nähe und ins Unendliche sich öffnende Leere vortäuschte. Nebenan lag Stella bei der schlafenden Meta. Paula war noch bei ihr, Bert hörte sie zuweilen leise raunend sprechen, ohne ihre Worte zu verstehen, und dazwischen Stellas auf winzige Laute zurückgeschnürte Stimme, kindhaft, hilflos.

Bert fühlte sich schuldig, daß er sie dieser Tortur überlassen hatte. Er hätte wissen können, wie der Bericht des Flüchtlings sie treffen würde, hätte ihn unterbrechen müssen, ehe das Schreckliche gesagt war, aber er hatte, verstrickt in sich selbst wie er war, erst aufgemerkt, als sein Name fiel. Als ob alles andere ihn nichts anginge. Zum ersten Mal überkam ihn eine Ahnung davon, was Stella auf sich genommen hatte. Es schien ihm, als wolle sie all das Leid, all diese mörderische Grausamkeit, an der Fred beteiligt war, auf ihre Schultern nehmen und mit ihrer leisen Stimme gegen das barbarische Getöse des Wahnsinns angehen. Und diese Frau hatte er mit seinen Anträgen bedrängt wie ein verliebter Junge. Und sie hatte ihn weder ausgelacht noch zurechtgewiesen, sondern in die Arme genommen und gehofft, daß er einsah, was not tat. Sie traute ihm das zu. Das war ihre Art zu zeigen, daß sie ihn mit einbezog in ihre Liebe.

»Sie gehört zu den Menschen, von denen die Zukunft unserer Erde abhängt«, sagte die Signora. »Auch du gehörst dazu. Nur vergißt du zeitweise, was ich dir gesagt habe.«

Obwohl es stockfinster in der Kammer war, sah er die schmale Gestalt der Signora vor sich. Später hätte er nicht sagen können, wie das möglich gewesen war. Sie stand da und schaute ihn mit ihren tiefblauen Augen an. »Wohin hast du dich verrannt?«

»Das wissen Sie doch, Signora. Stella. Es ist aussichtslos.«

»Ein Tor bist du!« Die Signora lächelte, als sie das sagte. »Du liebst sie. Gut. Wie auch nicht. Mit dem Herzen hast du erkannt, wer Stella ist – nur dein Verstand kommt noch nicht nach.«

»Aber sie hält weiter zu Fred, der offenbar keine Ahnung hat, wer sie ist.«

»Und du willst Stella allein für dich haben.«

Bert konnte nicht widersprechen, aber er wollte noch nicht aufgeben. »Nach allem, was Fred getan hat . . .«

». . . braucht er Stellas Liebe notwendiger als du.« Jetzt klang ihre Stimme strenger als zuvor. »Sie ist seine Möglichkeit, auch wenn er das noch nicht ahnt.«

»Da gehe ich am besten zurück.«

»Willst du vor deiner Liebe davonlaufen? Verlauf dich nicht!«

Bert packte der Zorn. »Was soll ich denn tun?« schrie er der Signora lautlos ins Gesicht. »Zuerst schaut Stella mich an, daß mir das Herz stehenbleibt und ich gar nicht anders kann als sie zu lieben. Sie haben es selbst gesagt. Und jetzt soll ich ihr wohl auch noch helfen, ihren Fred aus dem Dreck herauszuholen, in den er aus eigenem Entschluß hineingesprungen ist. Ist das gerecht?«

Die Signora lächelte noch immer. »Es ist wie es ist, und es bleibt dir überlassen, was du daraus machst. Ohne Schmerzen geht es nicht, auch das habe ich dir gesagt.«

Er sah ihr Gesicht nahe vor sich und spürte sich aufgehoben in dieser Anwesenheit. Dann war wieder Dunkelheit. Aber er hörte noch: »Danke für die Kerze!«

Was sollte er nun tun? Darüber hatte die Signora nichts gesagt. Nur das Untunliche war aus ihren Worten zu entnehmen gewesen. Nicht vor der Liebe davonlaufen – das war leicht gesagt. Doch worauf zielte das, wenn es keine Möglichkeit gab, seine Liebe zu konkretisieren? So sah es jedenfalls aus. Gab es diese Möglichkeit wirklich nicht? Wie wird Liebe konkret? Bert fand dieses Wort unpassend, aber es fiel ihm kein treffenderes ein. Wie wird eine solche Empfindung zur Tat? Sehnsuchtsvolle Blicke? Sehnsucht wonach? Nach Küssen? Umarmungen? Sich fallen lassen und versinken? Konkret war das schon, aber war es alles? Auch die Signora hatte er geliebt und doch nicht dieses Verlangen gespürt. Aber die Signora war eine alte Frau. Stella war jung.

Er hörte, wie Tante Paula das Zimmer nebenan verließ und die Tür leise schloß. Die Dielen knarrten unter ihren Schritten, als sie über den schmalen Flur zur Treppe ging. Jetzt lag Stella allein mit ihrem schlafenden Kind. Wahrscheinlich starrte sie genauso im Finstern gegen die Decke wie er selbst, verzweifelt und ohne Trost in ihrem Kummer. Was lag näher, als aufzustehen, zwei Türen zu öffnen und wieder zu schließen, um bei ihr zu sein und sie zu trösten? Nur zu trösten? Was versprach er sich von diesem Zimmerwechsel? Sogar noch jetzt, wo ihm klar war, wie Stella zumute sein mußte, nachdem das Entsetzen über Freds Projekt ihr vorübergehend das Bewußtsein geraubt hatte? Vielleicht war es jetzt so weit gekommen, daß unter dem brutalen Schock dieser Nachricht ihre Bindung an Fred endlich zerbrochen war? Bert begann diese Möglichkeit in Gedanken durchzuspielen, aber er blieb auf seinem Bett liegen, weil er zu genau wußte, daß er nur ein Spiel trieb, eine Art beschämender Selbstbefriedigung.

Was hatte die Signora ihm gedeutet? Erwartete sie etwas von ihm? Und Stella? Es erschreckte ihn, daß er keine Antwort darauf wußte. Hatte er so wenig auf ihre Worte geachtet? Vielleicht nur auf solche, die seinen Wünschen entgegenzukommen schienen? War Stella für ihn nur ein Spiegelbild seiner eigenen Begierden, das die eigentliche Stella verbarg, ein Mensch, den er bisher kaum wahrgenommen hatte? Er würde Stella nie ganz wahrnehmen, wenn er nicht aufhörte, nur auf seine Trauer und sein Begehren zu starren. Die Neugier auf diese Frau, der er noch nie mit ungetrübtem Bewußtsein begegnet war, hielt ihn weiter wach und ließ ihn den Morgen mit Ungeduld herbeiwünschen.

Als Bert in die Küche kam, saßen die anderen schon beim Frühstück. Stella sah übernächtigt und blaß aus, aber sie sprach ruhig mit den beiden Flüchtlingen, befragte sie, wie es ihnen gelungen sei, den Wächtern zu entkommen, welchen Weg sie genommen und wo sie sich bei Tag versteckt hätten, woher sie wüßten, daß ihnen hier weitergeholfen würde. In Berts Ohren klang das wie ein Verhör, aber die beiden Männer schienen das anders zu empfinden und gaben bereitwillig Auskunft.

»Sie brauchen nicht zu fürchten, daß zu viel über den *Stern* geschwätzt wird«, sagte Markus. »*Sternsucher* gibt es viele im Lager, aber man muß schon eine Zeitlang dort gewesen sein, um zu erfahren, wie der *Stern* zu finden ist. Ein paar Leute wissen es, aber sie beobachten dich so lange, bis sie dir vertrauen können, und auch dann nennen sie dir nur die nächste Adresse. Erst beim Grieserbauer haben wir erfahren, wo der *Stern* über den Horizont steigt.«

Bert begriff nicht, wovon die Rede war. »Welcher Stern? Bist du damit gemeint, Stella?«

»Nein.« Stella schaute ihn nachdenklich an. Prüfend, so empfand es Bert. »Du weißt ja von alledem noch kaum etwas, also erkläre ich es dir jetzt. Wir brauchten einen Decknamen für die Leute, die überall im Land den Flüchtlingen weiterhelfen. Hier ist nur die letzte Station vor der Grenze, wo *der Stern über den Horizont steigt.* Jakob hat den Namen vorgeschlagen. Kann sein, daß er dabei an meinen gedacht hat. Nicht ich bin der *Stern*, doch ich gehöre dazu.«

»Warum hast du mir nicht schon früher davon erzählt?«

»Versucht hab' ich es, aber du hattest wohl andere Gedanken im Kopf.« Stella brachte sogar ein Lächeln zustande.

»Ich habe nicht gewußt, wie wichtig das für dich ist. Kann ich dabei helfen?«

»Wenn es dir selbst wichtig genug erscheint?«

Diese Antwort Stellas hatte Widerhaken. Bert merkte es, als er darüber nachdachte. »Ich glaube, es könnte wichtig für mich werden«, sagte er nach einer Weile und war sich durchaus nicht darüber im klaren, ob er sich um der Aufgabe willen für den *Stern* engagieren wollte oder nur deshalb, weil die Unternehmung diesen Namen trug, der ihm so lieb war.

Er fand keine Zeit, diese Frage zu entscheiden, denn Tante Paula kam eilig in die Küche und sagte: »Grenzer sind unterwegs. Die Luken stehen offen!«

Jakob stand auf. »Ich gehe ins Dorf nachschauen, was sie im Schilde führen. Ihr bleibt im Haus. Geht hinauf in Stellas Zimmer. Dort gibt's ein Versteck unter der Dachschräge. Stella wird es euch zeigen. Verkriecht euch, wenn Leute kommen!«

Das Versteck war geschickt angelegt. Stella ging mit den anderen hinauf. »Wenn du hinter dem Bett hier an der Fensterwand des Zimmers eine Leiste verschiebst, läßt sich die Täfelung zurückklappen, und du brauchst dich nur noch in die Dachschräge rollen zu lassen und die Klapptür von der anderen Seite aus zu verriegeln. Das Zimmer ist so eingebaut, daß du notfalls auch noch durch einen Spalt nach oben in den Raum unter dem Dachfirst schlüpfen kannst.« Nachdem sie den drei

Männern alles gezeigt hatte, sagte Stella, sie müsse sich jetzt um ihre Tochter kümmern, die schon seit dem frühen Morgen im Vorgarten spiele.

»Haben Sie keine Angst vor den Grenzern?« fragte der ehemals dicke Reinhold, der am liebsten gleich hinter der verborgenen Tür geblieben wäre.

»Ich bin hier aufgewachsen und gelte als Einheimische. Außerdem weiß der Gendarm unten im Dorf, mit wem ich verheiratet bin.« Stella sagte das ohne jeden Sarkasmus und ließ dann die Männer allein.

Bert und Reinhold setzten sich auf Stellas Bett, Markus blieb am Fenster stehen und beobachtete den Weg zum Haus. Nach einer Weile sagte er: »Was ist das für eine Frau? Jetzt lacht sie unten mit ihrem Kind, als ob nichts geschehen wäre. Vorhin hat sie uns ausgefragt wie jemand, der den ganzen Organisationsplan des *Stern* im Kopf hat, und gestern abend hat es ihr fast das Herz gebrochen, als sie hören mußte, was ihr Mann angerichtet hat. Kennen Sie Stella näher, Bert?«

»Sie ist mit meinem Bruder verheiratet.« Eine Zeitlang schwieg Bert. »Wer sie eigentlich ist, fange ich allenfalls an zu ahnen. Manchmal erscheint sie mir wie das Leben selbst, das sich gegen den Tod stellt, ihm ins Auge schaut. Oder wie eine, die sich mit den Schultern unter den Tragstein eines zusammenbrechenden Gebäudes geschoben hat und entschlossen ist, es zu stützen. Zu halten. Eine mit Hoffnung wider alle sogenannte Vernunft. Woher sie diese Kraft nimmt, weiß ich nicht.«

»Hat sie denn überhaupt keine Angst?« sagte Reinhold. »Sie sitzt auf der Bank vorm Haus und spielt mit ihrer Tochter. Daß dieser Professor ein Kind hat, das so lachen kann –«

»Als Kind konnte auch mein Bruder lachen«, sagte Bert. »Erst später hat er sich in sein Gehäuse verkrochen wie eine Schnecke. Ich glaube, er hatte Angst vor den Menschen.«

»Und jetzt jagt er ihnen selber Angst ein. Das ist wohl die Folge davon.« Markus schaute wieder zum Fenster hinaus, und nach einer Weile sagte er: »Jetzt kommt der Bauer zurück. Allein.«

»Dann brauchen wir nicht unters Dach zu kriechen«, sagte Bert. »Er wird irgend etwas erfahren haben, sonst wäre er länger ausgeblieben.«

Bald darauf hörten sie ihn die Stiege heraufpoltern. Er trat rasch ins Zimmer und sagte: »Ich wäre den Weg herauf gerannt, wenn das nicht zu auffällig gewesen wäre. Die Grenzer durchsuchen im Dorf jedes Haus. Ich glaube, sie sind hinter euch beiden her. Ihr müßt so schnell wie möglich verschwinden. Am besten gleich über die Grenze.«

»Und wer zeigt uns den Weg?« fragte Markus.

»Ich werde ihn euch beschreiben müssen. Jetzt kann ich nicht mitgehen. Die Kerle werden auch zu uns kommen, und ich will die Frauen nicht allein lassen.«

Bert schaute Reinhold an, der schon wieder vor Angst zu zittern begann. »Ich werde sie führen. Den Weg kenne ich ja.« Dieser Entschluß überraschte ihn selbst, und erst danach begann er vernünftig zu denken. »Gib mir ein paar alte Sachen von dir, Jakob, damit man mich notfalls für einen Einheimischen hält.«

»Hast du dir das auch gut überlegt? Es ist gefährlich.«

»Das weiß ich. Aber ich will hier nicht länger untätig herumsitzen.«

»Willkommen im *Stern!*« sagte Jakob. »Wenn du schon mitgehst, könntest du auch gleich deinen Freund Oswald besuchen. Ich glaube, er wäre der richtige Mann, drüben auf der anderen Seite dafür zu sorgen, daß sich unsere Grenzgänger nicht verlaufen.«

Er holte für Bert eine Lodenhose, einen gestrickten Janker und einen verbeulten Filzhut. »Auf einigen Abstand gehst du damit als einer durch, der oben auf der Alm zu tun hat«, sagte er, als Bert sich in aller Eile umgezogen hatte. »Aber mach den Mund nicht auf! Am besten spielst du den Stummen, wenn dich einer etwas fragt.«

»Den Dorfdeppen?« Bert lachte. »Die Rolle liegt mir.«

Tante Paula hatte inzwischen für Proviant gesorgt, der in einem Rucksack verstaut wurde, und keine Viertelstunde später machten die drei sich auf den Weg.

»Du gehst mit?« fragte Stella überrascht, als sie Bert aufbruchbereit bei den anderen im Vorraum stehen sah.

»Vielleicht komme ich dabei auf andere Gedanken.«

Stella küßte ihn und sagte: »Paß auf dich auf! Und komm wieder!«

Sie gingen durch die Hintertür und schlichen auf der Rückseite des Hauses durch Gebüsch und Apfelbäume bis hinauf zum Wald. Erst als sie das Dorf nicht mehr sehen konnten, benutzten sie den Almweg, auf dem man rascher vorankam als durch das Unterholz. Am Anfang sprachen sie noch, aber wer schnell bergauf geht, vergeudet seinen Atem nicht für unnötige Worte.

Nach etwa vier Stunden meinte Bert, daß sie bald den Almboden erreichen müßten. Die Fichten rechts und links des Weges standen hier schon nicht mehr so dicht und waren mit zottelnden Bartflechten behangen, manche auch vom Sturm zersplissen, und zwischen den Stämmen lagen vereinzelt moosüberwachsene Felsblöcke, die irgendwann von weiter oben herabgerollt waren. Müde von dem raschen Aufstieg, setzten sie sich für eine kurze Ruhepause an den Wegrand.

Es war unglaublich still unter den Bäumen. Als sie auf dem Weg herangekommen waren, war über ihnen kreischend ein Tannenhäher aufgeflogen. Hie und da hämmerte in einiger Entfernung ein Specht, und wenn er aufhörte, schien sich die

Stille noch zu vertiefen. Nach einer Weile meinte Bert, von weither das Geräusch eines Motors zu hören. Vielleicht ein Traktor auf einem Almweg, dachte er, oder eine Motorsäge, mit der Waldarbeiter Bäume fällten. Doch das Geräusch wurde stetig lauter und kam näher, ohne Zweifel von dem Weg, der unter ihnen in weiten Serpentinen den steilen Hang heraufführte. Das war kein tuckernder Traktor, sondern ein rasch fahrender Wagen.

»Da kommt uns jemand nachgefahren«, sagte Markus. »Das könnten Grenzbeamte sein. Wir müssen uns verstecken.«

Es war nicht schwierig, in diesem Wald unterzutauchen. Wenige Schritte neben dem Weg lag ein fast mannshoher Felsblock, in dessen Schutz ein dichtes Gestrüpp von Jungfichten aufgeschossen war. Unter den bodentiefen Zweigen krochen die drei bis an den Felsen heran. Hier waren sie von keiner Seite aus zu entdecken. Mit aufheulendem Motor nahm das Fahrzeug die letzte Kurve, und jetzt war zu hören, daß ihm noch ein zweites folgte. Gleich darauf sahen sie aus ihrem Versteck zwei graue Geländewagen den Weg heraufkeuchen. In jedem saßen fünf mit Gewehren bewaffnete Grenzer.

Als die Fahrzeuge längst außer Sicht und auch nicht mehr zu hören waren, hockte Bert mit den beiden Flüchtlingen noch immer zwischen den kratzenden Fichtenzweigen.

»Wie soll's jetzt weitergehen?« sagte Markus. »Irgendwo zwischen uns und der Grenze werden sich bald diese zehn Kerle herumtreiben.«

»Wir müssen herausbekommen, was sie vorhaben«, sagte Bert. »Vielleicht bleiben sie auf der Alm. Den Weg können wir jedenfalls nicht mehr benützen.«

Sie stiegen weiter durch den Wald auf, so unwegsam und voller Felsbrocken der Hang hier auch war, und als sie zwischen den Stämmen auf die Wiesen hinausblicken konnten, folgten sie der Baumgrenze, bis sie unmittelbar über sich die Almhütte sahen. Von den Grenzern war keiner zu erblicken, aber ihre Wagen standen neben dem Stadel, in dem Bert im Frühjahr geschlafen hatte.

»Vielleicht sitzen sie in der Stube und essen«, sagte er.

Markus wollte sich nicht auf Vermutungen verlassen. »Ebensogut können sie schon unterwegs sein zur Grenze.«

Eine Zeitlang blieben sie hinter einem kleinen, aus aufeinandergelegten Balken gefügten Heustadel am Waldrand stehen und warteten, ob sich oben jemand zeigte. Aber außer einer Magd, die zum Brunnen ging und dort einen Eimer mit Wasser vollaufen ließ, regte sich nichts.

»Das dauert mir zu lange«, sagte Bert schließlich. »Ich gehe nachschauen.«

»Und wenn man Sie erwischt?« Reinhold bekam es mit der Angst zu tun.

Bert war durchaus nicht wohl in seiner Haut, aber er hatte sich einmal auf dieses Unternehmen eingelassen und wollte es nun auch durchführen. »Mich suchen die ja nicht. Schließlich bin ich ein Einheimischer.«

»Und ein Dorfdepp dazu, vergessen Sie das nicht!« Markus grinste.

Etwas mühsam gab ihm Bert das Grinsen zurück, griff sich einen Rechen, der an der Außenwand des Stadels hing, schulterte dieses unverdächtige Gerät und stapfte die Wiese hinauf. Mit jedem Schritt wurde ihm mulmiger zumute, und ein zittriges Gefühl schwächte ihm die Kniekehlen, aber seine Beine bewegten sich wie von selbst. Bei der Hütte blieb noch alles ruhig, und als er aufatmend in ihren Schatten trat, war er überzeugt, daß die Grenzer zu Fuß weitergegangen waren.

Da wurde keine drei Schritt weit neben ihm die Tür aufgestoßen, und einer der uniformierten Männer trat heraus. Er schaute Bert mit routinemäßig prüfendem Blick an und sagte: »Gehörst du hierher? Ich hab' dich noch nie gesehen.«

Bert blieb stehen, und der Ausdruck von Schreck und Verwirrung auf seinem Gesicht war keineswegs gespielt.

»Wer du bist, will ich wissen!« Die Stimme des Grenzers klang schon merklich schärfer.

»Häh?« Mehr brachte Bert nicht heraus und fand damit allmählich in seine geplante Rolle.

»Wohl schwer von Begriff? Jetzt aber rasch! Name, Wohnort, Zweck des Aufenthalts hier oben!«

»Häh?« Bert sah nun wahrhaft stupide aus.

In diesem Augenblick kam die Magd mit einem Kübel voll nasser Tücher aus der Tür und blieb überrascht stehen. Bert blickte ihr, ohne eine Miene zu verziehen, beschwörend in die blauen Augen und lachte dann blöde vor sich hin.

Der Grenzer hatte inzwischen genug von dieser einseitigen Unterhaltung und suchte Hilfe bei der Magd. »Was ist denn das für einer? Sagt der immer nur häh? Gehört der hierher?« und dabei studierte er eingehend das dämliche Gesicht, das Bert fast ohne Mühe zustande gebracht hatte.

»Der Loisl?« Die Magd zögerte keinen Augenblick. »Natürlich gehört der hierher!« und dabei kniepte sie Bert für den Bruchteil einer Sekunde zu. »Der ist ein bissl deppert, aber recht anstellig beim Heumachen. Er redet halt nicht viel.«

»Das kann ich bestätigen!« Der Grenzer lachte, ging dann hinüber zum Stadel und schlug an dessen Balkenwand in gewaltigem Strahl sein Wasser ab, wobei ihn die Anwesenheit der Magd offenbar nicht störte. Seine Hose zuknöpfend, kam er zurück, schaute Bert im Vorübergehen starr ins Gesicht und sagte: »Häh?« worauf dieser in meckerndes Gelächter ausbrach. »Völlig behämmert«, sagte der Grenzer kopfschüttelnd und ging zurück in die Hütte.

Sobald er die Tür hinter sich geschlossen hatte, ließ Bert seine Gesichtszüge in ihre gewohnte Lage zurückgleiten und fragte: »Sind die alle zehn drinnen in der Stube?«

»Ja. Sie saufen Milch wie die Kälber und essen ihr Mitgebrachtes. Ich werde dem Senner sagen, er soll ihnen Schnaps ausschenken. Dann bleiben sie sicher noch eine Stunde hocken. Bist du allein?«

Bert schüttelte den Kopf und blickte hinunter zum Wald.

»Schaut, daß ihr rasch weiterkommt!« sagte die Magd. »Viel Glück! Bleibst du drüben?«

»Nur ein paar Tage. Wenn ich die dort unten auf den richtigen Weg gebracht habe, komme ich zurück.«

»Dann paß auf, ob Käsetücher am Stadel hängen!« Die Magd zeigte auf die feuchten Leinentücher in ihrem Kübel. »Gewöhnlich trocknen wir sie an der Stange unter dem Hüttendach, aber wenn Grenzer unterwegs sind, hängen wir unser Zeug rings um den Stadel auf. Oben am Joch, wo es über die Grenze geht, gibt es eine Stelle, von der aus kannst du die Alm sehen.«

Bert bedankte sich, schulterte seinen Rechen und trottelte langsam hinab über die Wiese, falls ihm aus dem Fenster einer nachschaute. Um so schneller gingen sie dann unterhalb der Alm zu dritt weiter durch den Wald. Erst als die Dächer hinter einer Bodenwelle untergetaucht waren, wagten sich die drei Grenzgänger ins Freie.

Von dieser Stelle aus mußten sie über einen steilen, von Felsstufen durchsetzten Hang aufsteigen. Die beiden Flüchtlinge schienen schon jetzt am Ende ihrer Kräfte zu sein, aber Bert trieb sie weiter bergauf, obwohl er selbst schon keuchte. »Weiter!« rief er, sobald sich einer von ihnen auf eine Felskante setzen wollte. »Spätestens in einer Stunde haben wir sie auf den Fersen, und das sind satte, ausgeruhte Männer.«

Ein paarmal gerieten sie in schroffe Abstürze, in deren Fels kein Weiterkommen war, und mußten ein Stück zurückgehen, um es weiter nach der Alm hin zu versuchen. Das Scheppern von Viehglocken lockte sie um eine Felsnase. Da sahen sie bis weit hinauf am Hang Jungvieh weiden. Während sie auf den von Kälbern ausgetretenen Spuren leichter als bisher aufstiegen, drehte sich Bert um und sah weit unten spielzeugklein die Alm liegen. Am Stadel wehten weiße Tücher. Die Grenzer kamen eben aus der Hütte und sammelten sich zum Abmarsch. »Jetzt müssen wir uns beeilen!« sagte Bert, und Markus: »Hoffentlich halten sie uns für Kuhhirten.«

An diese Hoffnung hielt sich auch Bert, solange noch Vieh über ihnen am Hang stand, doch als sie die letzten Kälber hinter sich gelassen hatten, hörten sie von unten einen Schuß blaffen, dessen Echo vielfach von den Bergflanken ringsum zurückgeworfen wurde. »Jetzt ist die Jagd offen«, sagte Markus, und Bert brauchte seine Gefährten nicht mehr zur Eile anzutreiben.

Sie hasteten das letzte Stück des Hangs hinauf bis zu den zerklüfteten Felsen darüber. »Wir müssen uns links halten!« schrie Bert. »Dort muß irgendwo der Steig zum Joch sein!« Ein paar dutzend Schritte weiter stießen sie auf die schmale Spur, die sich nur stellenweise in der Grasnarbe abzeichnete, und nun brauchten sie nicht mehr zu fürchten, ins Unwegsame zu geraten. Ehe sie einen Felsblock umkletterten, der ihnen die Aussicht ins Tal verstellen würde, blickte Bert noch einmal zurück und sah, wie die ersten Grenzer eben am Fuß der Kälberweide hinter einer Bodenwelle auftauchten. Er trieb die beiden anderen zur Eile, und in einer weiteren halben Stunde sahen sie das Joch schon über sich.

»Nun kommt es nur noch darauf an, daß wir oben sind, ehe die Grenzer hier herauskommen«, sagte Markus. Alle drei waren außer Atem, und auch Bert zitterten die Knie. Jeder einzelne Schritt schien ihm von endloser Dauer zu sein, und wenn er von einem Tritt um eine Schuhlänge zurückrutschte, fuhr ihm ein Stich ins Herz, als habe ihn schon eine Kugel getroffen. Sie waren nur noch wenige Meter unter dem Grat, als sie die ersten Schüsse knallen hörten. Gestein spritzte,

Querschläger sirrten. Das aktivierte ihre letzten Kräfte. Sie stürmten zu der rettenden Felskante hinauf und warfen sich darüber. Auf der anderen Seite blieben sie keuchend liegen.

Bert sah, daß Reinhold ein blutbeflecktes Taschentuch um seine linke Hand wickelte. »Sind Sie verletzt?« fragte er, aber Reinhold winkte ab. »Nur ein Kratzer von einem Steinsplitter.«

»Dann rasch hinunter bis zum nächsten Versteck! Wir sind zwar schon jenseits der Grenze, aber auf diesem Abhang können sie uns abknallen wie Hasen.«

Bergab ging es schneller, und als die Grenzer oben auf dem Joch standen und sich die Augen ausschauten, hockten die drei schon im Latschengebüsch hinter einem Felsblock und warteten, bis die Verfolger wieder verschwunden waren.

Eile war nun nicht mehr nötig. Sie gingen an diesem Tag nur noch bis zu einer Alm, die ein Stück weiter unten an ihrem Weg lag, fanden freundliche Aufnahme, bekamen ein Mus vorgesetzt aus Mehl und Rahm, so dick, daß es sich stückweise mit dem Löffel aus der Pfanne stechen ließ, kratzten sie gemeinsam bis auf den letzten Rest leer und schliefen dann im Heu bis weit in den nächsten Morgen.

Als sie spät am Vormittag gähnend aus dem Stadel traten, um sich am Brunnen zu waschen, erschraken sie erst einmal zu Tode. Vor der Almhütte stand ein Geländewagen, in dem zwei uniformierte Männer saßen. Auf den zweiten Blick sah Bert, daß sie andere Uniformen trugen als ihre Verfolger. Sie stiegen ohne jede Hast aus ihrem Wagen, und einer von ihnen fragte lachend, ob sie gut geschlafen hätten.

»Wie Tote, erschossen wie wir waren«, sagte Markus und grinste erleichtert.

»Nahe genug dran wart ihr ja«, sagte der Beamte. »Wir bekamen eine Meldung über diese Schießerei an der Grenze. Da sind wir heraufgefahren, um nachzuschauen.«

Er ließ sich erzählen, wie die Flucht abgelaufen war, gab sich zufrieden damit, daß *keine Grenzverletzung* durch die von der anderen Seite stattgefunden hatte, und fragte nur noch, ob sie jemanden angeben könnten, der sie aufnehmen würde. Als Bert Oswalds Namen nannte, schnalzte der Beamte genüßlich mit der Zunge. »Eine gute Adresse! Wir bringen euch nachher bis vor die Haustür. Frühstückt erst einmal!«

Ehe sie abfuhren, verband der andere Beamte fachgerecht Reinholds verletzte Hand. »Eigentlich wollte ich Arzt werden«, erzählte er dabei, »aber dazu hat es nicht gereicht.« Er ließ offen, ob sich das auf seine Lernfähigkeit oder auf finanzielle Mittel bezog. Auf das Versorgen von Wunden verstand er sich jedenfalls.

Zwei Stunden später stiegen sie vor Oswalds Ansitz aus dem Wagen. Er öffnete selbst die Tür, lud alle, auch die beiden Beamten, in sein Haus ein, rief im Vorbeigehen durch die Küchentür, daß fünf Gäste zum Mittagessen bleiben würden und quittierte Rosas empörten Aufschrei mit dröhnendem Lachen. Dann saßen sie oben in der Stube beieinander, tranken den Roten aus Oswalds Weingarten, und er ließ sich erzählen, wie sie, immer die Grenzer auf den Fersen, übers Gebirge gehetzt worden waren. Auf Geschichten dieser Art war er immer erpicht; er fragte nach jeder Einzelheit, insbesondere erbat er sich von Bert eine detaillierte Beschreibung der Magd. »Ein Jammer, wenn man es bei solchen Gelegenheiten eilig hat und obendrein noch den Deppen spielen muß.« Oswald hatte gut reden, fand Bert.

Beim Mittagessen verstand Bert schon besser, warum der Grenzbeamte mit der Zunge geschnalzt hatte. Offenbar kannte dieser Rosas Kunst, in kürzester Zeit ein üppiges Empfangsmahl auf den Tisch zu bringen. Als Bert dann noch bemerkte, wie Oswald jedem der beiden Beamten zum Abschied die Hand nicht nur drückte, sondern auch füllte, rundete sich dieser

Eindruck ab und gab ihm Anlaß, über die jenseits und diesseits der Grenze recht unterschiedlichen Gepflogenheiten von Staatsbeamten nachzudenken. Ganz so uneigennützig hilfsbereit kamen ihm die hiesigen zwar nicht mehr vor, dafür aber um so menschlicher.

Schon bei seinem ersten Aufenthalt in Oswalds Haus hat sich Bert so gefühlt, als sei er unversehens in eine andere Welt geraten oder doch wenigstens auf eine andere Zeitebene. Diesmal kommt ihm dies noch viel stärker zu Bewußtsein. Auf welche Weise Oswald fast nebenbei durch drei oder vier Telefongespräche die Unterbringung der beiden Flüchtlinge regelt – sie werden nach einer Erholungszeit einstweilen in der Landwirtschaft arbeiten, bis eine für ihre Berufsausbildung angemessene Stelle gefunden ist –, und wie man hier überhaupt dergleichen Probleme in aller Offenheit mit irgendjemandem besprechen kann, das hat er während der wenigen Monate drüben schon fast vergessen. Wenn hier im Dorf jemand zum Kirchturm hinaufschaut, will er allenfalls wissen, wie spät es ist.

Mit gleicher Unbekümmertheit macht sich Oswald auch sofort daran, alle möglichen Leute für den Empfang künftiger Flüchtlinge zu engagieren, und er lacht nur, wenn Bert vorsichtig zu bedenken gibt, daß es vor allem auf die Verläßlichkeit dieser Personen ankomme. »Weiß ich doch«, sagt Oswald. »Bei uns kann man offen miteinander reden, und dabei erfährst du sehr bald, wem du trauen kannst.« Nach einer Weile fügt er hinzu: »Zum Schlimmsten gehört bei euch dort drüben, daß selbst Freunde und Verwandte einander zu mißtrauen beginnen. Aber darauf legen es die Infos wohl an.«

Einen Tag später, während Markus und Reinhold schon drüben auf der anderen Talseite sich bei einem Weinbauern an das ländliche Leben zu gewöhnen beginnen und Bert bei

Oswald in der Stube sitzt, um ihn genauer in die Arbeitsweise des *Stern* einzuweihen, sagt Oswald, den Margreiter habe er auch schon für diese Sache gewonnen, und danach schaut er Bert eine Weile schweigend an. Agnes ist die Tochter vom Margreiter, das hat Bert nicht vergessen, aber er weiß nicht, wie er auf Oswalds Blick reagieren soll. Agnes. In seinem Bewußtsein ist sie während der Wochen auf dem Leitnerhof hinter Stellas Anwesenheit zurückgetreten, war zuletzt nur noch eine schemenhafte Figur aus einem Traum, der lange zurückliegt. Vielleicht hat Bert wirklich von ihr geträumt. Aber er gehört zu den Menschen, die sich am Morgen ihrer Träume nur ganz selten erinnern. Jetzt, in dieser Stube, in der er oft zusammen mit Agnes gesessen hat, wird sie plötzlich wieder gegenwärtig. Fast körperlich spürbar. Ihr Gesicht taucht aus der Vergessenheit oder der Verdrängung. Der Blick ihrer Augen.

»Ist sie zu Hause?«

Oswald schüttelt den Kopf. »Sie gibt wieder Konzerte, irgendwo im Süden. Dein Verleger hat das arrangiert. Er will ja deine Lieder verkaufen, die sie singt. Hier und da liest man eine gute Kritik in der Zeitung. Agnes sei besser als je zuvor, heißt es. Ehe sie abgefahren ist, war sie noch einmal hier. Ohne dich hätte sie das nicht geschafft, hat sie gesagt. Und dann ist sie eine Weile allein drüben am Klavier gesessen. Aber gespielt hat sie nicht.«

Bert hört sich das an, stellt es sich vor und gerät dabei in eine Traurigkeit, die er noch nicht näher begründen kann. Also kann er auch nicht darüber reden.

»Und wie ist das mit Stella?« fragt Oswald.

Diese Frage konsterniert Bert vollends. Er fürchtet Oswalds ironischen Blick, noch ehe er den von vornherein zum Scheitern verurteilten Versuch unternimmt, sein Verhältnis zu Stella wenigstens annähernd zu beschreiben. Er schaut vor sich hin, setzt ein paarmal zum Sprechen an, aber der Weg vom Hirn – oder auch vom Herz – zum Sprechwerkzeug ist blokkiert, und das ist nicht verwunderlich angesichts einer Frage, auf die er selbst keine eindeutige Antwort weiß.

»Liebst du sie wirklich?« Oswalds Frage klingt, als wolle er sich einen Satz bestätigen lassen, den er vor Monaten ausgesprochen hat.

»Natürlich!« sagt Bert sofort – aber in einem Ton, der unweigerlich weitere Fragen provozieren muß.

»Und sie? Liebt sie dich?«

Diesmal kommt Berts Antwort mit beträchtlicher Verzögerung. »In gewisser Weise schon«, sagt er unsicher.

Oswalds ironischer Ausdruck, jetzt müßte er eigentlich schon in seinen Augen abzulesen sein, aber Bert wagt erst gar nicht, den Blick von seinem Glas zu lösen, von den blutroten Glanzlichtern, die wie von innen heraus leuchten und ein sonderbar verschlungenes Muster auf die Maserung der Tischplatte zeichnen. Eine mit Feuer gefüllte Sanduhr.

»In gewisser Weise? Ich habe mir immer ziemlich rasch Klarheit darüber verschafft, ob eine Frau mich liebt. Was bringt dich zu einer derart eingeschränkten Aussage?«

»Mein Bruder Fred. Sie hat ihn zwar verlassen, aber es sieht so aus, als liebe sie ihn noch immer. Ihre Abreise war ein letzter Rettungsversuch.« Und nach einer längeren Pause: »Ich glaube, das Ganze ist für sie im Grund der Prüfstein dafür, ob die Menschen noch zu retten sind.«

Eine Weile sagt Oswald gar nichts. Das dauert so lange, daß Bert endlich den Mut findet, den Blick zu heben und den Freund anzuschauen. Keine Spur von Ironie. Eher Staunen über etwas Unerwartetes oder gar Unfaßbares. »Was für eine Frau!« hört Bert ihn sagen.

Zwei Tage später stieg Bert mit Oswald wieder zum Grenzjoch

hinauf. »Hast du herausgefunden, von welcher Stelle aus man von oben die Alm sehen kann?« fragte Oswald, als sie dicht unter dem Felsgrat standen.

»Wir waren ziemlich in Eile. Irgendwo hier in der Nähe muß das sein.«

»Geh du nach links! Ich such' auf der rechten Seite.«

Bert spähte von verschiedenen Standorten aus über den Grat, konnte dabei zwar weite Teile des Almbodens überblikken, der leuchtend grün unter ihm in der Sonne lag, aber die Gebäude standen näher zum Berg hin und blieben hinter einer zerklüfteten Felsbarriere verborgen. Dann sah er, wie Oswald weiter rechts und etwas höher als er auf dem Grat stand und winkte.

Sobald Bert neben ihm stand, begriff er, daß dies der einzige Platz sein mußte, von dem aus ein Blick auf die Hütten möglich sein konnte. Durch eine Kluft in dem vorgelagerten Felsriegel waren alle drei Gebäude deutlich zu erkennen, die Hütte, der Stall und der Stadel.

»Keine Käsetücher!« sagte Oswald. »Weißt du was? Ich komme mit. Diese Stella muß ich unbedingt kennenlernen.«

»Gib wenigstens zu, daß du auch auf die Magd von der Alm neugierig bist.«

Oswald lachte. »Wundert dich das nach deiner Beschreibung?«

»Die du Wort für Wort aus mir herausgefragt hast! Aber lauf mir nicht davon vor lauter Ungeduld. Diesmal will ich mich nicht so hetzen lassen.«

Bert ließ sich Zeit beim Abstieg, blieb hier und da stehen, um über niedrigere Gebirgszüge hinweg weit nach Norden zu blicken in den fernen Dunst, der wie das zähe Gespinst eines grausamen Insekts das Land überzog. Bei der Felsbarriere auf halber Höhe des Hangs zeigte er Oswald die Stelle, von der aus die Grenzer nach ihnen geschossen hatten. Zwischen den Steinen lagen noch Patronenhülsen. Vielleicht wollte er damit die Leichtfertigkeit, mit der Oswald sich um der schönen Augen zweier Frauen willen zu diesem Abenteuer entschlossen hatte, etwas dämpfen. Das Überschreiten der Grenze hatte Bert als eine Rückkehr in den Bereich der Gefährdung empfunden, die von der Ebene her bis herauf in die Gebirgstäler ihre Fühler ausstreckte. Daß Oswald dies offenbar nicht so empfand und unbeschwert eines seiner verwegenen Lieder vor sich hinpfiff, irritierte ihn. Als ob der Freund die Gefahr nicht ernstnähme, unter der er selbst sich hier mit den beiden Flüchtlingen vor wenigen Tagen mit letzter Kraft jeden Schritt abgerungen hatte.

So kam es, daß Bert tatsächlich zurückblieb und erst bei der Almhütte eintraf, als Oswald schon am Brunnen stand, aus der hohlen Hand von dem eisigen Wasser trank und zwischendurch lachend mit der Magd plauderte, die dort wieder einmal Käsetücher ausgewaschen hatte.

»Keine Angst!« rief er Bert entgegen. »Zenzi will das Leinenzeug nicht an den Stadel hängen.« Natürlich wußte er bereits ihren Namen.

»Grüß dich, Loisl!« sagte Zenzi. »Da bist du ja wieder. Heut siehst du viel gescheiter aus.«

Auf diese Weise wurde Bert ganz gegen seinen Willen in die Fröhlichkeit des Gesprächs hineingezogen, bis er selber lachen mußte und dabei merkte, daß er seine Heldentat zu ernst genommen hatte. Es hob aber doch sein Selbstgefühl, als Zenzi sagte, daß sie um sein Leben gezittert habe, als oben am Joch die Schießerei losgegangen sei.

Später, als sie in der Hütte einen Becher Milch tranken und der Senn ihnen den Almkäse zu kosten gab, erfuhren sie, daß die Grenzer vor zwei Tagen hinunter ins Tal gefahren waren, aber noch im Dorf geblieben sein könnten. »Wißt ihr Bescheid mit dem Kirchturm?« fragte er.

Bert nickte. »Ihr überlaßt hier nichts dem Zufall.«

»Nicht erst, seit man Jagd auf Menschen macht. Hier oben haben wir die Grenzer schon seit jeher an der Nase herumgeführt. Den Trick mit den Käsetüchern kannte schon mein Großvater. Geschmuggelt wurde immer, aber jetzt haben wir sogar ein gutes Gewissen dabei.«

Eine gewisse Übung in Aufsässigkeit gegenüber den Behörden erhalte in solchen Zeiten unversehens eine tiefere Berechtigung, meinte Oswald, als sie schon auf dem Almweg durch den Bergwald dem Tal zu wanderten. Er entsann sich, daß schon in seiner Kindheit ein reger illegaler Grenzverkehr stattgefunden hatte. Die Bauern hätten nie einsehen wollen, daß uralte Almrechte, die sie jeweils auf der anderen Seite des Jochs besaßen, durch die spätere Grenzziehung abgeschnitten waren, oder daß traditionelle Gewohnheiten des Viehtriebs oder des Handels über das Joch hinweg keine Geltung mehr haben sollten. »Sie sind nicht um ihre Zustimmung gefragt worden, als irgendwelche Kommissionen den Grenzverlauf auf der Landkarte abgesteckt haben. Warum sollen sie dieses formale Hindernis nachbarlichen Verkehrs respektieren?«

Oswald und Stella – eine bemerkenswerte Begegnung. Stella saß mit Meta auf der Bank vor dem Haus und stand auf, als sie die beiden Freunde den Weg herabkommen sah. Kein Getue mit Vorstellung und dergleichen Formalitäten. Zu Bert sagte sie: »Gut, daß du heil wiedergekommen bist« und umarmte ihn. Dann nahm sie auch Oswald, ehe er irgend etwas äußern konnte, in die Arme und mußte sich auf die Zehenspitzen stellen, um ihn links und rechts auf die Wangen zu küssen. Oswald kam fast ins Stottern, als er sagte: »Ich stehe euch zu Diensten, Stella.« Er mochte mit dieser pluralen Anrede zwar die Helfer des *Stern* gemeint haben, aber in Berts Ohren klang das so, als weihe ein Ritter sein Schwert dem Minnedienst einer hochgestellten Dame, und es hätte zur Ergänzung dieses Bildes nur noch gefehlt, daß er vor Stella in die Knie gesunken wäre. So weit trieb es Oswald aber nicht, und Stella hätte ihm auch kaum Zeit dazu gelassen. Sie nahm ihre Tochter auf den Arm und brachte die beiden Besucher in die Stube, um Abendessen herzurichten.

Tante Paulas Empfangsgruß war wesentlich nüchterner formuliert. »Ihr hättet ruhig noch ein paar Tage drüben bleiben können«, sagte sie, denn sie hatte auch so schon das Haus voll. Oben in der Kammer schliefen drei Flüchtlinge, die am Nachmittag völlig erschöpft und wie hungrige Wölfe eingefallen waren. Der Grieser hatte sie vor den Grenzpolizisten gewarnt, und sie hatten sich drei Tage lang in den Wäldern verstecken müssen, bis die Wagen wieder talauswärts gefahren waren. Bert und Oswald müßten einstweilen auf den Wandbänken in der Stube schlafen.

Während sie aßen, kam Jakob aus dem Dorf zurück. Er hatte dort erfahren, daß die Grenzer durch einen Funkspruch in aller Eile zurückbeordert worden seien. »Ich kann mir schon denken, warum. In der Kreisstadt geht es drunter und drüber. Versorgungsschwierigkeiten.« Er erzählte, daß man einem Bauern, der Käse, Butter und Eier auf den Markt hatte bringen wollen, den Anhänger seines Traktors auf offener Straße geplündert hatte. Ehe die Polizei gekommen sei, hätte sich auf der Ladefläche nichts mehr gefunden als drei zerbrochene Eier. Das Merkwürdigste aber sei, daß ihm einer der Plünderer im Vorüberlaufen mehr Geld in die Hand gedrückt habe, als der ganze Kram wert gewesen sei.

»Ein schneller Handel«, sagte Oswald. »Es sieht so aus, als gäbe es dort Leute, die nicht auf offenem Markt gesehen werden wollen und noch andere durchfüttern müssen, die sich überhaupt nicht mehr vor die Tür trauen. Ich hätte Lust, mir das näher anzusehen.«

»Das wirst du nicht tun!« Bert wunderte sich, mit welcher

Bestimmtheit Stella das sagte. Sie ließ Oswald gar nicht weiter zu Wort kommen. »Wir brauchen dich drüben auf der anderen Seite. Unsere Leute werden sich schon darum kümmern, was in der Stadt vor sich geht. Vielleicht waren sie sogar dabei. Jetzt wimmelt es dort von Polizisten. Wenn du etwas tun willst, dann bring in den nächsten Tagen die drei, die oben schlafen, sicher über die Grenze.« Als Oswald sie noch immer beleidigt mit seinem einen Auge anstarrte, sagte sie noch: »Ich will dir keinen Spaß verderben, Oswald. Was hier bei uns vorgeht, ist kein Spaß. Ich hab' darüber fast das Lachen verlernt.«

Oswald schaute sie eine Weile ruhig an und grinste dann unvermittelt. »Wenn du für den *Stern* sprichst, Stella, bin ich dein gehorsamer Diener. Aber was du über dich selbst sagst, reizt mich zum Widerspruch. Ich kann es keinesfalls hinnehmen, wenn sich ein Mensch wie du von der Humorlosigkeit dieser verdammten Info-Bande infizieren läßt. Du wirst mir nicht verbieten, sofort etwas dagegen zu unternehmen.«

Mit einem raschen Griff angelte er sich die Gitarre von der Wand, die über der Bank an einem Nagel hing, stimmte sie und begann, ein paar von seinen frechen Liedern zu singen, von wilden Abenteuern, die ihm in Arabien oder der hinteren Türkei zugestoßen waren – wobei er es mit der Wahrheit wohl nicht sonderlich genau nahm –, wie er sich in Perpignan vor einer feinen Dame zum Narren gemacht hatte und schließlich auch noch das Lied von der Wirtshausprügelei, bei der keiner ungebleut davongekommen war. Da mußte auch Stella lachen, zumal ihr Bert schon erzählt hatte, wie es ihnen dabei ergangen war.

Zwei Tage später ist Oswald mit den drei Flüchtlingen unterwegs zur Grenze, und das ist gut so, denn in den Betten liegen schon wieder andere. Nicht nur in Betten. Jakob hat zusätzlich Strohsäcke in die Kammer gelegt. Bert begnügt sich weiterhin mit der Wandbank, und er ist so müde, daß er auf den harten Brettern schläft wie ein Toter. Bei Tag hat er kaum eine ruhige Minute. Er fährt mit Jakobs Traktor über holprige Holzwege durch den Wald zum Grieser, um dort halb verhungerte Lagerflüchtlinge abzuholen, die keinen Schritt weitergehen können. Am nächsten Tag bringt er andere zur Grenze, wo Oswalds Leute schon auf sie warten. Wenn Grenzgänger dieser Art unterwegs sind, hängt Zenzi auf der Alm neuerdings einen knallroten Kittel hinter den Stadel, um sie im voraus anzukündigen. Zwischendurch hilft Bert bei der Heuernte, arbeitet auf dem Hof, während Jakob in der Stadt sich mit den Leuten vom *Stern* trifft. Am Abend schafft es Bert kaum noch, den Löffel bis zum Mund zu heben.

»Warum tust du das alles?« fragt Stella, als er sich einmal für kurze Zeit zu ihr auf die Bank vor dem Haus gesetzt hat.

»Ich weiß es nicht«, sagt Bert. Er hat kaum Zeit gehabt, darüber nachzudenken, hat sich besinnungslos in diese Aktionen gestürzt, fängt schon an, im Dialekt des Tals zu reden und wird von den Bauern gegrüßt wie einer aus dem Dorf, wenn er in Jakobs alten Sachen über den Kirchplatz geht, um dem Pfarrer eine Nachricht zu bringen, die dieser – Bert fragt nicht, auf welche Weise – weiterbefördern wird. Bert fragt überhaupt nicht viel. Er tut, was man ihm aufträgt. Aber jetzt fragt ihn Stella.

»Machst du das meinetwegen?«

Bert schaut sie an, als begreife er nicht, wie sie das fragen kann. Wahrscheinlich begreift er es wirklich nicht. »Was täte ich nicht deinetwegen. Kann schon sein.«

Stella läßt nicht locker. »Drüben bei Oswald könntest du Musik machen. Hast du deine Musik ganz vergessen?«

»Musik!« Bert wirft ihr dieses Wort fast zornig hin. »Warum redest ausgerechnet du von Musik! Für dich würde ich Musik machen, wenn du Lust darauf hättest. Aber was wird dann aus den Menschen, die um ihr Leben über die Berge rennen müssen? Es ist nicht die Zeit für Musik.«

»Es wird eine Zeit kommen«, sagt Stella.

Einstweilen kommen neue Flüchtlinge. Immer häufiger befinden sich unter ihnen desertierte Soldaten. Man hat sie zwingen wollen, gegen Dörfer im eigenen Land zu Felde zu ziehen, um Bauern zur Zwangsarbeit zusammenzutreiben. Manche berichten von Meutereien ganzer Truppenteile, denen man befohlen hat, mit der Waffe gegen Zusammenrottungen hungernder Menschen vorzugehen. Die allgemeine Unruhe führt noch nicht zu großen Aktionen, aber dergleichen kann schnell um sich greifen. Oswalds Leute geben den Fluchthelfern über die Grenze Nachrichten mit, die ins Ausland durchgesickert und in Zeitungen veröffentlicht worden sind. Inzwischen scheint man drüben solche Berichte nicht mehr für Ausgeburten einer makabren Phantasie zu halten.

Nach alledem sieht es so aus, als flackere überall im Lande Unruhe auf, lokale Brandherde, die aber von den Sicherheitskräften der Infos noch erstickt werden können. Wie lange noch? So lautet die Balkenüberschrift eines Zeitungsblattes, das Jakob eines Abends im Hochsommer von drüben mitbringt. Wie lange noch? Das fragen sich alle, die im Leitnerhof beim Abendessen sitzen, und auch viele andere Leute im Lande. Die Infos reagieren mit Terror. Auf den Straßen der Städte treiben bewaffnete Polizisten schon die kleinste Ansammlung von Menschen mit brutaler Gewalt auseinander, ein nächtliches Ausgehverbot wird verhängt, Menschen verschwinden spurlos.

Auch das Dorf bleibt nicht verschont. Mitten in der Nacht hört der Grieser fünf schwere Fahrzeuge talaufwärts vorüberfahren und ruft den Pfarrer an. Der rennt im Nachthemd hinüber zur Kirche und läutet die Glocken, doch ehe die Bauern noch recht wissen, was das zu bedeuten hat, keuchen die Mannschaftswagen schon ins Dorf, Polizisten springen heraus und treiben die Bewohner aus den Häusern. Auf zwei Höfen werden Flüchtlinge entdeckt, zusammengeschlagen und gefesselt auf einen der Wagen geworfen. Auch die Bauern, bei denen man sie gefunden hat, werden verhaftet, die beiden Häuser zur Plünderung freigegeben.

Als der nächtliche Spuk vorüber ist und die Wagen im Morgengrauen talabwärts außer Sicht sind, finden die Nachbarn alles kurz und klein geschlagen, geplünderte und zertrümmerte Schränke, aufgeschlitztes Bettzeug, zerbrochene Heiligenbilder, vergewaltigte Frauen. Der Leitnerhof bleibt verschont. Die ortsfremden Polizisten übersehen ihn zunächst in der Dunkelheit, und als ihnen der Gendarm schließlich den Weg gezeigt hat, haben sich alle, die nicht zum Hof gehören, längst oben im Wald versteckt.

Schon vom nächsten Tag an werden Warnposten am Taleingang aufgestellt, die rund um die Uhr die Straße beobachten und ihre Meldungen über Funksprechgeräte weitergeben. Ein Bauernbursche hat diese nützlichen Dinger während des nächtlichen Überfalls in einem der leerstehenden Wagen entdeckt und sie mitgenommen. So schnell lassen sich die Dörfler nicht unterkriegen. Von den Verhafteten hört man nichts mehr. Sie verschwinden spurlos in einem Lager.

Und noch einer verschwindet. Diese Nachricht erhält Bert durch einen Brief, der allerdings nicht durch die Post befördert worden ist. Der öffentliche Briefverkehr funktioniert zu dieser Zeit ohnehin nicht mehr mit der wünschenswerten Zuverlässigkeit, und solche Schreiben, in denen vom Verschwinden bestimmter Personen die Rede ist, vertraut man ihr aus guten Gründen ohnehin nicht an.

Ein Flüchtling, der sich vom Norden des Landes bis ins Gebirge durchgeschlagen und dabei der Hilfe des *Stern* anvertraut hat, trägt den Brief bei sich und hätte ihn auch noch auf dem Weg über die Grenze behalten, wenn er von den Leuten des *Stern* nicht auf den Leitnerhof geschickt worden wäre. Hier hört er Berts Namen und fragt ihn, ob er jener Musiker sei, nach dem er in Oswalds Haus fragen solle.

Der einzige Hinweis auf den Absender des eng zusammengerollten, maschinengeschriebenen Zettels, den der Flüchtling aus dem Futter seiner Hose trennt, ist ein handgeschriebenes *I* statt der Unterschrift. Bert kennt dieses Duktus. Illa. Der Text lautet:

Lieber, von einer Freundin, die es wissen muß, erfahre ich, daß F. verschwunden ist. Mehr ist nicht herauszubekommen. Bleib, wo du bist! In Liebe! I.

Bert hält sich mit dem Flüchtling oben in der Kammer auf, als er den Brief liest. Was soll er tun? Stella die Nachricht verschweigen und sie in dem Glauben lassen, daß ihr Mann weiterhin dieses mörderische Projekt vorantreibt? Oder ihr den Zettel zeigen, dessen Botschaft die Möglichkeit einschließt, daß Fred nicht mehr am Leben ist? Bert weiß, welche Hoffnung Stella auf Freds Rettung setzt. Aber was ist Rettung? Das entzieht sich noch immer seiner Vorstellung.

Er wird dieser Entscheidung enthoben. Stella kommt in die Kammer und fragt, was er für einen Zettel in der Hand halte.

»Post aus dem Norden«, sagt der Flüchtling. »Ich hätte sie beinahe an der falschen Adresse abgeliefert.«

Nun hat Bert keine Wahl mehr. »Setz dich, ehe du das liest!« Er gibt ihr den Zettel erst, als sie auf der Bettkante hockt und ihn erschrocken anstarrt. Ihre Hand zittert, als sie den Zettel entrollt. Sie liest Wort für Wort. Nach einer schier endlosen Zeit schauert sie zusammen, als sei es in der sommerwarmen Kammer plötzlich eisig kalt geworden. Endlich blickt sie auf.

»Vielleicht der Beginn der Rettung. Ich will nach Hause fahren.«

* * *

Freds Verschwinden – für Stella ein Zeichen der Hoffnung? Oder würde sie sogar noch in seinem Tod seine Befreiung aus dem Spiegelkabinett erblicken? Eine Rettung, deren Beginn erst jenseits der Schwelle liegt, die er vielleicht schon überschritten hat? Ihre Hoffnung schließt wohl auch diese letzte Möglichkeit mit ein. Fred selbst jedoch hat keine Hoffnung auf Rettung, als die Dämmerung grau durch das Fenster dringt, kaltes, schattenloses Licht, in dem sich die Gegenstände des Zimmers flach und körperlos abheben wie mit Bleistift auf ein Stück Papier gezeichnet. Er liegt noch immer auf seinem Bett, fühlt sich ausgehöhlt und zu keiner Handlung fähig. Das schon längst morsche Gerüst seiner Welt ist zusammengebrochen. Er spürt, wie er zwischen den Trümmern ins Chaos treibt.

Er hebt seine Hand vor die Augen, wundert sich, daß sie vorhanden ist, sich bewegen läßt, betrachtet sie eingehend wie einen fremden Gegenstand, ein krakenhafter Auswuchs an seinem Arm, vorwiegend dazu benutzbar, wie er sich entsinnt, einen Stift über's Papier zu führen und Anweisungen zu skizzieren, deren Ausführung anderen überlassen bleibt. Irgend etwas ist dabei außer Kontrolle geraten, dessen erinnert er sich vage. Das System, auf das die geschriebenen Zeichen bezogen waren, hat sich in nichts aufgelöst. Nun taumeln sie ziellos über den kalkweißen Grund, gespenstige Chiffren, dürr und ausgemergelt in schlotternden grauen Lumpen wühlen den Grund auf, um endlich der glühenden Eruption Bahn zu schaffen, in deren Feuer sich alles verwandeln wird. So bleibt er lange liegen.

Das Klingeln, das durch das Haus schrillt, hält Fred zunächst für einen Bestandteil seines Wachtraums, für das Geräusch, mit dem die letzten Verknüpfungen zerreißen, die ihn noch mit der greifbaren Welt verbinden. Inzwischen ist heller Tag. Die Gegenstände im Zimmer zeigen feste Strukturen, die Schublade der Kommode steht offen und speit etwas Blaues aus, einen Socken, der ihr über den Rand der Unterlippe hängt; an der gegenüberliegenden Wand das kubische Gebäude des Kleiderschranks, die Tür nur angelehnt, als solle sie gleich von innen her aufgestoßen werden. Der Wecker auf dem Nachttisch zeigt Viertel nach neun. Fred sieht das alles überscharf; ihn beherrscht die Vorstellung, das gesamte Interieur würde aus einer anderen Dimension hereingespiegelt und existiere in Wirklichkeit gar nicht als gegenständliche Welt. Er sieht sich selbst in zerdrückten Kleidern auf dem Bett liegen, im Schrillen der Klingel, das eine bestimmte Bedeutung haben muß. Er sieht, wie der Mann auf dem Bett die Beine hebt, herausschwenkt, auf den Boden setzt, sich mühsam aufrichtet und mit unsicheren Schritten zur Zimmertür tappt. Als er sie öffnet, sägt das eben wieder einsetzende Klingeln schmerzhaft in sein Hirn. Der Mann tastet sich schwankend durch den Gang hinüber zum Wohnzimmer und findet dort die Quelle dieses höllischen Lärms. Er packt den Hörer, hebt ihn zum Ohr und erinnert sich seines Namens.

»Sie sind noch zu Hause?«

Fred kennt diese Stimme. Pfizer. Und im gleichen Augenblick wird ihm der vorangegangene Tag gegenwärtig, das Gespräch mit Wandruschka, der Mißbrauch seines Projekts, das nicht der Rettung von Menschen dient, sondern ihre Vernichtung betreibt. »Ob ich zu Hause bin? Ich weiß nicht.«

Schweigen. Dann fragt die Stimme: »Sind Sie krank?«

»Krank?« Fred überprüft die Funktionsfähigkeit seiner Gliedmaßen, versucht vergeblich, irgendwelche Schmerzempfindungen aufzuspüren. »Ich glaube nicht.«

Pfizer wird ungeduldig. »Wir warten auf Sie«, sagt er mit

vorwurfsvollem Unterton. »Es müssen Entscheidungen gefällt werden.«

»Entscheidungen worüber?« hört Fred sich sagen. »Über das Projekt, das schon längst sinnlos ist, wie Sie von Anfang an gewußt haben?«

Pfizer gerät ins Stottern. »Aber das Ministerium wünscht...«

»...daß unter dem Vorwand des Projekts weiterhin B-Typen eliminiert werden. Ich weiß das. Sie wissen das. Wer weiß es noch?«

»Um Gottes willen!« Pfizer ist hörbar erschrocken. »Das darf keiner erfahren!«

»Auf wen berufen Sie sich da? Ich würde das in diesem Zusammenhang nicht wagen. Wenn es ihn gibt, würde er alles wissen. Da er schweigt, werde ich sprechen.«

»Tun Sie das nicht!« schreit Pfizer. »Hören Sie auf mich, wenn Ihnen Ihr Leben lieb ist.«

»Es ist mir nicht lieb«, sagt Fred und hängt den Hörer auf.

Danach saß Fred auf einem Stuhl neben dem Telefon und versuchte, sich in diesem orientierungslosen Zwischenbereich zurechtzufinden, in den er geraten war. Was er eben zu Pfizer gesagt hatte, war keineswegs das Ergebnis vorbedachter Überlegung. Die Wörter waren ihm ohne weiteres Nachdenken in den Mund gekommen. Er hatte sich auch nicht erregt, sondern auf eine Weise geäußert, als spreche er über die Angelegenheiten eines Dritten. Jetzt, während er das Gespräch in Gedanken noch einmal abspulte, fühlte er Erleichterung, so widersinnig ihm das auch erscheinen mochte. Es wurde ihm bewußt, daß er einen Schlußstrich gezogen hatte, dick und rot und quer über die ganze Seite. Seine hypothetischen Berechnungen waren schon lange nicht mehr aufgegangen, er hatte das gewußt, auch wenn er es allzu lange nicht hatte wahrhaben wollen. Es war sinnlos, eine

Bilanz aufzustellen, das Ergebnis lag offen. Was mit ihm geschehen würde, war ihm, wenigstens zu diesem Zeitpunkt, gleichgültig. Nur was jetzt noch zu tun war, beschäftigte ihn.

Der zynische Mißbrauch wissenschaftlicher Forschung mußte jedermann bekanntgemacht werden. Fred dachte daran, ein paar verläßliche Freunde anzurufen, ehe man ihm die Möglichkeit dazu nahm. Aber wen? Wirkliche Freunde hatte er nicht. Und jeder andere würde empört oder zu Tode erschrokken den Hörer auflegen, wenn ein Fremder ihm solche ungeheuerlichen Mitteilungen zu machen versuchte. Dann fiel ihm der leitende Ingenieur ein. Das war ein Mann mit Sachverstand, der ihn kannte und der zudem sein Unbehagen am Einsatz der Lagerinsassen wenigstens andeutungsweise geäußert hatte.

Fred wählte die Dienstnummer des Ingenieurs, bekam ihn auch sofort an den Apparat, meldete sich mit seinem Namen und sagte ohne weitere einleitende Worte: »Das Projekt beruht auf falschen Berechnungen. Sie sollten wissen, daß es allein dem Zweck dient, sogenannte B-Typen umzubringen.«

Eine Zeitlang blieb der Hörer stumm. Dann, fast geflüstert: »Sind Sie wahnsinnig geworden?«

»Ich bin so klar bei Verstand wie nie zuvor. Jemandem muß ich das sagen, so lange ich noch kann.«

»Wollen Sie mich umbringen?« brüllte es aus dem Hörer. »Fahren Sie zur Hölle, wo Sie hingehören!« Dann nur noch das automatische Tuten.

Nachdem er einen Weile überlegt hatte, erschien es Fred am effektivsten, den Chefredakteur der örtlichen Zeitung zu informieren. Es spricht für Freds Naivität in politischen Dingen, daß er diese Möglichkeit in Betracht zog. Er zögerte nicht einmal, während er die Nummer der Redaktion aus dem Telefonbuch heraussuchte und die Ziffern wählte. Eine Sekretärin verband ihn mit dem Büro des Chefs, der sich sofort meldete.

»Sind Sie interessiert an exklusiven Auskünften über das nationale Projekt am Vulkansee?«

»Jederzeit! Schießen Sie los! In dieser epochalen Aktion müssen wir alle zusammenstehen wie ein Mann. Ein neuer Aufruf zur Steigerung des Arbeitseinsatzes?«

Nicht einmal dieser Wortgebrauch belehrte Fred. »Keineswegs«, sagte er. »Das Projekt wird zur größten Katastrophe, die unser Land je erlebt hat. Die Berechnungen sind falsch. Das ganze Unternehmen dient der Regierung als Vorwand für Massenmord an unschuldigen Menschen.«

Fred hörte eine Weile gar nichts. Allen Leuten schien es heute die Rede zu verschlagen. Dann: »Soll das ein Witz sein? Ich verbitte mir solche üblen Scherze! Wer sind Sie überhaupt?«

Erst jetzt nannte Fred seinen Namen und fügte hinzu: »Ich selbst habe, wie Sie wissen müßten, das Projekt entworfen und in die Wege geleitet.«

»Und ich bin Ministerpräsident Sprützl persönlich«, höhnte der Redakteur und brüllte: »Infame Verleumdung! Provokation! Versuchen Sie das nicht noch einmal!« Seine Stimme überschlug sich, ehe die Verbindung abbrach.

Nach diesen zwei mißglückten Versuchen begann Fred deutlich seine Isolation zu spüren. Irgendwo draußen in der Stadt mochte es Leute geben, die bereit gewesen wären, ihm zuzuhören. Aber er kannte sie nicht, und zudem war es fraglich, ob sie ihm Vertrauen schenken würden. Es blieb ihm nichts anderes übrig, als selbst ins Ministerium zu gehen, um dort vor mehreren Zeugen seine Erkenntnisse über die Unstimmigkeit und Heimtücke des Projekts zu erläutern. Damit würde er die Staatsbeamten zwingen, das Unternehmen zu stoppen. So meinte er wenigstens.

Er ging zurück ins Schlafzimmer, entledigte sich seiner verknautschten Kleider und wählte einen dunklen Anzug, der ihm für eine Vorsprache beim Minister angemessen zu sein schien. Als er vor dem Spiegel seine graue Krawatte zuzog, schellte es an der Tür. Ob Pfizer jemanden hergeschickt hatte, um sich Klarheit über den geistigen Zustand des Kollegen zu verschaffen? Pfizer hatte allen Grund, sich Sorgen zu machen. Diese Vorstellung fand Fred befriedigend.

Als Fred die Haustür öffnete, blickte er allerdings in zwei ihm völlig fremde Gesichter. Wissenschaftliche Mitarbeiter waren diese unauffällig gekleideten Männer mit Sicherheit nicht, die ihm prüfend ins Gesicht schauten, als wollten sie sich seiner Identität vergewissern. Der eine mit schiefgeschlagener Nase sah wie ein Boxer aus, und der andere hatte Figur und Haltung eines Freistilringers. Die beiden tauschten einen Blick des Einverständnisses, dann sagte der mit der schiefen Nase: »Professor?« und als Fred nickte, fragte der Ringer: »Wollten Sie gerade ausgehen?«

»Ja. Zum Innenministerium.«

Der Boxer grinste. »Fein! Da wollen auch wir hin. Sie können gleich einsteigen. Aber keine Faxen, wenn ich bitten darf!«

Dazu ließen sie ihm ohnehin keine Chance. Sie packten ihn rechts und links an den Ellenbogen und dirigierten ihn zu einer schwarzen Limousine, an der ein dritter Mann lehnte und eine Zigarette rauchte.

»Geben Sie ihm Ihre Hausschlüssel!« sagte der Boxer und deutete mit dem Kopf auf den Mann mit der Zigarette. »Er wird gut auf Ihre Sachen aufpassen.«

Fred kramte seinen Schlüsselbund aus der Tasche und warf ihn dem Mann zu, der den kleinen Lederbeutel geschickt mit der linken Hand auffing, sich vom Wagen abstieß und langsam auf das Haus zu schlenderte, während Fred schon in den Fond gedrängt wurde. Der Ringer nahm neben ihm Platz, der Boxer setzte sich ans Steuer und fuhr los.

Das alles ging so schnell, daß Fred die Tatsache seiner Verhaftung erst bewußt wurde, als der Wagen schon um die nächste Ecke bog. Pfizer hatte seine Leute geschickt, nur andere, als Fred vermutet hatte. Pfizer war nicht der Mann, sich in einer solchen Situation auf Verhandlungen einzulassen. Wenn er seine Chance witterte, schlug er zu. Lange genug hatte er in subalterner Haltung darauf warten müssen.

»Wohin bringen Sie mich in Wirklichkeit?« fragte Fred den Ringer, der stumm neben ihm saß, sprungbereit beide Pranken auf die Oberschenkel gestützt.

»Hat er doch gesagt!« Der Ringer blickte ihn vorwurfsvoll an, als habe Fred seinen Kameraden einer Lüge verdächtigt. »Innenministerium.« Er grinste genußvoll. »Allerdings ein paar Stockwerke tiefer, als Sie dachten.«

Erst dieses Grinsen machte Fred Angst. Nicht um seine Karriere, nicht einmal vor einem gewaltsamen Ende seines Lebens, sondern vor den Schmerzen, die man ihm möglicherweise im Keller des Ministeriums zufügen würde. Der Tiger hatte ihn abgeworfen, und nun würde er zubeißen und sich sein Stück Fleisch herausreißen. Wandruschka hatte das von Anfang an vorausgesehen, wie er so vieles andere vorausgesehen hatte, weil er den nackten Zahlen mißtraute, wenn sie, abgelöst von der konkreten Wirklichkeit, sich zu hypothetischen Systemen verfestigten, Systemen, die sich im Verlauf von nur einer Nacht auflösen konnten wie Schneekristalle unter der Sonne. Fred begann den alten Mann, der gestern in seinem schlappenden Drillichanzug vor ihm gesessen hatte, zu begreifen. Und er beneidete ihn.

Der Wagen blieb nicht vor dem von muskelgeschwollenen Karyatiden flankierten Portal des Ministeriums stehen, durch das Fred einzutreten gedacht hatte, sondern wurde von dem Boxer zur Seitenfront des Gebäudes und dort in eine düstere, von keinerlei Zierrat umkleidete Toreinfahrt gesteuert, in einen Schlund, in dessen Schatten der Wagen eintauchte und sogleich von einem Kontrollbeamten angehalten wurde, der sich durch einen Blick auf den Dienstausweis des Fahrers von der Rechtmäßigkeit dieses Eindringens überzeugte. Sie rollten langsam weiter, ein vergittertes Tor öffnete sich wie von Geisterhand, durch dessen weit gespreizte Fänge der Wagen in einen engen, fensterlosen Hof gelangte, während das Gitter hinter ihnen mit hartem Klicken wieder zuschnappte. Hier gab es kein Entrinnen.

In einer geöffneten Tür an der Schmalseite des Hofs standen zwei uniformierte Beamte bereit, den Ankömmling zu empfangen. Der Boxer lenkte den Wagen so dicht an sie heran, als bestünde noch Gefahr, daß der Eingelieferte entwischen könnte. Sobald der Wagen stand, traten die Uniformierten heran, öffneten die hintere Wagentür, zerrten Fred mit geübten Griffen von seinem Sitz in das graue Licht des Hofs und ohne Aufenthalt weiter durch die Tür, eine Treppe hinab in einen von grellen Lampen beleuchteten Gang und dann linkerhand in einen Raum. Hier wurde Fred dem ortsüblichen Empfangsritual unterworfen, das er bisher nur vom Hörensagen kannte: Entleerung der Taschen, Entfernung lebensgefährdender Gegenstände wie Schlips, Gürtel, Schuhbänder und Uhr, Aufnahme erkennungsdienstlicher Porträtfotos und Anfertigung von Fingerabdrücken. Man gestattete ihm nicht einmal, sich die Hände zu waschen, ehe ihn ein Beamter über den Gang an unzähligen Türen vorüber zu einer fensterlosen Zelle führte, ihn hineinstieß und hinter ihm die Tür verriegelte.

Nun erst war Freds Isolierung auch äußerlich hergestellt. Vier kahle, von einer im Drahtkäfig gefangenen Glühbirne beleuchtete Betonwände, eine schmale Holzpritsche, darauf zusammengefaltet eine Decke, in der Ecke neben der Tür ein nur unvollständig verschlossener Eimer. Zu welchem Zweck, begriff Fred erst nach einer Weile, als ihm der kalte Gestank in die Nase geriet, der von dem Eimer ausging. Er war nur flüchtig gesäubert worden, stellte Fred fest, als er den Deckel anhob. Ehe er dieses nötige Gefäß fest verschloß, benutzte er es. Er war nun doch ziemlich aufgeregt.

Es blieb ihm hinreichend Zeit, sich zu beruhigen. Fred legte sich auf die Pritsche, die Arme statt eines Kissens unter dem Kopf verschränkt, und folgte mit den Blicken dem Labyrinth schlieriger brauner Flecken an der Zellendecke. Mittags wurde der Riegel klirrend zurückgestoßen, ein Wärter öffnete einen Spaltbreit die Tür und schob einen Blechnapf voll dicker Suppe herein. Nach kurzer Zeit holte der Mann Napf und Löffel wieder ab. Fred hatte von der Suppe nur gekostet und sie angewidert stehenlassen. Er legte sich wieder hin und starrte nach oben. Das Gefühl, aus jedem festen Zusammenhang zu fallen, beherrschte ihn mit zunehmender Gewalt.

Entscheidungen wurden von ihm nicht mehr erwartet. Irgendwelche ungreifbaren Instanzen würden sie ihm abnehmen. Vielleicht war das schon immer so gewesen, er hatte es nur nicht bemerkt. Während er über diese Möglichkeit nachgrübelte, kam es ihm vor, als habe sich seine Karriere seit Jahren fast ohne sein Zutun entwickelt. Man hatte ihn zu diesem Entschluß geschoben, zu jenem gedrängt und zu den letzten Entscheidungen erpreßt. War das wirklich so? Wo hatte es angefangen? Wo hatte es noch die Freiheit der Wahl gegeben? Die Vorspiegelung einer geordneten Weltstruktur war erloschen, es gab kein Raster mehr, an das er sich halten konnte. Ein Staubkorn in der Unendlichkeit des Nichts, so fühlte Fred sich.

In solchen Empfindungen verbrachte er den Rest des Tages. Die Abendsuppe wurde gebracht, nicht besser als die vorige, nur kälter. Fred aß ein paar Löffel davon und stellte den Napf zur Tür. Hie und da hörte er Schritte auf dem Gang, eine quadratische Luke in seiner Tür wurde aufgeklappt, ein Auge blickte herein, wich zurück, und die Luke wurde wieder geschlossen. So verging eine unkenntliche Zeit.

Ohne Uhr hatte Fred keine Kontrolle über ihren Ablauf, aber es mußte längst Nacht sein, als das Licht in seiner Zelle noch immer brannte. Schließlich machte er sich mit dem Gedanken vertraut, daß es überhaupt nicht gelöscht werden würde, damit man das Verhalten der Häftlinge jederzeit kontrollieren konnte. Da hüllte er sich bis über den Kopf in die Decke und versuchte zu schlafen, doch in der muffig riechenden Dunkelheit verstärkte sich das Gefühl, immer tiefer ins Bodenlose zu stürzen.

Schließlich lag er wieder auf dem Rücken. Er vertiefte sich in die Geographie jener durch Wassereinbruch oder Schimmel hervorgerufenen Flecken an der Decke seiner Zelle, schuf sich eine imaginäre Freiheit des Reisens von Kontinent zu Kontinent, segelte an Gruppen kleiner Inseln vorüber, legte an im Schutz einer Bucht, begab sich ins Innere des neu entdeckten Landes und geriet dabei in ein Gebiet kreisrunder Bergkuppen offenbar vulkanischen Ursprungs, ein ergiebiges Objekt für geologische Forschungen, das ihm in dieser menschenleeren, von schütteren Wäldern bedeckten Gegend zur Verfügung stand. Zielrichtung und Fortgang seiner Untersuchungen würde kein Fremder mitbestimmten wollen, niemand seine Hypothesen zu welchen Zwecken auch immer mißbrauchen oder gar ihn zwingen, vom Pfad reiner Wissenschaft abzuweichen. Ein Paradies lustvoller Erkenntnis und für ihn allein.

Aber er blieb nicht allein. Wieder Schritte auf dem Gang, die vor seiner Zelle anhielten. Die Tür wurde entriegelt, ein Wärter trat ein. »Mitkommen!« und als es Fred nicht sofort gelang, sich aus seinem paradiesischen Traum zu lösen: »Los! Ein bißchen dalli!«

Schwankend kam Fred auf die Beine und schlappte in seinen offenen Halbschuhen neben dem Wächter über den Gang bis zu einer Tür gegenüber von jenem Raum, in dem man ihn in Empfang genommen hatte.

»Hier herein!« Der Wärter öffnete die Tür und schob Fred über die Schwelle.

Hinter einem Tisch saß ein Mann. Die untere Hälfte seines Gesichts wurde von der Seite durch das kalte Licht einer Schreibtischlampe beleuchtet, volle, fast wulstige Lippen und ein eher schwächlich wirkendes Kinn. Darüber, im Dunkel schwebend, Brechungen des Lichts in starken Brillengläsern.

»Setzen Sie sich!« Der Mann wies auf einen Stuhl, der ihm gegenüber an der anderen Seite des Tisches stand. Fred ging die wenigen Schritte in den Raum hinein und setzte sich, während der Wärter die Tür schloß und neben ihr stehenblieb.

Die Brillengläser funkelten Fred an. »Sie wollten dem Minister einen Besuch abstatten? Er bedauert, Sie nicht empfangen zu können. Sie müssen mit mir vorliebnehmen.« Der Sprecher legte eine Pause ein, als erwarte er eine Bestätigung. Fred schwieg, da es nichts zu beantworten gab. Nach einer Weile stellte der Mann dann doch eine Frage: »Was hatten Sie dem Minister mitzuteilen?«

»Daß die Berechnungen falsch sind, auf denen das Vulkan-Projekt beruht. Es wäre sinnlos, die Arbeiten weiterzuführen.«

»Das lassen Sie getrost unsere Sorge sein.« Die Lippen verzogen sich zu einem Lächeln. »Haben Sie den Fehler erst jetzt herausgefunden? Wir wissen das schon seit dem Beginn des Projekts. Herr Pfizer war sehr gewissenhaft und hat uns ständig auf dem laufenden gehalten.«

Pfizer! Allein die Nennung dieses Namens versetzte Fred in Wut. »Der hat ja damals den Fehler mitverschuldet!«

»Auch das wissen wir.« Die Lippen lächelten noch immer. »Herr Pfizer war uns gegenüber in dieser Sache ganz offen.«

»Und dennoch wurde das Projekt in Gang gesetzt!«

Das Lächeln verbreiterte sich. »Warum dieser vorwurfsvolle Ton? Sie wissen doch ganz genau, wie wir die Möglichkeiten zu nutzen gedenken, die es uns bietet. Das haben Sie nicht nur

Pfizer mitgeteilt, sondern auch dem Chefredakteur unserer hiesigen Zeitung, der uns natürlich sofort verständigt hat. Aber zu diesem Zeitpunkt waren meine Leute schon unterwegs zu Ihnen.«

Pfizer hatte wirklich keinen Augenblick gezögert. Aber der Ingenieur hatte offenbar geschwiegen. Dieser Umstand änderte seine Lage zwar kaum, dennoch spürte Fred so etwas wie Hoffnung, obwohl er nicht hätte erkären können, worauf dieses Gefühl sich gründete. Die erste Reaktion des Ingenieurs war nicht eben ermutigend gewesen. Aber er hatte geschwiegen. Gut.

Das Lächeln auf den Lippen war plötzlich spurlos weggewischt. »Was Sie getan haben, bezeichnen wir als Verrat von Staatsgeheimnissen. Hochverrat. Ist Ihnen das klar?«

»Ich hielt es für meine Pflicht...«

»Ihre Pflicht? Welcher Instanz gegenüber? Es gibt nur eine Pflicht: dem Staat um jeden Preis zu dienen. Sie sind eine Gefahr für die öffentliche Sicherheit. Mit wem haben Sie noch über diese Sache gesprochen?«

»Ich hatte kaum Zeit dazu.«

»Was weiß ich, wieviel Zeit Sie hatten!« Die Stimme stach zu wie ein blank gezogenes Messer. »Die ganze Nacht? Vielleicht stecken Sie schon seit Wochen mit Provokateuren unter einer Decke? Wir halten grundsätzlich alles für möglich. Also: Wem gegenüber haben Sie Ihre Erkenntnisse erwähnt?«

Fred schwieg.

»Wie Sie wollen.« Der Beamte lehnte sich zurück. Sein Gesicht war nun völlig verschattet. Die Hand, die auf dem Tisch im grellen Licht lag, wurde angehoben und gab dem Wärter ein Zeichen.

Der trat von hinten an Fred heran, riß ihm mit zwei routinierten Griffen Rock und Hemd vom Leib, daß die Knöpfe wegsprangen, ließ seine Hände einen Moment lang fast zärtlich über Freds nackten Oberkörper gleiten und bewies dann, daß es unter der Haut Punkte zu finden gibt, an denen man einen Menschen durch einen unvermutet heftigen Druck der Fingerspitzen zugleich lähmen und ihm unvorstellbare Schmerzen zufügen kann. Fred stürzte in einen roten Wirbel der Qual, der ihm fast die Besinnung raubte. Er hätte nie für möglich gehalten, daß eine menschliche Stimme diesen kreischenden Laut erzeugen könnte, der aus ihm herausfuhr. Er verschlug ihm die Ohren und gellte noch in seinem Hirn, als der Wärter seinen Griff schon längst gelockert hatte.

»Ich höre«, sagte die Stimme aus dem Dunkel. Fred sah nur die Hand auf dem Tisch, deren Knöchel weiß hervortraten. Ein Anzeichen menschlicher Schwäche? Ein Schimmer Hoffnung? Fred begriff diesen Zusammenhang nicht. Und doch klammerte er sich an diesen kaum wahrnehmbaren Lichtpunkt im Dunkel abebbender Schmerzen und versuchte ihn im Auge zu behalten. Und um keinen Preis zu verlieren, auch nicht um den Preis des Verrats. »Ich habe nichts mitzuteilen«, flüsterte er.

Ein Wink der Hand, und die Finger des Wärters setzten ihre peinigende Kunst fort an neuen, noch nicht erprobten Stellen. Der Schmerz brach über Fred herein und zog sich wieder zurück, brach wieder ein. Ebbe und Flut. Fred trieb an der Grenze der Ohnmacht und hielt sich einzig an den Lichtpunkt, der nun deutlich über dem Horizont anbrandender Qual stand, unverrückbar selbst dann, wenn Fred in den Pausen, keiner Antwort fähig, den Kopf schüttelte.

Eine unmeßbare Zeit wurde Fred der Tortur ausgesetzt, den Rhythmus bestimmte die Hand auf dem Tisch, die sich hob und senkte, lockerte und zusammenballte. Schließlich zitterte sie, brach auseinander und schlug flach auf die hölzerne Platte. »Schluß damit!« sagte die Stimme. »Da ist nichts weiter zu holen.«

Statt dessen holte der Wärter einen zweiten Mann, der ihm

half, Fred in die Zelle zurückzuschleppen. Dort warfen sie ihn auf die Pritsche. Das Klirren des Riegels, und Fred war wieder allein.

Allein.

Ein verlorener Körper im Weltraum seiner Zelle, die oben und unten nicht kennt. Schwerelos. Richtungslos treibend zwischen dem weißgrauen Meer und der erdigen Landschaft im pulsiernden Strahlengürtel abklingender Schmerzen.

Bei jedem Schritt, dessen Tappen durch die Tür drang, schoß Fred Angst in die Herzgrube, Angst vor schmerzkundigen Fingern, Angst, eine neuerliche Peinigung nicht mehr ertragen zu können und den Stern aus dem Blickfeld zu verlieren, der nun als Richtpunkt über der Einsamkeit des Inselmeeres stand. Zittern am ganzen Leibe erfaßte ihn, wenn Schritte vor der Tür anhielten. Erst das Öffnen der Luke, das Erscheinen des spähenden Auges ließen es allmählich abflauen.

Als dann – nach Stunden? nach Tagen? – der Riegel tatsächlich zurückgestoßen wurde, schrie Fred, schrie und schrie und schlug mit den Armen um sich, als zwei Wärter auf ihn zugingen und ihn von der Pritsche hochzuziehen versuchten. »Hör doch auf mit dem Gebrüll!« sagte einer von ihnen und legte ihm Handschellen an. Er sagte das nicht böse, sondern mit einer Art grober Sanftheit, so wie man einem scheuenden Tier zuredet. »Kein Verhör mehr. Jetzt geht's auf die Reise.«

Was für eine Reise? Fred wagte nicht danach zu fragen. Verlegung in eine andere Zelle? Transport zu einem Staatsgefängnis? Oder war das Wort nur ein Euphemismus für jene Reise zu einem Ziel, von dem es keine Art der Rückkehr gab? Fred war kaum eines Schrittes fähig und zitterte nur noch, als die beiden Wärter ihn gefesselt aus der Zelle zerrten und durch den Gang schleppten, mit jedem Schritt seine Lebenszeit verkürzend.

Diesmal ging es die Treppe hinauf und durch die Tür ins Freie. Über dem Hof stand wie ein Fenster ein rechteckiges Stück blauen Himmels. Zwischen den Dachkanten fiel das Sonnenlicht herein und ließ einzelne Ziegel der kahlen Mauer in violetten und purpurnen Farben schimmern. Hier wartete ein Wagen mit vergitterten Fenstern. Der Einstieg an der Rückseite stand offen. Ein Uniformierter schob Fred hinein und stieg dann selber zu.

Fred, noch immer ohne Vorstellung vom Ziel dieser Reise, sieht für einen Augenblick durch die Scheibe in der hinteren Wagentür das schmucklose Tor der Einfahrt zurückbleiben, dann geht es zwischen Stadthäusern durch Straßen, die er kennt, später vorüber an den niedrigen Häusern einer Vorstadt. Hier ist er schon mehrmals mit einem Wagen entlanggefahren. Die Gebäude bleiben zurück. Von mannshohem Unkraut überwuchertes unbebautes Gelände breitet sich zu beiden Seiten der Landstraße aus. Ein Stück weiter liegt rechts der Straße eine Sandgrube, dessen erinnert er sich. Erschießung in einer Sandgrube: Vor dem steilen Abbruch drei Männer, der eine von ihnen, das grellweiße Hemd bis zum Nabel aufgerissen, breitet die Arme aus und schreit wütend in die Salve des Pelotons hinein, eine dichte Reihe kaum unterscheidbarer Soldaten mit merkwürdig kleinen Kepis, sie blicken mit schiefgelegtem Kopf über Kimme und Korn, aus den Gewehrläufen schießt Mündungsfeuer. Der letzte Augenblick. Noch leben die drei, und der eine, der die Kugel mit offenen Armen empfängt, steht da, Verkörperung wilden Lebens. Alles an ihm schreit: Ich lebe!

Fred schaut durch das rechte Seitenfenster. Der Geländeeinschnitt der Sandgrube rückt ins Blickfeld. Der Wagen bremst vor einem Lastauto voll Sand, das aus der zerfurchten Ausfahrt auf die Straße rollt. Der Fahrer hinter dem kleinen Gitterfenster legt schon wieder den Gang ein, gibt Gas. Die Sandgrube bleibt zurück. Gibt es mehrere Sandgruben an dieser Strecke? Fred kann sich nicht erinnern.

Als einige Zeit später das Gelände anzusteigen begann und ein Bimsabbau den welligen Hang aufriß, erkannte Fred, wohin diese Straße führte. Zum Vulkansee. Wollte man ihn an Ort und Stelle zur Fehlplanung seines Projekts befragen? Vielleicht hatte man im Ministerium seine Aussage doch auch auf andere Art ernster genommen, als man ihm später zu spüren gegeben hatte? Fred wähnte eine letzte Chance, das Projekt zu stoppen, und forschte in seinem Gedächtnis nach dem einschlägigen Zahlenmaterial. Ob man ihm gestatten würde, Wandruschka beizuziehen? Womöglich war auf diese Weise sogar dessen Rehabilitierung zu erreichen.

Während Fred sich auf diese, wie ihm schien, durchaus im Bereich des Möglichen liegende Situation einzustellen versuchte, erwies diese sich bereits als Gespinst. Der Wagen bog von der Straße in einen schmalen Fahrweg ab, und gleich darauf tauchten, durch das Gitter des linken Seitenfensters sichtbar, die Wachtürme des Lagers auf. Der Wagen hielt für kurze Zeit am Tor, wurde von den Wachen kontrolliert und fuhr weiter bis zur Dienstbaracke.

»Endstation«, sagte der Polizist. »Ist doch besser als Gefängnis. Hier kommst du wenigstens an die frische Luft.« Das klang nicht einmal boshaft.

Freds Verwandlung in einen AVau geschieht rasch und übergangslos. Man nimmt ihm seinen dunklen Anzug, der sich schon für den Besuch im Ministerium als unpassend erwiesen hat; man nimmt ihm die Unterwäsche und stellt ihn splitternackt unter eine brühheiße Dusche, um die letzten Staubteilchen seiner früheren Existenz von der krebsroten Haut zu spülen. Diese erbärmliche Figur, die vor den Augen grinsender Wächter eine schlotternde Drillichhose über die Scham hochzieht, kann doch kein Professor sein. Ein etwas schwächlicher, ungeschickter AVau ist das, dem erst einmal beigebracht werden muß, wie eine Schaufel zu halten ist, damit der Dreck nicht vom Blatt wegkippt.

Man läßt ihm kaum Zeit, sich die Jacke zuzuknöpfen, wirft ihm einen stumpfkantigen Löffel und einen Blechnapf zu, den seine hochschnellende Hand verfehlt, so daß dieses lebensnotwendige Gefäß scheppernd über den Betonboden rollt. Fred läuft ihm unter dem Gewieher der Zuschauer nach, stolpert fast darüber und kann es eben noch packen, ehe ihn einer der Wächter vor die Tür und im Laufschritt zu Baracke 3 hinüberjagt. »Beim Kapo melden!« brüllt der ihm nach.

Der Kapo ist ein Hüne von Mann, dem die kargen Lebensumstände im Lager bisher nicht viel anhaben konnten. Fred erfährt bald, auf welche Weise dieser König der Baracke die Muskelpakete nährt, die sich unter der Tätowierung seiner dicht behaarten Arme bewegen, wenn er mit nacktem Oberkörper auf seinem Platz neben der Tür thront, um Suppe und Brot einzuteilen. »Große Leute müssen viel essen«, sagt er, schlägt sich zwei randvolle Kellen statt einer in den eigenen Napf und fischt nach den dicksten Brocken. Er habe sich in früheren Zeiten einen großen Namen als Geldschrankknacker gemacht, hieß es, aber das kann auch eine der zahllosen Gerüchte sein, die sehr rasch entstehen, wenn viele Menschen unterschiedlicher Herkunft auf engem Raum zusammengesperrt werden. Fred fragt gar nicht erst, warum sich die anderen Insassen der Baracke eine solche Tyrannei gefallen lassen; denn er wird schon am ersten Abend Zeuge, wie der Kapo einen älteren Mann, der ihm kaum bis zur Schulter reicht, brutal zusammenschlägt, weil dieser seine Unzufriedenheit über die Größe der Brotration geäußert hat.

Auch für die Arbeitszuweisung ist der Kapo zuständig, allerdings folgt er dabei gelegentlich Anordnungen der Lagerleitung. Nachdem er Fred einen Schlafplatz zugeteilt und ihm befohlen hat, den Strohsack frisch zu stopfen, weil *der inzwischen krepierte Schlappschwanz,* der vor ihm darauf gelegen habe, dazu nicht mehr imstande gewesen sei, sagt der Kapo: »Dich haben die Oberbonzen zur Arbeit im heißen Loch bestimmt. Mach mir keine Vorwürfe, wenn's dir nicht paßt.«

Ins heiße Loch wird einer nur zur Strafe geschickt, das erfährt Fred, als ihn sein Schlafnachbar fragt, welcher Arbeitsgruppe er zugeteilt worden ist. »Scheinst ja ganz spezielle Freunde in den oberen Etagen zu haben«, sagt der AVau, und darin klingt so etwas wie Anerkennung mit. Fred fühlt sich akzeptiert, und diese Erfahrung verdrängt für den Augenblick seine Furcht vor diesem Ort des Schreckens.

Freds größte Sorge ist, daß man ihn als den Projektleiter wiedererkennt, der er einmal gewesen ist. Vor allem fürchtet er den Spott der anderen über einen, der aus seiner hohen Position in der Hierarchie des Info-Staates hinuntergestürzt wurde in die graue Masse der Ausgestoßenen. Möglicherweise ahnt er auch, welche Wut auf den Initiator des Projekts sich in diesen versklavten Menschen aufgestaut hat. Viele haben ihn gesehen, als er mit dem leitenden Ingenieur die Baustelle inspizierte, und wir wissen, mit welchen Mordgelüsten sie diesem Mann nachgeblickt haben, dem sie die Einrichtung des Lagers zu verdanken glauben. Aber Fred hat auch dabei noch Glück. Wer soll auch in diesem linkischen, äußerst wortkargen Menschen mit den schon tagealten braunen Bartstoppeln in dem wie ausgeleerten Gesicht den Professor wiedererkennen, der seinerzeit frisch rasiert in seinem gut geschnittenen Anzug und mit sorgfältig geknüpfter Krawatte an der Seite des Ingenieurs über die Erdschollen stolperte? Fred ist ein Neuzugang. Eine Nummer, nichts weiter.

Auch Wandruschka gehört zur Belegschaft von Baracke 3, aber er schläft am anderen Ende des mit dreifach übereinander gestockten Holzpritschen vollgestellten Raums. Fred versucht, ihm aus dem Weg zu gehen, aber schon am ersten Arbeitstag steht er am Eingang eines der Stollen, durch die es ins heiße Loch hinabgeht, plötzlich seinem Amtsvorgänger Auge in Auge gegenüber. Wandruschka steht da wie ein krummgezogener, verwitterter Gnom und schaut ihm geradewegs ins Gesicht. Fred erschrickt und fühlt sich auf jede Weise preisgegeben. Wandruschka ahnt wohl, was in ihm vorgeht. Er verzieht keine Miene. »Willkommen in der Unterwelt«, murmelt er. Dann wendet er sich ab und steigt in die Tiefe.

Als Fred mit den anderen zum heißen Loch verdammten AVaus dem Emeritus durch die bereits betonierte Mündung in die Unterwelt folgte, kam ihm noch einmal eine Erinnerung an die Planskizze, auf der er Richtung und Neigungswinkel der Stollen festgelegt hatte. Über die zu erwartenden Temperaturen hatte er nur ungefähre Schätzwerte angeben können, und diese waren nach allem, was ihm inzwischen zu Ohren gekommen war, zu niedrig angesetzt. Nach der Ursache dieser Fehleinschätzung fragte er nicht mehr. Was ging ihn das noch an? Der abschüssige, mit einem Gleis für die Abraumloren belegte Bimsboden ging bald in glasiges Lavagestein über, und zugleich waberte aus der Tiefe warme, verbrauchte Luft herauf, die einen schwefligen Beigeschmack hatte und Fred in die Nase stach. »Wir graben uns den Eingang zur Hölle selber«, sagte einer halblaut neben ihm.

Die Röhre war mit Spezialbeton verschalt, am Scheitel der Wölbung hatte man eine elektrische Leitung installiert, an der in größeren Abständen drahtgeschützte Lampen grelles Licht auf die Wände warfen. Erst im letzten Stück, als die heiße, stickige Luft Fred schon den Atem verschlug und die Männer noch im

Gehen die Drillichjacken auszogen, glitzerte das am Vortag freigesprengte Gestein im Schein der Grubenbeleuchtung.

Der leitende Ingenieur, auch er mit nacktem, schweißglänzendem Oberkörper, erwartete sie an der Arbeitsstelle, um ihnen Anweisungen zu geben. Er sagte, daß aufgrund neuer Berechnungen der Neigungswinkel des Stollens geändert werden müsse. Um 15 Grad steiler abwärts. Die Loren mit dem Abraum müßten künftig mit dem Seil einer Motorwinde herausgezogen werden. Von Hand wäre das nicht mehr möglich. Er werde diese Vorrichtung sofort installieren lassen. Aus ein paar hölzernen Latten hatte er an der Seitenwand schon ein Gestell zusammengeschlagen, das die exakte Richtung des weiteren Vortriebs fixierte.

»Wenigstens nicht mehr die Plackerei mit dem Herausschieben der Loren«, sagte Wandruschka. Erst jetzt merkte Fred, daß der Alte die Rolle eines Vorarbeiters innehatte. In gewisser Beziehung war er ja ein Fachmann, also nutzbringend zu verwenden, solange er funktionierte.

»Dafür fahren wir schneller zum Teufel«, knurrte einer der AVaus. Der Ingenieur schien diese Bemerkung zu überhören. Fred gewann überhaupt den Eindruck, daß dieser die AVaus nicht nach Art der Wächter wie Sträflinge, sondern wie Facharbeiter anredete. »Bei stärkeren Ausbrüchen von Schwefeldämpfen lassen Sie mich sofort rufen!« sagte er, ehe er sein kariertes Hemd um die Schultern legte und sich anschickte, diesen aufgeheizten Bratofen zu verlassen. Als er an Fred vorüberging und ihm ins Gesicht schaute, stutzte er. Für eine Sekunde brach aus seinen Augen das blanke Entsetzen. Dann wendete er abrupt den Kopf ab und setzte seinen Weg fort. Obwohl er langsam aufwärts stieg, wirkte sein Weggang wie eine Flucht.

Fred fand weder Zeit noch Kraft, Erwägungen über die Änderung seiner Planung anzustellen. Bisher hätte er es für unmöglich gehalten, daß man in solch höllischer Hitze schwere körperliche Arbeit verrichten könne, aber er war schon im nächsten Augenblick damit beschäftigt, zusammen mit ein paar anderen die restlichen Brocken der vorherigen Sprengung auf eine Lore zu wuchten, während drei Preßluftbohrer mit ohrenbetäubendem Knattern sich in das harte Gestein fraßen. Die glasscharfen Kanten der erstarrten Lava zerschnitten ihm die Hände. Er spürte keinen Schmerz und merkte das erst, als seine blutverschmierten Finger an den glatten Gesteinsflächen abrutschten. Arbeitshandschuhe waren für AVaus nicht vorgesehen. Wozu auch bei menschlichem Wegwerfmaterial. Einer, der neben ihm stand, zeigte ihm, wie man durch eine bestimmte Art des Zupackens die schlimmsten Verletzungen vermeiden konnte.

Etwas später schoben sie gemeinsam die gefüllte Lore den flach ansteigenden Stollen hinan, wahrhaftig eine mörderische Plackerei, bei der jeder Meter mit Strömen von Schweiß bezahlt werden mußte. Fred wunderte sich, daß die anderen ihre Jacken auf die Ladung Gesteinsbrocken schmissen. »Nimm deine lieber mit«, sagte einer. »Draußen ist es kälter, und ein Schnupfen kann hier tödlich enden.« Den ersten kühleren Luftzug empfand Fred zwar als ein köstliches Labsal, aber er zog dann doch seine Jacke an, als sie die Lore vor dem Mundloch abgestellt hatten.

Sie blieben so lange stehen und ruhten etwas aus, bis einer der bewaffneten Wächter herüberschaute. »Ihr faulen Säcke!« brüllte er. »Zurück ins Loch, sonst mach ich euch Beine!« Da begaben sie sich mit einer leeren Lore langsam auf den Rückweg. »Bei lebendigem Leibe rösten sollte man sie dort unten, die verdammten Sklaventreiber!« Einer sagte das, die anderen schwiegen, weil es sonst nichts zu sagen gab.

Auf diese Weise brachten sie drei Loren voll Abraum zutage, bis die Löcher tief genug in die neue Richtung gebohrt und die

Sprengsätze vorbereitet waren. »Raus aus dem Stollen!« rief Wandruschka, nachdem er alles noch einmal überprüft hatte.

»Jetzt klopfen wir wieder mal beim Teufel an die Hintertür«, sagte einer. Und ein anderer: »Irgendwann wird er seine Höllenhunde auf uns hetzen.« Das klang wie ein beiläufig hingeworfener Scherz, grinsend zwischen den Zähnen herausgeschoben. Aber hinter diesem Grinsen verbarg sich die Angst und verriet sich allenfalls in einem Zucken der Mundwinkel oder einem kaum wahrnehmbaren Zittern des Blicks. Fred wurde sehr rasch sensibel für die Wahrnehmung solcher Anzeichen, zumal er sie am eigenen Leibe spürte.

Während Wandruschka die Sprengung zündete, lehnten alle seitlich neben dem Mundloch an den Hang gepreßt und starrten auf die gähnende Öffnung, als würde schon im nächsten Moment die höllische Meute herausjagen und jeden hinwegfegen, der ihr im Wege stand. Aber dem dumpfen, unter den Füßen im Boden spürbaren Stoß folgte nur das gedämpfte Poltern stürzenden Gesteins und eine Druckwelle, die das Gras zwischen den Gleisen flattern ließ. Einer hatte einen Eimer voll Wasser bereitgestellt und warf einen Haufen zerfetzter Lappen daneben auf den Boden. Jeder griff sich einen davon, tauchte ihn ins Wasser und nahm ihn mit auf den Weg in die Tiefe. Fred machte es ihnen nach, ohne noch zu wissen, wozu das gut sein sollte. Gesagt wurde einem hier nicht viel, statt dessen mußte jeder die Augen offenhalten, das hatte er schon gemerkt. Der letzte nahm den Eimer mit.

Als sie sich dem Ort der Sprengung näherten, begriff Fred sehr schnell den Sinn des tropfenden Fetzens in seiner Faust. Die Luft flimmerte grau vom Staub des Gesteins und stach bei jedem Atemzug in den Lungen. Waren das nur die freigesetzten Gase der Explosion oder drangen durch die aufgerissenen Spalten schon Schwefeldünste aus der Tiefe? Er konnte in der Beurteilung dieser kaum atembaren Mischung auf keine Erfahrung zurückgreifen, preßte wie alle anderen den Lappen auf Mund und Nase und war nahe daran zu ersticken.

Wandruschka inspizierte inzwischen die freigelegten Flächen, nahm hie und da sogar den Lappen von der Nase und prüfte schnüffelnd und hustend den satanischen Gestank. »Keine Gefahr. Ihr könnt anfangen.« Ihre provisorischen Staubmasken mußten sie jetzt im Nacken verknoten, um die Hände frei zu haben.

Das ist im wesentlichen der Rhythmus, in dem Fred seine Tage im heißen Loch verbringt. Mittags gibt's eine dünne Suppe direkt bei der Baustelle. Sie wird in einer Art Gulaschkanone herangekarrt, nur kann von Gulasch nicht die Rede sein. In dem trüben, lauwarmen Wasser schwimmen Krautfetzen und die Schalen zerkochter Kartoffeln. Eine Fleischfaser oder ein Streifen fettiger Schwarte sind schon ein seltener Glücksfall oder Abfall aus dem Essen der Wächter. Nach einer Viertelstunde beendet ein Signal die Mittagspause, und die AVaus tauchen wieder hinab in die Unterwelt. Bei Einbruch der Dunkelheit werden sie mit Lastwagen, die sie am Morgen hergebracht haben, zurück ins Lager gefahren, nicht etwa, damit sie's schön bequem haben, sondern weil sie auf diese Weise leichter zu bewachen sind als eine langgezogene Marschkolonne. Im Lager gibt's noch einmal Suppe und einen Kanten Brot. Dort führt bei der Verteilung der Kapo das Regiment.

Fred fügt sich widerstandslos ein in die vorgegebenen Strukturen des Lagerlebens und die Arbeit. Man jagt ihn bei Morgengrauen aus dem Schlaf hoch – also steht er auf. Man drückt ihm einen Kanten Brot in die Hand und füllt seinen Napf mit einer schwarzen Brühe – er ißt und trinkt, wenn auch diese bittere Lurke nicht im entferntesten an Kaffee erinnert. Man befiehlt ihm, splittrige Lavabrocken auf die Lore zu laden – er tut es fast automatisch bis zur Erschöpfung und selbst dann noch und ist dankbar für die kurze Verschnaufpause, die neuerdings eingelegt werden kann, während die gefüllte Lore von der Seilwinde zutage gefördert und eine leere herabgelassen wird. Er braucht keine eigenen Entschlüsse zu fassen, denn es wird so total über ihn verfügt, daß dazu kein Freiraum bliebe. Nachdem seine Welt, die er sich zum Maß aller Dinge genommen hatte, zusammengebrochen ist, wäre er ohnehin kaum fähig, sich aus eigenem Antrieb zu bewegen, und deshalb eignet er sich vorzüglich dafür, von anderen bewegt zu werden. Er funktioniert fast ohne Reibungswiderstand. Es sieht aus, als sei Freds Vergangenheit zugleich mit dem Verlust seines Weltkonzepts erloschen.

Von Zeit zu Zeit werden allerdings noch Fragmente an die Oberfläche gespült, aus dem ursprünglichen Zusammenhang gerissenes Treibgut, das ihm gelegentlich in die Hände gerät. Dann steht er für einen Augenblick reglos da und versucht vergeblich, einzelne Trümmer aneinanderzufügen. Das geschieht ihm etwa, als der neue, beträchtlich steilere Neigungswinkel sich schon deutlich im Verlauf des Stollens abzeichnet. Die Loren werden mit einem kräftigen Ruck über diesen Knick der Gleise gezogen, und dabei fallen immer wieder Gesteinsbrocken heraus, die von den Schienen entfernt werden müssen. Da steht Fred nun an dieser Stelle, von der aus der Stollen schon erheblich weiter in die Tiefe vorangetrieben worden ist, hält einen Brocken schwarzer Lava in der Hand und fragt sich, welche Konsequenzen diese Richtungsänderung haben könnte. Ob in einem steileren Schlot der nach oben drängende vulkanische Druck sich ungehindert Bahn schaffen kann? Er entsinnt sich vage, daß er dieses Gefahrenmoment einmal kalkuliert hat, aber die darauf bezogenen Zahlen lassen sich in seinem Gedächtnis nicht mehr auffinden, geschweige denn das System, nach dem sie berechnet wurden. Es gab da einen kritischen Punkt, an dem eine Druckentlastung zur

Eruption umschlagen kann, aber wie soll er einen einzelnen Punkt im Auseinandertreiben seiner Gedanken fixieren? Er zuckt mit den Schultern, wirft den Stein zur Seite und geht zurück zu den anderen, die auf die Ankunft einer leeren Lore warten.

Solche Momente einer – wenn auch bruchstückhaften – Erinnerung an seine frühere Existenz erlebt Fred ohnehin nur dann, wenn er allein ist, für kurze Zeit entlassen aus dem Gruppenorganismus, der dem einzelnen keinen Freiraum läßt für Grübeleien und die damit verknüpfte Unaufmerksamkeit gegenüber konkreten Arbeitsabläufen. Dafür spielen sich hier neue Bezüge ein, die Fred bisher kaum eingeübt hat. Einsame Entscheidungen sind nicht gefragt. Wer sich nicht in den Rhythmus der gemeinsamen Arbeit einfügt, wird sofort zum Störfaktor und hat von den anderen entsprechend harte Reaktionen zu erwarten. Die Regeln sind unerbittlich: Wer auf seinen Nebenmann keine Rücksicht nimmt und ihm versehentlich einen Lavabrocken auf die Finger fallen läßt, muß in Zukunft darauf achten, daß ihm nicht das Gleiche geschieht. Wer einem anderen, der unter seiner Last zusammenzubrechen droht, nicht ohne Aufforderung beispringt, wird selber ohne Hilfe auskommen müssen, wenn er in eine ähnliche Lage gerät. Solche Regeln ergeben sich von selbst und sind schnell gelernt unter dem ständigen Druck der höllischen Hitze und der kaum atembaren Luft, in der jedes Wort, das man sprechen muß, an den Kräften zehrt.

Fred macht anfangs einige Fehler. Er ist nicht gewohnt, auf andere angewiesen zu sein. Das kostet ihn ein paar blutige Schrammen und mehrere Zusammenbrüche, nach denen er keuchend zwischen kantigem Schutt liegt und daran zweifelt, je wieder auf die Beine zu kommen. Dies lehrt ihn, daß er sich hier auf Menschen einlassen muß, wenn er überleben will. Mit der Zeit entdeckt er, daß es sogar seine Vorteile hat, im heißen

Loch zu arbeiten. Die AVaus draußen, die an der großen Auffangwanne beschäftigt werden, können zwar in frischer Luft atmen, aber dafür schlendern dort die Aufseher hinter ihrem Rücken vorüber und schlagen unbarmherzig zu, wenn einer seine Schaufel nicht tief genug in den lockeren Bims stößt. Wer dort wegkippt und nicht mehr aufstehen kann, ist ein toter Mann.

In die Tiefe der Stollen haben sich die Aufseher noch nie hineingewagt. Wer setzt sich schon freiwillig dem Gluthauch des Stollenendes aus, das ihn Tag für Tag der kochenden Lava näherbringt. Außerdem hindert sie daran wohl auch die nicht grundlose Furcht, sie könnten dort *zufällig* von einem Felsbrocken erschlagen werden, dem einer ein wenig nachgeholfen hat. So bestimmen die in die Tiefe Verdammten ihr Arbeitstempo selbst, und sie richten es so ein, daß jeder so viel leisten muß, wie seine Kräfte zulassen. Keine schematische, sondern eine menschliche Regelung also und damit wenigstens in dieser Beziehung eine – wenn auch glühende – Oase in der Wüste der Unmenschlichkeit. Die Ausfälle sind hier wesentlich geringer als draußen.

Im Laufe der ersten Wochen gewinnen in Freds Augen die grauen Gestalten seiner Arbeitsgruppe persönliches Profil. Bleich von dem Aufenthalt unter Tage und ausgedörrt von der ständigen Hitze sind sie allesamt, und das macht sie für Fred anfangs kaum unterscheidbar. Doch mit jedem Tag lernt er die Eigenart jedes einzelnen besser kennen. Da ist Edgar, der unglaublich schwere Brocken hochwuchten kann und einen böse anstarrt, wenn man ihm dabei allzu früh zu Hilfe eilt. Er arbeitet verbissen vor sich hin wie in einem ständigen, erbittert geführten Kampf gegen einen übermächtigen Feind, der immer aufs neue gegen ihn aufsteht. Sisyphos nennt ihn Fred in Gedanken. Bruno ist der Komiker der Gruppe. Wie er es fertigbringt, in diesem Höllenloch zu lachen, ist kaum zu begreifen, aber er schneidet selbst in der vergifteten Luft nach einer Sprengung noch Grimassen unter seinem vorgebundenen nassen Lappen. Bernd ist ein sanfter Riese, dessen Blick umherwandert auf der Suche nach einem, der Unterstützung benötigt. Er ist oft der erste, der einem beispringt, wenn man es allein nicht schafft. Fred mag ihn besonders gern, weil er die anderen davon abgehalten hat, anfangs noch härter mit ihm umzuspringen. Albi ist auf eine Art wehleidig, die schon wieder etwas Rührendes hat. Er lamentiert über jeden Kratzer auf seiner milchigen, von Sommersprossen übersäten Haut, aber eigentlich nur deshalb, weil er sich so gern trösten läßt. Die anderen tun ihm den Gefallen und haben schon eine Art von Ritus daraus gemacht, Albi im Vorübergehen die Hand auf die nackte Schulter zu legen, wenn er sich wehgetan hat. Sie grinsen dabei zwar ein bißchen, aber keiner lacht ihn richtig aus.

So hautnah hat Fred noch nie zuvor ununterbrochen mit anderen Menschen zusammengelebt. Früher hätte ihn eine solche Vorstellung erschreckt, jetzt jedoch spürt er, wie ihm dieses Zusammenleben unter den brutalen Bedingungen des Lagerdaseins zunehmend Sicherheit verleiht. In dem Maße, in dem er die einzelnen Leidensgefährten als individuelle Menschen erkennt, beginnt er sich zu fragen, wie sie ihrerseits ihn als Menschen sehen. Er betrachtet sich selbst mit ihren Augen, versucht sich vorzustellen, was sie von ihm halten würden, wenn sie über seine Vergangenheit Bescheid wüßten, und findet sich erbärmlich. Indem er sich die Verhaltensregeln seiner Gruppe Stück für Stück zu eigen macht, baut er, ohne viel darüber nachzudenken, sich eine neue Innenwelt auf, die sich beträchtlich unterscheidet von jenem zerbrochenen Kristalltraum, in dessen Käfig er sich vor der Wirklichkeit zurückgezogen hatte.

Es ist eine auf elementare Grundbedürfnisse reduzierte Wirklichkeit, an der er sich dabei orientiert, ein Basismodell einfachster Sozialbezüge von Höhlenmenschen, das sich in dieser durch fast unerträgliche Lebensbedingungen geschützten Nische einer Umwelt entwickelt hat, die nur das Gesetz des Stärkeren kennt. In der Tiefe der Vorhölle verliert dieses Gesetz merkwürdigerweise seine Geltung. Sie bleibt der Gewalt der Aufseher und Kapos entzogen. Dieser Umstand wird Fred erst nach und nach bewußt, die Erfahrung, daß in seiner Arbeitsgruppe kein Mensch einen anderen zu unterdrücken versucht. Eines Abends, als sie nach Arbeitsschluß den Stollen verlassen, fragt er Wandruschka, warum das so ist. »Wir haben uns darauf geeinigt«, antwortet ihm der Alte. »Wie willst du dich selber achten, wenn du keine Achtung vor anderen hast?«

In der darauffolgenden Nacht lag Fred noch lange wach. Nach diesem brütend heißen Spätsommertag war es drückend schwül in der überfüllten Baracke, auf deren Dach den ganzen Tag über die Sonne gebrannt hatte, zwar nicht die Glut, die das Gestein am Ende des Stollens abstrahlte, doch heiß genug, daß er halbnackt und schweißgebadet auf dem Strohsack lag und nicht schlafen konnte. Auch sein Nachbar warf sich herum; er kratzte sich ausgiebig, setzte sich auf und schaute herüber. Als bläulich schimmernde Maske schwebte sein Gesicht im kalten Licht des Vollmondes, das durch eines der kleinen quadratischen Fenster hereinfiel.

»Verdammte Hitze.«

»Im Loch ist es heißer«, sagte Fred.

»Wie haltet ihr das bloß aus?« Der andere wischte sich mit dem Handrücken den Schweiß von der Stirn. »Heute nachmittag bin ich zweimal zusammengesackt. Und das hier hat mich wieder auf die Beine gebracht.« Er zeigte seinen knochigen Rücken, über den sich zwei blutunterlaufene Striemen zogen. »Die Mistkerle haben neuerdings Lederpeitschen.«

»Zu uns trauen die sich nicht herein.«

»Dafür werdet ihr lebendig geröstet.« Der andere schwieg eine Weile und sagte dann: »Was tut ihr, wenn dieser verfluchte Berg plötzlich losgeht?«

Fred zuckte mit den Schultern. Am Anfang wäre er vor Angst beinahe davongerannt, wenn es nur ein bißchen nach Schwefel roch. Jetzt dachte er in der Routine der täglichen Arbeit kaum noch daran.

»Meinst du, es ist bald so weit?« Dieser Gedanke schien dem anderen keine Ruhe zu lassen.

»Heiß genug wäre es schon dort unten.«

»Wie du das sagst! Als ob du dir dran ein Hühnchen braten wolltest. Ich will hier raus, ehe es passiert.«

»Wer will das nicht? Aber du vergißt die Wächter mit ihren Schießeisen. Und selbst wenn du es schaffst: Draußen schnappen sie dich doch gleich wieder, so wie du angezogen bist.«

»Nicht unbedingt.« Der andere legte sich wieder auf seinen Strohsack, rückte dicht an Fred heran und flüsterte: »Weißt du nichts vom *Stern*?«

»Was für ein Stern?« Ein Stern über dem Horizont, an dem man sich orientieren konnte, dieses Bild sah Fred plötzlich vor Augen. Aber das war nur ein Traumbild, untauglich zur Orientierung in dieser Realität, in der Menschen gejagt, geschlagen und umgebracht wurden. »Willst du nachts über den Zaun klettern? Du kennst dich wohl mit Sternen aus?«

Der andere lachte leise. »Ich bin kein Astronom. Der *Stern*, den ich meine, da sind Menschen. Sie sind überall im Land, haben Verbindung miteinander und helfen Flüchtlingen. Du bekommst Unterkunft, andere Kleider, vielleicht einen gefälschten Ausweis und wirst von Adresse zu Adresse weitergeschickt. Es heißt, daß manche sogar bis über die Grenze gebracht werden. Ich habe eine erste Adresse genannt bekommen. Willst du mitgehen? Allein habe ich Angst.«

Fred liegt eine Zeitlang schweigend auf dem knisternden Strohsack und denkt nach. Ein menschlicher Stern, der wirklich existiert. Ein Stern von einzelnen Menschen. Licht, das sich nicht gleichschalten läßt. Das Orientierung möglich macht. Möglichkeit. Die Möglichkeit zu einem anderen, einem neuen Leben? Gibt es das? Und das alte? Auch dort war Licht gewesen, aber er hatte es abgewiesen. Stella. Er hatte sie abgewiesen und war schuldig geworden, schuldiger als jeder hier.

»Find einen anderen.«

Der andere hebt den Kopf und schaut ihn lange an, als spüre er diesen Kampf. »Warum?«

»Ich habe kein Recht, mich davonzumachen.«

»Wovon?«

»Von mir. Ich habe den Stern verloren.«

»Er hat dich gefunden.«

Fred sieht das Doppelgestirn in der Nacht, staubkorngroß. Fühlt sich getroffen von einer Nachricht. Spürt Hoffnung, dieses winzige Licht könne das Gewicht seiner Schuld aufheben. »Hast du einen Plan?«

»Schon lange«, sagte der andere. »Auf dem Weg. Wir müssen es auf dem Weg probieren. Am Abend auf der Fahrt zum Lager. Auf jeden Fall ist es notwendig, daß wir in den letzten Wagen steigen und uns möglichst weit vorn an die rechte Seitenwand stellen. Der Wächter steht immer hinten an der Ladeklappe. Irgend jemand muß seine Aufmerksamkeit ablenken, einen Streit anfangen oder etwas in der Art. Bis dahin haben wir schon die Plane an der Seite losgemacht. Dazu braucht man nur unter dem Verdeck durchzugreifen und außen einen Lederriemen aus einer Öse zu ziehen. Ich hab' das schon ausprobiert. Durch den Spalt zwischen Plane und Seitenwand lassen wir uns nach draußen fallen. Die günstigste Stelle dafür ist die scharfe Kurve bei dem Wäldchen. Dort muß der

Fahrer bremsen, und wir können uns ins Gebüsch rollen. Weißt du jemanden, der den Streit inszenieren könnte? Das müssen Leute sein, denen man vertrauen kann.«

»Kein Problem«, sagte Fred und dachte an seine Kumpane im heißen Loch. »Morgen spreche ich mit jemandem.«

Dazu kam es nicht mehr. Gleich am Morgen mußte eine neue Sprengung vorbereitet werden, und bei dem Höllenlärm der Preßluftbohrer war es unmöglich, auch nur ein Wort miteinander zu reden. Fred schippte mit den anderen den splittrigen Schotter der letzten Sprengung in eine Lore. Gemeinsam wuchteten sie auch noch ein paar größere Brocken hoch, die sie bisher liegengelassen hatten, und warfen sie dazu. Als der Behälter voll war, gaben sie das Zeichen nach oben, das Seil ruckte an und zog die Last langsam die Steigung hinauf. Erst weit oben kippte die Lore auf die flachere Strecke und rollte außer Sicht.

Die Männer hockten sich auf den Boden und atmeten keuchend mit offenem Mund. »Gleich sind wir so weit«, sagte einer an den Bohrern, als das Knattern für ein paar Sekunden verstummt war. Dann setzte der dröhnende Lärm wieder ein. Den Schrei danach hörte man kaum. Schon im nächsten Moment stach allen der schweflige Gestank in die Nase. Der Mann, der geschrien hatte, war rücklings hingestürzt und schrie noch immer. Jetzt konnten es alle hören, weil das Knattern der Bohrer abrupt ausgesetzt hatte. In dem nebligen Rauch, der auf einen Schlag das Stollenende füllte, konnte Fred deutlich den pfeifenden Strahl sehen, der aus einem der Bohrlöcher schoß und den Mann voll auf die nackte Brust getroffen hatte. Er schrie und tastete mit fahrigen Händen nach der faustgroßen Brandwunde.

»Raus!« brüllte Wandruschka. »Beeilt euch!« Und dann liefen sie, liefen so schnell die Steigung hinauf, wie sie es ihren schmerzenden Beinmuskeln nie zugetraut hatten, schleppten den Verletzten mit, kämpften sich fluchend und hustend voran, Fred mitten zwischen ihnen. Schwarz wirbelte es vor seinen Augen, aber er lief und würgte an dem beißenden Gestank, erreichte nach einer ihm endlos erscheinenden Zeit die Stelle, an der die Steigung flacher wurde, rannte um sein Leben, bis er ins Freie hinaustaumelte und sich seitwärts auf den Schotter neben dem Mundloch fallen ließ.

Dort trieb sich einer der Aufseher herum. Er sah den Haufen halbnackter AVaus aus dem Stollen herausstürzen und brüllte: »Ihr habt wohl keine Lust mehr, ihr faulen Schweine? Marsch, an die Arbeit! Oder braucht ihr vielleicht eine besondere Einladung?« Er schwang schon seine Lederpeitsche, doch da trat Wandruschka vor ihn hin und sagte: »Der leitende Ingenieur muß sofort verständigt werden. Wir haben einen Schwefelausbruch.«

»Zu empfindliche Nasen habt ihr! Der Ingenieur ist nicht da.«

»Dann muß er geholt werden.«

»Muß?« Der Aufseher grinste. »Spiel dich nicht so auf, du Hosenscheißer! Eigentlich sollte ich euch sofort wieder hinunterjagen in euer Loch. Aber weil ich ein guter Mensch bin, lasse ich euch eine Viertelstunde Zeit. Bis dahin wird der ärgste Mief abgezogen sein. Aber dann wird die Sprengladung eingebracht und zwar ohne weiteres Palaver. In den anderen beiden Stollen sind sie damit bald fertig. Und dann lassen wir's aus allen Löchern zugleich knallen. Oder wollt ihr es darauf anlegen, mir den Spaß zu verderben?« Er blickte auf seine Uhr. »In einer Viertelstunde will ich hier keinen mehr sehen!« Er setzte sich auf einen Lavabrocken, zündete sich eine Zigarette an und spielte mit seiner Peitsche. Nach jeder abgelaufenen Minute ließ er ihre Lederschnüre auf den Boden klatschen, daß den ausgepumpten Männern der körnige Bims um die Ohren flog.

Der Höllenhund peitschte den Vulkan zum vierzehnten Mal. »Letzte Minute!« Dann begann er den Countdown zu zählen: »Neunundfünfzig, achtundfünfzig, siebenundfünfzig ...« Bernd hatte inzwischen einen Eimer voll Wasser bereitgestellt, und bei »fünfzehn, vierzehn, dreizehn« stemmten sich die Stollenarbeiter langsam vom Boden hoch, tauchten ihre Lappen ein und gingen einer nach dem anderen durch das Höllentor in die Tiefe. Der Schwefelgestank war schon auf dem Vorplatz zu riechen.

»Auf Ihre Verantwortung«, sagte Wandruschka zu dem Aufseher, ehe er das Sprengmaterial unter den Arm klemmte und sich auf den Weg machte.

»Als ob du hier Verantwortung hättest, du stinkende Bergwanze!« Der Aufseher zählte lachend »drei, zwei, eins«. Bei »null« war der letzte im Schlund verschwunden.

Schon auf halbem Weg mußten sie die nassen Fetzen vorhalten, und in dem steileren Ende des Stollens waberte der Rauch wie bläulicher Nebel. »Ich brauche nur einen Mann zur Vorbereitung der Sprengung«, sagte Wandruschka. »Die anderen bleiben hier. Wer geht mit?«

Eine Zeitlang standen sie schweigend an die Betonwand gelehnt und starrten zu Boden. Wenn einer in dem qualmenden Inferno die Besinnung verlor, gab es keine Rettung mehr. Jeder wußte das, auch Fred. Er hob den Kopf und blickte den verhutzelten alten Mann an, den er von seinem Lehrstuhl verdrängt und in diese Lage gebracht hatte und der ihm trotz alledem die Wahl ließ.

»Los!« sagte Fred. »Gehen wir endlich«, tauchte seinen Lappen noch einmal ins Wasser, band ihn sich fest um Mund und Nase, packte den Eimer und ging Wandruschka nach, der schon im Nebel untertauchte.

Unten am Ende des Stollens lagerte der Rauch in dicken Schwaden, aber der Zustrom aus dem Bohrloch war fast versiegt. Wandruschka schaute sich das kopfschüttelnd an. »Der pure Wahnsinn«, murmelte er hinter seiner Maskierung. Trotz der unerträglichen Hitze arbeiteten sie schnell Hand in Hand. Lange war es in der verpesteten Luft nicht auszuhalten. Wandruschka ließ sich von Fred die Sprengladungen anreichen und brachte sie in die Bohrlöcher ein, schloß die Zündkabel an und stopfte das Füllmaterial nach. Zwischendurch wuschen sie immer wieder mit angehaltenem Atem ihre Lappen aus. Die Feuchtigkeit verdampfte in kürzester Zeit.

»Fertig«, sagte Wandruschka schließlich. Er wollte sich aus seiner gebückten Haltung aufrichten, brach aber in die Knie und kauerte, von einem Hustenkrampf geschüttelt, am Boden. Fred merkte, daß der Alte am Ende seiner Kräfte war. Er packte den Eimer und schüttete Wandruschka mit einem Schwung das restliche Wasser über den Kopf, faßte ihn dann beim Arm und riß ihn hoch.

»Die Zündkabel!« Wandruschka zeigte auf die Rolle mit dem aufgewickelten Draht.

»Mach' ich.« Fred wußte selbst nicht, woher er die Kraft dazu nehmen sollte. Er griff die Kabelrolle, ließ sie im Aufwärtsgehen ablaufen und zerrte mit der anderen Hand den Alten hinter sich her, bis der Nebel sich zu lichten begann. Da kamen die anderen ihnen schon entgegengelaufen und halfen ihnen weiter.

Als sie hinaus ins Freie wankten und endlich wieder tief einatmen konnten, war der Höllenhund draußen schon damit beschäftigt, den großen Feuerzauber zu organisieren. Er ließ ihnen keine Sekunde Zeit zum Verschnaufen. »Ihr habt wohl gepennt dort unten, ihr Lahmärsche? Jetzt aber Tempo! Die anderen sind schon lange fertig.«

»Sie haben uns gefehlt bei der Arbeit«, sagte Bruno grinsend. »Dann wär's noch mal so schnell gegangen.«

»Mistkerl!« Der Aufseher knallte ihm die Peitsche über die

Schultern, und als Bruno keine Miene verzog, brüllte er: »Dir treib' ich dein blödes Grinsen noch aus, wenn das Feuerwerk vorbei ist!«

Bernd hatte die Kabel inzwischen an den Zündmechanismus angeschlossen und rief: »Fertig!«

»Dann kann's ja losgehen.« Der Aufseher stellte sich in Positur und hob den Arm, ein Schmierenkomödiant, der einen Feldherrn mimt und imaginäre Truppen ins feindliche Feuer jagt. »Alles hört auf mein Kommando! Ich zähle rückwärts von drei an, und bei null will ich's knallen hören. Verstanden? Also: Drei – zwei – eins –– null!«

* * *

Diese so dramatisch inszenierte Sprengung stand noch bevor, als Bert und Stella den Leitnerhof verließen. »Verrückt seid ihr!« Jakob hatte den Kopf geschüttelt, als er von ihrem Plan erfuhr, in die Hauptstadt zurückzukehren, doch Stella hatte sich nicht davon abbringen lassen, und Bert war fest entschlossen, mit ihr zu reisen.

»Aufs Geratewohl werdet ihr jedenfalls nicht fahren«, hatte Jakob schließlich gesagt. Er hatte Porträtfotos von ihnen aufgenommen, war mit dem Film früh am Morgen talauswärts bis zur Busstation gegangen und in die Kreisstadt gefahren. Gegen Abend des nächsten Tages kam er zurück und brachte nicht nur Abzüge mit, sondern für jeden der beiden einen perfekt gefälschten Ausweis. »Der *Stern* läßt grüßen«, sagte er, als er sie ihnen überreichte. »Ihr werdet auf jeder Station eine Adresse bekommen, bei der ihr bleiben könnt. Stern-Route rückwärts sozusagen. Aber euer Haus wirst du auf keinen Fall betreten, Stella! Das mußt du mir versprechen!«

Auf solche Weise ausgestattet und mit einem beträchtlichen Vorrat an Proviant in Berts Rucksack traten die beiden ihre

Reise an. Sie verabschiedeten sich von Meta, die sich von ihrem Eifer, Tante Paula im Garten beim Erbsenpflücken zu helfen, kaum abbringen ließ. Jakob begleitete sie bis zum Autobus, an die zwei Stunden Fußmarsch bis zu einem größeren Marktflekken im unteren Tal. Beim Abschied sagte er: »Kann sein, daß ihr länger warten müßt. Die Linienbusse fahren neuerdings ziemlich unregelmäßig. Das Benzin wird knapp.« Sie umarmten einander, und Jakob machte sich auf den Rückweg.

An der Endstation vor dem Postgebäude standen schon etwa ein Dutzend Leute, überwiegend Frauen, drei ältere Männer und ein Polizist, der an einer Zigarette paffte, ein junger Kerl, wohlgenährt und mit dem rosigen Gesicht des Hellblonden. Bert fiel schon beim Näherkommen auf, wie isoliert der Uniformierte abseits der Gruppe stand. Er schien das selbst zu spüren und wirkte verlegen und linkisch wie einer, der zum ersten Mal in der Öffentlichkeit raucht und sich krampfhaft an seiner Zigarette festhält. Die rechte Hand hatte er in einer gespielt lässigen Geste auf die Pistole an seinem Gürtel gelegt, als wolle er sich ständig des Schutzes seiner Waffe versichern. Die anderen, durchweg bäuerlich gekleidet und die Frauen meist mit großen, ausgebeulten Einkaufstaschen, sprachen nur wenig miteinander und dann leise, fast im Flüsterton. Wie Verschwörer, dachte Bert, wenn er bemerkte, wie der eine oder andere den Polizisten wie von ungefähr mit einem Blick streifte. Auch er selbst und Stella blieben ausgeschlossen. Die Leute kannten sie nicht, also war Vorsicht geboten.

Die planmäßige Abfahrtszeit verstrich, aber niemand schien angenommen zu haben, daß der Autobus pünktlich fahren würde. Jedenfalls änderte sich nichts am Verhalten der Leute. Keiner blickte ungeduldig auf seine Uhr oder hielt Ausschau nach dem überfälligen Wagen. Erst nach einer Dreiviertelstunde sagte eine Frau, diesmal laut und deutlich und mit einem Seitenblick zu dem Polizisten: »So vertrödelt man seine Zeit!«

Als ob sie damit ein Signal gegeben hätte, fingen jetzt auch die anderen Leute an zu murren und ihren Unmut vernehmlich zu äußern. Bert spürte, wie die Stimmung ins Aggressive umschlug. »Verdammte Schlamperei!« knurrte einer, und eine andere Frau starrte dem Polizisten geradewegs ins Gesicht und sagte: »Die waren doch immer so für Ordnung im Lande, diese Infos. Und jetzt haben wir zu viel Polizei und zu wenig Busschaffner.«

Dem Polizisten wurde die Situation ungemütlich. Er zog sich ein paar Schritte zurück, bis er mit dem Rücken an der Wand stand, und blickte unruhig von einem zum anderen. »Schweigen Sie!« sagte er mit mühsam gefestigter Stimme. »Sonst muß ich sie auseinandertreiben!«

»So?« Die Frau, die zuletzt gesprochen hatte, wurde heftig. »Müssen Sie das? Nur weil ich gesagt habe, wie es ist?« und als der Polizist mit fahrigen Fingern nach seiner Pistole tastete, schrie sie: »Auf alte Weiber schießen, das könnt ihr! Euch vollfressen, während andere hungern, und dem lieben Gott den Tag stehlen!«

Während sie ihrem Zorn freien Lauf ließ, schlossen sich die anderen um sie zusammen und schienen nahe daran zu sein, diesem Repräsentanten des Info-Staates auf den Leib zu rükken. Bert begann sich schon Gedanken zu machen, ob ihre Reise hier ein frühes Ende finden würde, doch da bog endlich der Autobus aus einer Seitenstraße in den Marktplatz ein, fuhr rasch heran und hielt vor der Post. Als der Fahrer zum Einsteigen aufforderte, war den Leuten ein Fensterplatz dann doch wichtiger als der Streit mit dem Vertreter der Staatsgewalt, der schließlich als letzter in den Wagen stieg und sich auf die freigebliebene Bank hinter dem Fahrer setzte, sichtlich erleichtert darüber, daß er auf diese Weise der Entscheidung enthoben wurde, ob er seine Pistole ziehen solle oder nicht.

Die plötzlich hervorbrechende Aufsässigkeit dieser einfachen Menschen gab Bert zu denken. Das war nicht mehr jenes stumme Ausweichen vor den Organen staatlicher Macht, das ihm damals im Bahnhof aufgefallen war, als er nach dem Besuch bei Fred seine Reise zu Oswald angetreten und der Gestank der Angst wie ein lähmendes Gift über der Stadt gelegen hatte. Seither hatte sich der Druck verstärkt, der von oben ausgeübt wurde, und dieser Druck erzeugte Gegendruck, eine gespannte Atmosphäre, die selbst in relativ belanglosen Situationen wie einer Autobusverspätung unversehens einen kritischen Punkt erreichte.

Der Polizist stieg an der nächsten Station aus und durchquerte mit steifen Schritten die sich öffnende Gasse im Gedränge der Wartenden, eine Art Spießrutenlaufen, bei dem mit Blicken zugeschlagen wurde, so kam es Bert vor. Selbst von hinten konnte man dem jungen Burschen, als er die Gruppe der Zusteigenden hinter sich gelassen hatte, an seinem sich entkrampfenden Gang ansehen, wie erleichtert er war, einer Konfrontation entronnen zu sein. Eingereiht in die Front anderer Uniformträger, hätte er vermutlich weniger gezögert, die Waffe zu ziehen und notfalls von ihr Gebrauch zu machen, obwohl er auf Bert den Eindruck eines eher friedlichen, nur durch die Umstände zu einem solchen Verhalten gezwungenen Jungen gemacht hatte, der, lebte er in dem Dorf oben im Tal, womöglich mit gleichem Eifer die Grenzer an der Nase herumgeführt und Flüchtlinge in Sicherheit gebracht hätte.

Bert erschrak, als ihm bewußt wurde, wie leicht ein Mensch unter dem Einfluß der falschen Leute oder einfach nur deshalb, weil er keinen Durchblick hatte, auf eine Seite geraten konnte, auf der er besser nicht stünde, und er fragte sich, wie sein politisch eher desinteressierter und nur in seine Wissenschaft vergrabener Bruder zum Info-Funktionär geworden sein mochte. Ob Stella eine Antwort darauf wußte? Er schaute sie an, wie sie neben ihm mit abgewandtem Gesicht an dem staubgetrübten Busfenster saß und hinausschaute auf die Stoppelfelder in dem zwischen bewaldeten Höhenzügen sich ausweitenden Tal, wagte aber nicht, von Fred zu sprechen.

Bis sie am späten Nachmittag die Kreisstadt erreichten, war der Bus dermaßen überfüllt, daß die zusammengepferchte Menge der Fahrgäste zwischen die Sitzreihen quoll und Bert in jeder Kurve irgendwelche Gepäckstücke vor dem Gesicht pendelten. Die Gerüche, die ihm dabei in die Nase stiegen, informierten ihn darüber, womit die Bauersfrauen ihre Taschen bis an die Grenze der Dehnbarkeit vollgestopft hatten: Räucherspeck und Almkäse in hohem Reifestadium bestimmten neben den Ausdünstungen der dicht zusammengedrängten Fahrgäste zunehmend das Aroma der drückenden Atmosphäre. Dennoch hatten sich all diese vielen Menschen merkwürdig schnell verlaufen, während er und Stella unter den letzten vor dem Bahnhof ausstiegen. Offenbar wußte jeder genau, wo er für diese nahrhaften Kostbarkeiten andere Mangelware eintauschen konnte, und eilte sich, von der Straße zu kommen. Bald standen nur noch ein paar Polizisten an den Ecken herum.

Das Haus, dessen Adresse Onkel Jakob ihnen genannt hatte, lag weiter draußen am Rand der Stadt. Er hatte ihnen den Weg genau beschrieben, damit sie keinen Fremden zu fragen brauchten, schon gar nicht einen Polizisten. Über die Hauptstraße, die sie zunächst entlanggehen mußten, rollte ein endloser Militärkonvoi, Lastwagen voller Soldaten, die, das Gewehr zwischen den Knien, müde vor sich hinnickten, Panzerwagen, Kanonen. Keiner stand auf der Straße, um dieses endlose Spektakel anzuschauen, auch die Fenster der Häuser blieben geschlossen, die Vorhänge zugezogen. Bert war froh, als sie endlich bei einer Apotheke, die Jakob ihnen als Merkpunkt genannt hatte, in eine Nebenstraße einbiegen mußten und die dröhnende Kriegsmaschinerie hinter sich lassen konnten.

Bert hatte sich den komplizierten Weg eingeprägt – sechste

links, zweite rechts, erste links, dritte rechts –, und als sie alle diese Abzweigungen hinter sich gebracht hatten, gelangten sie in eine Gasse mit einzelstehenden altersgrauen Arbeiterhäuschen, hinter denen sich Kleingärten mit Obstbäumen und Beerensträuchern ausbreiteten. Das letzte Haus rechts sollte es sein, wo die geteerte Straße in einen Feldweg überging. *Schmalzhofer* stand auf dem zerkratzten Blechschild unter dem Klingelknopf.

Der alte Mann, der ihnen öffnete, war so groß, daß er eben noch unter den Türrahmen paßte. Aus seinem von unzähligen Falten durchzogenen Gesicht sprang eine respektable Hakennase hervor, die zusammen mit den scharf blickenden Augen bei Bert die Vorstellung eines zustoßenden Raubvogels weckte.

»Ja?« sagte der Alte und schaute erwartungsvoll zu den beiden herab.

»Wir suchen die Familie Stern«, sagte Stella.

»Dann seid ihr hier richtig. Stella und Bert?« Als die beiden nickten, zerknitterte der Alte sein Gesicht noch mehr zu einem Lächeln und sagte: »Wir haben schon auf euch gewartet.«

»Der Bus hatte Verspätung.«

»Kein Wunder bei dem Durcheinander. Ich heiße Schmalzhofer, aber ihr könnt mich Habicht nennen wie die anderen. Kommt erst einmal herein.«

Die anderen, das waren seine Frau Zilli und zwei jüngere Frauen, die der Habicht als Vera und Sonja vorstellte, sowie ein etwa vierzigjähriger Mann namens Karl, dem der rechte Arm fehlte. Sie saßen in der Küche um einen Tisch und waren dabei, eine dicke Gemüsesuppe zu essen, die in einer Schüssel dampfte. Der Habicht holte noch zwei Teller und zwei Löffel. »Setzt euch! Ihr habt sicher Hunger.«

Während er sich einen Stuhl heranrückte, fragte Bert, was dieser militärische Aufmarsch in der Stadt zu bedeuten habe. »Kein Mensch ist auf der Straße, als sei Krieg ausgebrochen.«

»So könnte man das nennen. Hat sich wohl noch nicht herumgesprochen bis zu euch dort oben in den Bergen. Das Radio schweigt sich aus darüber und verkündet statt dessen die Großtaten der Infos. Eßt erst einmal, bevor die Suppe kalt wird. Inzwischen kann euch Karl über die Lage unterrichten. Er ist gestern mit den neuesten Nachrichten aus dem Norden gekommen.«

Während sie ihre Suppe löffelten, berichtete Karl, daß im Norden des Landes ein General mit Namen Schwerdtfeger einen Putschversuch unternommen und sämtliche Truppen dieser Region auf seine Seite gebracht habe. »Er hat eine Gegenregierung ausgerufen, der auch Leute angehören, die bisher den *Stern* unterstützt haben. Inzwischen dringen seine Einheiten schon nach Süden vor, wobei die Truppen der Info-Regierung durch abgeworfene Flugzettel und durch Lautsprecher aufgefordert werden, nicht zu kämpfen und sich dem Aufstand anzuschließen. Teilweise hat er damit Erfolg, aber es gibt auch ein paar info-hörige Kommandanten, die es auf einen Bürgerkrieg ankommen lassen wollen. Die Hauptstadt ist noch fest in ihrer Hand.«

»Und das Vulkan-Projekt?« fragte Stella. »Hat man es angesichts dieser Lage eingestellt?«

»Im Gegenteil. Es wird mit Hochdruck weitergetrieben. Offenbar wollen sich die Infos mit diesem Irrsinn als Retter des Landes darstellen.«

»Wir müssen so schnell wie möglich bis zur Hauptstadt kommen«, sagte Stella. »Wird das noch möglich sein?«

»Vorerst fahren noch Züge, wenn auch nicht exakt nach Fahrplan. Wie weit man auf diese Weise kommt und wie lange das überhaupt noch geht, kann kein Mensch sagen. Heute fährt bestimmt kein Zug mehr. Morgen früh wollte ich mich ohnehin wieder auf den Weg machen. Wenn ihr wollt, reisen wir zusammen.«

Der Habicht hakte mit einer zustoßenden Kopfbewegung in das Gespräch ein. »Diesen Vorschlag solltet ihr annehmen. Karl kennt eine Menge Adressen, wo ihr notfalls Unterschlupf findet. Als Verbindungsmann des *Stern* ist er ständig unterwegs und kennt jeden Trick. Erst gestern hat er die beiden Mädchen hergebracht, denen die Polizei auf den Fersen war. Irgend jemand hatte sie angezeigt, weil sie einen Flüchtling versteckt hatten.«

»Nicht nur das«, sagte Vera. »Wir sind Schwestern und haben allein in der Wohnung gelebt, seit sie unsere Eltern wegen staatsfeindlicher Umtriebe, wie das heutzutage heißt, ins Gefängnis gesperrt haben. Genau besehen hat mein Vater vor den falschen Ohren einen Witz erzählt, und meine Mutter hat dazu gelacht. Das genügte. Sonja wurde daraufhin dienstverpflichtet und als Schreibkraft in einem Lager eingesetzt. Zu dieser Zeit haben wir angefangen, für den *Stern* zu arbeiten. Sonja hat im Lager Nachrichten weitergegeben und Fluchtmöglichkeiten ausgeforscht, während ich zu Hause gewartet habe, ob jemand kommt. Jetzt gibt es eine Adresse weniger. Ein Glück, daß Karl uns in dem Moment besuchen wollte, als das Polizeiauto um die Ecke bog. Wir sind gerade noch durch die Hintertür davongekommen.«

»Morgen schicke ich die beiden zu euch ins Dorf«, sagte der Habicht. »Wir haben hier nicht viel Platz für Gäste. Heute nacht wird's ein bißchen eng werden.«

Später, als die anderen schon schlafen gegangen waren, stellte er in der Küche für Stella und Bert zwei Klappbetten auf und sagte ihnen gute Nacht.

Da lag Bert nun dicht neben Stella in der dunklen Küche, in der es noch immer nach Gemüsesuppe roch, und konnte nicht schlafen. Er spürte Stellas Atem und malte sich mögliche und doch unmögliche Entwicklungen dieser Situation aus; genoß diese Lage und verfluchte sie gleichzeitig ob ihrer Absurdität.

Als er sich wieder einmal auf dem knarrenden Bett herumdrehte, spürte er, wie Stellas Hand zu ihm herübertastete und auf seiner Brust liegenblieb.

»Kannst du auch nicht schlafen?« sagte er.

»Du bist so unruhig.«

»Wundert dich das?« Es klang fast vorwurfsvoll, wie Bert das herausbrachte, so, als sei ganz allein Stella an seiner Misere schuld.

Stella schaute zu ihm herüber. »Ach Bert, was bist du nur für ein Mensch.«

Erst jetzt spürte er, wie ihre Hand zitterte. »Frierst du?«

»Nein. Ich habe Angst. Angst, daß Menschen wieder einmal aufeinander schießen. Schon seit all diese Soldaten an uns vorbeigefahren sind, habe ich Angst. Angst vor dem, was geschehen könnte.« Und nach einer Pause: »Und um das, was womöglich schon geschehen ist.«

»Fred?« Bert hätte das nicht zu fragen brauchen, aber er mußte es trotzdem aussprechen.

Stella hatte sich in ihrem Bett aufgesetzt und schaute hinaus in den Nachthimmel. Bert sah, wie Tränen über ihr Gesicht liefen. »Ja, auch um Fred. Wenn ich ihn nicht mehr finde, das wäre, als hätte ich all diese Jahre umsonst gelebt.« Sie schwieg eine Weile. »Ich weiß, was ich dir zumute, Bert. Kannst du mich eine Weile festhalten?«

So hielt Bert Stella dann doch noch in seinen Armen, wenn auch anders, als er sich vorgestellt hatte, hielt sie so lange, bis sie nicht mehr zitterte und schlaftrunken murmelte: »Es ist gut, daß du da bist, Bert.« Dann kroch sie zurück in ihr Bett, kuschelte sich in ihre Decke und war gleich darauf eingeschlafen.

Bert lag noch eine Weile wach, hörte ihren ruhigen Atem und wunderte sich, daß es ihn jetzt nicht mehr irritierte, neben Stella zu liegen. Konnte es sein, daß die Erfahrung ihrer Angst ihm geholfen hatte, seine Gier nach ihrem Körper zu vergessen? Vielleicht hatte Stella ihre Angst ihm nur deshalb gezeigt? Doch dann merkte er, daß er bei solchen Gedanken wieder einmal nur von seiner eigenen Gemütslage ausging. Stella hatte schon recht, er war ein Egozentriker wie sein Bruder, wenn auch auf andere Art, ein Mensch, der stets meinte, das Leben finde ausschließlich nur seinetwegen statt. Anscheinend war es ihm dennoch gelungen, sie in ihrer Angst zu trösten, eine Vorstellung, die sein Selbstbewußtsein ein wenig stärkte.

Ehe auch er einschlief, hörte er durch das offene Fenster das ferne Rauschen dahinrollender Wagenkolonnen.

Als sie am nächsten Morgen mit Karl die Hauptstraße entlanggingen, war der Truppendurchzug beendet. Hie und da preschten noch einzelne Geländewagen mit schlagenden Reifen über den von Panzerketten zerfurchten Asphalt. Ob noch Züge nach Norden fuhren, wußte der Aufsichtsbeamte im Bahnhof nicht zu sagen. »Wir warten auf Anweisung«, sagte er. »Auf Gleis drei steht ein fahrbereiter Personenzug. Wenn überhaupt, soll er innerhalb der nächsten zwei Stunden freigegeben werden.«

»Und der Grund für diese Ungewißheit?« fragte Karl.

Der Beamte zuckte mit den Schultern. »Manöver oder so was Ähnliches. Verlagerung von Truppen. Sie sollten besser zu Hause bleiben.«

Das hatten die drei nun gerade nicht im Sinn. Sie gingen zum Bahnsteig, mußten am Zugang einem Polizisten ihre Ausweise vorzeigen, was Bert einiges Herzklopfen bereitete, wurden aber unangefochten durchgelassen und stiegen in den Zug. Er war schon ziemlich besetzt, doch sie fanden noch drei Plätze in einem Abteil, in dem nur ein älteres Ehepaar saß, das seine Unterhaltung sofort abbrach, als Bert die Schiebetür öffnete.

Eine Zeitlang saßen alle stumm auf ihren Plätzen. Jeder

tastete den anderen mit Blicken ab. Schließlich, nach etwa einer Viertelstunde, gab sich die Frau einen sichtbaren Ruck. »Wollen Sie auch in die Hauptstadt?«

»Ja«, sagte Stella. »Aber ob der Zug wirklich hinfährt, weiß ich nicht.«

»Auch der Beamte konnte es uns nicht sagen.« Die Frau schüttelte den Kopf über eine solche Unpünktlichkeit öffentlicher Verkehrsmittel. »Was sind das für Zeiten! Nicht einmal auf die Bahn ist Verlaß!«

»Sei doch still, Martha!« flüsterte ihr der Mann zu und streifte die ihm fremden Zeugen ihrer Aussage mit einem ängstlichen Blick.

»Warum?« sagte Stella. »Sie hat doch recht.«

»Hörst du, Alfred!« Die Frau zögerte nicht, diesen Triumph über ihren Mann auszukosten. »Die Dame meint das auch. Man muß nur den Mund aufmachen, um ins Gespräch zu kommen. Aber du wagst ja nicht, ein lautes Wort zu sagen.«

Alfred wollte protestieren, doch sie beachtete seine empörten Gesten überhaupt nicht, sondern wendete sich wieder Stella zu. »Wissen Sie, wir wollen unsere Tochter besuchen. Sie arbeitet als Sekretärin in einer Behörde, und neuerdings lassen sie die Angestellten nicht einmal mehr am Wochenende nach Hause fahren. Zeiten sind das! Und die Lebensmittel sollen in der Hauptstadt auch schon knapp sein. Da haben wir ihr ordentlich was eingepackt«, sie wies auf die prall gefüllte Reisetasche auf dem Sitz neben ihr, »und uns halt selber auf den Weg in die Stadt gemacht. Das Kind muß doch wenigstens was Kräftiges zu essen bekommen, wenn es schon so hart arbeitet.«

»Hoffentlich sitzen wir nicht umsonst in diesem Zug«, sagte Stella. »Haben Sie eine Ahnung, warum er noch immer im Bahnhof steht?«

Jetzt kündigte Alfred durch ein kräftiges Räuspern an, daß

auch er etwas zu sagen hatte. »Sie müssen doch die Militärkolonnen gehört haben, die fast die ganze Nacht durch die Stadt gefahren sind. Irgendwelche Truppenverschiebungen sind da im Gang, und so etwas bringt das normale Leben meistens durcheinander. Ich weiß das.«

»Und wozu soll das gut sein?« fragte Karl.

Alfred hob die Hände. »Was weiß ich? Soldaten muß man in Bewegung halten, damit sie nicht aus der Übung kommen.« Er lachte. »War selber mal einer. Aber um solche Dinge kümmern wir uns nicht. Die Regierung wird schon wissen, was sie tut.«

Karl blickte ihm aufmerksam ins Gesicht. »Könnte es nicht wichtig sein, sich darum zu kümmern? Vielleicht sind im Norden Unruhen ausgebrochen. Wäre ja möglich.«

Alfred wurde blaß. »Sagen Sie doch nicht so was! Wenn das jemand hört!« Er verdrehte seine Augen zu den Leuten, die draußen auf dem Gang lehnten. »Wir wollen jedenfalls mit sowas nichts zu tun haben. Nicht wahr, Martha?«

Darin waren die beiden nun doch wieder einer Meinung. Martha nickte und sagte: »Sollen sie doch machen, was sie wollen! Hauptsache, meine Kleine kriegt was zum Futtern. Die sah ja schon ganz mager und blaß aus bei ihrem letzten Besuch.«

Damit war dieser Gesprächsstoff erschöpft. Bert schaute zum Fenster hinaus. Draußen standen Leute, die sich vor der Fahrt noch die Beine vertreten wollten. Nach einer Weile kam der Fahrdienstleiter aus seinem Häuschen, blies in seine Trillerpfeife und rief: »Alles einsteigen! Türen schließen! Der Zug fährt sofort ab!« Da kam Bewegung in die Leute. Türen knallten, auf dem Gang gab es für einige Zeit Gedränge, bis alle ihren Platz gefunden hatten. Währenddessen ruckte der Zug schon an und verließ langsam die Bahnhofshalle.

Ein Gespräch kam nicht mehr zustande. Das alte Paar war offenbar zu der Meinung gekommen, daß man sich mit Reisegefährten, die so gefährliche Reden führten, besser nicht einließ. Der Mann zog eine Zeitung aus der Tasche und las, die Frau kramte ein Strickzeug hervor und ließ die Nadeln klimpern.

Eine friedliche Welt schien es zu sein, die sich, als die letzten Häuser der Stadt zurückgeblieben waren, draußen unter dem blaßblauen Himmel ausbreitete, einzig begrenzt im Süden, aus dem sie herausfuhren, durch die gezackte Silhouette des Gebirges, die am Horizont in dunstigem Violett ferner rückte. Abgeerntete Felder zogen vorüber, Bauern, die mit Traktoren Pflüge über die Äcker schleppten und dunkelbraune, fettglänzende Furchen in die semmelblond gestoppelte Fläche rissen, ein Dorf drehte sich vorbei, auf dem grünen Anger ließen Kinder ihre Drachen steigen. Einer wippte mit flatterndem Schwanz schon hoch am Himmel. Ein Schwarm Krähen flog auf, begleitete den Zug ein Stück weit, um dann seitwärts abzuschwenken und in einem frisch gepflügten Acker einzufallen. Bert sah sich das alles an und fragte sich, ob dieses Bild trog und einen Zustand vorspiegelte, der mit der Wirklichkeit nur noch wenig zu tun hatte. Aber war nicht gerade das, was er hier beobachtete, das einzig Bleibende? Und die Konfrontation, die sich irgendwo im Norden anbahnte, nichts als ein Spuk, der vorübergehen würde, ohne diese Wirklichkeit zu ändern? Doch dann sah er, als die Schienen eine Landstraße kreuzten, den angestauten Militärkonvoi sich kilometerlang durch die scheinbar so friedliche Landschaft ziehen, sah, wie der Lärm der ratternden Panzerketten Vögel hochscheuchte. In den Kurven schwenkten Kanonenrohre aus, als sollten schon im nächsten Moment die roten Dächer der Bauernhäuser zwischen den dunkelgrünen Ballungen der Obstbäume mit Feuer bestrichen werden. Erst jetzt begriff Bert richtig, welcher Wahnsinn da vorbereitet wurde. Auch Karl und Stella schauten hinaus. Stella war blaß und wurde von einem Schauer geschüttelt, als friere sie plötzlich an diesem warmen Sommertag. Bert nahm ihre Hand. Der alte Mann saß blind hinter seiner Zeitung, seine Frau hörte nicht auf zu stricken.

So fuhren sie bis in den frühen Nachmittag hinein. Der Zug hielt an jeder Station und nahm dann langsam wieder Fahrt auf; Bert beschlich mit der Zeit der Eindruck, daß der Lokomotivführer sich der Hauptstadt nur mit Vorsicht zu nähern wagte. Etwa fünfzehn Kilometer vor dem Ziel blieb der Zug auf freier Strecke stehen. Ein Jagdgeschwader huschte im Tiefflug vorüber. Erst als man die Maschinen wie einen Schwarm dunkler Vögel über eine Pappelallee hochziehen sah, brüllte der Düsenlärm auf, daß die Fensterscheiben bebten.

»Was die bloß machen?« sagte Martha und legte mit zitternden Händen ihr Strickzeug in den Schoß. »Das ist ja wie im Krieg!«

»Fällt Ihnen das auch schon auf?« sagte Karl.

Alfred blickte ihn empört an. »Machen Sie doch nicht solche schlechten Witze!« Er ließ das Fenster herunter, beugte sich hinaus und sagte befriedigt: »Sehen Sie! Das Signal steht auf rot. Ist doch ganz normal.«

So normal fand er es dann nicht mehr, als der Zug eine Weile später zwar anfuhr, aber nicht vorwärts, sondern zurück und zwar so langsam, daß man nebenher zu Fuß hätte gehen können. In der nicht einmal mit einem Regendach versehenen Station eines Dorfes blieb er stehen. Draußen ging ein Schaffner an den Wagen entlang und rief: »Alles aussteigen! Der Zug endet hier!«

»Das kann doch nicht der Hauptbahnhof sein«, sagte Martha entrüstet und packte ihr Strickzeug weg.

»Du merkst auch alles«, sagte ihr Mann mit einer unvermuteten Anwandlung von Sarkasmus. »Ich hab' doch gleich gesagt, daß wir nicht in diesen Zug steigen sollten.«

»Weil du nie an das Kind denkst!« Martha gab sich nicht so

schnell geschlagen. »Jetzt sind wir nun einmal hier in diesem Kaff. Wenn es sein muß, geh' ich zu Fuß weiter.«

»Du vier Stunden zu Fuß mit der schweren Tasche! Das möchte ich erleben.«

»Ach was!« Martha wuchtete die Tasche von der Bank und drängte sich schon in das Geschiebe der Menschen auf dem Gang. »Vielleicht nimmt uns irgendein Auto mit.«

Ihr weiterer Disput blieb den Mitreisenden vorenthalten. Alfred beeilte sich, seiner Frau auf den Fersen zu bleiben. Bert wartete mit Stella und Karl, bis der Gang frei war, dann stiegen auch sie aus und setzten sich auf eine Bank auf dem Bahnsteig, während sich die Menge der Fahrgäste um den bedauernswerten Stationsleiter sammelte, der offenbar auch nicht wußte, was er den Leuten raten sollte.

»Wie soll's nun weitergehen?« fragte Bert.

»Keine Bange!« sagte Karl. »Ich bin schon froh, daß wir überhaupt so weit gekommen sind. Seid ihr einigermaßen gut zu Fuß?«

Als beide nickten, erfuhren sie, daß im nächsten Dorf, ungefähr eine Wegstunde entfernt, eine Adresse des *Stern* zu finden sei. »Eine Anlaufstation der Flüchtlinge aus dem Vulkanlager. Liebe Leute. Andres und Theres. Ihre zwei Söhne hat man zum Arbeitseinsatz weggeholt. Einer ist schon wieder auf freiem Fuß, aber natürlich woanders untergetaucht. Außerdem leben auf dem Hof auch zwei Töchter. Die heißen, wenn ich mich recht entsinne, Marie und Kathi. Eine von ihnen arbeitet in der Stadt. Wenn wir uns gleich auf die Socken machen, kommen wir noch zum Abendessen zurecht.«

Sie verließen den Bahnhof und die mit dem verzweifelten Stationsbeamten herumstreitenden Leute, gingen bald zwischen den Häusern des Dorfes und bogen in eine Seitenstraße ab, die von der Bahnlinie weg auf eine Bodenwelle hinaufführte. Bis etwa zur halben Höhe war das ansteigende Gelände beackert, weiter oben von niedrigem Gebüsch bewachsen.

»Dahinter liegt der Hof von Andres, etwas außerhalb des Ortes, wie es sich für eine *Stern*-Adresse gehört«, sagte Karl.

Auf der Straße kamen ihnen von der Feldarbeit heimkehrenden Bauern auf ihren Traktoren entgegengetuckert, angehängtes Ackergerät polterte vorüber. Zwischen dem Schotter lag noch Stroh von der Ernte. Stella ging am Feldrain entlang und pflückte einen Strauß, späte Margeriten, violetten Dost, Flokkenblumen und leuchtend gelben Rainfarn, »damit wir wenigstens ein paar Blumen mitbringen.«

Als sie den Kamm der Anhöhe erreicht hatten, blieb Karl stehen und zeigte nach Norden. »Der stumpfe Kegel dort drüben ist der Vulkan, in den bei jenem grandiosen Projekt Löcher gebohrt werden. Dahinter liegt die Stadt. Ich möchte nicht zu den armen Schweinen gehören, die sich in den Stollen zur glühenden Lava durcharbeiten müssen, ständig in dem Bewußtsein, daß der Berg sie irgendwann samt dem kochenden Brei ausspucken wird. Der Kerl, der das ausgetüftelt hat, muß wahnsinnig sein.«

Bert blickte zu Stella. Sah, wie sie erstarrte und kalkweiß wurde. Aber sie wich Karls Blick nicht aus. »Vielleicht war er das zeitweise.«

»Wieso zeitweise? Kennen Sie ihn?«

»Ich bin seine Frau. Mein Mann hat eine Zeitlang das Projekt geleitet. Jetzt ist er verschwunden, keiner weiß wie und wohin. Ich bin hier, um das herauszubekommen.«

Karl mußte diese Auskunft erst einmal verarbeiten. Er starrte Stella an, als habe sie plötzlich ein anderes Gesicht bekommen. Nach einer Weile sagte er: »Ich habe mir den Kopf zerbrochen, was Sie hier wollen. Tut mir leid, was ich vorhin gesagt habe.«

»Warum? In einem gewissen Sinn haben Sie recht. Es ist

doch eine Art Wahnsinn, wenn ein Mensch sich dermaßen in seine Ideen verrennt, daß er die Menschen darüber vergißt.«

»Arbeiten Sie deshalb für den *Stern?*«

»Sagen wir: Ich bin so geworden. Ich tu, was ich muß. Und wie ich es kann. Natürlich hat es mir auch geholfen, den Gedanken auszuhalten an das, was mein Mann tut. Ich hoffe, er ist zur Besinnung gekommen. Seit er« – sie stockte – »nicht mehr da ist, hoffe ich das. Wie soll ein Mensch so leben? Ich glaube, daß Menschen überhaupt fähig sind, aus einem Teufelskreis herauszuspringen, wenn sie nur wollen.«

»Und Sie meinen, er hat den Faden erwischt, an dem er ihn entwirren kann? Hat plötzlich erkannt, was er in Gang gesetzt hat und den Bonzen im Ministerium den Kram vor die Füße geschmissen? Das kann sehr gefährlich werden.« Als er sah, wie Stella nahe daran war, die Fassung zu verlieren, legte er einen Arm um ihre Schultern. Alle drei schauten zum Berg hinüber, und Karl sagte: »Noch wissen wir ja nichts. Vielleicht hat man ihn ins Vulkanlager eingewiesen. Dorthin werden alle geschickt, die im Einzugsbereich der Stadt aus irgendwelchen Gründen verhaftet werden. Andres hat gute Verbindungen ins Lager. Der kriegt das heraus.«

»Kommt!« sagte Stella.

Als sie den Höhenrücken überschritten hatten, sahen sie das Dorf unten liegen und, etwas höher am Hang, den Hof, zu dem sie unterwegs waren. Nach einer Viertelstunde standen sie vor der Tür. Ehe er klopfte, zog Karl schnuppernd die Luft ein. »Leberknödel! Eine Spezialität von Theres! Ich habe einen Bärenhunger.«

Zur Qualität von Theresens Leberknödeln mag die Mitteilung genügen, daß sie in der Tat vorzüglich zubereitet waren, mit der richtig abgemessenen Prise Muskat und hinreichend Knoblauch. Theres erwies sich als eine schweigsame Frau von gut fünfzig Jahren, die – zum Unterschied zu ihrem Mann, der sich ausführlich über ihr Spezialrezept verbreitete – während des Essens kaum sprach. Als das Geschirr abgeräumt war und bei einem Krug Birnenmost der den *Stern* betreffende Stand der Dinge besprochen werden sollte, blieben auch die beiden Töchter am Tisch sitzen. Offenbar waren sie in diese subversive Arbeit nicht nur eingeweiht, sondern auch in ihrem Dienst tätig. Alle hörten sich Stellas Bericht aufmerksam an. Es war wenig genug, was sie ihnen über Freds Schicksal mitteilen konnte. »Seit etwa vier bis fünf Wochen weiß man also nichts mehr von ihm«, sagte Andres. »Das stimmt mit meinen Informationen überein. Die Leitung des Projekts liegt seither in den Händen eines Professors namens Pfizer.«

»Das habe ich vermutet«, sagte Stella und erzählte, welche Rolle dieser Handlanger im Leben ihres Mannes gespielt hatte.

»Eine typische Info-Karriere. Wenn Ihr Mann im Lager sein sollte, bekommen wir das heraus.«

»Können Sie ihm zur Flucht verhelfen?«

Andres schaute sie eine Weile nachdenklich an. Er dachte wohl darüber nach, ob dem Erfinder des Vulkanprojekts dieser Aufenthalt nicht zu gönnen sei. Stella legte sein Schweigen jedenfalls so aus. Sie hielt seinem Blick stand und sagte: »Ich glaube, er hat plötzlich gemerkt, auf welchen Wahnsinn er sich eingelassen hat.«

»Sie sind seine Frau und dürfen die Hoffnung nicht verlieren«, sagte Theres. Andres schaute sie an und nickte.

Damit war diese Angelegenheit für ihn erledigt, und er überließ es seiner älteren Tochter, die Gäste über die Lage im Norden des Landes zu informieren. Marie arbeitete offiziell als Bürokraft im Innenministerium – ein Freund des *Stern* hatte sie dort eingeschleust – und erfuhr auf diese Weise von vielen Vorgängen, die nicht in der Zeitung standen. Sie berichtete, daß Schwerdtfeger mit seinen Truppen mittlerweile etwa 150 Kilometer nördlich der Hauptstadt stünde. Er mache einstweilen keine Anstalten, mit Gewalt weiter vorzudringen, sondern warte in aller Ruhe darauf, daß den Infos die Felle von selbst wegschwimmen. Die Ideologen im Ministerium seien verbohrter als je zuvor, sagte sie, und würden es gerade jetzt noch darauf anlegen, möglichst viele sogenannte B-Typen festzuhalten oder gar umzubringen, mit dem erklärten Ziel, die Erbmasse der Bevölkerung endgültig zu säubern, bevor ihnen ein Umsturz die Möglichkeit dazu nehme. Die Lager, die dem Aktionsbereich der Befreier schon allzu nahe lägen, würden derzeit evakuiert und die Insassen mit Lastwagen oder Güterzügen nach Süden transportiert. Die Wachmannschaften hätten Befehl, alle AVaus eher zu erschießen, als Schwerdtfegers Truppen in die Hände fallen zu lassen. Sie selbst habe das Original dieses Befehls auf dem Schreibtisch des zuständigen Beamten gesehen.

Anfangs hatte Marie sachlich, ja fast distanziert gesprochen, doch als sie diese letzten Dinge erwähnte, ließ der Zorn über solche Maßnahmen ihre Beherrschung zusammenbrechen. »Schreibtischmörder!« sagte sie. »Wir tun alles, um die Fluchtrate zu steigern. Auf solchen improvisierten Transporten kommen unsere Leute leichter an die Gefangenen heran.« Dann wandte sie sich an Stella: »Ihren Mann habe ich früher mehrmals im Ministerium gesehen. Außerdem weiß ich nur, daß er im Keller verhört und dann abtransportiert wurde. Zu diesem Zeitpunkt hat er noch gelebt, und das ist bei den dort üblichen Praktiken nicht selbstverständlich.« Als sie sah, wie Stella sich auf die Lippen biß, fügte sie hinzu: »Ich wollte Sie damit nicht erschrecken, sondern Ihnen Hoffnung machen. Hinrichtungen finden in aller Regel dort im Hause statt.«

Bert empfand, daß auch diese zweifellos beruhigend gemeinte Nachbemerkung ziemlich hart klang. Er versuchte sich vorzustellen, was in einer etwa zwanzigjährigen Frau vorgehen mochte, die Tag für Tag in vollem Bewußtsein zur Zeugin derartiger Unmenschlichkeit werden mußte. Als Marie sich zurücklehnte und schwieg, wirkte ihr Gesicht plötzlich um Jahre gealtert. Wie lange würde sie das noch aushalten? Diese Bestien, dachte Bert, sie verderben selbst diese Menschen, die aus freiem Entschluß gegen sie arbeiten.

Über die folgenden Tage gibt es nicht viel zu erzählen. Karl bricht schon am nächsten Morgen auf, um sich weiter nach Norden durchzuschlagen und sich dort mit ein paar Freunden um diese Gefangenentransporte zu kümmern, von denen Marie berichtet hat. Bert und Stella bleiben auf dem Hof. Hier hätten sie am ehesten eine Chance, Nachrichten über Fred zu bekommen, sagt Theres, und das ist für Stella das entscheidende Argument. Zwei Tage lang warten sie vergeblich, am Abend des dritten jedoch steht plötzlich, als alle beim Essen sitzen, ein Polizist in der Tür. Bert fährt der Schreck in die Glieder, aber Theres begrüßt diesen Träger der verhaßten Uniform wie einen alten Freund, umarmt ihn und bittet ihn an den Tisch.

»Rolf ist unser Mann im Vulkanlager«, sagt sie und macht Bert und Stella mit ihm bekannt. Durch ihn erfahren sie, daß sich Fred tatsächlich im Lager befindet, und zwar bei der Mannschaft, die im Stollen arbeitet. »Im heißen Loch büßt einer alle seine Sünden ab«, sagt Rolf mehr oder minder im Jargon der Wächter und ohne zu ahnen, daß er damit die Wirklichkeit ziemlich genau trifft. Auf Stellas Frage, ob er Fred zur Flucht verhelfen könne, meint Rolf, er habe Verbindung zu ein paar Leuten, die wie Fred in Baracke 3 liegen. Da müßte etwas zu machen sein, sagt er, und er wolle es so einrichten, daß Fred nichts über die Hintergründe einer solchen Aktion erfahre. Es müsse auf ihn wirken wie eine zufällig sich bietende Gelegenheit, damit er nichts Konkretes aussagen könne für den Fall, daß die Flucht mißlinge. Rolf verabschiedet sich später mit der Versicherung, daß er Bescheid geben würde, wenn alles in die Wege geleitet sei. Das könne allerdings ein paar Tage dauern.

Es dauert eine ganze Woche. Bert und Stella warten Tag für Tag auf Nachricht. Bert beginnt sich Gedanken darüber zu machen, wie er seinem Bruder begegnen wird, falls es gelingt, ihn zu befreien. Als er ihn zuletzt getroffen hat, war Fred ein in seine Wissenschaft verbissener, wenig gesprächsbereiter Mensch, humorlos obendrein, auf seine Karriere bedacht und ziemlich arrogant. Jedenfalls wirkte er so. Ob er sich geändert hat? Wie wirken auf einen solchen Menschen ein paar Wochen Zwangsarbeit in einem überhitzten Stollen und in ständiger Erwartung eines gräßlichen Endes im Inferno glutflüssiger Lava? Ob nun auch seinem Bruder der Geschmack des Todes geläufig ist? Süß wird er ihm nicht schmecken. Ob er ihm die Angst, sich auf Menschen einzulassen, genommen hat? Auch so sind wir nun wirklich Brüder geworden, denkt Bert und schaut zu Stella hinüber, die am Tisch sitzt, Bohnen schnippelt und wartet. In Stellas braunem Haar schimmern ein paar Silberfäden. Sie sitzt Bert gegenüber. Bert nimmt ein Messer und sagt: »Gib mir ein paar ab!«

Stella greift in ihren Schoß und gibt ihm lächelnd zwei Hände voll Bohnen. »Wie Geschwister«, sagt sie.

Bert schaut sie an. »Meinst du?«

Später überkommt ihn die Lust, Musik zu machen. Seine Flöte hat er mit auf die Reise genommen, aber seit den Spaziergängen mit Stella und Meta am Waldrand beim Leitnerhof nicht mehr auf ihr geblasen. Er geht hinauf in seine Dachkammer und kommt mit der Flöte in der Hand zurück in die Stube. Stella blickt ihm entgegen und sagt: »Du hast lange nicht gespielt, Bert.«

»Es ist an der Zeit, daß ich wieder damit anfange.« Er setzt sich ihr gegenüber an den Tisch und beginnt zu flöten, ein paar Töne, scheinbar zusammenhanglos, die seine Finger fast ohne bestimmte Absicht greifen. Selbst ihm klingt diese Tonfolge fremdartig in den Ohren, ganz anders als die Melodien, die er bisher gespielt hat. Eine bis zur Unerträglichkeit aufgeladene Spannung besteht zwischen diesen Tönen, die er so rauh und schrill aus dem Rohr bläst, daß Stella erschrocken den Kopf hebt. Aber Bert ist bereits gefesselt von diesen Reibungen, schon auf der Suche nach möglichen Schritten, das scheinbar Unvereinbare zu einem Netz zu verknüpfen, und beginnt sein Spiel mit diesen Tönen, wendet sie auf und ab, gewinnt ein Motiv, das sich weiter entwickeln und als Kontrapunkt zu der Melodie eines der Oswaldschen Lieder brauchen läßt, das Stella besonders liebt. Er mußte es ihr immer wieder vorspielen, bis sie es auswendig konnte, und nun taucht es in einzelnen Wendungen zwischen disharmonischen Sprüngen auf. Bert hat auf seiner Flöte nur eine einzige Stimme zur Verfügung und kann die widerstreitenden Elemente dieser Musik nicht zum Gleichklang zusammenfügen, aber so, wie nun beide miteinander verflochten werden, wird sein Vorhaben schon hörbar, und Stella beginnt, die vertraute Melodie mitzusummen, die sie zunächst in Fragmenten wiedererkannt hat, bis das Lied, zwischen den festgelegten Tönen immer wieder in harmoniefremde Bereiche ausbrechend, dann im vollen Ablauf zu hören ist, und nun trägt Stellas Gesang diese Grundstimme, um deren Verlauf die Flöte ihr bizarres Spiel treiben und die Verschmelzung des scheinbar Unvereinbaren herbeiführen kann, das aufgehende Gestirn, dessen Licht zur ordnenden Mitte wird im Chaos.

Sie saßen beim Abendessen zusammen, als endlich Rolf in einem Dienstwagen vorfuhr. Er hielt sich nicht lange mit Vorreden auf, sondern teilte Stella mit, daß Freds Flucht für den nächsten Tag geplant sei, und erläuterte den vorgesehenen Ablauf des Unternehmens. »Einer unserer Leute wird im Gebüsch warten und die beiden zu einem sicheren Versteck bringen.«

»Können Sie mich mitnehmen?« fragte Stella sofort. »Ich halte dieses Warten bald nicht mehr aus und möchte bei ihm sein, sobald er freigekommen ist.«

»Zu der Absprungstelle? Auf keinen Fall! Das ist viel zu gefährlich. Unser Mann wird Mühe genug haben, die beiden Ausreißer auf den Weg zu bringen.«

»Wenigstens bis zu diesem Versteck.« Stellas Miene ließ keinen Zweifel daran, daß sie sich davon nicht würde abbringen lassen.

Rolf überlegte eine Weile und sagte dann: »Das ließe sich machen. Platz ist dort genug. Aber Sie müßten heute abend mitfahren.«

»Von mir aus sofort.« Stella stand auf.

Als sie sich von Bert verabschieden wollte, sagte er: »Denkst du im Ernst, ich lasse dich allein gehen? Ich will endlich meinen Bruder wiedersehen. Wo sich drei verstecken können, wird wohl auch noch ein vierter Platz finden.«

Wenig später fuhren sie mit Rolf über schmale Schotterstraßen auf den Vulkankegel zu, der sich vor ihnen in der zunehmenden Dämmerung wie ein breit hingelagertes Ungetüm vom violetten Himmel abhob. Rolf kannte sich aus im Netz der Feldwege, vermied jede Ansiedlung und steuerte den Wagen wie ein kreuzendes Segelschiff zwischen Äckern und Wiesen hindurch immer näher auf den Berg zu, bis dieser seitlich heranrückte und mit seiner Silhouette links von ihnen in die staubrot gestreiften Abendwolken stieg. Vor einer einsam liegenden Feldscheune brachte er den Wagen zum Stehen. »Wir sind da.«

Sie stiegen aus, Rolf öffnete das Tor und ging ihnen voraus in den dunklen Raum, der durch das Dämmerlicht vom Eingang her kaum erhellt wurde. »Kein offenes Feuer hier!« sagte er. »Bleibt erst einmal stehen, bis sich eure Augen an die Finsternis gewöhnt haben.«

Nach einer Weile konnte Bert erkennen, daß die Scheune teilweise bis zu halber Höhe mit gepreßten Strohballen vollgestapelt war. Rolf war schon damit beschäftigt, ein paar davon wegzuräumen. Den untersten kippte er zur Seite und öffnete damit zugleich eine Falltür. »Hier könnt ihr bei Gefahr verschwinden. Wenn ihr die Klappe von unten her zuzieht, liegt der Ballen wieder obenauf.«

Er zeigt ihnen Luken in der Bretterwand, durch die sie nach allen Seiten Ausschau halten konnte. »Geht bei Tag auf keinen Fall ins Freie! Unten im Versteck liegen ein paar Strohsäcke zum Schlafen. Verpflegung habe ich schon vorhin hergebracht. Sogar ein Klo gibt's dort. Wenn alles geklappt hat, bleibt erst einmal im Loch, bis die Luft rein ist. Wir melden uns dann schon.« Damit ließ er sie allein.

Sie hörten den Wagen starten und abfahren, das sich entfernende Motorengeräusch. Danach war Stille. Eine Zeitlang saßen sie schweigend nebeneinander auf einem Strohballen und vernahmen nichts als gelegentlich ein leises Knistern im Stroh. Vielleicht Mäuse.

Nach einer Weile sagte Bert: »Eigentlich habe ich keine Lust, die Nacht dort unten in diesem finstern Loch zu verbringen. Schlafen könnte ich ohnehin nicht.«

»Es ist so stickig hier«, sagte Stella. »Ich möchte unter freiem Himmel sitzen. Es ist mittlerweile wohl dunkel genug.«

Bert stand auf. »Such uns draußen einen geeigneten Platz. Ich hole inzwischen ein paar Decken herauf.«

Wie sie dicht nebeneinander und jeder eine Decke um die Schultern gezogen auf einem morschen Balken saßen und sich an die Scheunenwand lehnten, stand über dem Vulkan nur noch ein schwacher rötlicher Widerschein. Bert hielt diese düstere Glut einen Herzschlag lang für den Vorboten eines Ausbruchs, bis ihm bewußt wurde, daß die Wolken nur den letzten Schimmer der längst unter den Horizont getauchten Sonne auffingen. Rechts am Fuß des Berges stach eine Reihe greller Lichter durch die steigende Nacht. »Das müssen die Scheinwerfer des Lagers sein«, sagte Bert.

Stella blickte hinüber zu diesen Leuchtfeuern des Unheils. »Dort ist also Fred. Er wird in dieser Nacht wohl auch nicht schlafen.« Sie faßte nach Berts Hand. »Ob er eben solche Angst hat wie ich?«

»Mag sein«, sagte Bert. »Obwohl ein Mensch, der täglich im Stollen der kochenden Lava näherrückt, nicht mehr allzuviel Angst übrig haben wird.«

Stella starrte hinüber zu diesen Lichtern, als könne sie Fred dort in Baracke 3 auf seinem Strohsack liegen sehen und ihm in die Augen schauen. »So nahe«, sagte sie nach einer Weile. »Und weiß doch nicht, wer er jetzt ist. Was ist aus ihm geworden? Was bleibt, wenn sie ihm seine glitzernde Steinwelt zerbrochen haben? Solang ich ihn kenne, ist er mir immer nur in diesem Gitter begegnet – allenfalls. Aber es war sein einziger Halt. Wie soll er leben in einer Freiheit, vor der er sich fürchtet?«

»Mit dir.«

»Und du, Bert, wie willst du leben?«

»Ich weiß es noch nicht.« Bert schaute nach einem Stern, der über dem Vulkan zwischen lockeren Wolkenbändern aus dem Dunkel herausgetreten war. »So lange es Menschen wie dich gibt, Stella, wird selbst ein egozentrischer Leichtfuß Freude am Leben finden.«

Da schloß sie ihn in die Arme und küßte ihn. Dann sprachen sie nicht mehr viel, saßen weiter nebeneinander an die Bretter der Scheunenwand gelehnt und warteten auf den Morgen.

Sobald es hell wurde, gingen sie in die Scheune zurück. Unten im Versteck fand Bert Brot, Butter und eine Kanne Milch. Sie frühstückten. Danach stieg er auf die Strohballen und schaute nach allen Seiten aus den Luken, kleinen, herzförmigen Öffnungen, wohl zur Durchlüftung angebracht, die jeweils in die Stoßkante zweier zusammengefügter Bretter eingeschnitten waren. Außer einem Bauern, der in ziemlicher Entfernung auf einem Traktor vorüberfuhr, war kein Mensch zu sehen. Die Minuten tropften dahin, ohne daß etwas geschah, und bald geriet Bert in eine unerträgliche Spannung, die ihn immer wieder zwang, auf den Strohballen herumzusteigen und nach draußen zu spähen.

Es war schon später Vormittag, als es plötzlich am Himmel lebendig wurde. Schwärme von Vögeln stiegen wie auf ein unhörbares Kommando in die Höhe, kreisten unter den Wolken und flogen südwärts davon, als sei es schon Zeit, zu ziehen. Auch die Krähen, die am Morgen auf den abgeernteten Feldern eingefallen waren, sammelten sich zu einem dichten Geschwader und verschwanden am Horizont. Und dann, ehe sich Bert noch zusammenreimen konnte, was das zu bedeuten hatte, wurde ein dumpfes Rollen hörbar, das unmittelbar aus der Tiefe zu dringen schien, der Boden schwankte, und über dem Vulkan schoß eine schwarze Masse schräg nach rechts in die Höhe, breitete sich aus, färbte sich an der Unterseite zu flammendem Rot, durchsprüht von weißglühendem Gesprenkel, das aufstieg und in weitem Bogen herabregnete. »Der Vulkan!« schrie Bert. »Der Vulkan ist ausgebrochen!«

Im nächsten Augenblick stand Stella an seiner Seite. »Fred!« stammelte sie. »Das ist nicht wahr – das darf nicht sein!« Wie versteinert starrte sie auf das ungeheuerliche Schauspiel. Als nach wenigen Atemzügen ein Feuerball aus dem Gipfel aufstieg und sein Donner Sekunden später die Scheune erbeben ließ, wendete sie sich um. »Was sollen wir noch hier? Ich muß Fred finden.«

Bert wollte sie zurückhalten, aber sie machte sich los, stieg hinunter auf den Boden der Scheune, riß das Tor auf, lief hinaus. Bert rannte ihr nach. Allein wollte er sie nicht durch die Hölle gehen lassen.

Sie liefen, liefen über die Stoppelfelder und Wiesen, über Gräben und Feldraine. Selbst unter ihren Füßen schien die Erde zu brodeln. Während sie – fast atemlos – ein Stück gingen, sahen sie, daß sie sich dem Berg von dieser Seite offenbar ungefährdet nähern konnten, denn er schoß die glühende Fontäne wie eine gigantische Haubitze schräg nach Norden. Dort lag die Hauptstadt. Rauchschwaden, die sich rechts des Berges unter dem Vorhang niederstürzender Glut ausbreiteten, zeigten einen ausgedehnten Flächenbrand an, aus dem immer wieder hell glühende Feuerbälle von Explosionen aufstiegen, das Gaswerk, die Öltanks der Raffinerie, Munitionsdepots. Die ganze Stadt in Flammen. Der Wind wehte nach Nordosten und trieb den Rauch tief über das Land.

Für einen Moment blieben sie stehen.

»Das Ende der Infos«, sagte Bert.

Stella schaute ihn nicht an. »Der Tod tausender Menschen.«

Dann liefen sie wieder.

Bisher hatten sie auf ihrem Weg querfeldein keinen Menschen gesehen. Endlich tauchte vor ihnen in einer Bodenmulde ein Weiler auf, nur sechs oder sieben Hütten, vor denen Menschen standen. Stella rannte den flachen Hang hinunter, und Bert blieb an ihrer Seite, bis sie keuchend bei den Bauern angelangt waren, die zum Berg hinüberstarrten, gebannt vom Anblick des brüllenden Ungeheuers, auf dessen Schultern sie seit Menschengedenken ihre Felder beackert hatten.

»Sie wollen sich das Schauspiel wohl auch nicht entgehen lassen, wie diese Irren dort oben sich selber in die Luft jagen?« sagte jemand.

»Was reden Sie da?« Stella schrie es dem Mann ins Gesicht. »Wissen Sie nicht, daß auf dem Berg außer ein paar Wächtern nur unschuldige Zwangsarbeiter verbrennen?« Etwas leiser setzte sie hinzu: »Größtenteils unschuldige wenigstens.«

»Denen kann man auch nicht mehr helfen.«

»Wissen Sie das so genau?« Stella war wie von Sinnen und schrie die Leute an: »Will denn keiner von euch etwas tun?«

»Das hat jetzt keinen Zweck. Wir müssen warten, bis das Ärgste vorüber ist. Ich habe eben den Sender der Aufständischen im Norden abgehört. Der Sprecher hat gesagt, die Hauptstadt sei ein einziges Flammenmeer, aus dem keiner mehr lebend herauskommt. Auch nicht diese verdammte Info-Regierung, die uns das eingebrockt hat. Es wurde eine Verlautbarung von General Schwerdtfeger verlesen, daß er die Ordnung im Lande wiederherstellen will. Sobald der Berg sich ausgetobt hat, soll jeder, der noch laufen kann, bei der Bergung Verletzter helfen. Aber nicht früher. Es seien schon genug Menschen ums Leben gekommen. Und Sie, junge Frau, sollten sich nicht auch noch selber umbringen. Dieser General weiß, wovon er spricht.«

»Ihr macht mir Angst mit eurer entsetzlichen Vernünftigkeit.« Stella wirkte, als sei sie plötzlich von einer Lähmung befallen, die nur noch die fast automatische Bewegung der Beine erlaubte. Bert führte sie zu einer Bank vor einer der Hütten und setzte sich mit ihr auf das grob abgehobelte Brett.

»Verstehst du das, Bert? Die Welt geht unter, aber dieser Schwerdtfeger hat schon wieder alles im Griff. Ist das auch so einer, der nichts als Ordnung schaffen will? Irgendwo dort oben im Norden diktiert einer was, und sogleich haben die Leute eine Weisung, auf die sie sich berufen können. Wer, frage ich mich, besinnt sich auf seine eigene Verantwortung? Sie merken nicht einmal, daß sie genau das tun, was ihnen diese Infos, die sie jetzt verfluchen, ein paar Jahre lang beigebracht haben bis zum Erbrechen.«

»Vielleicht kommt es ihnen doch eines Nachts hoch«, sagte Bert.

Niemand unternahm einen Versuch, sie aufzuhalten. Der Weiler lag schon hinter ihnen, als auf dem Feldweg vom Berg her ein Geländewagen geprescht kam, eine wehende Staubfahne hinter sich. Ein einziger Mann saß darin. Als er den Wagen vor ihnen so abrupt abbremste, daß er ins Schleudern kam und quer zum Weg stehenblieb, erkannten sie ihn. Es war Rolf. Die Uniform hing in versengten Fetzen von seinem Leib, und die nackte Haut, die darunter zum Vorschein kam, war voller Brandwunden.

»Es ist zum Wahnsinnigwerden!« rief er. »Da ist die gesamte Regierung schon zur Hölle gefahren, aber diese verbohrten Funktionäre berufen sich noch immer auf ihre Befehle. Steigt ein! Ich erzähle euch unterwegs, wohin es geht.«

Er trat gleich voll aufs Gas und raste zwischen den paar Hütten hindurch, daß die Leute erschrocken beiseite sprangen. Dann ging es wieder über das Gewirr der Feldwege auf die Südflanke des Berges zu. Währenddessen berichtete Rolf, daß sehr viele der Menschen auf der Baustelle sich nicht mehr hätten retten können. »Der erste Ausbruch, ausgelöst durch eine Sprengung, schoß wie gezielt aus den Stollen hervor und traf genau in die Mitte der Mulde, in der früher das Dorf stand. Wer sich dort aufhielt, hatte keine Chance. Weiter oben an den Seitenhängen hatten die Leute mehr Glück. Dort waren eine Menge AVaus mit Betonierarbeiten beschäftigt und hatten gerade noch Zeit genug, vor dem Glutschwall davonzurennen. Oben am Hang standen aber auch die Wächter. Ich war über dem Osthang postiert. Zunächst rannten wir alle in wilder Panik davon, keiner achtete darauf, wer neben ihm war.

Die zweite Eruption muß die Stollen wenigstens zum Teil gesprengt haben. Da erwischte uns dann doch noch der glühende Regen, aber die meisten kamen durch, wenn auch ziemlich angesengt. Irgendwann hatten wir den Streubereich hinter uns, standen beieinander auf einem Hügel und sahen, wie die Stadt in Flammen aufging. Die Häftlinge meinten natürlich, nun habe die Stunde ihrer Befreiung geschlagen, und wollten sich davonmachen. Aber da hatten sie nicht mit dem Wachkommandanten gerechnet, den es zu uns verschlagen hatte. Bisher hatte es ihn nicht gestört, mitten zwischen AVaus das Weite zu suchen. Jetzt fing er gleich an, für Ordnung zu sorgen, und ließ von seinen Leuten, die gehorsam ihre Maschinenpistole mitgeschleppt hatten, die Häftlinge zusammentreiben.

Ich habe ihn gefragt, was das noch für einen Sinn haben solle, aber er wies mich nur auf den Befehl hin, daß kein AVau lebend in die Hände des Feindes fallen dürfe. Des *Feindes*, sagte er, als wäre in diesem Chaos nun wirklich Krieg ausgebrochen. Gleich darauf ließ er die von Wächtern flankierte Kolonne Richtung Süden marschieren. Da habe ich mich bei der ersten Gelegenheit in die Büsche geschlagen, hab' den Wagen aus dem Versteck geholt – der ist nämlich geklaut! – und bin losgefahren, um jeden geflohenen Häftling zu warnen, der mir über den Weg läuft.«

»Und wohin fahren wir jetzt?« fragte Bert.

»In das Dorf am Südhang des Berges. Die Stollenarbeiter standen während der Sprengung draußen bei den Mundlöchern. Viele von ihnen sollen über den Berg nach Süden entkommen sein. Das behauptet jedenfalls der Kommandant. Er ist mit seiner Gefangenenkolonne unterwegs, um die Häuser durchkämmen zu lassen. Die Bauern dort haben schon manchem Flüchtling weitergeholfen. Wir werden jedenfalls vor den Wächtern da sein. Wenn Ihr Mann überhaupt noch zu finden ist, Stella, dann dort.«

»Fahren Sie schnell!« bat ihn Stella. Dann mußten sie sich festhalten, weil der Wagen mit schliddernden Reifen um scharfe Kurven raste und sie auf den holprigen Feldwegen dermaßen durchschüttelte, daß an Sprechen nicht mehr zu denken war.

In dem Dorf sah es aus wie auf einem Verbandsplatz nach der Schlacht. Vor den Häusern hockten oder lagen Männer in den zerfetzten grauen Kleidern der AVaus. Die ganze Bevölkerung war auf den Beinen, brachte ihnen zu trinken, Bettzeug wurde in Streifen zu Verbandsmaterial gerissen, und vom Berghang her schleppten sich noch immer Nachzügler heran, manche wurden von Bauern auf behelfsmäßig zusammengeschlagenen Bahren getragen.

Rolf hielt den Wagen auf dem Dorfplatz an und fragte den Nächstbesten, wer hier das Sagen habe. Er wurde an einen schwarzbärtigen Mann verwiesen, der eben damit beschäftigt war, einem Bewußtlosen die graue Kleidung aufzuschneiden.

Die drei sprangen aus dem Wagen und gingen hinüber zu dem Bärtigen. »Ich nehme an, Sie wollen, daß diese Leute am Leben bleiben?« sagte Rolf.

Der Mann blickte nicht einmal auf. »Was meinen Sie, was ich hier tue?«

»Dann haben wir noch eine knappe Stunde Zeit, um jeden Flüchtling zu verstecken«, sagte Rolf und schilderte in aller Kürze die Situation.

Erst jetzt stand der Bärtige auf und schaute den Mann an, der ihm eine solche Mitteilung machte. »Nimmt dieser Wahnsinn denn nie ein Ende? Soviel ich weiß, gibt es keine Regierung mehr.«

»Aber ihre Befehle existieren noch. Und es laufen immer noch zu viele Wahnsinnige herum, die bereit sind, sie durchzuführen.«

»Sie gehören offenbar nicht zu denen«, sagte der Bärtige und blickte auf die Reste von Rolfs Uniform.

»Das war nur Tarnung.«

»Vielleicht für den *Stern*?« Als Rolf nickte, grinste der Bärtige. »Das hätt' ich mir denken können.«

»Und was tun wir jetzt?«

»Das werden Sie gleich erleben.« Es zeigte sich, daß dieser Mensch bei einiger Anstrengung über eine Stimme verfügte, deren erzener Klang im ganzen Dorf zu hören war. Er rief seine Bauern zusammen und informierte sie, was auf sie zukam. Schon im nächsten Moment erhielt die Geschäftigkeit im Dorf eine neue Richtung. Die Grauen verschwanden in Häusern, Scheunen und Ställen. Nach einer Viertelstunde war keiner mehr auf der Straße zu sehen. »Wir haben da ganz spezielle Methoden entwickelt«, sagte der Bärtige. »Wollen auch Sie auf diese Weise untertauchen?«

»Meinem Kommandanten trete ich jetzt lieber nicht unter die Augen«, sagte Rolf.

Stella hatte sich währenddessen zusammen mit Bert im Dorf umgesehen, Fred aber nicht entdecken können. Sie wollte warten, aber nicht in einem Versteck untertauchen, während auf der Straße die Gefangenen vorübergetrieben wurden. »Vielleicht ist mein Mann dabei. Ich muß sie sehen.« Bert wollte ohnehin bei ihr bleiben, und so nahm der Bärtige, von dem sie jetzt endlich erfuhren, daß er Martin hieß, sie mit in sein Haus, während draußen die Leute noch damit beschäftigt waren, die Straße von verdächtigen Spuren zu reinigen.

Eine halbe Stunde später marschierte der Kommandant mit einem Dutzend an ihren desolaten Uniformen noch als Lagerwächter erkennbaren Männern ins Dorf. Der Pflichteifer hatte ihn offenbar angetrieben, dem Zug der Gefangenen vorauszueilen. Stella und Bert standen am Fenster und sahen zu, wie dieser selbst ziemlich angeschlagene Polizeioffizier seine Leute auf dem Dorfplatz mit einem militärischen Kommando zum Stehen brachte und in Gruppen zu je drei in die Häuser jagte. Nach einer Weile verließ eine dieser Gruppen unverrichteter

Dinge das Nachbarhaus. Die Maschinenpistolen schußbereit unter die Achsel geklemmt, kamen die drei Wächter herüber, hielten sich nicht mit Anklopfen und anderen Formalitäten auf und standen sogleich in der Stube. Martin saß am Tisch und schaute sie aufmerksam an. »Ihr habt ja ganz schön was abgekriegt. Braucht ihr Hilfe?«

»Wir helfen uns schon selber«, sagte einer, dessen Gesicht von Brandblasen gesprenkelt war, als habe er die Windpocken. »Wo habt ihr die AVaus versteckt?«

»Welche AVaus?« Martin hätte nicht unschuldiger dreinblicken können.

»Frag nicht so blöd!« knurrte der Mann wütend. »Wir werden sie schon finden.«

Dann machten sie sich in der Stube zu schaffen, rissen Schranktüren auf, schauten unter die Wandbänke, polterten durch das Haus, beklopften die Wände, rückten im Dachgeschoß Möbel beiseite, vergaßen auch Scheune und Stall nicht, konnten aber keinen finden, den sie hätten mitnehmen können. Schließlich kamen sie zurück in die Stube und fragten Martin, ob er hier zu Hause sei.

»Seit meiner Geburt. Wollt ihr meine Papiere sehen?«

»Nicht nötig«, sagte der mit den Brandblasen. »Dir klebt ja noch der Kuhmist an den Stiefeln.« Er schaute herüber zu Bert und Stella. »Wer sind die dort?«

»Verwandte auf Besuch.«

»Ausweise!« Der Wächter streckte die Hand aus. Bert und Stella hatten ihre Papiere schon bereitgehalten und zeigten sie ihm. Er fand daran nichts auszusetzen und schien das zu bedauern. Die Fälscher vom *Stern* verstanden ihr Handwerk. Beim Weggehen sagte der Wächter: »Wenn wir auch nur einen AVau erwischen, geht's euch allen an den Kragen!«

»Keine Angst«, sagte Martin, als die drei gegangen waren. »Die finden keinen.«

Die Wächter durchsuchten noch die letzten Häuser, als der Zug der Gefangenen das Dorf erreichte. Es waren an die hundert Menschen, die da langsam heranschlurften, zu beiden Seiten eskortiert von Wächtern mit schußbereiten Waffen. Bert war mit Stella vor die Tür gegangen, damit sie jeden einzelnen betrachten konnten. Bald kam es ihnen so vor, als hätten alle das gleiche hagere Gesicht, nur zu unterscheiden an der Farbe der Bartstoppeln. Aber Fred hatte keinen Bart getragen, und so war auch das keine Hilfe. »Wie soll ich Fred herausfinden«, sagte Bert, »wenn auch er so aussieht wie all die anderen? Jeder von denen könnte mein Bruder sein.«

Obwohl sie voll Tränen waren, ließ Stella ihre Augen nicht von diesen Gestalten, die erschöpft vorüberwankten und andere, die nicht mehr gehen konnten, zu zweit zwischen sich mitschleppten. »Wie er auch aussehen mag«, sagte sie, »ich werde ihn erkennen.« Aber sie konnte ihn nicht entdecken.

Auch Martin stand mittlerweile bei ihnen. »War er nicht dabei?«

Stella schüttelte den Kopf. »Vielleicht ist er doch hier im Dorf. Ich konnte nicht alle sehen, die ihr versteckt habt.« Sie blickte noch immer dem Zug nach. »Kann man denn gar nichts für diese Menschen tun?«

»Gegen zwei Dutzend Maschinenpistolen?« sagte Martin. »Vielleicht heute nacht. Irgendwo müssen sie ja lagern. Kommen Sie! Wir gehen Ihren Mann suchen.«

Jetzt lernten sie all die Verstecke kennen. Da gab es doppelte Keller unter den Häusern, in Scheunen verborgene Kammern unter Stapeln von Strohballen, Bert kroch hinter Martin und Stella durch Falltüren und unterirdische, notdürftig abgestützte Gänge. Er schaute in bärtige, von Brandwunden entstellte Gesichter, die nicht anders aussahen als die der Vorübergezogenen, schaute in Augen, deren Blick wie tot war vor Entsetzen und Angst. Sie fragten, wer einen Fred kenne. Im

Stollen habe er gearbeitet. Einer wußte von ihm. »So ein Stiller war das. Redete kaum. Ich weiß nicht, ob er davongekommen ist.«

Unter anderem führte sie Martin in einen alten, von zwei Karbidlampen notdürftig beleuchteten Wasserstollen, der von einem Stall aus in den Berg hineinführte. Unter den Flüchtlingen, die dort lagen, setzte sich ein alter gnomhaft zusammengetrockneter Mann auf und sagte mühsam: »Stella! Sie sind doch Freds Frau!«

Stella blickte suchend in das faltige, durch den dünnfädigen weißen Bart greisenhaft wirkende Gesicht. »Wandruschka! Professor Wandruschka!«

»Das war ich einmal. Muß ungefähr hundert Jahre her sein. Wenn Sie Ihren Mann suchen, dann brauchen Sie nur noch drei Schritte weiterzugehen.«

Fred lag, in eine braune Pferdedecke gehüllt, auf einem Strohsack. Unter dem Kopfverband war nicht viel mehr zu sehen als bleiche, ausgedörrte Haut und ein brauner, stoppeliger Bart. Bert hätte ihn nicht erkannt. Stella kniete schon und sprach mit ihm. Da öffnete er die Augen.

* * *

Solange Fred seine Augen nicht öffnen konnte, rannte er durch den Regen glühender Asche über den Berg. Wie in einem unaufhörlichen Film wiederholte sich das Geschehen. Er spürte den Stoß der Sprengung, ein schwaches Poltern drang aus dem Mundloch, doch dieses Beben im Boden hörte nicht auf, nahm an Stärke zu, und zugleich schwoll das Rollen an und kam näher wie das Donnern einer gigantischen Lokomotive. Der Boden schwankte.

Einen Herzschlag lang standen alle wie erstarrt und lauschten. Dann schrie Wandruschka: »Die Hölle bricht aus!

Schnell! Über den Berg auf die andere Seite!« Alle rannten. Er keuchte bergauf, erreichte die Höhe des Walls um den Kratersee, in dem das Wasser zu kochen schien, rannte ums Leben hoch am Ufer entlang, stolperte, stürzte, raffte sich wieder auf und sah, als er zurückschaute, eine ungeheure schwarze Wolke in die Höhe schießen, schmutzig rot überflammt und durchzogen von emporsteigenden weißglühenden Punkten. Er rannte schon weiter durch das niedrige Gebüsch oberhalb des Sees, als die ersten Glutbrocken rings um ihn zischend ins Laub schlugen. Der Boden wankte in einer neuen Eruption, deren Widerschein die gesamte Kraterlandschaft in Flammen zu setzen schien. Zugleich mit der Hitzewelle traf ihn ein Schlag auf den Kopf und löschte für Sekunden sein Bewußtsein. Dann weckte ihn ein brennender Schmerz auf dem Rücken, er lag in dem kurzen trockenen Gras und sah überall im Gebüsch Brandherde aufflackern. Ehe er wieder auf die Füße kommen konnte, wurde er von anderen hochgerissen und weitergeschleppt, während glühende Asche aus dem beinahe nachtschwarzen Himmel herabrieselte und ihm die nackte Haut verbrannte. Endlich ging es bergab. Seine Beine liefen unter ihm fast ohne sein Zutun, irgendwann ließ der brennende Regen nach, hörte auf. Fred spürte, wie seine Arme losgelassen wurden, knickte zusammen und stürzte in die Schwärze einer Ohnmacht, in die nur noch das ferne Röhren und Donnern der Eruption drang.

Irgendwann hatten Menschen sich seiner angenommen, ihn auf eine Bahre gelegt und getragen. Vor seinen Augen nichts als Leere, Chaos. Tot, dachte er, ich bin tot, und sie tragen mich zu Grabe. Da ging es schon hinab in die Tiefe, sonderbarerweise roch es mehr nach Mist als nach Grab. Kalt, dachte er, kalt und feucht. Feuchte Erde. Er wunderte sich, daß er das wahrnahm, spürte eine merkwürdig weiche Unterlage, war bedeckt von grobem Gewebe – einem Leichentuch? –, lag da und wartete darauf, daß die Finsternis ihn holte und sein Bewußtsein endgültig löschte. Der Stern, der seine ganze Hoffnung gewesen war – – – sein Traum – Traum – Traum – – –

Wiederholung über Wiederholung – bis ihn eine Stimme beim Namen nannte.

Da öffnete er die Augen. Das Gestirn stand über ihm. Stella.

Epilog

Ein paar Wochen später sitzt Stella zwischen Fred und Bert auf der Bank bei der Haustür des Leitnerhofs. Der Info-Spuk ist vorüber. Die alten Befehle sind nicht mehr gültig, denen einige Ordnungsfanatiker noch glaubten nachkommen zu müssen, als jene, die sie verfaßt hatten, längst tot unter glühender Asche lagen, tot wie der Kommandant, dessen in Befehls- und Gehorsamsstrukturen erstarrter Denkweg in jener der Katastrophe nachfolgenden Nacht nur noch die Konsequenz zuließ, die ihm in die Hände gefallenen Menschen befehlsgemäß zu erschießen. Als die Bauern sich nach Einbruch der Dunkelheit der Scheune näherten, in der er seine menschliche Beute eingesperrt hatte, krachte gerade die erste Salve. Aber auch die Bauern hatten nun Waffen. Es lagen ja genug herum im Gebüsch auf dem Berg, der inzwischen zur Ruhe gekommen war. Die Bauern machten kurzen Prozeß mit den Schergen, die ihre eigene Rettung mit Morden feierten. Sie befreiten die Häftlinge. Und zählten die Toten. Vierundzwanzig.

All das hat Bert noch vor Augen, und er wird es nicht so schnell vergessen. Er darf es nicht vergessen, niemals. Der Anblick der Berge, an deren Flanken die Lärchen sich schon gelb färben, tut ihm wohl, aber der Geschmack des Todes bleibt spürbar.

»Was wirst du jetzt anfangen?« fragte Stella.

»Das ahne ich allenfalls. Ich werde mich auf den Weg machen. Vielleicht steige ich noch einmal auf die Berge, in Richtung Oswald; es liegt ja noch kein Schnee. Es lockt mich nicht sonderlich, im Lande der Schwertfeger zu bleiben. Doch was ich eigentlich soll, ist mir noch nicht ganz klar.«

Bert spürt Sehnsucht nach einer gewissen Unordnung, nach Zollbeamten zum Beispiel, die dankbar sind für ein gutes Trinkgeld oder ein solides Mittagessen mit Leberknödeln. Die Stadt seiner Erinnerungen, auch das Haus der Signora, liegen unter der Asche; allein die höchsten Gebäude ragen noch hervor und zeigen an, wo die Stadt begraben liegt. Irgendwann wird Bert wohl zurückkehren, zurückkehren müssen, um diesen Ort auszugraben, und sei es mit bloßen Händen, den Ursprung, von dem er sich entfernt. Bert will leben, leben mit dem süßen Geschmack des Todes, der ihn gelehrt hat, das Leben zu lieben. Und er will Musik machen.

»Ja«, sagt er, »ich werde mich aufmachen. Ich gehe noch einmal über das Joch. Ob sie auf der Alm die Käsetücher nun wieder für gewöhnliche Schmuggler an den Stadel hängen?«

Stella lacht, aber in ihren Augen steht noch immer die anfangs ausgesprochene Frage. Bert spürt, daß er ihr ausgewichen ist.

»Es ist keine Flucht, was ich vorhabe«, sagt er. »Jetzt kann ich gehen. Ich weiß, daß ich dich nicht verliere, Stella. Wir sind von der gleichen Art. Das bindet fürs Leben.«

Fred hört zu und schweigt. Er hat wenig gesprochen, seit Stella ihn, sobald er sich halbwegs auf den Beinen halten konnte, hierher geholt hat. »Manchmal«, sagt er jetzt, »kommt es mir vor, als hätte ich das alles geträumt. Ein einziger, lebenslanger Albtraum.«

Eine Zeitlang schweigt er wieder und schaut hinauf in die Berge. »Erinnerst du dich, Bert«, sagt er dann, »wie du mich einmal gefragt hast, ob ich meine Kristalle eigentlich schön finde? Damals habe ich überhaupt nicht begriffen, wovon du redest. Vielleicht wußte ich es noch, als ich mit fünf Jahren diesen durchscheinenden Kiesel fand. Später habe ich es vergessen. Vielleicht kann ich noch einmal ganz von vorn anfangen. Aber was Schönheit ist, beginne ich zu ahnen.«

Stella schweigt und lächelt.

AMERIKANISCHE LITERATUR

Tama Janowitz
Sonnenstich
9554

Alice Hoffman
Die Nacht der tausend
Lichter 9378

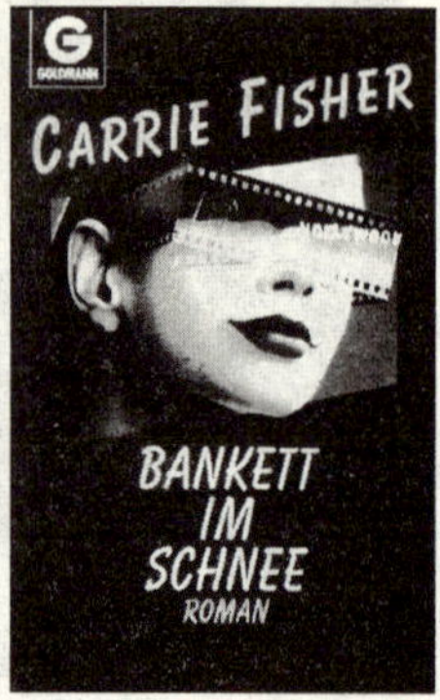

Carrie Fisher
Bankett im Schnee
9310

Kaye Gibbons
Ellen Foster
oder Tausend Arten,
meinen Vater zu töten
9477

Madison Smartt Bell
Ein sauberer Schnitt
9635

David Feinberg
Abgestürzt
9564

GOLDMANN